CHASINS KAPITULATION

RILEY EDWARDS

BE A REBEL
Riley Edwards Romance

(DIE GEMINI-GRUPPE, BUCH FÜNF)

von

Riley Edwards

EBENFALLS VON RILEY EDWARDS

DIE GEMINI-GRUPPE:

Nixons Versprechen (Buch Eins)

Jamesons Erlösung (Buch Zwei)

Westons Schatz (Buch Drei)

Alecs Traum (Buch Vier)

Chasins Kapitulation (Buch Fünf)

Holdens Erwachen (Buch Sechs) **(demnächst erhältlich)**

INHALT

KAPITEL EINS

»Chasin.« Sein Name, ausgesprochen in diesem sexy, kehligen Stöhnen, ließ ihn dem Höhepunkt näher kommen.

Zwei starke, feste Schenkel wurden enger an seine Rippen gepresst, Fersen in sein Kreuz gebohrt. Sie nutzte diese Kraft, um sich an ihn zu drängen, während er seinen Schwanz tiefer in sie hineinstieß.

Genevieve Ellison.

Die Frau war spektakulär. Eine lebendig gewordene Fantasie. Selbst ihr Name klang wie der einer Märchenprinzessin. Hände, Mund, Muschi – pure Magie. In Kombination mit ihren Kurven und dem verdorbenen Sinn für Humor war es um Chasin geschehen. Er konnte sich an kein Wochenende erinnern, an dem er so sehr gelacht hatte. Lachen, das direkt aus dem Bauch kam und ihn dazu brachte, alles zu vergessen, außer sie und die Dinge, die sie miteinander erlebten.

Sie hatte ihm Abendessen gemacht, dann Frühstück, sie hatten getrunken, sich unterhalten und gelacht. Er hatte nicht damit gerechnet – der Funke, der sie dazu gebracht hatte, sich gegenseitig die Kleider vom Leib zu reißen. Es war nicht seine Absicht gewesen, sie beide dorthin zu bringen. Verdammt, er hatte nicht einmal vorgehabt, am ersten Abend zum Essen zu bleiben.

Als er sah, wie sie vom Steg fiel und ins Wasser klatschte, hatte er an nichts anderes gedacht als daran, dafür zu sorgen, dass sie okay war. Aber dann hatte in ihren goldfarbenen Augen der Schalk getanzt, als sie ihm sagte, dass sie sich bei dem Sturz in den Fluss lediglich ihren Stolz verletzt habe, und er war wie hypnotisiert gewesen. Und als sie ihn dann schließlich ins Haus bat, damit er sich abtrocknen konnte, war er in der einzigen Absicht gegangen, ihre Nummer zu bekommen.

»Oh Gott«, knurrte Chasin und presste sein Gesicht fester an ihren Hals, als ihre Muschi zu zucken begann. »Lass los, Liebes.«

»*OhmeinGott*«, stöhnte sie, als sie ihm die Hüften entgegendrückte. Sie schlang die Arme unter seinen hindurch, um sich festzuhalten, während sie mit den Händen nach seinen Schultern griff und sich an ihn klammerte, als wolle sie ihn nie wieder loslassen.

Und für ihn war das in Ordnung.

Er wollte nicht, dass sie jemals wieder losließ.

Chasin verlagerte sein Gewicht, stützte sich auf dem Unterarm ab und befreite seine andere Hand, um ihre Brust zu umschließen. Er strich mit der Handfläche über die Wölbung, bis er ihre aufrecht stehende Brustwarze fand, und zwirbelte sie so lange zwischen den Fingern, bis er Genevieve einen lauten Schrei entlockte.

Das Paradies.

Es war ein enges, feuchtes, glitschiges Paradies.

Und da war er. Ihr Orgasmus brach heraus, ihre Muschi zog sich zusammen und Chasin ergoss sich in das Kondom. Bewusstseinsverändernd. Anders konnte er das Pulsieren in seinem Schwanz nicht beschreiben, als sein Sperma schnell und heftig aus ihm herausschoss. Genevieves Stöhnen erfüllte den Raum und ihr Körper erzitterte unter seinem. Es war nicht das erste Mal, dass er gehört hatte, wie sie vor Ekstase aufstöhnte, und es war auch nicht das erste Mal, dass er sie zum Orgasmus gebracht hatte. Aber es war das erste Mal, dass er nicht nur spürte, wie sein Schwanz zusammengedrückt wurde, sondern wie es ihm direkt ins Herz schoss.

Chasin konnte nicht leugnen, dass er zu jener Zeit, mit dem Mund zwischen ihren Beinen und ihrer Erregung auf seiner Zunge, gedacht hatte, es gäbe nichts Besseres. Nichts hatte jemals so gut geschmeckt, wie Genevieve mit nichts weiter als seiner Zunge zum Höhepunkt zu bringen.

Aber das war gewesen, bevor er in ihrer Muschi versunken war. Da war ihm klar geworden, dass er falschgelegen hatte – vollkommen falsch. An seinem Schwanz zu spüren, wie sie kam, war besser.

Ihn überkam Euphorie und etwas anderes fing an, ihn zu vereinnahmen. Ein Gefühl, das er nicht zuordnen konnte, das er noch nie empfunden hatte. Wärme breitete sich aus und als die Anspannung nachließ, bewegte er sich gemächlich und stieß langsam und sanft in Genevieve hinein, nachdem er sie fest durchgenommen hatte. Nein, nachdem sie ihn *angebettelt* hatte, sie fest durchzunehmen.

Chasin streichelte ein letztes Mal über ihre Brustwarze und legte die Hand dann an ihr Gesicht, wo er ihr eine Haarsträhne hinter das Ohr strich und staunte, wie ihr Haar sich anfühlte. Es war schweißnass, aber weiterhin weich – wie so etwas möglich war, war ihm ein Rätsel.

Genevieve war eine hübsche Frau, doch mit dem frisch gevögelten Leuchten sah sie einfach umwerfend aus.

Sie starrte Chasin aus weichen, goldenen Augen an, die so voller Vertrauen und Staunen waren, dass ihm der Atem stockte. Diese unbekannte Emotion erfüllte seine Brust und fing an zu brennen. Er war entspannt, befriedigt und hatte soeben den besten Sex seines Lebens gehabt, was an sich schon ein Wunder war, weil die anderen Male, in denen er sie gehabt hatte, ebenfalls die besten gewesen waren. Die Frau war phänomenal, sie stand ihm sowohl in Scharfsinnigkeit als auch in sexuellem Appetit in nichts nach. Genevieve hatte rein gar nichts Schüchternes an sich. Es hatte sehr wenig gebraucht, um das Streichholz zu entzünden, das sie dazu gebracht hatte, sich gegenseitig die Kleider von Leib zu reißen. Jetzt waren sie bei der zweiten Nacht angelangt und dieses Streichholz brannte heller als je zuvor. Chasin nahm an, ein Teil davon lag daran, dass sie wusste, was sie wollte, und sich nicht schämte, es zu bekommen. Sie war genauso scharf auf ihn wie er auf sie.

Die Male, als sie ihren Mund über seinen Schwanz stülpen wollte, hatte sie ihn aus der Hose befreit, war auf die Knie gegangen und hatte sich dann darangemacht, ihn so tief einzusaugen, bis die Spitze ihre Kehle berührte. Für Genevieve war das keine lästige Pflicht. Sie wollte es, sie nahm es sich und sie tat es mit einer spektakulären Begeisterung.

Während des Wochenendes hatte Chasin es sich gestattet, so viel zu spielen, wie sie wollte, bis er es nicht mehr ertragen konnte und sie von seinem Schwanz trennte, vom Boden nach oben zog und sie auf die nächste flache Oberfläche legte. Am liebsten leckte er sie auf dem Sofa aus. Sie spreizte die Beine, bevor er sie darum bitten musste. Mit einem Fuß auf dem Boden legte sie das andere Bein auf der Rückenlehne des Sofas ab. Sie wollte es und hatte kein Problem, es zu erbitten. Selbst wenn es sich dabei um eine nonverbale Forderung handelte. Dann bestätigte sie seine Vermutungen weiter, indem sie sich mit den Fingern in sein Haar krallte und sich mit ihrer Muschi an seinem Mund rieb.

Die Frau war scharf.

Seine perfekte Partnerin.

Keine Hemmungen.

Keine Zurückhaltung.

Wild, roh, grob.

Sex, der fast schon unanständig war.

»Ich muss mich um das Kondom kümmern«, sagte er zu ihr, wenngleich er sich nicht bewegen wollte, aber von der Notwendigkeit dazu gezwungen wurde.

Genevieve zog die Mundwinkel nach oben und ein sexy Lächeln umspielte ihren Mund, bevor es sündhaft wurde.

»Hast du davon noch eins?«

Verdammt, ja, sie war seine perfekte Partnerin. Leider hatte er keine mehr.

Chasin hatte während der letzten zwei Tage ihr Haus nur ein einziges Mal verlassen, und zwar, um zur Drogerie zu gehen. Er hätte mehr kaufen sollen.

»Das muss ich verneinen«, sagte er zu ihr. Ihr Lächeln verschwand und sie konnte ihre Enttäuschung nicht verbergen. Verdammt noch mal, aber ihm gefiel das. »Du willst noch mehr?«

»Würdest du weniger von mir halten, wenn ich Ja sage?«

Heiliger Strohsack.

Perfekt.

Chasin ignorierte, was er für eine törichte Frage hielt, und entgegnete stattdessen: »Lass mich gehen, Liebes, damit ich dieses Kondom entsorgen kann. Wenn ich zurückkomme, werde ich dich noch einmal auslecken.«

Genevieve ließ ihn nicht gehen, ihre Schenkel zuckten, dann spannte sie sie an.

»Nur, wenn ich dich wieder in den Mund nehmen darf.«

Oh Gott.

Pure Perfektion.

»Wenn du das willst, wirst du von mir keine Beschwerde hören.«

»Ich will es.«

»Dann wirst du es auch bekommen. Und jetzt lass mich gehen, Vivi.« Bei diesen Worten zuckte Genevieve nicht nur zusammen – sie verkrampfte regelrecht. Es war nur ein kurzer Augenblick und hatte bereits aufgehört, bevor Chasin die Veränderung beobachten konnte.

Sie entließ ihn aus dem Haltegriff ihrer Beine und fiel zur Seite, dann ließ sie ihn mit den Armen los und er konnte gehen. Chasin rollte sich vom Bett, ohne weiter über ihre Reaktion nachzudenken.

Später würde ihm klar werden, dass er hätte nachfragen sollen. Aber als er ins Badezimmer ging, um das Kondom wegzuwerfen, und in seinem Kopf bereits damit beschäftigt war, wie er ihre Muschi ausschlecken würde, während sie ihm einen blies, ging es in seinen anderen Gedanken darum, ihre Krankheitsgeschichte zu besprechen, damit er sie beim nächsten Mal ohne die Latexbarriere ficken konnte.

Mit all diesen Gedanken warf er das Kondom weg, wusch sich die Hände und kehrte dann zu der sexy nackten Frau zurück, die auf ihn wartete.

Als er sie immer noch ausgestreckt auf dem Bett vorfand, dachte er nicht weiter über ihre Reaktion auf den Kosenamen nach oder darüber, wie sie den Mund verzogen hatte, als er sie so genannt hatte. Stattdessen legte er sich neben sie auf den Rücken und zog sie auf sich, ihre Muschi über seinem Gesicht und sein Schwanz unter ihrem. Er packte ihren Hintern, um sie an seinen Mund zu ziehen, und verschlang sie, bis sie ihren süßen Mund von seinem Schwanz löste, damit sie ihren Orgasmus herausschreien konnte. Dann leckte er sie genüsslich, während sie ihn zum Höhepunkt brachte.

Chasin richtete sich mit ihr im Bett auf und legte sich mit

ihr an die Seite gekuschelt hin. Und mit Genevieves weichem Körper fest an ihn gepresst, ihren Fingern, die seine Brust streichelten, und seiner Hand, die auf ihrer Hüfte ruhte – ganz zu schweigen von zwei sensationellen Orgasmen –, dauerte es nicht lange, bis ihn die Müdigkeit übermannte.

Während er langsam wegdämmerte und über ihre gemeinsame Nacht nachdachte, hoffte er, Genevieve Ellison würde mehr wollen. Und nicht nur mehr bewusstseinsverändernden Sex.

Mehr von allem.

Verdammt, sie war seine perfekte Partnerin.

Er wusste, dass es verrückt war. Er wusste rein gar nichts über sie, musste aber zugeben, dass er sich halb in sie verliebt hatte. Klug, witzig, umwerfend und fantastisch im Bett.

Oh ja, er war halb in sie verliebt.

CHASIN WACHTE in einem leeren Bett auf. Er drehte sich um, schaute auf die Uhr auf dem Nachttisch und sah, dass es drei Uhr morgens war. Er hatte nur drei Stunden geschlafen. Er lag in Genevieves Bett und wartete. Vielleicht war sie aufgestanden, um zur Toilette zu gehen oder etwas zu trinken. Fünfzehn Minuten später, als es offensichtlich war, dass sie weder das eine noch das andere tat, machte er sich auf die Suche nach ihr.

Das Haus war riesig – genauer gesagt war es ein Monstrum, das im späten achtzehnten Jahrhundert erbaut worden war. Chasin kannte die Geschichte des Hauses, es war im Geschichtsverein registriert. Nachdem Kennedy, die Frau seines Kumpels Jameson, Probleme mit einem habgierigen Bauunternehmer gehabt hatte, hatte er gelernt, dass Kent County seine historischen Wahrzeichen ernst nahm.

Ganz besonders dieses Haus. Es stand außer Frage, dass es wunderschön war, wenn man fünf Meter hohe Decken, Mahagonitreppen, Steinbögen – vier von diesen Bögen befanden sich im Flur des ersten Stockwerks, das größer war als ein Durchschnittsapartment in Manhattan, sieben weitere waren im Erdgeschoss zu finden –, handgeschnitzte Schnörkel an den Decken und Treppen und Verzierungen an der Tür mochte. Es gab in der Villa keine einzige Trockenbauwand – die Wände waren perfekt verputzt und gestrichen.

Chasin ging um die zweite Treppe herum, die ihn ins Erdgeschoss führte, und lächelte, als er Genevieves leise Stimme hörte. Sie hatte etwas Heiseres an sich, unterlegt mit einem gemächlichen Südstaatenakzent, der seinen Schwanz zum Zucken brachte, wenn er bloß daran dachte.

»Seid ihr gerade erst angekommen?«, fragte Genevieve, doch bevor Chasin etwas sagen konnte, lachte sie und sprach weiter. »Gut, ich weiß, dass es in Los Angeles erst Mitternacht ist. Nein, du hast mich nicht geweckt, meine innere Uhr ist immer noch auf Westküstenzeit eingestellt.«

Chasin stand unter einem der großen Bogengänge, lehnte sich mit der Schulter dagegen und betrachtete ihre sexy Figur. Genevieve hatte ihm den Rücken zugewandt. Sie blickte aus dem Fenster und genoss vermutlich die klare Sicht auf den Chester River. Sie trug lediglich ein T-Shirt, das kaum ihren Hintern bedeckte. Keinen Slip, ihre üppigen Pobacken schauten heraus und Erinnerungen an diese festen, runden ...

»Ich weiß, Schatz«, seufzte sie und Chasin verengte die Augen, als er auf ihren Rücken starrte.

Schatz?

»Ich schwöre, ich bin vorsichtig«, sagte sie ins Telefon. »Es sind nur ein paar Tage, Bobby, dann bist du hier.«

Bobby.

Chasin überdachte die Begebenheiten, die dazu geführt hatten, dass sie sich in ihrem Bett wiederfanden, doch zu keiner Zeit hatte sie erwähnt, dass sie einen Mann hat. Er spürte, wie die Säure in seinem Magen blubberte und die Wut in ihm aufstieg.

Was zur Hölle?

»Nein! Ich will nicht, dass du deine Reise verkürzt. Mir geht es gut. Es gibt nichts, worüber du dir Sorgen machen musst.« Eine weitere kurze Pause und sie lachte. Nicht auf die gleiche Weise, wie sie zuvor mit ihm gelacht hatte. Es kam nicht aus ihrem Bauch, voll und kehlig, als sie ihren Humor so ausgedrückt hatte, wie sie alles andere ausdrückte, mit wilder Unbekümmertheit und voller Energie.

Scheiße.

»In Ordnung. Wir sehen uns in ein paar Tagen. Ich liebe dich auch.«

Die Säure, die in seinem Magen in Bewegung geraten war, stieg nach oben und spritzte aus ihm heraus, bevor er sie zurückhalten konnte.

»Was zur Hölle?«, fauchte er.

Genevieve erschrak und fuhr herum. Selbst in dem gedämpften Licht konnte er sehen, dass ihr Gesicht bleich geworden war.

»Meine Güte, du hast mir Angst gemacht«, sagte sie und bedeckte ihr Herz mit einer Hand.

»Das glaube ich dir sofort«, gab Chasin zurück, unfähig, die Wut in seiner Stimme zu verbergen.

Genevieve neigte den Kopf und ging einen Schritt vorwärts, hielt dann aber abrupt an.

»Was ist los?«

»Ich habe nicht gefragt. Ich dachte, das sei nicht nötig gewesen. Anscheinend habe ich falschgelegen und hätte es tun sollen.«

»Was hättest du fragen sollen?«

»Ob du einen Mann hast. Ich hätte dich nicht für diese Art gehalten.«

»Diese Art?« Genevieve zuckte mit dem Oberkörper und trat einen Schritt zurück. »Wovon redest du?«

»Die Art von Frau, die sich als ein verlogenes, betrügerisches Miststück herausstellt. Noch einmal, ich weiß, ich habe nicht gefragt, aber du musst dir doch im Klaren sein, dass diese Scheiße daneben ist. Schlimmer ist aber, dass ich nicht betrüge und du mich hintergangen hast, wodurch ich zu einem Betrüger geworden bin. Das ist absolut beschissen, Genevieve. Wenn du deinem Mann fremdgehen willst, dann geht mich das nichts an, aber ich werde nicht derjenige sein, der dich fickt, während du den armen Kerl betrügst.«

Chasin wandte sich zum Gehen und hörte, wie sie seinen Namen rief. Als er stehen blieb und über die Schulter zu ihr sah, hatte sie die Arme um sich selbst geschlungen, das Gesicht einen Ton bleicher, doch es interessierte ihn einen Dreck, dass sie aussah, als wolle sie jeden Moment anfangen zu weinen. Er hatte nicht gelogen, er war kein Betrüger, weder auf der einen noch auf der anderen Seite, und er war stinksauer, dass sie ihn zu einem gemacht hatte.

Er hätte verdammt noch mal fragen sollen.

Er hasste Betrüger.

»Schon gut«, murmelte sie.

Ohne ein weiteres Wort stieg er die breite Treppe nach oben. Klugerweise folgte Genevieve ihm nicht.

Er zog sich an, nahm seine Sachen von ihrem Nachttisch und verschwand mit aller gebotenen Eile aus ihrem Haus.

Chasin tat dies mit Säure im Magen und einem hohlen Gefühl in der Brust.

Wie zur Hölle konnte er sich nur so geirrt haben?

2

KAPITEL ZWEI

Ich hörte, wie die Hintertür zugeschlagen wurde, und konnte mich kaum zurückhalten, Chasin nachzulaufen und ihm alles zu erklären. Ich warf einen Blick auf mein Telefon und dachte darüber nach, Bobby zurückzurufen und sie zu fragen, ob sie einen frühen Flug nach Maryland nehmen könne. Besser noch, ich könnte ihr ein Flugzeug schicken und dann wäre sie in sechs Stunden hier, um wegen eines weiteren kolossalen Fehlschlags meine Hand zu halten.

Aber ich tat weder das eine noch das andere.

Warum war ich aus dem Bett aufgestanden? Ich hätte bleiben sollen, wo ich war, in meinem großen, warmen Bett, eng an Chasin gekuschelt. Dann wäre ich am nächsten Morgen warm und zufrieden aufgewacht. Nun, genauer gesagt war es nicht mein Bett, es gehörte meinem Onkel, angesichts der Tatsache, dass er dieses Monster von einem Haus besaß. Ich konnte nicht sagen, dass es schrecklich war, bloß riesengroß, kalt und extravagant. Es befand sich seit Generationen im Besitz unserer Familie und wurde immer an den erstgeborenen Sohn weitervererbt.

Abgesehen davon war es besser herauszufinden, dass

Chasin nicht der Mann war, für den ich ihn gehalten hatte. Aus diesem Grund würde ich nicht irgendeinem Arschloch hinterherlaufen, selbst wenn ich dumm gewesen war und gedacht hatte, wir hätten eine Verbindung. Ich dachte, er wolle mich kennenlernen, so wie ich wirklich bin – mich, die echte Genevieve.

Ich hätte es besser wissen sollen.

Er war genau wie alle anderen, die voreilige Schlüsse über mich zogen und der Meinung waren, sie würden mich kennen, weil sie mich in den Zeitungen sahen, ein Interview lasen oder meine Musik hörten.

Alle dachten, sie würden Vivi Rush kennen.

Alle dachten, sie wüssten etwas, aber in Wirklichkeit wussten sie rein gar nichts. Sie hatten keine Ahnung, dass ich nach all den Jahren im Rampenlicht immer noch weinte, wenn Menschen gemeine Sachen über mich sagten. Ich zuckte immer noch zusammen, wenn irgendein arrogantes Miststück mich als fett bezeichnete, weil ich nicht Kleidergröße XS hatte. Ich trug nicht einmal S, und das war okay.

Genauso freute ich mich weiterhin, wenn jemand mir mitteilte, dass er meine Musik mochte, und ich war über alle Maßen gerührt, wenn mir jemand sagte, dass meine Musik irgendeine Art von Emotion hervorgerufen habe. Ich wusste weiterhin jeden Fan zu schätzen, selbst diejenigen, die mich beschimpften, denn es bedeutete, dass sie weiterhin meine Musik hörten.

Was ich nicht zu schätzen wusste, waren die Menschen, die bestimmte Schlüsse über mich zogen. Die mich reiches Mädchen nannten, privilegiert oder Mist verbreiteten, dass mein großer Durchbruch mehr mit Glück zu tun hatte als mit den Achtzehnstundentagen des Schreibens, Aufnehmens, der Open-Mic-Abende und den zwei Jobs, die ich nebenher hatte, um mir die Zeit im Studio leisten zu können.

In meinem ganzen verdammten Leben hatte ich nie Glück gehabt.

Aber die Leute dachten trotzdem, was sie dachten. Sie erzählten gemeines, bösartiges Zeug, ohne sich darum zu scheren, dass sich auf der anderen Seite ihres Giftes ein echter Mensch befand.

Deshalb scheiß auf Chasin Murray und sein gutes Aussehen, seinen Charme und Sinn für Humor. Scheiß auf seinen dämlichen Schwanz, seinen magischen Mund, die starken Hände und geschickten Finger. Aber vor allem scheiß auf die Tatsache, dass er mich hat glauben lassen, dass es immer noch gute Menschen auf dieser Welt gibt und dass ich ein einziges Mal in meinem Leben das Glück hatte, jemanden gefunden zu haben, der so perfekt zu mir passt, dass ich das Bedürfnis unterdrücken musste, mir meine Gitarre und meinen Block zu schnappen und ein Lied zu schreiben.

Und er hatte all das an einem Wochenende geschafft.

Nein, hatte er nicht, er hatte das alles in nur wenigen Minuten getan.

Minuten. Länger hatte es nicht gedauert, um mich dazu zu bringen, mich Hals über Kopf zu verlieben.

Scheiß auf ihn. Scheiß auf mein Leben. Und scheiß dreimal auf das Arschloch, das mein Leben in Panik und Alarm versetzt und meine Assistentin Bobby und mein Plattenlabel so sehr verängstigt hatte, dass ich gezwungen war, mich im Haus meines Onkels in Kent County, Maryland zu verstecken. Keinerlei Bevölkerung, mitten im Nirgendwo.

Okay, wenn ich ehrlich war, dann hatte ich auch ein wenig Angst. Aber das gab ich nicht zu, denn meine beste Freundin war überfürsorglich und wenn sie gewusst hätte, wie verschreckt ich tatsächlich war, hätte wir in einem Flugzeug nach Sibirien gesessen. Weil ich nicht in Sibirien leben wollte, behielt ich die Albträume für mich.

Aber mit Chasin in meinem Bett hatte ich keinen einzigen schlechten Traum gehabt.

Mein Gott!

Warum waren Menschen solche Arschlöcher?

Ich trottete die Stufen hinauf und dachte bei mir, ich solle dankbar sein, nach unten gegangen zu sein, um Wasser zu trinken, wo ich sah, dass ich zwei Nachrichten von Bobby hatte, und sie zurückrief, weil ich nun wusste, dass ich mich in Chasin geirrt hatte.

Aber was, wenn ich Bobby ignoriert hätte und zu Chasin zurückgegangen wäre?

Oh Gott, ich bin so dumm.

Als ich im Flur ankam, ging ich statt nach links zum Schlafzimmer nach rechts in eins der kleineren Zimmer, wo ich meine Gitarren aufbewahrte. Nur weil ich mich versteckte, hieß das nicht, dass ich nicht arbeitete. Meine Pressesprecherin war ein Genie – sie hatte die Geschichte so gedreht, dass ich untergetaucht war, um mein nächstes Album zu schreiben. Um sie wahr zu machen, musste ich arbeiten.

Ich war vielleicht ein Feigling, weil ich mich in dieser riesigen, kalten Villa versteckte, aber ich war nicht die Lügnerin, die Chasin mich beschuldigt hatte zu sein.

Ich ging zu den Ständern und nahm meine liebste PRS Gitarre in die Hand. Alles an diesem Instrument war reine Schönheit, angefangen beim Klang über die Kopfplatte aus Massaka-Ebenholz, das Griffbrett aus Ebenholz, die eingelegten Weinranken- und Blumenmuster aus Abalone bis hin zum Körper aus gewelltem Ahorn und dem Pauna-Zierrand.

Ich besaß teurere Gitarren, aber dies war mein Lieblingsinstrument. Ich hatte sie von dem Mann gekauft, der sie bei Paul Reed Smith in Auftrag gegeben hatte. Sie war nicht bloß eine Gitarre, sie war ein Kunstwerk.

Ich pflanzte meinen Hintern auf die Kante eines alten Ohrensessels, umschloss den Hals mit der Hand und spürte, wie meine Seele sich beruhigte.

Das war, was ich brauchte.

Ohne nachzudenken, bewegte ich meine Finger auf dem Griffbrett und fand sofort die Akkorde. Ich schloss die Augen und während ich mit der rechten Hand die Saiten zupfte, ließ ich meinen linken Ringfinger hinunter zum dritten Bund gleiten, während ich weiterhin ein B anschlug. Beim Anschlag nach oben schob ich ihn hinauf zum zweiten Bund. Von dort verlor ich mich in dem besten Lied, das ich jemals geschrieben hatte.

Und nicht zum ersten Mal dachte ich, dass John Rzeznik ein Genie war. Dann, als ich ein Lied summte, von dem ich wünschte, ich hätte es geschrieben, weil ich jedes Wort – jedes einzelne – an einem so tiefen und privaten Ort spürte, dass es mir und mir allein gehörte. Trotzdem wünschte ich mir mit jeder Faser meines Körpers, dass es jemanden gäbe, dem ich es vorspielen könnte.

Als ich bei der zweiten Strophe ankam, summte ich nicht mehr und fing an zu singen, über eine Welt, die mich nicht sah, eine Welt, die niemals verstehen würde, und dass alles dazu bestimmt war kaputtzugehen, genau wie das, was mit Chasin passiert war. Selbst wenn ich mir mit jeder Zelle meines Körpers wünschte, er könnte mich sehen, er tat es nicht. Und genau wie bei Rzezniks Text brauchte ich mich nicht gegen die Tränen zu wehren, die nicht kamen.

Ich war daran gewöhnt – das hier war mein Leben.

Niemand sah mich. Nicht einmal Bobby sah mich mehr, und sie war nicht nur meine Assistentin, sondern auch meine beste Freundin. Sie kannte mich, bevor ich berühmt wurde. Sie kannte mich, als ich zwei Jobs hatte, erschöpft war und versuchte, den Durchbruch zu schaffen.

Aber das war meine Schuld.

Oberflächlich betrachtet war alles okay, sie gab gemeinsam mit mir vor, dass ich mich nicht so tief in mich selbst zurückgezogen hatte, dass ich die meiste Zeit abwesend war. Ich sang, ich schrieb, ich trat auf, aber das war's. Innerlich war ich tot.

Meinen Eltern war es endlich gelungen, das letzte Fünkchen Hoffnung darauf zu zerstören, dass da draußen etwas Gutes auf mich wartete. Meine Eltern waren seelenaussaugende, geldgierige Schnorrer. Betrunkene Versager, die dachten, dass die Welt – zunächst die Familie meines Vaters, dann ich – ihnen etwas schuldete.

Die Familie meiner Mutter war bettelarm gewesen, sie hatte reich geheiratet und dachte, damit den Jackpot gewonnen zu haben, und das hatte sie auch. Meine Großeltern waren großzügig. Bis die Trinkerei meiner Eltern außer Kontrolle geriet. Sie tranken mehr und mehr, verloren ihre Jobs und wurden zu betrunkenen, widerlichen, bösartigen Menschen, dann wandte sich die Familie meines Vaters von ihnen ab und das bedeutete, dass sie sich auch von mir abwandte.

Als ich zehn war, wusste ich weder über Geld Bescheid noch interessierte ich mich dafür, ich wusste nur, dass Großvater und Großmutter nicht mehr da waren. Das war der Beschluss meiner Eltern, es sei denn, meine Großeltern zahlten für das Privileg. Nein, das stimmte nicht, Großvater hätte mich retten können, aber er tat es nicht.

Nachdem meine Eltern sich also als die größten Arschlöcher auf dem Planeten herausstellten und es meinem Großvater wichtiger war, sich selbst zu schützen als mich, hatte ich keine Familie.

Mein Onkel war entspannt genug, mich in seinem Haus wohnen zu lassen, das lag allerdings nicht daran, dass wir uns nahestanden oder er sich um mich sorgte, er tat es lediglich, weil ihm das Haus egal war. Es war ihm vererbt worden, als meine Großeltern starben. Das Haus bedeutete ihm nichts und ich ebenfalls nicht.

Familie war scheiße.

Männer waren scheiße.

Aber am Ende habe ich es allein geschafft.

Ich habe bewiesen, dass ich besser war als die Säufer, die mich großgezogen haben.

Ich arbeitete hart, ich war ehrlich und ich war ein guter Mensch.

Und in meinen Augen war das ziemlich in Ordnung.

Aber trotzdem sah mich niemand.

Ich sang die letzte Zeile des Liedes »Iris« von den Goo Goo Dolls, ließ den letzten Akkord verhallen und senkte den Kopf, um auf die ausgetretenen Bohlen zu starren, die sich unter meinen nackten Füßen befanden, während ich darüber nachdachte, warum ich nicht würdig war.

Ich besaß mehr Geld, als ich jemals ausgeben konnte, meine Fans füllten Stadien, um mich singen zu hören, ich hatte Menschen, die sprangen, wenn ich darum bat – nicht dass ich das getan hätte, denn das war wirklich ekelhaft –, aber sie würden aufspringen und mir den Hintern küssen und mir alles geben, was ich haben wollte.

Und kein Einziger von ihnen sah, dass ich innerlich tot war.

Ich wollte nur jemanden haben, der wusste, wer ich war.

Ich.

Genevieve.

Das würde ich niemals haben. Mein Geld konnte es nicht kaufen, mein Ruhm konnte es mir nicht beschaffen und da das die beiden einzigen Sachen waren, die für mich gut liefen, war ich dabei aufzugeben. Ich verschloss mein Bedürfnis tief in mir, sodass niemand jemals sehen oder erfahren würde, wie einsam ich war.

Ich ging zu »Boulevard of Broken Dreams« von Green Day über. Mein Verstand leerte sich, meine Finger bewegten sich und meine Stimme erfüllte das Haus. Vier Minuten und dreiundzwanzig Sekunden später war meine Kehle rau, als ich mein Baby wieder auf ihren Ständer stellte, mich zurück ins Schlafzimmer schleppte und ins Bett kletterte.

Die Bettwäsche roch nach Chasin.

Aber ich werde nicht derjenige sein, der dich fickt.

Wie es meine Art war, wenn mir etwas im Kopf herumging, lag ich hellwach im Bett.

Aber ich werde nicht derjenige sein.

Nein, er würde es nicht sein.

Dann schlug ich die Bettdecke zurück, berührte mit den Füßen den Boden und ging zurück in das andere Zimmer, wo ich meinen Block nahm und die Liedzeilen schrieb, die ich nicht schreiben wollte.

Jemand wird dich festhalten.

Aber ich werde es nicht sein.

3

KAPITEL DREI

CHASIN SASS MIT DEM TELEFON AM OHR IN SEINEM BÜRO und klickte sich durch Werbe-E-Mails, während er halb seiner Mutter zuhörte, die sich darüber beklagte, dass er sie nicht besucht hatte, als er zwei Tage zuvor durch Ohio gefahren war. Sein erster Fehler war gewesen, ans Telefon zu gehen, ohne überhaupt zu prüfen, wer anruft. Der zweite hatte darin bestanden, vor seinem Vater zu erwähnen, dass er in Ohio gewesen war, um jemanden einzufangen, der nach seiner Freilassung auf Kaution abgehauen war.

Den ersten Fehler beging er, weil er es so gut es ging vermied, mit seiner Mutter zu sprechen, den zweiten, weil sein Vater schwach war und sich bei der geringsten Druckaus-übung von seiner Mutter einschüchtern ließ. Ein Teil der Gründe, warum er beide mied. Seine Mutter konnte er kaum ertragen, seinen Vater konnte er nicht respektieren.

Nancy Murray war ein verlogenes, hinterhältiges, betrü-gerisches Miststück. Einige von Chasins frühesten Erinne-rungen beinhalteten Männer, die nicht sein Vater waren, als sie das Schlafzimmer des Miststücks verließen. Ein Zimmer, das sie mit ihrem Ehemann teilte und dennoch auf widerlichste Weise beschmutzte.

»Ein Jahr ist es her, Chasin. Ein ganzes Jahr, seit du uns das letzte Mal besucht hast.«

»Ja«, antwortete er.

Genauer gesagt waren fünfzehn Monate vergangen, seit er ihr ins Gesicht blicken musste, aber er hatte nicht vor, sie zu korrigieren. Und als er während seines letzten Besuches gesehen hatte, wie sein Vater vor dem Miststück buckelte, war das für ihn der Tropfen gewesen, der das Fass zum Überlaufen gebracht hatte. Er beschloss, dass seine jährlichen Besuche nun auf einen Besuch alle fünf Jahre ausgedehnt würden.

Chasin konnte nicht begreifen, warum Menschen betrogen. Für ihn war es einfach. Wenn dein Partner dir nicht das gibt, was du brauchst, dann verlasse ihn. Wenn du die andere Person nicht mehr liebst, verlasse sie. Wenn du dich frisch und neu fühlst oder dich der Jagdtrieb gepackt hat, beende die Beziehung.

Das Kranke an der Sache war, dass sein Vater wusste, dass seine Mutter mit einer Vielzahl verschiedener Männer schlief. Dieser Mist hatte schon früh in ihrer Ehe begonnen. Er wusste, dass seine Eltern geheiratet hatten, weil seine Mutter schwanger mit ihm war, zwei Monate, nachdem sie miteinander geschlafen hatten – bei ihrer ersten Verabredung. Als Chasin zum ersten Mal einen Mann im Haus sah, bei dem es sich nicht um seinen Vater handelte, war er vielleicht drei gewesen. Nancy war ein Miststück, das vögelte, mit wem sie wollte, und sich nicht dafür interessierte, dass ihr Kleinkind im Wohnzimmer saß und unbeaufsichtigt fernsah.

Als erwachsener Mann verstand Chasin diesen Mist sogar noch weniger als während seiner Zeit als Jugendlicher, in der er die Streits mitgehört hatte. Seine Mutter ließ vielleicht jeden in ihr Schlafzimmer, der einen Schwanz hatte, aber ihr Männergeschmack war scheiße, wenn sie ihr lediglich die zehn Minuten zugestanden, die sie brauchten, um zu kommen und sich aus dem Staub zu machen. Was heißen soll, dass sie keine Befriedigung erfuhr. Der bloße Gedanke daran ließ ihm übel werden, aber so war es nun einmal. Seine Mutter war eine Schlampe, die im Gegenzug dafür, dass sie die Beine breit machte, nichts erhielt. Und Chasin wusste das, denn als er älter wurde, vielleicht mit sechs oder sieben, wusste er, dass diese Männer nur zehn, höchstens fünfzehn Minuten im Schlafzimmer seiner Mutter blieben.

Sie traten hinaus und gingen zur Tür, ohne ihn eines Blickes zu würdigen. Einige Minuten später erschien seine Mutter und erinnerte ihn daran, seinem Vater nichts davon zu erzählen, dass sie Besuch gehabt hatte.

Besuch.

Krankes Miststück.

So verwirrt Chasin als Kind auch gewesen war, eine Sache wusste er ganz sicher: Er würde niemals eine Frau haben, die ihn betrog. Wenn auf der Highschool ein Mädchen einem anderen Typen nur nachsah, war es vorbei. Er hatte auch der einzigen Freundin, mit der er eine lange Beziehung geführt hatte, unmissverständlich klargemacht, dass Untreue ein Tabu war und zur sofortigen Trennung führen würde. Molly hatte seine Warnung nicht befolgt und nach anderthalb Jahren Beziehung, die er für stabil gehalten hatte, fand er heraus, dass sie mit einem Kerl von der Arbeit »befreundet« war. Diese Freundschaft beinhaltete anzügliche SMS zwischen den beiden und Drinks nach der Arbeit. Ganz egal, wie oft sie sich entschuldigte und flehte, Chasin ließ sich in seiner Entscheidung, sich von ihr zu trennen, nicht umstimmen. Danach hatte er nur noch ungezwungene Begegnungen ohne Versprechen, ohne Verpflichtungen und ohne sich darum zu sorgen, herausfinden zu müssen, dass seine Frau ihre Beine für jemanden breit machte oder ihre Zeit jemand anderem schenkte, der nicht er war.

»Wir werden nicht jünger, Chasin«, sagte Nancy verschnupft. »Du musst uns öfter besuchen.«

»Das werde ich nicht tun.«

Chasin schloss den Deckel seines Laptops und schaute aus dem großen Fenster. Sein Blick wurde teilweise verdeckt, aber er konnte den großen, grünen, schmiedeeisernen Brunnen sehen. Kent County war kein Ort, an dem Chasin jemals hätte leben wollen. Er hatte nicht einmal von der ländlichen Gemeinde gehört, bis sein Kumpel Nixon Swagger zurück auf die Farm zog, auf der er aufgewachsen war, und Chasin, Weston, Jameson und Holden vorschlug, nach Maryland zu ziehen und das Unternehmen zu gründen, über das sie gesprochen hatten, während sie alle noch in der Navy waren.

Aber jetzt, da er dort war, verstand er den Charme. Das Stadtzentrum, das aus nichts weiter als einem Marktplatz bestand, sah aus, als sei dort die Zeit stehen geblieben. Natürlich, die Geschäfte, die die Straßen säumten, waren modern, nicht jedoch die Gebäude. Alles an der Umgebung forderte einen geradezu auf, das Tempo zu verlangsamen, sich zu entspannen, einen Korb mit Krabben und ein Bier zu bestellen und ein bisschen zu verweilen.

Chasin würde etwas verweilen, nicht nur, weil er Mitinhaber der Gemini-Gruppe war, sondern weil er nirgendwo anders hingehen konnte. Auf gar keinen Fall wollte er sich in der Nähe seiner dysfunktionalen Familie aufhalten.

An der Tür bewegte sich etwas und Alec Hall betrat sein Büro. Der Mann war keiner der ursprünglichen Inhaber der Gemini-Gruppe. Im Gegensatz zu Nixon, Jameson, Weston, Holden und Chasin arbeitete Alec für die Regierung, nachdem er die Navy verlassen hatte. Alec hatte sich viel gefallen lassen, dann aber dem Ministerium für Innere Sicherheit den Rücken gekehrt, war bei der Gemini-Gruppe eingestiegen und nun ein gleichberechtigter Anteilseigner.

»Tut mir leid, dass ich störe. Unsere Klientin ist bereits da.«

»Ich muss auflegen«, sagte Chasin ins Telefon und nahm es vom Ohr, bevor seine Mutter antworten konnte.

War das unhöflich? Auf jeden Fall. Interessierte es ihn? Nicht im Geringsten.

Wenn Nancy Liebe und Zuneigung von ihrem Sohn wollte, hätte sie kein betrügerisches Miststück sein sollen.

Chasin steckte sein Telefon in die Hosentasche, drehte sich zu Alec um und gestand: »Ich hatte noch keine Zeit, mir die Akte anzusehen.«

Er war vier Tage lang weg gewesen, gestern spät angekommen und hatte den Großteil des Vormittags damit verbracht, seine E-Mails zu lesen. Er hatte die Akte, die Nixon ihm hingelegt hatte, noch nicht einmal geöffnet.

»Kein Problem. In der Akte steht sowieso nicht viel. Eine Plattenfirma, die Schutz für eine ihrer Künstlerinnen benötigt – irgendein berühmter Country-Star.«

Perfekt. Nach der Höllenwoche hatte Chasin nun wirklich keine Lust, sich mit einer verwöhnten Musikerin und arroganten Leuten aus der Plattenindustrie herumzuschlagen.

»*Großartig*«, brummte Chasin und Alec lächelte.

Etwas von der Anspannung in seinem Magen verschwand, es war schön, seinen Freund glücklich zu sehen. Das Leben hatte Alec ziemlich überrumpelt. Nicht dass es auf die bestmögliche Weise passiert war, aber trotzdem, plötzlich ein Baby in die Hand gedrückt zu bekommen, von dem man nicht wusste, dass man es gemacht hatte, hätte einen schwächeren Mann in die Depression gestürzt.

Sicher, während der ersten Monate war es Alec als alleinstehendem Mann Ende dreißig schwergefallen – was zur Hölle wusste er schon darüber, wie man eine Tochter großzieht? Aber weil Alec eben Alec war und damit klug und einfallsreich, fand er es heraus. Jocelyn war seine Welt. Dann lernte er Macy kennen und sie brachte ihre Kinder Caleb und Rory mit. Jetzt war Alecs Welt komplett.

Glückspilz.

»Wenn du bereit bist zu reden, bin ich bereit, dir zuzuhören«, sagte Alec, als er sich zum Gehen wandte.

»Was?«

»Nur weil keiner von uns etwas gesagt hat, bedeutet das nicht, dass wir nicht wissen, dass mit dir irgendetwas los ist. Was auch immer letzte Woche passiert ist, das dir die Laune vermiest hat, ich bin hier, wenn du darüber reden willst.«

Die verdammte Genevieve Ellison.

Sie war ihm letzte Woche passiert. Und sieben Tage später hatte Chasin immer noch daran zu knabbern. Die Frau plagte ihn in seinen Träumen, drang in seine Gedanken ein und je mehr er an sie dachte, desto wütender wurde er.

Dieses Miststück hatte ihn zu etwas gemacht, das er mehr als alles andere hasste – einen Betrüger. Es war ihm egal, dass er nicht derjenige in der Beziehung war, er hatte trotzdem die Frau eines anderen Mannes gevögelt. Und als wäre das noch nicht schlimm genug, hatte er auch noch Zeit mit ihr verbracht, sie zum Lachen gebracht und angefangen, sich in sie zu verlieben. Sie hatten zwar nicht viel Zeit miteinander verbracht, aber es hatte ausgereicht, um zu wissen, dass er sie besser kennenlernen wollte.

Sie hatten eine Verbindung.

Zumindest dachte er das.

Erinnerungen an diese Nacht drehten ihm den Magen um, doch jedes Mal, wenn er an ihr hübsches Lächeln, ihr raues Lachen und den schnellen Scharfsinn dachte, die Art, wie sie küsste, schmeckte, sich anfühlte, wenn sie ihn umschlang, wurde sein Schwanz steif und er verspürte ein Brennen in der Brust.

Die Frau, die er während der letzten Woche versucht hatte zu vergessen, von der er aber wusste, dass es ihm nicht gelingen würde. Sie gehörte jemand anderem, sie war die Art Frau, die er verachtete. Dennoch, irgendwo tief in ihm wurde Chasin das Gefühl nicht los, dass sie perfekt für ihn war.

Ein Therapeut hätte an diesem Mist seine helle Freude. Wo wir schon von Mutterkomplexen sprechen – der Sohn verliebt sich in eine betrügerische Lügnerin, genau wie seine liebe Mommy es war.

Wozu machte ihn das?

Einem Schwächling.

»Ich weiß es zu schätzen. Aber da gibt es nichts zu reden. Ich wurde von einem Miststück hintergangen. Ich bin darüber hinweg. Bringen wir diese Sache hinter uns, damit ich nach Hause fahren und schlafen kann.«

Alec musterte Chasin, bewertete den Wahrheitsgehalt seiner Antwort und durchschaute die Lüge schnell. Er nickte ihm kurz zu. »Wir unterhalten uns nach dem Termin.«

Noch einmal, *großartig.*

Chasin ging in die Eingangshalle und hielt abrupt an.

Was zur Hölle?

Genevieve.

Leibhaftig – sie stand direkt vor ihm.

Langes braunes Haar, vollkommen glatt und er wusste, dass sie nichts getan hatte, um es so aussehen zu lassen. Sexy Tätowierungen schlängelten sich um ihren rechten Arm – Efeu, Orchideen, Sonnenblumen, Gänseblümchen, Gardenien, ein Blumengemisch vom Handgelenk bis zur Schulter. Alles in kräftigen Farben, von denen Chasin zuvor gedacht hatte, dass sie zu ihrer Persönlichkeit passten. Sie trug eine abgeschnittene Jeans, Cowboystiefel und ein wallendes Oberteil, das ihre Brüste versteckte, aber trotzdem aufreizend war.

Chasin spannte den Kiefer an und es zeigte sich, dass er ein Mistkerl war, als er gar nicht erst versuchte, die Bilder dieser Schenkel beiseitezuschieben, die sie fest an seinen Kopf gepresst hatte, oder wie sie ihre langen, sexy Beine um seine Hüften geschlungen hatte. Er machte sich nicht die Mühe, weil er von den letzten sieben Tagen wusste, dass es keinen Sinn hatte zu versuchen, diese Erinnerungen aufzuhalten, wenn sie sich einen Weg in seine Gedanken bahnten. Sie drangen wie ein Angriffsteam ein und würden nicht stoppen, bis er an nichts anderes als sie denken konnte.

Dann wurden die goldfarbenen Augen auf ihn gerichtet, die er vergessen wollte, aber nicht konnte. Genevieve wich zurück, verlor das Gleichgewicht und stolperte. Nixon ließ die Hand hervorschnellen und packte sie am Oberarm. Etwas Hässliches brodelte in Chasins Magen. Etwas, das sich wie Eifersucht anfühlte – eine Emotion, die zu empfinden er kein Recht besaß.

Diese Frau gehörte nicht zu ihm und würde es niemals tun.

Was war nur los mit ihm?

Chasin kannte die Antwort darauf – die Frau war nicht nur Sex auf zwei Beinen, er war ebenfalls weich geworden. Er hatte zugesehen, wie seine Freunde Frauen kennenlernten und sich bis über beide Ohren in sie verliebten. Er hatte gedacht, dieser Mist war wie Magie und würde ihm irgendwie auch passieren. Als er dann Genevieve aus dem Fluss zog, dachte er, er sei vom Blitz getroffen worden und seine Traumfrau sei ihm im wahrsten Sinn des Wortes vor die Füße gefallen. Er brauchte sie nur noch aus dem kalten

Wasser zu befreien und sie würden dem Sonnenuntergang entgegenfahren.

»Chasin?«, flüsterte sie.

Scheiß auf ihn.

Diese Stimme machte ihn fertig.

Schmerz mischte sich mit Wut – er war hintergangen worden. Wie war es ihr möglich, ihm so unter die Haut zu gehen, wie es noch keine andere Frau zuvor geschafft hatte? Verdammt, gestern musste er zweimal den verfluchten Radiosender wechseln, denn er hätte schwören können, dass die Frau, die dort sang, genau wie Genevieve klang.

»Warum bist du hier?«

Nixon hatte die Hand weggenommen, er stand aber immer noch dicht neben ihr. So irrational es auch war, Chasin wollte trotzdem darauf bestehen, dass sein Freund sich von Genevieve entfernte, obwohl Nixon glücklich verheiratet und kein Typ war, der fremdging.

»Ist alles in Ordnung?«, fragte eine Frau.

Chasin sah die Frau, die neben Genevieve stand, gerade lange genug an, um zu bemerken, dass sie klein und blond war. Er schenkte ihr keine weitere Aufmerksamkeit und richtete den Blick wieder auf die sexy Brünette, an die er nicht aufhören konnte zu denken.

»Ja. Es ist alles in Ordnung, Bobby.«

Bobby.

Ich schwöre, ich bin vorsichtig. Es sind nur ein paar Tage, Bobby, dann bist du hier.

Die Luft, die ihn umgab, wurde erdrückend, sein Herz hämmerte unter seinen Rippen und wegen des Kloßes in seinem Hals konnte Chasin plötzlich nicht mehr schlucken. Genevieve starrte ihn mit einer Mischung aus Schmerz und Triumph an. Sie wusste, dass er wusste, dass er es versaut hatte.

Kolossal, riesengroß, die größte Scheiße seines Lebens. Er hatte voreilige Schlüsse gezogen und war voll auf die Fresse gefallen. Hätte er sich einen Moment Zeit genommen und gefragt, hätte sie es ihm erklärt, das wusste er. Während der Zeit, die sie miteinander verbracht hatten, war sie offen gewesen.

Wäre er bloß nicht so ein Arschloch gewesen.

»Gehen wir rein.« Nixon deutete zum Konferenzraum.

Genevieve trat zögernd ein. Bobby, die blonde *Frau* folgte ihr, danach kam Alec. Nixon wandte sich an Chasin, bevor dieser eintreten konnte.

»Du kennst sie?«

»Ja.«

»Werden wir ein Problem haben?«

»Vermutlich.«

»Hast du sie gevögelt?« Nixons Stimme war zu einem Flüstern geworden.

»Ja.«

»Verdammt noch mal. Wir unterhalten uns später.«

Nein, das würden sie nicht tun. Chasin würde nicht bleiben, nachdem sie fertig waren – er würde Genevieve nach draußen folgen und es ihr erklären.

Chasin und Nix waren kaum eingetreten, als Bobby sich zu Wort meldete. »Vielen Dank, dass Sie sich so kurzfristig Zeit für uns nehmen. Vivis Managerin Melissa hat uns gesagt, dass Sie die Besten sind und wir Glück haben, dass Sie bereit sind, uns zu empfangen. Was für ein Glück, dass Vivi hierhergekommen ist und Sie kaum drei Blocks entfernt sind. Ich dachte, sie sei verrückt, sich in die tiefste Provinz zurückzuziehen. Aber jetzt bin ich wirklich dankbar dafür.«

Vivi.

Kein Zucken, als ihre Freundin denselben Kosenamen benutzte, mit dem er sie in jener Nacht bezeichnet hatte.

»Genevieve ist die Klientin?«, fragte Chasin.

»Ja. Sie benutzt jedoch den Namen Vivi Rush«, erklärte Bobby.

Ein unnatürlicher Anflug von Verbitterung überkam ihn. Genevieve hatte nicht erwähnt, dass sie Sängerin ist. Nein, keine Sängerin – Alec hatte sie als Country-Star bezeichnet.

Was zur Hölle?

Er wusste rein gar nichts über Countrymusik. Es hatte ihn nie interessiert, sich ein Lied über einen Mann anzuhören, der am selben Tag seinen Hund, seine Frau und seinen Pick-up verliert. Dieser Mist klang deprimierend. Da er also keine Ahnung hatte, wusste er nicht, wer Vivi Rush war.

»Kommen wir zu dem Teil mit dem Countrymusik-Star«, sagte Chasin. Genevieve zuckte zusammen, genauso, wie sie es getan hatte, als er sie Vivi nannte, was bedeutete, dass ihr sein bissiger Ton nicht entging.

»Chasin –«

Er ließ sie nicht aussprechen und fragte: »Und warum muss Genevieve beschützt werden?«

Chasin spürte es, alle Augen waren auf ihn gerichtet. Nixon und Alec waren in Alarmbereitschaft, Bobby war verwirrt und verdammt, Genevieve sah verängstigt aus.

»Ein Fan hat in Bezug auf Vivi eine ungesunde Besessenheit. An diesem Punkt sind wir der Meinung –«

»Ungesund?« Chasin fiel Bobby ins Wort. »Gibt es noch eine andere Art der Besessenheit?«

»Selbstverständlich«, gab Bobby schnippisch zurück. »Die Art, bei der Fans von ihrer Musik nicht genug bekommen. Die Art, die sie dazu bringt, sie zu kaufen, darüber zu sprechen, Konzerthallen zu füllen und Fanartikel zu erwerben.«

Chasin verzog angewidert den Mund. Die Frau sprach über Genevieve, als sei sie ein Produkt und kein Mensch.

»Ich sehe, das hier war ein Fehler«, begann Bobby. »Die

Plattenfirma hat uns einige Optionen gegeben, unter anderem die, ihre üblichen Leibwächter zu benutzen. Ich dachte, es sei das Beste hierherzukommen, da Sie in der Nähe sind. Aber damit lag ich falsch.«

»Bobby.« Genevieve ergriff die Hand der Frau. »Setzen wir uns.«

»Nein, Vivi, nein. Ich verstehe, dass du es nicht ernst nimmst. Du willst es nicht glauben. Ich verstehe es, das tue ich wirklich. Du bist vollkommen weltfremd, wenn du deine Musik schreibst.« Chasin hatte den Blick fest auf Genevieve gerichtet, sodass ihm bei dieser Beleidigung nicht ihr Zucken im Gesicht entging. »Du musst aber verstehen, dass es mein Job ist, dafür zu sorgen, dass du in Sicherheit bist, wenn du das tust. Das hier ist ernst, Vivi. Er dreht durch.«

Chasin wollte wissen, was *durchdrehen* bedeutete, konnte aber seinen Anflug von Wut nicht überwinden. Offensichtlich stellte irgendjemand Genevieve nach und trotzdem hatte sie einen Fremden in ihr Haus eingeladen, ihm Abendessen gemacht, sich offen mit ihm unterhalten, eine Flasche Wein mit ihm getrunken und es ihm gestattet, sie zu vögeln. Alles innerhalb weniger Stunden, nachdem sie ihn zum ersten Mal getroffen hatte. Dann ließ sie es zu, dass er über Nacht blieb, und die beiden verbrachten den zweiten Tag in ähnlicher Weise wie den ersten, nur dass sie sich etwas mehr unterhielten. Aber es sollte nicht vergessen werden, dass sie zu keinem Zeitpunkt erwähnte, dass sie ein verdammter Country-Star ist.

Was zur Hölle?

Ein verärgertes Rumpeln bildete sich tief in seinem Magen, brannte in seiner Lunge und als er es nicht länger zurückhalten konnte, entfuhr es ihm als Knurren. »Verdammt noch mal, Genevieve.«

Beide Frauen zuckten bei seinem Ausbruch zusammen,

aber es war Genevieve, die bleich wurde. Scheiß auf ihn, genau wie in der Nacht, in der er sie beschimpft hatte und dann verschwunden war. Nur war es dieses Mal nicht nur Schmerz, der hervortrat – in ihren goldfarbenen Augen zeigte sich auch eine gehörige Portion Panik.

»Chasin«, flüsterte sie.

Sein Name war keine Antwort.

»Draußen«, befahl er.

»Warte. Was?« Bobby stellte sich vor Genevieve.

Chasin hätte die beschützerische Geste für amüsant gehalten, wenn er nicht so sauer gewesen wäre. Genevieve war mindestens sieben Zentimeter größer und fünfzehn Kilo schwerer als die zierliche Blondine. Fünfzehn Kilo, die für Genevieves sexy Kurven verantwortlich waren. Sowohl Brüste als auch Hintern waren üppig und weich. Ein Körper, der dafür gemacht war, einen Mann wie ihn zu nehmen.

Auf jede Weise perfekt.

»Chasin, setzen wir uns doch alle wieder und –«

»Draußen. Jetzt.«

Gold glitzerte und verdammte Scheiße, Chasin spürte es an zwei Stellen – in seinem Magen *und* in seinem Schwanz. Und als sie diese goldenen Kugeln verengte, die Schultern nach hinten drückte, eine Hand in die Hüfte stemmte und sich bereit zur Schlacht machte, fühlte Chasin auch das – im Magen, im Schwanz und an einer dritten Stelle – in seiner Brust. Alle drei brannten.

»Sprich nicht mit mir, als sei ich ein Hund, Chasin Murray. Ich weiß nicht, für wen zum Teufel du dich hältst, mich so herumzukommandieren.«

Damit gab Genevieve unbeabsichtigt den Einstieg, den er benötigte.

»Du *weißt*, wer *ich* bin.«

Der Schmerz flackerte auf – nur ganz kurz, dann war er

verschwunden. Aber mit ihm kam die Sehnsucht. Er kannte das Gefühl gut, deshalb entging es ihm nicht.

Genevieve sah nicht so aus, als wollte sie ihn fühlen, sie wollte ihn ganz sicher nicht wissen lassen, dass sie ihn spürte, aber er sah, dass sie ihn empfand, genau wie er.

Die sture Art, wie sie den Kiefer anspannte, erinnerte ihn an eins der vielen Dinge, die er an ihr mochte. Die Frau war wundervoll, weich, liebenswert, lustig, sensationell im Bett, klug – aber sie war kein Schwächling.

Er dachte, er hätte sich geirrt, er dachte er sei hintergangen worden.

Wie sich herausstellte, hatte er sich in vielem geirrt, aber darin nicht.

Mit einer Sache hatte er recht gehabt – Genevieve Ellison passte tatsächlich perfekt zu ihm.

Und er würde es ihr beweisen.

4

———

KAPITEL VIER

CHASIN WUSSTE NICHT – KONNTE NICHT WISSEN, WEIL er mich nicht *kannte* –, dass seine Worte mich wieder einmal bis ins Mark trafen.

Du weißt, wer ich bin.

Ich hatte den Verdacht, dass ich es tat. Ich wusste, was für eine Art Mann er war, die Art, die mir deutlich gemacht hatte, dass er dachte, ich sei eine Lügnerin und Betrügerin. Die Art, die voreilige Schlüsse zog. Die Art, die kein Problem damit hatte, jemanden zu enttäuschen, und die sich nicht dafür interessierte, dass seine Worte jahrzehntealte Wunden aufgerissen hatten.

Ich schaute hinunter auf die neu tätowierten Worte auf meinem Unterarm – *Aber ich werde es nicht sein* –, eine frische Erinnerung, die ich mir vor drei Tagen stechen ließ, eine, die ich unter meiner Haut verewigte, damit ich sie nie wieder vergaß.

Chasin war nicht der Mann, der die echte Genevieve Ellison jemals kennen würde. Niemand würde das. Ich würde kühl und distanziert bleiben. Ich wäre Vivi Rush. Sie war knallhart, mutig und frech.

39

Ja, ich würde aufgeben und von nun an sie sein.

Das löste aber nicht meine derzeitige Krise. Nicht die, in der mir ein durchgedrehter Fan nachstellte. Nein, ich hatte ein größeres Problem, eins, das ich beheben musste. Und wenn ich es täte, würde ich mich furchtbar blamieren.

Genevieve würde es etwas ausmachen.

Vivi war es egal.

»Ja, Liebling, ich *kenne* dich.« Ich sprach in meinem breitesten Tennessee-Akzent. Zäh wie Melasse ließ ich meine Worte von der Zunge rollen. »Aber du kennst *mich* nicht. Vielleicht glaubst du, dass du mich herumkommandieren darfst, weil ich dich in mein Bett gelassen habe. Du warst gut, das muss ich dir lassen, aber nicht so gut, Liebling, dass ich dir gehorche.«

Lügen. Alles Lügen. Chasin war nicht gut im Bett, er war fantastisch. Der Beste, den ich je hatte. So gut, dass ich ihm, hätte er sich nicht wie ein Arschloch verhalten, absolut gehorcht hätte, wenn es bedeutet hätte, dass ich mehr bekomme. Nicht bloß mehr Sex. Mehr von seinem zärtlichen Necken, mehr von seinem Lächeln, mehr davon, wie er mich ansieht, als würde er mich für etwas Besonderes halten.

Ein gemächliches Grinsen umspielte Chasins Lippen und ich wusste, dass ich schlecht geschauspielert hatte. Als er den Mund öffnete, wurde mir klar, dass er trotz meiner jahrelangen Übung besser war. Sehr viel besser.

»Gut? Babe, jetzt weiß ich, dass du lügst. Gut ist es, wenn du jemanden zwischen den Beinen hast, der genügend Talent besitzt, um dich einmal zum Orgasmus zu bringen. Großartig ist es, wenn du es zweimal bekommst. Süße, was wir hatten, war einfach phänomenal. Ich weiß es, weil ich dich viermal zum Höhepunkt gebracht habe, bevor du um mehr gebeten hast. Was ich dir bereitwillig gegeben habe, Süße. Und ich spreche hier nur von der ersten Nacht. Willst du über Tag zwei reden?«

Hat er ...

Hat er das gerade gesagt?

Auf gar keinen Fall hat er das getan! Es stimmte, in der ersten Nacht hatte er mir fünf spektakuläre Orgasmen beschert. Für mich waren zwei bereits ein Ding der Unmöglichkeit, aber fünf war so weit außerhalb meines Vorstellungsvermögens, dass ich es niemals in Erwägung gezogen hätte. Aber das bedeutete nicht, dass es für ihn in Ordnung war, es herauszuposaunen.

Meine Güte. Was für ein Arschloch.

Bobby schnappte neben mir nach Luft. Ich hatte ihr nichts von Chasin erzählt und auch nicht vorgehabt, es zu tun. Ich war nie jemand gewesen, der viel über seine Erfahrungen sprach, nicht einmal mit meiner besten Freundin, aber während der letzten paar Jahre hatte ich ihr immer weniger anvertraut. Ich hatte meine Gedanken und Gefühle für mich behalten und es ihnen nur gestattet, in meiner Musik zum Vorschein zu treten.

Ich sah Chasin böse an, was ihn nur noch mehr amüsierte. *Arschloch.*

»Da wir nun festgestellt haben, dass Chasin und Miss Ellison einander bekannt sind, können wir vielleicht alle Platz nehmen«, sagte der Mann, der sich als Nixon Swagger vorgestellt hatte. »Ich würde gern die Punkte besprechen, die uns die Plattenfirma gesendet hat, und einige Fragen stellen.«

Bobby zog an meiner Hand, doch ich ließ Chasin nicht aus den Augen.

Warum musste er nur so verdammt gut aussehen?

»Nur damit das klar ist, weder fünf noch fünfzig Orgasmen geben dir jemals das Recht, mich herumzukommandieren, Arschloch.«

»Zur Kenntnis genommen.« Der Unglaube in seiner Stimme entging mir nicht.

Totales Arschloch.

Und mit einem weiteren schiefen Grinsen setzte Chasin sich hin und sah Nixon an. Bobby und ich saßen Chasin gegenüber.

»Ich bin Alec«, räusperte ein Mann sich und stellte sich vor.

»Freut mich, Sie kennenzulernen, ich bin Genevieve.«

»Das habe ich mitbekommen.« Er lachte leise und ich spürte, wie meine Wangen sich vor Scham aufheizten.

Als die Demütigung über meine Dummheit einsetzte, für die ich einzig Chasin und seinen willkürlichen Befehl verantwortlich machte, sah ich zum Tisch.

»Miss Ellison«, rief Nixon.

»Bitte nennen Sie mich Genevieve«, murmelte ich.

»Okay, Genevieve, wie lange sind Sie schon in Cliff City?«

»Zehn Tage«, antwortete ich.

»Und ist irgendetwas vorgefallen, seit Sie hier sind?«

Außer, dass ich einen Mann kennengelernt, das Wochenende mit ihm verbracht und gedacht habe, ich hätte meinen Traummann getroffen?

»Nein.«

»In Tennessee ist etwas passiert«, antwortete Bobby und ich fuhr mit dem Kopf zu ihr herum. »Wir wollten nichts sagen, bis wir uns mit Ihnen getroffen haben. Ein weiterer Brief wurde zu Hause bei ihr in Oak Hill hinterlassen.«

»Wir?«, fragte ich.

»Leslie, Mel und ich.« Es folgte eine kurze Stille. »Sei nicht sauer«, sprudelte es aus Bobby heraus. »Wir wissen, dass es viel für dich ist. Wir wollten nicht, dass du dich aufregst.«

Nein, sie wollten nicht, dass ich mich stresse. Sie wollten, dass ich Musik schreibe.

»Bobby, du weißt, dass ich dich liebe. Wir sind schon so lange befreundet und du warst von Beginn an an meiner Seite. Ihr sagt alle, dass ich diese Sache nicht ernst nehme. Aber wie kann ich das denn auch, wenn ihr alle versucht, mich zu kontrollieren?«

»Es ist mein Job, zu –«

»Scheiß auf deinen Job, Bobby. Du bist meine Freundin. Du solltest mir den Rücken stärken und nicht auf Melissa und Leslie hören.« Die Augen meiner Freundin wurden groß und sie zog die Augenbrauen zusammen. *Meine Güte, sie versteht nicht, warum ich sauer bin. Auch egal.* »Was stand in dem Brief?«

Sie öffnete ihre große, schlabberige Handtasche, nahm zwei Ziplockbeutel heraus und legte sie auf den Tisch. »Ich habe ihn geöffnet. Als ich sah, was sich darin befand, habe ich versucht, nichts anzufassen und es in die Beutel zu tun.«

Und da war er – der Beweis, dass ich dieser Person nicht entkommen konnte.

Viel Spaß in Maryland.

Nichts weiter. Dicke Blockbuchstaben, schwarze Tinte, weißes Papier.

Als ich die Notiz anstarrte, schoss mir etwas durch den Kopf. Etwas, das ich schon mein ganzes Leben lang wusste, doch in diesem Moment spürte ich den kalten, harten Schlag der Realität.

Ich hatte das beschissenste Pech der Menschheit.

Von allen Männern in Kent County, die in dem Moment mit dem Kajak an meinem Dock vorbeipaddelten, in dem ich mein Gleichgewicht verlor und in den Fluss fiel. Von allen Männern in der ganzen Welt, denen ich in die Augen sah und dachte: *Oh ja, ihn werde ich hineinbitten,* und dann so weit ging zu hoffen, dass er länger bleiben würde, musste es Chasin Murray sein.

Aber er blieb nicht länger. Er ging, weil er dachte, ich sei eine Betrügerin.

Als ob.

Und jetzt war er hier. Mein Pech ging weiter – er arbeitete für die Sicherheitsfirma, die meine Managerin anheuern wollte, um mich zu beschützen.

Ich hatte fast zu viel Angst zu fragen, ob es noch schlimmer werden könnte, denn aus persönlicher Erfahrung wusste ich, dass es möglich war. Was bedeutete, dass es schlimmer werden würde, und ich war an einem Punkt in meinem Leben, an dem ich nicht viel mehr ertragen konnte. Ich stand kurz davor, das Handtuch zu werfen, auf eine einsame Insel zu ziehen und das Leben eines Einsiedlers zu führen.

Was mir den letzten Schlag versetzte, war die Tatsache, dass Bobby nach ihrer Abreise aus Los Angeles einen Zwischenstopp in Tennessee eingelegt hatte, bevor sie nach Maryland gekommen war.

»Warum bist du nach Oak Hill zurückgekehrt?«, fragte ich.

Bobby legte den Kopf auf solch dramatische Weise schief, dass ihr Ohr fast ihre Schulter berührte.

»Was?«

»Ich dachte, du wärst von L. A. direkt hierhergeflogen.«

»Vivi, ich habe dir am Montag gesagt, dass ich zurück nach Oak Hill muss.«

Sie sah mich an, als hätte ich den Verstand verloren. Montag war kein guter Tag für mich gewesen. Es war der Tag nach *Sonntag.* Der Tag, nachdem Chasin mich verlassen hatte und ich die ganze Nacht wach war und schrieb, bevor ich einige Stunden schlief, um wieder aufzuwachen und direkt wieder meine Gitarre zur Hand zu nehmen. Ich war die gesamte Woche völlig gedankenverloren, aber Montag war am schlimmsten gewesen.

»Ich habe geschrieben«, sagte ich zu ihr.

Sie war schon lange genug an meiner Seite, um zu wissen, was das bedeutete. Wenn ich in Stimmung war, vergaß ich die Zeit, manchmal Stunden, manchmal Tage. Es hing von meiner Laune und meinen Gefühlen ab.

Aber obwohl sie mich gut kannte, sah Bobby trotzdem besorgt aus.

»Richtig«, murmelte sie.

Bobby war nicht dumm. Selbst ohne Chasins Ausbruch hätte sie eins und eins zusammengezählt und wäre darauf gekommen, dass Chasin und ich ein wildes Sex-Fest hatten. Aber sie hätte *nicht* eins und eins zusammengezählt und wäre zu dem Schluss gekommen, dass ich am Boden zerstört war, weil Chasin mich sitzen ließ, nachdem er mich als ein betrügerisches Miststück betitelt hatte.

»Können Sie uns sagen, wann diese Person das erste Mal Kontakt zu Ihnen aufgenommen hat?«, fragte Alec.

»Das ist schwer zu sagen. Aber es fiel uns zum ersten Mal auf, als Geschenke bei Vivis Haus abgegeben wurden«, klärte Bobby ihn auf.

»Warum ist es schwer zu sagen?«, hakte Alec nach.

»Weil Fanpost an eine Postfachadresse geliefert wird und dann jemand von der Plattenfirma sie durchsieht.«

Alec nickte und notierte sich etwas auf einem Block, der vor ihm lag. »Und niemandem bei der Plattenfirma ist irgendetwas Ungewöhnliches aufgefallen? Drohungen? Romantische Annäherungsversuche? Eine exzessive Anzahl von Briefen von demselben Fan?«

»Romantische Annäherungsversuche? Natürlich, Vivi

bekommt ständig Heiratsanträge. Sowohl Männer als auch Frauen schicken ihr Briefe, in denen sie schreiben, sie seien ihre Seelenverwandten, oder die Absender erzählen, dass Vivi sie von der Bühne aus angesehen hat und als ihre Blicke sich trafen, wussten sie, dass sie zusammengehören. Solche Sachen passieren ständig. Drohungen sind weniger häufig, kommen aber vor. Wenn jemand ein Lied nicht mag oder der Meinung ist, dass einige Texte zu anzüglich sind, oder ihm nicht gefallen hat, was sie während eines Konzerts oder in einem Video getragen hat, glauben die Menschen, sie hätten das Recht, ihr zu sagen, sie solle aufhören, diese Art von Musik zu machen, oder sie solle ihren Kleidungsstil ändern. Aber meistens steht in diesen Briefen nur, dass sie in der Hölle schmoren wird.«

In der Hölle schmoren.

Wie oft habe ich das schon gehört? Unzählige Male. Einige Leute waren unfassbar unfreundlich. Einige Leute waren einfach nur gemein. Nach all den Jahren, in denen ich gelesen und gehört hatte, wie schrecklich ich war, könnte man denken, ich würde es an mir abprallen lassen – mich nicht darum scheren und einfach weitermachen. Aber die Wahrheit war, dass es schmerzte.

Ich ließ den Blick von der unheimlichen Nachricht, die ich anstarrte, zu Chasin wandern. Er schaute weder auf den Brief noch zu Bobby. Er hatte die Aufmerksamkeit auf mich gerichtet.

Seine volle Aufmerksamkeit.

Plötzlich fühlte es sich an, als seien wir die einzigen Anwesenden im Raum.

Und genau wie neulich, als wir auf meinem Sofa saßen, trafen sich unsere Blicke. Nur war ich zu dem Zeitpunkt dumm gewesen. Ich hatte es mir gestattet, fantasievolle

Gedanken zu haben. Riesengroße Illusionen. Ich wollte unbedingt, dass Chasin *mich* sieht. Er hatte keine Ahnung, wer ich war. Er kannte Vivi nicht. Er erkannte mich nicht, als er mich sah. Kein Schimmer von Bestätigung, als er mich reden hörte.

Chasin wusste nicht, wer ich war, und es fühlte sich so gut an, dass ich mich davon überwältigen ließ. Zu jener Zeit war mir davon schwindelig, ich war gefangen, war von ihm gefesselt, und er von mir.

Jetzt fühlte es sich kalt an.

Jetzt kannte er mich und ich kannte ihn und alles war im Eimer. Mein Leben war wie ein schlechtes Countrylied. Sie wissen schon, das, in dem das Mädchen an nur einem Abend ihren Mann, ihren Hund und ihren Pick-up verliert. Vielleicht war das der Grund, warum ich nie einen Hund hatte, ich hatte zu viel Angst, ihn zu verlieren. Und ich fuhr keinen Geländewagen. Ich fuhr einen Chevrolet El Camino, den ich auf einem Schrottplatz entdeckt und restauriert hatte. Ich liebte diesen Wagen.

Und ich hatte nie einen Mann, den ich verlieren konnte – Chasin und das Wochenende, das ich mit ihm verbrachte, waren das meiste, was ich mir je gestattet hatte. Jetzt wusste ich, dass ich dieses Risiko nie wieder eingehen wollte. Ich erinnerte mich auch daran, warum ich es in der Vergangenheit nie eingegangen war.

Aber ich werde es nicht sein.

Diese Worte, die meine Haut befleckten, würden mich daran erinnern, sollte ich jemals wieder ein plötzliches Bedürfnis verspüren und beschließen, es noch einmal zu versuchen.

Das Gespräch um mich herum war fortgesetzt worden, während ich in Gedanken versunken war. Ich hörte nicht zu, bis Nixon mich direkt ansprach.

»Verzeihung, was?«

»Haben Sie, seit Sie hier sind, irgendwelche Pakete, Anrufe, Besuche oder irgendetwas in der Richtung erhalten?«

»Nein.«

»Niemanden?«, bohrte Nixon nach.

»Chasin –«

»Abgesehen von ihm?«

»Nun, der Putzdienst war da. Und ich habe den Gärtner gehört. Aber ich hatte keinen Besuch. Und keine Anrufe. Und die Lebensmittel wurden geliefert.«

»Das *sind* Besuche, Genevieve«, sagte Chasin aufgebracht und ich wandte den Blick wieder zu ihm.

Ich wusste, dass ich ihn böse ansah. Es war unhöflich, aber es war mir scheißegal. Ich hatte es satt, von ihm angefahren zu werden.

»Entschuldige bitte, Chasin. Ich dachte, er spricht über private Besuche. Jemand, der kommt, um mich zu sehen.«

»Hat irgendjemand dieser Personen mit Ihnen gesprochen?«, fragte Nixon.

»Eine Frau namens Lori steckte den Kopf in das Zimmer, in dem ich mich aufhielt, stellte sich vor und teilte mir mit, dass sie gekommen sei, um zu putzen, und dass sie das Haus in wenigen Stunden wieder verlassen würden.«

»Sie?«, schaltete Alec sich ein.

»Ihre Putzkolonne, nehme ich an. Ich habe sie nicht gesehen. Und sie hat sich nicht verabschiedet, als sie ging.«

»Und die Lebensmittel?«

»Ich habe nicht gesehen, wer sie geliefert hat.«

Alec runzelte die Stirn und schaute mich ungläubig an. »Wo waren Sie, als sich das alles zugetragen hat?«

»Im ersten Stock. Ich habe geschrieben.«

»Das passiert«, seufzte Bobby. »Wenn Vivi sich in ihrer Musik verliert, dann bekommt sie nichts mehr mit. Das Leben um sie herum geht weiter und sie hat keine Ahnung. Ich wette, sie hat nicht einmal den Staubsauger gehört, und das hätte direkt neben ihr passieren können.«

Das alles stimmte, aber aus Bobbys Mund klang es, als sei ich ein Schwachkopf.

»Ich habe die Tür zugemacht«, versuchte ich, mich lahm zu verteidigen.

»Wir brauchen den Namen des Putzdienstes, des Gärtners und des Lieferdienstes«, sagte Alec zu mir.

»Ich werde Ihnen die Namen von ihrem Onkel besorgen«, antwortete Bobby für mich.

Wann war das zu meinem Leben geworden? Wann hatte ich die Kontrolle über die einfachsten Dinge verloren, wie für mich selbst zu sprechen?

»*Ich* werde meinen Onkel heute Nachmittag anrufen und Ihnen die Namen mitteilen«, schaltete ich mich wieder ins Gespräch ein. »Aber nur, dass Sie Bescheid wissen, ich werde ihm sagen, er soll den Lieferdienst kündigen. Ich kann meine Lebensmittel selbst einkaufen. Und während ich hier wohne, braucht er den Putzdienst nicht zu schicken. Ich kann allerdings nicht die Gartenarbeit verrichten, deshalb werde ich ihn bitten, den Gärtner zu behalten.«

»Vivi, ich fahre in zwei Tagen zurück nach Oak Hill«, rief Bobby mir etwas ins Gedächtnis, das ich bereits wusste.

»Und?«

»Das bedeutet, ich werde nicht hier sein, um für dich einkaufen zu gehen.«

Ein Schmerz, von dem ich wusste, dass meine Freundin ihn mir nicht bereiten wollte, kroch meine Kehle hinunter und breitete sich in meinem Magen aus. Ich verspürte Scham, und eine bittere Kälte überkam mich.

Alec, Nixon und Chasin mussten mich für ein

verwöhntes Miststück halten, das ihre Assistentin dazu zwingt, ihr Lebensmittel zu kaufen.

Das war nicht ich. Wenngleich es den Anschein hatte, als hätte ich mich in diesen Menschen verwandelt.

»Ich kann meine Lebensmittel selbst einkaufen, Bobby«, murmelte ich.

»Ich weiß, dass du das kannst. Meine Güte, Vivi, warum hörst du dich so beleidigt an? Ich will damit sagen, dass ich nicht hier sein werde, um den Kühlschrank aufzufüllen, damit du sicher vor Menschen, die dich erkennen könnten, drinnen bleiben kannst. Es ist ja nicht so, als könntest du einfach durch den Gang mit Keksen spazieren. Dieser Mist landet innerhalb von zwei Komma fünf Sekunden im Internet, und dann wird dein Geheimversteck ganz schnell nicht mehr ganz so geheim sein.«

Scheiße. Sie hatte recht.

»Na gut, dann werden die Lebensmittel eben weiter geliefert«, gab ich nach.

»Kündige den Lieferdienst«, wies Chasin mich an. »Wir werden dir bringen, was du brauchst.«

»Das ist nicht notwendig«, entfuhr es mir.

»Das ist es sehr wohl. Je weniger Menschen Zugang zu dir haben, desto besser. Was immer du brauchst, werde ich dir bringen. Wir werden ebenfalls eine Liste der Personen benötigen, die mit Genevieve Kontakt haben werden. Mitarbeiter der Plattenfirma, Manager, Freunde, alle in dieser Richtung. Sobald sie die Freigabe erhalten, werden wir euch Bescheid sagen, und sie können weiter ihrer Arbeit nachgehen. Bis es so weit ist, darf niemand direkten Kontakt zu ihr haben.«

Bobby nickte, als sei sie mit dieser verrückten Idee vollkommen einverstanden.

»Findest du das nicht übertrieben? Niemand aus meinem Team würde mir schaden.«

»Ach nein?«, grunzte Chasin. »Und woher weißt du das?«

»Weil es gute Menschen sind. Ich arbeite schon lange mit ihnen zusammen. Sie mögen mich. Und ernsthaft, sie sind vorsichtig, deshalb wollen sie euch anheuern. Es macht also keinen Sinn, dass einer von ihnen mir Schaden zufügen will.«

»Vivi, er hat recht. Alle sollten überprüft werden.«

»Warum, Bobby? Warum sind ganz plötzlich alle so aufgebracht? Die Geschenke und Briefe kommen schon seit einer ganzen Weile. Wir wissen alle, dass dieser Person bekannt ist, wo ich wohne. Es ist unheimlich, es ist scheiße, aber verdammt, es sind Briefe und wertlose Schmuckstücke. Ich hätte gern, dass diese Person damit aufhört. Es gefällt mir nicht, zu wissen, dass etwas Neues kommen und mir Angst einjagen wird, aber meine Güte, das hier ist vollkommen verrückt.«

Bobbys Gesicht wurde bleich. Sie sah zu Nixon, dann wieder zu mir und ich wusste, ich *wusste* einfach, dass sie mir etwas verschwieg. Etwas, bei dem ich durchdrehen und wütend werden würde.

»Sag es mir einfach, Bobby. Was ist passiert?«

Dann dämmerte es mir. Als ich Bobby erzählte, dass ich zu meinem Onkel fahre, um der Ablenkung durch die Briefe, die ich schon seit Langem nicht mehr las, und den Päckchen zu entkommen, die anfingen, regelmäßiger geschickt zu werden, hatte sie sofort zugestimmt. Dann hatten mein Manager, mein Agent und die Plattenfirma gesagt, sie hielten es für eine großartige Idee. Selbst meine Pressesprecherin Colleen hatte es gutgeheißen, und sie war nie glücklich darüber, wenn ich mich wegsperrte. Sie mochte es, wenn ich im Mittelpunkt stand und die Schlagzeilen beherrschte. Trotzdem hatte sie eine Geschichte erfunden und nicht widersprochen.

Und sie waren diejenigen gewesen, die vorgeschlagen hatten, es sei Zeit, einen Leibwächter zu beschäftigen, etwas, dem ich widerwillig zustimmte, nur damit sie mich in Ruhe ließen und ich arbeiten konnte.

Ein Leibwächter – kein komplettes Team von Ermittlern.

Die Polizei war bereits eingeschaltet. Jeder neue Gegenstand wurde an den Detective übergeben, der für den Fall zuständig war.

»Bobby«, forderte ich sie auf.

»Okay, okay, sei nicht sauer.«

Weil das nie ein guter Anfang für ein Gespräch war, machte ich mich bereit. Leider hätte ich mich im Nachhinein nicht bereit machen sollen – ich hätte die Schotten dicht machen und auf meine Trauminsel umsiedeln sollen, wo ich allein als Einsiedlerin leben würde. Denn noch niemals in meinem Leben hatte ich so viel Angst.

»Wir haben Sachen in deiner Garderobe gefunden. Und, äh, in deinem Schlafzimmer.«

»Mein Schlafzimmer?«, krächzte ich. »Deshalb hast du die Schlösser austauschen lassen und den Alarmcode geändert?«

»Ja«, flüsterte sie.

»Was habt ihr gefunden?«

»Vivi –«

»*Was zum Teufel habt ihr gefunden?*«, schrie ich.

»Ein Foto von dir. Von einem Konzert. Es ... äh ... der Winkel ließ darauf schließen, dass es aus der ersten Reihe aufgenommen worden war. Und da waren noch andere ... Sachen. Vivi, bitte vertrau mir, das hier ist notwendig. Wir brauchen die Gemini-Gruppe –«

»Dir vertrauen?« Ich schäumte vor Wut. »Jemand war in meinem Schlafzimmer, Bobby. Meinem Zimmer. Meins. Und du hast mir nichts gesagt. Verdammt, jemand war in meinem Haus. Was noch?«

Bobby richtete den Blick unter den Tisch, bevor sie

wieder zu mir aufsah. Mit heiserer, schwacher Stimme, in der ich sie noch nie hatte sprechen hören, murmelte sie: »Dein Slip. Die Person hat ... äh ... du weißt schon ... darauf ejakuliert.«

Ich sprang so schnell auf, dass mir schwindelig wurde. Der Stuhl kippte nach hinten und fiel mit einem lauten Knall zu Boden. Um mich herum herrschte Aufruhr, aber ich war zu angewidert und wütend – und habe ich *angewidert* erwähnt? –, um darauf zu achten, was vor sich ging.

»Jemand hat sich in meinem *verdammten Bett* einen runtergeholt und du hast mich danach weiter darin schlafen lassen?«, schrie ich. »Ich habe darin geschlafen! Jemand war in meinem Haus und du hast mich dorthin zurückgehen lassen. In. Mein. Bett.«

»Vivi –«

Mehr hörte ich nicht, denn plötzlich traf mein Gesicht auf eine Muskelwand, starke Arme umschlangen mich und ich wollte mich so sehr in Luft auflösen, dass ich mich fest an Chasin drückte und betete, dass mein Körper mit seinem verschmelzen und ich verschwinden würde.

Dann stand ich nicht mehr. Chasin hob mich auf seine Arme. Ich hätte mich wehren sollen. Ich hätte verlangen sollen, dass er mich hinunterlässt und seine Hände von mir nimmt, aber das tat ich nicht.

Ich konnte nicht.

Ich stand unter Schock. War emotional zerstört. Und so durch und durch verängstigt, dass ich kurz davor stand durchzudrehen. Außerdem zitterte ich. Nein, ich bebte so stark, dass meine Zähne klapperten. Deshalb wehrte ich mich nicht gegen Chasin. Nicht, als er eine Treppe hinaufging. Nicht, als er ein Büro betrat, die Tür zuschlug, durch den Raum schritt und sich mit mir auf einen Stuhl setzte.

Er ächzte unter unserem Gewicht auf. Ich ignorierte auch

das, die Möglichkeit, dass er unter uns nachgeben könnte, und drückte stattdessen mein Gesicht an seinen Hals, wo ich es noch tiefer vergrub.

Ich wusste, ich hätte nicht darüber nachdenken sollen, ob mein Leben noch schlimmer werden könnte.

5

KAPITEL FÜNF

Chasin hatte noch nie eine Frau so aufgelöst gesehen.

Und das sollte etwas heißen, denn Chasin befand sich im selben Raum, als Kennedy, die Frau seines Kumpels, herausfand, dass jemand Kameras in ihrem Haus installiert hatte. Diese Kameras hatten sie und Jameson zusammen aufgenommen – in privaten Momenten, die niemals irgendjemand sehen sollte.

Chasin war ebenfalls mit Weston zusammen gewesen, als sie seine Frau Silver aus einem Schiffsrumpf befreiten, nachdem sie entführt und mit Handschellen an ein Rohr gefesselt worden war.

Und er hatte die Auswirkungen auf Nixons Frau McKenna gesehen, die furchtbar verprügelt worden war.

Alle drei waren starke Frauen, alle drei waren nach ihren Erfahrungen vollkommen aufgelöst. Keiner von ihnen ging es so schlecht wie der Frau in Chasins Armen.

Weil er sich nicht sicher war, was er sagen sollte, schwieg er und hielt Genevieve fest, etwas, von dem er gedacht hatte, nie wieder Gelegenheit dazu zu haben. Und so beschissen der Grund dafür, dass er es tat, auch war – die Neuigkeiten, die ihre Freundin überbracht hatte –, er konnte nicht leugnen, dass es sich gut anfühlte, sie zu halten.

Nachdem er sich eine Woche lang mental gegeißelt hatte, weil er nicht aufhören konnte, an sie zu denken, stand es ihm nun frei, sich an die Stunden zu erinnern, die sie miteinander verbracht hatten, und dabei keine Wut zu verspüren.

Er hatte überreagiert.

Er hatte falschgelegen.

Er hatte Sachen gesagt, die nicht nett gewesen waren, und er hatte vor, es wiedergutzumachen, sobald es angemessen war, es zu tun. Aber selbst er wusste, dass der Zeitpunkt nicht jetzt war, nachdem sie erfahren hatte, dass irgendein krankes Schwein in ihrem Haus und in ihrem Bett gewesen war, wo es sich auf ihren Slip einen runtergeholt hatte.

Dieser Scheiß übertraf wirklich alles. Es war so unfassbar ekelhaft, dass er verstand, warum sie in seinen Armen zitterte.

Chasin hatte ebenfalls vor, mit Bobby zu sprechen. Seiner Meinung nach gab es keinen Grund, der gut genug wäre, um diese Sache geheim zu halten. Genevieve hatte recht, ihre Freundin hatte ihr erlaubt, in einem Bett zu schlafen, in der ein Psychopath sich beim Anblick eines Fotos von ihr einen runtergeholt hatte.

Gottverdammt noch mal.

Der bloße Gedanke daran ließ in Chasin die Wut aufsteigen.

»Ich verkaufe mein Haus«, verkündete sie.

Er konnte ihr keinen Vorwurf machen, dass sie nicht mehr dorthin zurückkehren wollte, aber jetzt war nicht der Zeitpunkt, um irgendwelche Entscheidungen zu treffen. Chasin sagte ihr das aber nicht und schwieg stattdessen.

»Sie haben zugelassen ...« Genevieve verstummte und Chasin spürte, wie sein Herz sich zusammenzog. »Ich habe dort geschlafen. Und alle haben mich gelassen. Die Menschen, denen ich vertraue. Sie alle wussten davon und haben mich trotzdem in mein Bett klettern lassen, wo ich dachte, dass ich sicher sei und nichts mich berühren könnte. In meinem Haus hatte ich die Freiheit, ich selbst zu sein. Ich musste nicht das sein, wofür mich alle halten. Und er war dort drinnen. Sie haben es mir nicht gesagt.«

Die Freiheit, sie selbst zu sein?

»Babe, warum steht es dir nicht frei, du selbst zu sein?«

»Weil niemand Genevieve will. Sie wollen Vivi. Sie wollen den Star. Keiner will bloß mich. Das ist alles, was sie interessiert – mehr Vivi, mehr Musik, mehr Platten zum Verkaufen, mehr Konzerthallen zum Füllen, mehr Handtaschen, die gekauft und mehr Reisen, die unternommen werden. Genevieve tut das nicht. Vivi tut es.«

Chasin fand es furchtbar, dass sie von sich sprach, als sei sie zwei verschiedene Personen.

Das Schlimme war, so wenig er auch über sie wusste, er bekam das Gefühl, dass sie recht hatte, aber sie hatte auch unrecht. Genevieve Ellison war Vivi Rush. Aber es spielte keine Rolle, welchen Namen sie benutzten, sie war ihr Goldesel.

Bei diesem Gedanken kochte seine Wut hoch und er hielt sie fester.

Jemand klopfte an die Tür.

»Herein«, rief Chasin.

Nixon steckte den Kopf hinein, sah Chasin und Genevieve und verkniff sich klugerweise eine Bemerkung über ihre Sitzposition. Stattdessen verkündete er: »Bobby hat Alec eine Liste von Personen gegeben, die wahrscheinlich mit Genevieve in Kontakt sein werden, damit wir ihr Leben nicht stören. Er und McKenna fangen damit jetzt an.«

McKenna war nicht nur Nixons Frau, sie arbeitete auch für die Gemini-Gruppe. Diese Frau war erschreckend klug und vollbrachte Wunder an der Tastatur.

»Ich werde meinen Onkel anrufen und euch diese Namen besorgen«, sagte Genevieve und versuchte, von seinem Schoß zu rutschen. »Chasin, lass mich los.«

»In einer Minute.«

»Ich muss –«

»In einer Minute, Genevieve.«

Goldfarbene Augen glitzerten und verdammt, Chasin gefiel das Feuer, das er darin entdeckte. Es war so viel besser als der Schmerz, aber darüber hinaus mochte er es einfach, wenn sie ihn ansah.

»Ich werde unten warten.« Nixon schloss die Tür hinter sich. Genevieve blieb steif, versuchte aber nicht, sich zu bewegen.

Chasin brachte die Hand an ihr Gesicht und strich mit der Handfläche über ihre weiche Wange. Genevieve entspannte sich etwas, doch er ignorierte diese Veränderung. Er fuhr mit der Hand in ihr Haar und als die seidigen Strähnen zwischen seine Finger glitten, konnte er zum ersten Mal seit einer Woche atmen, ohne einen stechenden Schmerz in der Lunge zu spüren.

»Es tut mir leid.« Er hörte, wie sie plötzlich einatmete, spürte, wie ihre Brust sich ausweitete, und beobachtete, wie ihr Blick weicher wurde, doch mehr gab sie ihm nicht.

Nur ein kleiner Riss in ihrer Rüstung.

Mehr brauchte er nicht.

»Ich war ein Idiot und habe überstürzt gehandelt. Ich hätte fragen sollen –«

»Das sagtest du bereits«, fuhr Genevieve ihn an und das

Weiche, das er gewonnen hatte, verhärtete sich. Nein, es wurde zu Schmerz.

»Was habe ich gesagt?«

»Nichts. Lass mich aufstehen.«

»Babe, wir müssen darüber reden.«

»Ernsthaft? Du willst jetzt darüber reden?«, fragte Genevieve ungläubig und bewegte sich erneut. »Lass mich aufstehen.«

»Schlechter Zeitpunkt, ich weiß. Aber wir müssen es aus der Welt schaffen.«

»Nein, das müssen wir nicht. Ich muss meinen Onkel anrufen. Mich mit Bobby, Melissa und Leslie auseinandersetzen. Dann muss ich einen Makler anrufen und mein Haus zum Verkauf anbieten. Wenn ich damit fertig bin, muss ich ein Buch finden, in dem steht, wie ich mein eigenes Gemüse anbaue, und eine Insel finden. Mein Haus zu verkaufen wird mir nicht wehtun, ich hasse es sowieso. Auf eine einsame Insel zu ziehen, um den Rest meines Lebens in Abgeschiedenheit zu verbringen, wird auch nicht schlimm sein. Aber weißt du, was schlimm sein wird? Wenn ich verhungere. Deshalb lass mich aufstehen, damit ich meine Anrufe tätigen, meine Bücher finden und anfangen kann zu lernen, wie ich mir das Land zunutze machen kann, damit ich nicht *sterbe*.«

Chasin nahm die Hand aus ihrem Haar und strich damit an ihrem Nacken nach unten, wo er zudrückte. »Du wirst nicht sterben, Babe.«

»Das werde ich, wenn du mich nicht aufstehen lässt, damit ich —«

»Ich lasse dich aufstehen, nachdem wir geredet haben.«

»Na schön. Du willst reden? Wir hatten Spaß, dann bist du gegangen. Ende der Geschichte.«

»Wir sind noch lange nicht am Ende unserer Geschichte, Genevieve.«

Sie sah ihn mit großen Augen an, bevor sie sie zu goldenen Schlitzen zusammenkniff. Er wusste, dass es der falsche Zeitpunkt war, um sie drängen, wusste, dass er ein Arschloch war, weil er es tat, aber er würde nicht nachgeben. Er würde nicht lockerlassen, bis sie ihm vergab. Auch das machte ihn zu einem Arschloch.

»Ich kann das jetzt nicht gebrauchen«, sagte sie und spannte den Kiefer an. »Falls es dir entgangen ist, ich habe bereits einen Stalker.«

»Mir ist rein gar nichts entgangen und dir ebenfalls nicht.« Genevieve zuckte zurück, Chasin verstärkte seinen Griff und beugte sich nach vorn. »Das hier wird nicht funktionieren, es sei denn, wir finden einen Weg, um es hinter uns zu lassen.«

»Was wird nicht funktionieren?«

»Dass ich dich beschütze.«

»*Du?*«, kreischte sie, sichtlich unglücklich über die Neuigkeiten, dass er ihr Leibwächter sein würde.

»Ich«, bestätigte er.

»Warum kann Nixon es nicht tun? Oder Alec?«

Chasin unterdrückte den irrationalen Ärger bei Genevieves Frage, warum seine Freunde sie nicht beschützen konnten. Es gab so viele Gründe, warum das nicht passieren würde. Sie war nicht bereit, das Warum und Weshalb zu erfahren, hauptsächlich deshalb, weil es sie verängstigen würde. Und sie hatte recht, sie hatte schon genug am Hals und brauchte nicht noch zusätzliche Probleme. Aber sie mussten trotzdem einige Dinge klarstellen.

»Erstens, weil Nix und Alec bereits ihre eigenen Fälle bearbeiten. Zweitens bin ich es, der alle Personenschutzaufgaben übernimmt. Das bedeutet, dass ich dein Schatten bin. Du gehst nirgends ohne mich hin. Du bist nicht allein in deinem Haus, in deinem Wagen, du machst die Tür nicht auf, du schaust nicht aus dem Fenster, du gehst nicht nach draußen, um die Möbel auf dem Steg wegzuräumen, du fährst nicht mit dem Boot weg. Du tust nichts, ohne dass ich an dir klebe.«

»An mir kleben?«, murmelte sie.

»Wie Leim.«

»Dann bin ich deine Gefangene?«

»Nein, Babe, du bist in Sicherheit.«

Genevieve fing wieder an zu zittern. Etwas, das Chasin sehr gefallen hatte, als sie unter ihm lag und er mit seinen Händen und Mund Dinge getan hatte, die ein Zittern wert waren. Er mochte jedoch nicht, wenn sie steif auf seinem Schoß saß, überfordert und in schlechter Verfassung, und bebte, weil irgendein Arschloch ihr Leben terrorisierte. »Wir werden den Kerl schnappen. Bis es so weit ist, bist du unantastbar. Jetzt müssen wir diesen Mist zwischen dir und mir klären.«

Seit Chasin sie festhielt, war es ihm nicht entgangen – der Funke des Schmerzes. Der Funke, der seine Brust durchbohrt hatte, als er ihn zum ersten Mal sah, und jedes Mal danach. Den Schmerz, für den er gesorgt hatte, weil er ein Vollidiot war.

»Ich kann nicht«, flüsterte Genevieve.

In ihrem Tonfall lag ein Bitten, eins, das ihn nicht eindringlich aufforderte aufzuhören, sondern ihn anflehte. Eine Bitte, die er nicht ignorieren konnte.

»Also gut, Liebes, was hältst du davon? Wir hören hier auf, lassen McKenna und die Jungs an die Arbeit gehen und dann fahren wir zu deinem Haus. Du kannst es dir bequem machen, ich werde das Grundstück abgehen und wir unterhalten uns später.«

»Chasin –«

»Jetzt reden oder später? Aber wir werden miteinander reden, Genevieve.«

»Später.«

Dachte ich mir.

Chasin lächelte und küsste sie auf die Stirn. Er konnte nicht behaupten, dass sie es begrüßte, seine Lippen zu spüren, aber sie wandte sich auch nicht von ihm ab.

6

KAPITEL SECHS

MAN KÖNNTE SAGEN, DASS MEIN TAG NICHT WIE geplant gelaufen war.

Hätte jemand mir erzählt, dass ich mich auf Chasins Schoß wiederfinden würde, hätte ich mich scheckig gelacht.

Hätte jemand mir erzählt, dass Chasin sich in meinem Haus aufhalten und sich dort bewegen würde, als gehörte es ihm, hätte ich ihn für verrückt erklärt, weil das niemals passieren würde.

Und doch war Chasin da und gab Nixon eine Führung. Eine, die Nixon nicht brauchte, da er zuvor schon im Haus meines Onkels gewesen war. Nachdem Nixon mir erzählt hatte, dass er in Cliff City aufgewachsen war, überraschte es mich nicht. Obwohl das Anwesen in Privatbesitz war, stand es im staatlichen Verzeichnis historischer Stätten, und aus diesem Grund hatte meine Familie das Haus immer für Führungen geöffnet. Ganz zu schweigen davon, dass mein Onkel – und vor ihm mein Großvater – jährliche Feierlichkeiten am Vierten Juli abhielten und im Laufe der Jahre die gesamte Stadt und den Gouverneur willkommen geheißen hatten.

63

Dass Nixon schon einmal in meinem Haus gewesen war, überraschte mich also nicht. Was mich überraschte, war die Art und Weise, wie *Chasin* sich durch die Zimmer bewegt hatte, als sei er schon hundertmal darin gewesen und nicht nur wenige Tage. Ich war mir nicht sicher, was ich von seinen offensichtlichen Beobachtungsfähigkeiten halten sollte, deshalb beschloss ich, diese Gedanken beiseitezuschieben und mich nicht um Chasin zu kümmern – in keiner Weise.

Stattdessen rief ich meinen Onkel an und weihte ihn in den wahren Grund ein, warum ich mich in Kent County aufhielt und in seiner Villa versteckte. Zu behaupten, er reagierte gefühllos, war eine Untertreibung. Er hatte zu meiner prekären Lage rein gar nichts zu sagen. Vielleicht hätte es ihn interessiert, wenn ich ihm erzählt hätte, dass irgendein kranker Verrückter in das Haus seiner Nichte eingebrochen war und sich auf ihrem Bett einen runtergeholt hatte, aber selbst das war unwahrscheinlich. Ich wollte nicht einmal daran denken, denn wenn dieses Bild sich in meine Gedanken schlich, konnte ich spüren, wie die Galle in mir hochstieg.

Mein Onkel sagte mir, er würde mir per E-Mail eine Liste der Personen zuschicken, die Zugang zum Haus haben, und gab seine Zustimmung für ein Sicherheits- und Beleuchtungssystem, das die Jungs installieren wollten. Aber diese Zustimmung führte zu einem Streit darüber, wer die Kosten dafür tragen würde. Am Ende gab ich nach. Ich hatte nicht die Kraft, mit ihm über etwas so Dämliches zu streiten. Wenn er wollte, dass ich zahle, dann war es mir egal, und ich musste mich um wichtigere Sachen kümmern. Beispielsweise um meine beste Freundin, die mir Informationen vorenthalten hatte.

Ich hatte ebenfalls das ungute Gefühl, dass Bobby mir noch etwas anderes verheimlichte. Bei diesem Gedanken machte ich mich auf die Suche nach meiner Freundin und Assistentin. Es dauerte eine Weile, da das Haus groß war und ich versuchte, Chasin und Nixon aus dem Weg zu gehen. Ich hatte mich immer noch nicht davon erholt, den Mann zu sehen, der mir Hoffnung gegeben hatte, dass ich vielleicht endlich einmal Glück haben könnte, und das war ihm in nur wenigen Stunden gelungen. Dann hatte er die Hoffnung genommen und sie erstickt.

Ich entdeckte Bobby auf der Dachplattform auf einem Liegestuhl, auf dem sie es sich bequem gemacht hatte. Sie hatte den Kopf nach hinten gelegt und die Augen geschlossen. Sie sah aus, als würde sie ein Mittagsschläfchen halten. Aber ich wusste, dass das nicht der Fall war. Ihre Hände waren zu festen Fäusten geballt, die seitlich neben ihr ruhten, und ihre Stirn war in Falten gelegt.

»Hast du eine Minute?«, fragte ich.

Bobby öffnete langsam die Augen und sah mich an.

»Natürlich«, murmelte sie und lächelte.

Ich kannte Bobby gut. Ich kannte sie schon ewig, deshalb war mir jedes ihrer Lächeln vertraut. Welches sie meinen Fans schenkte, mit welchem sie meine Plattenbosse und meinen Manager bedachte. Diese waren falsch – sie waren geschäftlich. Dann war da das Lächeln, mit dem sie mich und ihre Freunde all die Jahre angesehen hatte. Das Lächeln, das sich in ihren Augen widerspiegelte, ihr Gesicht zweiteilte und dafür sorgte, dass sie die Nase in Falten legte.

Bobbys Lächeln war rein geschäftlich.

Ich spürte den Schmerz des Verlustes so tief, dass ich mich setzen musste.

»Was ist mit uns passiert?«, flüsterte ich.

»Was?«

»Mit uns. Du weißt schon, Roberta und Genevieve. Wann haben wir sie verloren?«

»Viv, Liebes, wir sind doch hier«, entgegnete sie.

»Nein, sind wir nicht. Wir sind Chefin und Angestellte. Wann sind wir dazu geworden?«

Bobby hob den Rücken vom Liegestuhl an und richtete sich auf.

»Ich verstehe, dass du sauer bist –«

»Nein, tust du nicht. Du kannst es dir nicht einmal ansatzweise vorstellen«, unterbrach ich sie.

»Oh doch, das kann ich, Genevieve. Du denkst, ich habe es nicht gespürt, nicht bemerkt. Ich habe zugesehen, wie du dich während der letzten Jahre in dich zurückgezogen hast, und ganz egal, was ich tue, es gelingt mir nicht, dich dort rauszuziehen. Also habe ich das Einzige getan, was ich tun konnte, und mich zwischen dich und die Welt gestellt. Ich weiß, du bist sauer, dass ich dir nicht erzählt habe, was passiert ist, aber ich hatte einen Grund, es dir nicht zu sagen. Ich habe es getan, um dich zu beschützen. Ich habe es getan, damit du dich nicht noch weiter zurückziehst, dichtmachst und dich verschließt. Das würde bedeuten, dass du mich noch mehr ausschließen würdest, als du es sowieso schon tust. Ich weiß, was das mit dir macht.« Den letzten Teil flüsterte sie, ohne sich die Mühe zu machen, den Schmerz zu verbergen.

Natürlich hatte sie gespürt, wie ich mich zurückzog. Bobby bemerkte es, sie war der einzige Mensch, den ich nahe an mich heranließ. Der einzige Mensch, dem ich in einer Branche vertraute, die voller Blender war, die mich links liegen lassen würden, wenn ich ihnen kein Geld einbringe. Ich war eine Außenseiterin in einer Industrie, die mich bei lebendigem Leib auffressen würde, wenn ich es zuließe. Es war anstrengend, immer verschlossen und auf der Hut vor Menschen zu sein, die mich ausbeuten, kritisieren, benutzen wollten.

Deshalb war Bobby der einzige Mensch in meinem

inneren Kreis, bis sie es nicht mehr war und ich eine Ein-Personen-Nation wurde.

Mehr als jemals zuvor war ich jetzt allein.

»Die letzten zwei Jahre waren scheiße«, erinnerte ich sie.

»Das stimmt. Aber anstatt dich auf mich zu stützen, wie ich es tausendmal bei dir getan habe, hast du mich ausgeschlossen. Das war *scheiße*, Viv. Weißt du, wie schlimm es ist zu wissen, dass es deiner besten Freundin schlecht geht, sie dir ihren Schmerz aber nicht anvertraut? Was deine Eltern dir angetan haben, war selbst für sie unterste Schublade. Aber es war keine Überraschung. Du wusstest, dass sie auf die eine oder andere Weise versuchen würden, von deinem Erfolg zu profitieren. Wir wussten es und wir waren darauf vorbereitet. Aber danach, als der Prozess vorüber war, hast du vollkommen dichtgemacht, und ich versuche seitdem, an dich heranzukommen. Da ich wusste, wie es dir geht, glaubst du, ich war erpicht darauf, dir noch mehr Mist aufzubürden?«

Ich wollte nicht an meine Eltern denken oder daran, was sie mir angetan hatten. Mit einer Sache hatte Bobby recht, meine Türen waren verschlossen, mit einer Kette abgesperrt und mit zwei Vorhängeschlössern gesichert. Oder zumindest waren sie es, aber ich hatte sie kurz geöffnet, nur um mir die Finger zu verbrennen.

»Was noch?«, wollte ich wissen und Bobby presste die Lippen aufeinander. Ich hatte recht, sie hielt noch weitere Informationen zurück. »Du glaubst, du beschützt mich, aber da liegst du falsch. Wenn ich gewusst hätte, dass jemand in meinem Haus war, hätte ich den Leibwächter, den Leslie mir angeboten hat, nicht abgelehnt.« Bobby verzog das Gesicht und ich schloss die Augen, um mich vor dem Betrug zu schützen. »Du hast mich hintergangen und dem Leibwächter zugestimmt«, vermutete ich.

»Ja. Du musstest beschützt werden. Da du nicht

zustimmen wolltest, habe ich Leslie gebeten, jemanden auf dich anzusetzen. Du hast nicht gewusst, dass er da war, er hat dein Leben nicht gestört und er war nur bei dir, wenn du das Haus verlassen hast.«

»Was noch?«

»Während deiner letzten Tour wurden an jeder Veranstaltungsstätte Geschenke hinterlassen und er hat es zweimal geschafft, in deine Garderobe einzudringen.«

Mir wurde flau im Magen und etwas Hässliches formte sich darin.

»Noch irgendwas?«

»Wir haben es dir nicht gesagt, weil wir zuerst dachten, dass deine Eltern dahinterstecken und dumme Spielchen spielen, um dir einen Schreck einzujagen. Nachdem sie den Prozess verloren hatten, sagte dein Vater –«

»Ich weiß, was mein Vater gesagt hat«, unterbrach ich sie, denn ich brauchte nicht daran erinnert zu werden, dass der Mann, der an meinem Erfolg beteiligt war, mir sagte, er würde mich ruinieren.

»Nun, nachdem er gesagt hatte, was er gesagt hat, waren Leslie und Melissa der Meinung, dass es das Beste sei, ihn im Auge zu behalten. Als der erste Brief bei dir zu Hause abgegeben wurde, dachten sie, er sei es gewesen. Das Ganze hätte zu einem PR-Albtraum werden können.«

Jetzt war es raus. Dass meine Eltern mich ausnehmen und mit ihrer Gier und ihrem Verlangen, das zu stehlen, was sie dachten, verdient zu haben, meine Seele zerstören, war nichts weiter als ein PR-Albtraum.

»Richtig«, murmelte ich.

»Warum tust du das?«, fragte Bobby.

»Was tue ich?«

»Warum denkst du das Schlechteste von mir?«

Ich zuckte zurück und schob dabei die Liege nach hinten.

Das Geräusch von den Füßen, die über die Holzbohlen schabten, dämpfte mein Schnauben.

»Ich denke nicht das Schlechteste von dir«, widersprach ich.

»Viv, ich habe es doch gerade gesehen. Ich habe beobachtet, wie der Schmerz auf deinem Gesicht erschienen ist. Ich bin *nicht* wie sie.« Bobby schüttelte den Kopf. »Ich habe diesen Job nur angenommen, damit ich aus nächster Nähe dabei sein kann, wie du deine Träume verwirklichst. Um dich anzufeuern und mit dir zu feiern. Und am Anfang habe ich meinen Job geliebt. Ich habe es geliebt, dich auf der Bühne zu sehen. Du wirst lebendig, du bist elektrisch, du bist dazu geboren, dort oben zu sein. Und ich fand es unheimlich großartig zu sehen, wie du strahlst.«

Sie seufzte und sämtliche zuvor da gewesene Begeisterung verschwand aus ihrer Stimme. »Ich will nicht dein Geld, ich will nicht deinen Ruhm, ich will rein gar nichts *von* dir. Das wollte ich nie und werde es nie wollen. Und es macht mich fertig, dass ich es dir sagen muss. Für mich bist du nicht *Vivi Rush*. Ich schütze nicht dein Image, dein Einkommen oder deine Verträge. Ich schütze *dich*.«

Ihre Stimme wurde lauter. »Deshalb nein, *verdammt noch mal*, ich hatte nicht vor, dir zu erzählen, dass irgendein Arschloch, möglicherweise dein Vater, dich verfolgt und dir kranke Geschenke hinterlässt oder in deine Garderobe einbricht. Ich wollte dein Strahlen nicht dämpfen. Ich wollte nicht, dass du durchdrehst, bevor du auf die Bühne gehst, der einzige Ort, an dem ich dich in den letzten zwei Jahren wirklich glücklich gesehen habe. Es ist kein Nein, es ist ein *absolut-und-unter-gar-keinen-Umständen-Nein*, ich wollte dir das nicht nehmen und habe nicht zugelassen, dass irgendwer anders es tut.«

Bobby rieb sich das Gesicht und senkte wieder die Stimme. »Aber alles hat sich verändert, als ich ... gefunden habe, was in deinem Zimmer war. Dein Vater ist ein riesengroßes Arschloch, aber nicht einmal er würde so tief sinken und etwas so Ekelhaftes auf dem Bett seiner Tochter tun. An diesem Punkt habe ich angefangen, Pläne zu machen, um dich an einen sicheren Ort zu bringen und einen Weg zu finden, um dich über alles aufzuklären, was im vergangenen Jahr passiert ist.«

»Das war nicht der Traum«, gab ich zu.

»Ich weiß, dass er es nicht war. Und ich hasse, dass es dir passiert. Ich hasse, dass du dir den Arsch aufgerissen hast, nur um dich damit auseinandersetzen zu müssen.«

Bobby verstand es falsch, aber ich war zu müde und zu aufgewühlt, um ihr zu erklären, was ich gemeint hatte.

»Gibt es noch irgendetwas anderes?«

»Nein. Ich habe Nixon eine Liste gegeben, inklusive Fotos von den Geschenken, Kopien der Briefe sowie eine Zeitachse.«

»Danke«, war alles, was ich sagte, denn mehr gab es nicht zu sagen.

»Eine Sache noch«, sagte Bobby. Ihr Gesichtsausdruck verriet mir, ich solle mich wappnen, also tat ich es. »Ich kündige.«

»Was?«, krächzte ich.

»Ich kündige. Ich werde bleiben, bis das hier vorbei ist, und ich werde bleiben, bis du einen Ersatz für mich gefunden hast. Ich werde tun, was immer ich kann, um meinen Nachfolger einzuarbeiten, aber danach bin ich raus.«

Noch mehr Verrat.

»Dieser Blick sagt mir, dass ich die richtige Entscheidung getroffen habe.«

Ich sprang auf und sah meine beste Freundin von oben an. »Mich im Stich zu lassen ist die richtige Entscheidung?

Ich weiß, dass die letzten zwei Jahre schwierig waren. Aber ich dachte ... ach, egal.«

Ich war schon auf halbem Weg zur Tür nach unten, als Bobby meinen Namen rief.

»Ich kündige den *Job*, nicht unsere *Freundschaft*.«

»Das ist das Gleiche.«

»Das ist es verdammt noch mal nicht, und deswegen kündige ich auch. Du hast mich mit all diesen habgierigen Arschlöchern in einen Sack gesteckt, die alle irgendetwas von dir wollen. Stell dir vor, *Freundin*, ich will nur dich. Ich will das zurückhaben, was wir immer schon hatten. Ich will *dich* zurück. Ich will, dass wir wieder Geheimnisse haben. Ich will, dass wir lachen und Witze machen und Freunde sind. Verdammt, Genevieve, du hast einen Kerl kennengelernt und ihn in dein Haus gebeten, hast offensichtlich mit ihm geschlafen und mir nicht einmal davon erzählt.«

Bobby hob die Hand, um meinen Protest zu unterbinden. »Und bevor du mir sagst, dass es nichts war, es war etwas. Und selbst wenn es nichts war, wusste ich einmal über das *Nichts* Bescheid. Ich wusste einmal alles.«

Sie durchbohrte mich mit ihrem wissenden Blick. »Aber Chasin Murray ist nicht nichts. Ich habe deine Reaktion auf ihn nicht gesehen, ich habe sie *gespürt*. Du hast es mir nicht nur nicht erzählt, du hast mich angelogen. Seit ich hier angekommen bin, warst du ständig den Tränen nahe, wenn du dachtest, ich sehe es nicht. Ich habe dich gefragt, was los ist, und du hast mir gesagt, du seist wegen deines Stalkers gestresst. Aber dieses *Lied* ... scheiße, Viv, es trieft vor Liebeskummer.

Und«, Bobby sprang auf, »diese neue Tätowierung? *Aber ich werde es nicht sein*. Der Refrain des Liedes – du hast ihn dir auf den Arm tätowieren lassen? Du hast dir noch nie Liedzeilen auf den Körper tätowieren lassen und Liebes, du hast ein paar sensationelle Lieder geschrieben. Aber *diese* Worte hast du dir unter die Haut stechen lassen, deshalb weiß ich, dass sie etwas bedeuten. Ich weiß aber nicht, was zur Hölle sie bedeuten, und das bringt mich einfach um. Deshalb kündige ich. Ich will nicht deine Assistentin sein. Ich will deine Freundin sein.«

Als Bobby fertig war, ihren perfekt auf mein Herz gezielten Todesschuss abzufeuern, drehte ich mich um und lief wie ein Feigling die Treppe hinunter. Ich konnte mich ihr und der Wahrheit, die sie ausgesprochen hatte, nicht stellen. Als ich unten ankam, stieß ich mit einer Muskelwand zusammen.

Mit einem dumpfen Geräusch kollidierte ich mit Chasin.

Sehr zu meinem Unbehagen schlang er die Arme um mich, um zu verhindern, dass ich von ihm abpralle. Nicht dass ich nicht froh gewesen wäre, auf den Beinen zu bleiben, aber es bedeutete, dass ich mich in seinen Armen wiederfand – schon wieder. Zum zweiten Mal an einem Tag wurde ich daran erinnert, wie gut es sich anfühlte, von allem umgeben zu sein, was Chasin war.

Eine Erinnerung, die ich nicht benötigte, weil ich sie nicht vergessen hatte. Aber es war eine Erinnerung, die ich mir nicht leisten konnte.

Nicht jetzt.

Nicht, wenn mein Schutzmechanismus deaktiviert war.

Sollten Bobbys Worte meine emotionalen Vorhängeschlösser geöffnet haben, so sorgte Chasins leises »Baby« dafür, dass die Tore weit aufgerissen wurden. Mein Körper sackte zusammen, er schlang die Arme fester um mich und senkte den Kopf. Mit dem Gesicht nun in meinem Haar raunte er: »Baby, was zur Hölle ist los?«

Es war das zweite »Baby«, das mich aufwachen ließ.

Ich befreite mich und trat zur Seite.

»Fass mich nicht an.«

»Genevieve –«

»Lass es einfach. Bitte.«

Chasin sah über meine Schulter, sein Gesicht wurde steinhart und er kniff die Augen zusammen. Ich nutzte das zu meinem Vorteil und verschwand durch den Flur, solange er abgelenkt war.

Ja, es war der Ausweg eines Feiglings.

Aber das war mir egal.

Bobby ließ mich im Stich.

Chasin war nichts weiter als ein Hirngespinst meiner überaktiven Fantasie gewesen. Ein Mann, den ich mir eingebildet hatte, weil ich dumm und verzweifelt war. Aber obwohl ich beides war, konnte ich trotzdem nicht fassen, so falschgelegen zu haben.

Ich schlug die Tür zu meinem Schlafzimmer zu und schloss sie ab, weil ich keinen emotionalen Leim besaß und die physische Barriere brauchte. Ich lehnte mich mit dem Rücken gegen die Wand, rutschte an ihr herunter und fiel auf den Hintern. Ich stützte das Kinn auf den Knien ab und starrte ins Leere. Ich gestattete mir diesen letzten Zusammenbruch. Ich würde Bobbys Wende auf mich wirken und Chasins ungewollte Anwesenheit mein Herz verhärten lassen. Dann würde ich aufstehen, mich zusammenreißen und verdammt noch mal nach vorn blicken.

Ich, mit mir und mir ganz allein.

Das war alles, was ich brauchte.

7

KAPITEL SIEBEN

CHASIN WANDTE DEN BLICK VON DER FRAU VOR IHM nicht ab. Sie stand auf der drittletzten Stufe und er war immer noch größer als sie. Aber er dachte nicht über den Größenunterschied nach. Stattdessen zügelte er seine Wut, bevor er Bobby fragte, was zur Hölle sie zu Genevieve gesagt hatte, das dafür sorgte, dass sie bleich wie ein Gespenst und den Tränen nahe war.

»Ich weiß, was du über mich denkst«, sagte Bobby.

»Du hast keine Ahnung, was ich denke«, antwortete Chasin aufrichtig, hatte seinen Ärger aber immer noch nicht unter Kontrolle.

»Wenn ich während der Jahre, in denen ich mit Viv zusammengearbeitet habe, eine Sache gelernt habe, dann ist es, wie man Menschen liest. In diesem Geschäft lernt man das entweder schnell oder man wird aufs Kreuz gelegt, was sowohl teuer als auch emotional auslaugend ist. Also habe ich gelernt. Du magst mich nicht besonders, du bist der Meinung, es war falsch von mir, Viv Informationen vorzuenthalten. Du denkst, ich bin eins dieser Arschlöcher, die Vivi anschauen und Geld und Möglichkeiten sehen und die gewillt sind, sie

75

als Trittbrett zu nutzen, um die nächste Stufe zu erklimmen. Du liegst falsch, ich bin keiner dieser Menschen. Aber da du mich für einen von ihnen hältst, versuchst du herauszufinden, was ich getan habe, um Viv zu verstören. Nur damit du keinen Kopfraum mehr verschwenden musst und dich darauf konzentrieren kannst, was wichtig ist, nämlich ihr Schutz, werde ich es dir sagen. Ich kündige. Alles Weitere geht dich nichts an.«

Chasin hörte auf, Bobby anzustarren, und fing an, die Frau zu mustern.

»Na und? Die Zeiten sind hart, sie hat einen Stalker und weil du Angst hast, dass es Auswirkungen auf dein Leben haben wird, machst du dich aus dem Staub?« Bobby wich zurück, als hätte Chasin ihr einen Schlag versetzt, aber weil sie nichts erwiderte, sprach er weiter. »Warum hast du ihr die Informationen vorenthalten?«

Bobby ging hölzern die letzten Stufen hinunter, hielt an, legte den Kopf in den Nacken und sah zu ihm auf. Eins musste er ihr lassen – die Frau war winzig klein, aber sie hatte einen wahrhaftigen Todesblick.

»Weil sie mir wichtig ist.«

»Mir scheint, wenn sie dir wichtig wäre, hättest du sie mit allen Informationen versorgt.«

»Das denkst du, weil du sie nicht kennst.« Chasin spürte, wie das Messer, das Genevieve ihm bereits in die Brust gerammt hatte, herumgedreht wurde, aber Bobby war noch nicht fertig. »Ich weiß nicht, was zwischen euch beiden vorgefallen ist, aber ich weiß, dass niemand wie Genevieve Ellison ist, was bedeutet, dass du es total verbockt hast, wenn du sie verletzt hast.«

Das Messer wurde noch weiter gedreht.

»Warum denkst du, dass ich derjenige bin, der es verbockt hat?«

Bobbys böser Blick erstarb und um ihre Mundwinkel zuckte ein mitleidsloses Lächeln, das sagte, er sei ein Idiot. »Weil ich Viv im Gegensatz zu dir *tatsächlich* kenne. Und es ist nicht ihre Art, Männer in ihr Leben zu lassen. Ich kann mich nicht erinnern, wann es das letzte Mal passiert ist.«

Bobbys Lächeln wurde breiter. »Lass mich dir etwas erklären, für den Fall, dass es dir entgangen ist. Viv ist wunderbar, Männer haben sich schon immer ein Bein ausgerissen, um an sie heranzukommen. Wenn man dann noch den Ruhm dazunimmt, bräuchte sie nur mit dem Finger zu schnippen und könnte jeden Kerl haben, den sie wollte. Trotzdem meidet sie die Gesellschaft anderer und lässt niemanden an sich heran.«

Bobby hielt inne und musterte Chasin. Sie tat dies gründlich, von Kopf bis Fuß und dann wieder hinauf, bevor sie ihm in die Augen sah. Chasin fiel ihr prüfender Blick nicht auf. Er dachte über etwas nach, was Bobby gesagt hatte – Genevieve mied die Gesellschaft anderer. Sie hielt sich von anderen Menschen fern. Das passte nicht zu der Frau, mit der er die Nacht verbracht hatte. Zu keinem Zeitpunkt hatte er das Gefühl gehabt, Genevieve sei verschlossen und kühl. Mit ihm war sie das Gegenteil gewesen. Aber bevor er weiter darüber nachdenken konnte, fuhr Bobby fort.

»Ich weiß, dass mein Mädchen dir niemals Zugang zu ihrem Haus, geschweige denn ihrem Bett gewährt hätte, wenn sie nicht irgendetwas Besonderes gesehen hätte. Was bedeutet, du hast etwas getan oder gesagt, das ihr gezeigt hat, dass sie sich geirrt hat, und Viv vergibt keine zweiten Chancen. Du hast es so sehr versaut, du kannst nicht einmal anfangen, das zu begreifen. Aber du wirst es und wenn der Mist einsinkt, wirst du dir im Klaren darüber sein, dass – was auch immer du getan hast – der dümmste Fehler deines Lebens war.«

Chasin gefiel es nicht, wenn Frauen sich aufspielten, und es gefiel ihm noch weniger, wenn sie ihm etwas unter die Nase rieben, aber er musste zugeben, dass er Bobbys unverfrorene Art mochte, sich schützend vor Genevieve zu stellen. Weshalb er nur noch weniger verstand, warum Bobby sie im Stich ließ.

»Ich habe gehört, wie sie mit dir gesprochen hat, und voreilige Schlüsse gezogen«, gab er zu.

Bobby zog die Augenbrauen hoch und schüttelte den Kopf. »Und du hast ihr nicht geglaubt, als sie dir sagte, dass ich eine Frau bin«, riet sie.

»Schlimmer. Ich habe ihr keine Möglichkeit gegeben, es zu erklären.«

»Idiot«, brummte sie und stapfte davon.

Chasin bewegte sich nicht von der Stelle und sah zu, wie sie sich entfernte, während er darüber nachdachte, was Bobby ihm versehentlich mitgeteilt hatte. Genevieve lud keine Männer in ihr Bett ein – trotzdem hatte sie nicht nur Chasin eingeladen, sondern es auch begeistert getan. Er musste sich von Bobby nicht sagen lassen, dass er es versaut hatte, es war ihm in der Sekunde klar geworden, in der er ihr Haus verließ. Er hatte auf ihrer Veranda gestanden und in Erwägung gezogen, wieder reinzugehen, um sich anzuhören, was sie zu sagen hat. Aber dann waren Bilder seiner Mutter in seine Gedanken eingedrungen und er war gegangen.

Viv vergibt keine zweiten Chancen.

Verdammte Scheiße.

»ICH BIN SOEBEN DAMIT FERTIG GEWORDEN, mir die Zeitachse anzusehen«, sagte Alec zu Chasin.

Er stand an der gleichen Stelle, an der Genevieve

gestanden hatte, als er ihr Gespräch mit Bobby mithörte, und sah aus dem großen Fenster mit Blick auf den Steg, von dem sie gefallen war. Es war der perfekte Zeitpunkt, als sie ins Wasser fiel und er mit seinem Kajak vorbeipaddelte.

Mann, sie war so hübsch gewesen, selbst mit ihrem nassen Haar, das ihr am Kopf klebte.

Jetzt verstand er ihre Überraschung darüber, dass er sie nicht erkannt hatte, als sie sich ihm vorstellte.

Ich wette, das kommt nicht sehr häufig vor.

»Ja? Hast du etwas Interessantes gefunden?«, fragte Chasin.

»Der erste Brief wurde ihr vor etwa einem Jahr zugestellt. Niemand hat sich groß etwas dabei gedacht, weil es nicht viel zu denken gab, außer, dass er zu ihrem Haus kam und nicht an ihre Postfachadresse gesendet wurde. Normale Fanpost, er liebte ihre Musik, ihre Lieder berührten seine Seele. So blieb es etwa vier Monate lang. Dann spielte Genevieve auf einem Wohltätigkeitskonzert und der nächste Brief war wütend. Er fand, ihr Outfit sei zu freizügig gewesen, und forderte, sie solle auf der Bühne nur Jeans tragen, damit niemand ihre Beine sieht. Während des folgenden Monats machte er deutlich, dass er dachte, Genevieve gehöre ihm, er liebte sie, fand sie wunderschön, wollte sie heiraten und dafür sorgen, dass sie aus dem Rampenlicht verschwindet, damit sie eine Familie gründen können. Genevieve ging auf Tour, zweiundfünfzig Tage, zweiunddreißig Konzerthallen. Wieder veränderte sich etwas. Während dieser Zeit wurden zwanzig Briefe zu ihr nach Hause geschickt, alle hatten Stempel aus den Städten, in denen sie aufgetreten ist. Er reiste ihr hinterher und war nicht glücklich. Die Aufmerksamkeit nahm enorm zu und der Ton wurde bedrohlich.«

Meine Güte.

Nichts davon war gut.

»Und die Geschenke?«

»Falls du diesen Mist glauben kannst, es hat mit Kuscheltieren angefangen. Ein weiterer Grund, dass sie ihm keine Beachtung geschenkt haben, sie waren harmlos – Teddybären, ein Einhorn, ein Frosch und anderer Scheiß. Wir haben die Bilder ausgedruckt, die Bobby uns geschickt hat. Sie war klug und hat alles katalogisiert.«

Alec verschränkte die Arme. »Nach dem Wohltätigkeitskonzert fing er mit Schmuck an – alles Silber. Eine Kette mit einem Herzanhänger, Armbänder, Bettelarmband-Anhänger in Notenform, Ohrringe. Nicht übermäßig teuer, aber die Anzahl der Schmuckstücke hat ihn sicherlich eine Stange Geld gekostet. Dann hat er in den letzten zwei Monaten, seit sie von der Tour zurück ist, angefangen, zusätzlich zu den Briefen Bilder von Ringen zu schicken, die er aus Illustrierten herausgerissen hat. Auf den ersten drei Ausrissen stand in schwarzem Filzstift ›Heirate mich‹ mit drei Fragezeichen unter dem Ring. Auf den nächsten drei stand weiterhin ›Heirate mich‹, aber er ließ nun die Fragezeichen weg und ersetzte sie durch ein Ausrufezeichen. Auf dem letzten Ausriss steht: ›Such dir einen aus, Schlampe, oder ich tue es für dich.‹«

Verdammte Scheiße, er hatte aufgehört zu fragen und angefangen zu fordern. Die Briefe waren schlimm, die Geschenke steigerten den Gruselfaktor. Der Anstieg der Häufigkeit der Briefe – das war wirklich nicht gut, aber es war die Veränderung seiner Reaktion darauf, ignoriert zu werden, die Chasin einen sorgenvollen Schauer über den Rücken laufen ließ.

»Und das Haus? Hat Bobby irgendetwas über den Einbruch gesagt?«

Alec antwortete nicht und je länger das Schweigen andauerte, desto mehr Säure floss in seinen Magen. Da war *noch* mehr.

»Erzähl es mir«, forderte Chasin.

»Scheiße, Bruder, ich wusste, dass während der letzten Woche irgendetwas an dir genagt hat, und jetzt, da ich deine Reaktion auf sie sehe, brauche ich kein Genie zu sein, um eins und eins zusammenzuzählen. Wirst du in der Lage sein, dich zusammenzu-«

»Das werde ich, wenn du mir sagst, was du noch weißt.«

»Es wird dir nicht gefallen«, warnte er.

»Ich schätze nicht, ausgehend davon, dass mir nichts von dem Scheiß gefällt, den du mir soeben erzählt hast. Aber das heißt nicht, dass ich nicht alles wissen muss.«

»Raste nicht aus, Chasin«, warnte Alec ein zweites Mal, etwas, das Chasin nicht gefiel. Aber er hielt die Klappe, damit sein Freund ihm schnell den Rest erzählte.

»Bobby sagte, sie kam an und das Haus war leer. Genevieve war in ihrem Studio, das sich auf dem Grundstück befindet. Bobby sagte, es gibt zwei Gästehäuser, in einem wohnt sie und das zweite hat Genevieve zu ihrem Heimstudio umgebaut. Ich habe die Satellitenaufnahmen überprüft, es sieht aus, als sei es etwa fünfundzwanzig Meter vom Haupthaus entfernt. Bobby sagte, sobald sie eintrat, fiel ihr eine seltsame Atmosphäre auf und sie ging durch das gesamte Haus. Sie rief nicht die Polizei, weil es keine Zeichen eines Einbruchs gab, nur ein Bauchgefühl, und sie wollte nicht wie eine Närrin wirken, für den Fall, dass sie falschliegt.«

Sie hätte auf ihr Bauchgefühl hören sollen, dachte Chasin. Alecs nächste Worte bestätigten diesen Gedanken.

»Der letzte Raum, den sie überprüfte, war das Schlafzimmer. Bobby sagte, dass sie beim Betreten des Raumes wusste, dass jemand dort drinnen gewesen war. Genevieve ist ordentlich, wenn sie nicht aus dem Koffer lebt, aber die Kommodenschubladen waren allesamt geöffnet und Klamotten hingen heraus. Ihr fiel auf, dass die Bettdecke zerwühlt war und in der Mitte des Bettes etwas lag. Dort entdeckte sie den zusammengeknüllten Slip und das Bild. Sie hat uns aber nicht gesagt, dass er ... scheiße, Bruder ...«

»Spuck's aus!«, grunzte Chasin. Ihm gefiel nichts von dem, was er hörte, aber er war ungeduldig und wollte den Rest erfahren.

»Auf Genevieves Foto waren ebenfalls Spermaspuren.«

»Verdammte Scheiße!«, explodierte er.

Dieses kranke Arschloch.

»Lass mich raten, auf ihrem Gesicht«, presste Chasin hervor.

»Damit liegst du richtig.«

Gottverdammt, dieses kranke, verfickte Arschloch.

»Hat Bobby die Polizei gerufen?«

»Sie rief die Polizei, ging ins Studio und sagte zu Genevieve, sie solle eine Pause machen. Sie überredete sie, mit ihr Mittagessen zu gehen. Sie sorgte dafür, dass sie dem Haus lange genug fernblieb, damit die Polizei ihre Arbeit machen und die Putzfrau kommen konnte, um alle Kleidungsstücke von Genevieve aus der Kommode zu waschen. Die Polizei nahm die Bettwäsche mit, die Putzfrau bezog ihr Bett neu und reinigte das Zimmer. Als Genevieve zurück nach Hause kam, war alles so gut wie neu und sie hatte keine Ahnung, dass irgendein Arschloch sich in ihrem Bett einen runtergeholt hat und ihr Zimmer ein Tatort war.«

Das Schwein war in ihrem Bett und hat gewichst.

Chasin drehte sich der Magen um. Die angestaute Säure lief aus und wurde bitter, während seine Wut größer wurde.

»Sie hätte ihr diese Sache nicht verheimlichen sollen.«

»Ich stimme dir zu, aber Bobby sagte, sie hatte ihre Gründe, wenngleich sie uns diese nicht mitteilte. Sie sagte mir jedoch, dass sie es getan hat, um Genevieve zu schützen.«

Das denkst du, weil du sie nicht kennst.

Was wusste Chasin nicht? Warum wäre es besser, Genevieve im Unklaren zu lassen?

»Ist das alles?«, fragte Chasin.

»Bis jetzt schon. McKenna überprüft die Namen, die der Onkel Genevieve zugeschickt hat. Jameson ist nach Baltimore gefahren, um die Geräte abzuholen, die er braucht, um das neue System zu installieren. Nixon ist in seinem Büro und spricht mit dem Detective in Tennessee. Darüber kann ich dir nur sagen, dass Nix nicht erfreut klang.«

Was bedeutete, dass die Polizei in Tennessee nichts gegen diesen Typen in der Hand und die Briefe und Geschenke wahrscheinlich nicht ernst genommen hatte.

Verdammte Scheiße.

»Soll ich dir eine Tasche bringen?«, wollte Alec wissen.

»Darüber wäre ich dankbar. Ich werde sie hier nicht ungeschützt lassen. Die Schlösser sind ein Witz, es gibt keine Außenbeleuchtung und unzählige Orte, an denen man sich ungesehen Zugang verschaffen kann. Ist Bobby noch da?«

»Sie ist vor fünfzehn Minuten gegangen, sagte, sie würde zum Supermarkt fahren, um einzukaufen. Genevieve hat ihren Onkel gebeten, den Lieferdienst und den Putzservice zu kündigen. Und Bobby will nicht, dass Genevieve rausgeht und erkannt wird. Da fällt mir ein –«

»Nein, ich hatte keine Ahnung«, antwortete Chasin, bevor Alec seine Frage stellen konnte. »Ich höre kein Country. Sie hat sich als Genevieve Ellison vorgestellt. Aber selbst wenn sie mir gesagt hätte, ihr Name sei Vivi Rush, hätte ich sie immer noch nicht gekannt.«

»Ernsthaft? Ihre Lieder werden im Radio rauf und runter gespielt. Sie ist derzeit total angesagt.«

»Ist sie gut?«

»Aber hallo.«

Chasin spürte, wie ihn der Stolz überkam, als er das Lob

seines Freundes hörte. Er besaß nicht das Recht dazu, so zu empfinden, aber er tat es trotzdem.

»Ich werde mich im Internet über sie informieren.«

»Alter, sie ist im Haus – warum würdest du im Internet nachsehen wollen, wenn du um ein Privatkonzert bitten kannst?«

Das würde so bald nicht passieren.

»Ich werde im Internet nachsehen«, wiederholte er.

»In Ordnung. Ich melde mich später.«

Alec legte auf und Chasin steckte das Telefon in die Tasche. Es war an der Zeit, Genevieve zu finden und Antworten zu bekommen. Aber von dem, was Bobby ihm erzählt hatte, und der kalten Schulter, die er von Genevieve gezeigt bekam, schätzte er, dass es sehr anstrengend werden würde, sie dazu zu bringen, mit ihm zu sprechen.

Chasin stieg die Treppenstufen hinauf und zermarterte sich das Hirn, um seine beste Strategie zu finden. Er könnte die Sache mit dem Stalker zu seinem Vorteil nutzen und sie so sehr verängstigen, dass sie ihm vergab. Aber das konnte er nicht tun – nicht einmal, als er dachte, dass sie ein betrügerisches Miststück ist, wäre er in der Lage gewesen, so tief zu sinken. Genevieve hatte schon genügend Angst. Er hatte es gespürt, als er sie festhielt, nachdem Bobby ihr erzählt hatte, was in ihrem Bett geschehen war. Chasin würde so ziemlich alles tun, um dafür zu sorgen, dass sie diese Art von Schreck nie wieder durchleben musste.

Er hielt im Flur des ersten Stockwerks an, als er den ersten Gitarrenanschlag hörte. Das Geräusch ertönte noch einmal, immer noch sanft, war aber dieses Mal lauter und wurde schneller. Der erdige Klang zog ihn näher zu der geschlossenen Tür – nicht das Schlafzimmer, sondern das Zimmer, in dem er vorhin ihre Instrumente gesehen hatte.

Dann begleitete ihre Stimme die Saiten und heiliger Jesus Christus, er konnte sich nicht bewegen.

Sie sang.

Das Raue in ihrer Stimme war ausgeprägter und voll herzzerreißender Emotion – die Worte kamen ihr aus der Seele und ohne dass es ihm jemand gesagt hatte, wusste Chasin, dass das Lied, das Genevieve sang, ihres war. Sie hatte diese Worte geschrieben. Es war unmöglich, dass diese Textzeilen von jemand anderem stammten, nicht so, wie sie sie sang. Sie spürte diese Worte bis in ihre Seele.

Oh Gott. Wunderschön.

Jemand wird dich richtig behandeln.

Aber ich werde es nicht sein.

Jemand wird dich festhalten.

Aber ich werde es nicht sein.

Jemand wird dich nach Hause bringen und über Nacht bleiben.

Aber ich werde es nicht sein, ich werde es nicht sein, ich werde es nicht sein.

Ihre Stimme war stark und sicher, wütend, gebrochen, voller Schmerz.

Sie hörte auf zu singen, spielte aber weiter die Akkorde. Plötzlich fühlte Chasin sich wie ein Eindringling, aber das hielt ihn nicht davon ab, ihr zuzuhören. Er war gefangen, die Kraft ihrer Stimme hielt ihn als Geisel.

Er legte die Handflächen an das kühle Holz der Tür. Er beugte sich nach vorn und lehnte die Stirn dagegen, während er sich wünschte, sie sehen zu können, aber gleichzeitig wusste, dass er nicht willkommen war.

Ja, er hatte es versaut – total.

KAPITEL ACHT

Ich hatte die Zeit vergessen.

Das war nicht neu.

Das war nicht einmal abnormal.

Die Sonne war untergegangen und weil es draußen stockfinster war, ging ich davon aus, dass nicht nur ein wenig Zeit vergangen war, sondern sehr viel. Ich hatte das Lied fertig komponiert, das ich an dem Abend angefangen hatte, an dem Chasin gegangen war, und ein neues begonnen, wobei ich mich dazu zwang, etwas Fröhlicheres zu schreiben. Wenn ich mich gehen ließe, hätte ich später ein Album voller hasserfüllter Trennungslieder.

Ich stellte meine Gitarre zurück auf den Ständer und streckte mich. Es gab nicht vieles, was ich an meinem Haus in Oak Hill vermisste. Offen gesagt hasste ich das Haus schon lange und nicht erst seit ein Geisteskranker dort eingebrochen war. Aber ich liebte mein Studio und Bobbys Gästehaus. Bobby hatte ein Händchen für Inneneinrichtungen und machte aus dem Dreizimmerbungalow eine Erweiterung ihrer quirligen Persönlichkeit – eine Seite von ihr, die ich schon lange nicht mehr gesehen hatte.

Bei diesem Gedanken spürte ich einen Schmerz in der Brust.

Sie hatte ich auch verloren.

Wie ist das passiert?

Mein Magen rumorte und erinnerte mich daran, dass ich seit Mittag nichts mehr gegessen hatte. Ich öffnete die Tür und mir fiel auf, dass es im Haus still war. Es war ein großes Haus. Im hinteren Teil des Wohnzimmers und in der Küche könnte eine Party stattfinden und ich hätte es vermutlich nicht mitbekommen. Aber das hielt mich nicht davon ab, mich zu fragen, wo Bobby war.

Wir mussten reden. Es gab Dinge, die ich ihr erklären wollte, all die Dinge, die ich schon vor langer Zeit hätte sagen sollen, aber zu gedankenverloren gewesen war. Jetzt hatte ich es versaut und Angst, dass es zu spät war. Aber ich musste trotzdem versuchen, eine Freundschaft zu retten, die mir wichtig war, selbst wenn ich eine schlechte Freundin war und es nicht gezeigt hatte. Ich war mir nur nicht sicher, wie ich das Gespräch beginnen sollte. Aber Bobby war Bobby und wenn ich die Tür öffnete, so wusste ich, dass sie hindurchstürmen würde.

Ich musste lediglich den Mut finden, sie einen Spaltbreit zu öffnen.

Unentschlossenheit und Verfolgungswahn lasteten schwer auf mir, als ich durch das dunkle Wohnzimmer in die Küche ging. Aber alle Gedanken an Bobby und eine Unterhaltung verschwanden aus meinem Kopf, als ich Chasin sah, der mit dem Rücken zu mir am Tisch saß. Sein Laptop war geöffnet und ich konnte den Bildschirm sehen. Er war stummgeschaltet, aber ich erkannte das Video, das er sich ansah – dieser Abend war der beste meines Lebens gewesen.

Mir stockte der Atem in der Lunge, als ich steif wie eine Statue dastand und zusah.

Ich war auf der Bühne und sang ein Duett mit Sean Lovette, während hinter uns die hellen Lichter tanzten. Die Country-Legende trug einen langen schwarzen Trenchcoat über einer schwarzen Jeans, ein schwarzes Hemd ohne Kragen sowie seinen typischen Cowboyhut mit dem bunten, perlenbesetzten Band und einer schwarzen Krähenfeder, die darunter gesteckt war. Sean spielte seine Gibson. Der Klangkörper aus Rosenholz funkelte jedes Mal, wenn der Scheinwerfer darauf traf und die Hochglanzlackierung einen Strahlenkranz des Lichtes reflektierte.

Ich stand neben ihm in einem absolut umwerfenden rotgeblümten Minikleid. Es hatte einen tiefen V-Ausschnitt und lag eng an meinem Dekolleté an, war ansonsten aber weit geschnitten, was es aufreizender machte, als wenn es ein insgesamt enges Kleid gewesen wäre. Ich trug rote Cowboystiefel aus Krokodilleder mit eckiger Spitze, die mehr gekostet hatten als mein erster Wagen. Von Kopf bis Fuß sah ich vollkommen wie das Country-Mädchen aus, das ich war, nur besser.

Und Bobby saß auf ihrem Platz in der dritten Reihe, wo sie lauthals mitsang und sich zur Musik wiegte. Ich wusste das nicht, weil es im Video zu sehen war, sondern weil ich sie auf diesen Platz gesetzt hatte, bevor ich vor meinem Auftritt hinter die Bühne ging. Ich wusste, dass sie mitsang, weil sie es immer tat. Sie lebte meinen Traum mit mir – an meiner Seite – ständig.

An jenem Abend gewann ich meinen ersten Countrymusik-Preis und Bobby war dabei und jubelte mir zu. Sie war auch bei den nächsten beiden Malen dabei, als ich wieder bei den Country Music Awards war, und jubelte mir auch an diesen Abenden zu, als ich die Preise gewann.

Chasin neigte den Kopf, sodass sein Kinn die Brust

berührte, und schüttelte den Kopf, bevor er murmelte: »Meine Güte, wie wundervoll.«

Mein Körper zuckte zusammen und ich holte so tief Luft, dass ich mir nicht sicher war, ob ich Sauerstoff im Raum übrig gelassen hatte. Er wusste nicht, dass ich dort war, wusste nicht, dass ich ihn dabei beobachtete, wie er ein Video von mir ansah, in dem ich sang.

Seine Reaktion war aufrichtig.

Ich sang für eine Million Menschen, hörte, wie mein Name gerufen wurde und wie Fans die Texte mitsangen, die ich geschrieben hatte – Worte, für die ich blutete, aber noch nie hatte meine Brust so heiß gebrannt.

Chasin nahm die Ohrhörer aus den Ohren, warf sie auf den Tisch und schloss den Laptop.

»Das war mein erstes Mal bei den Country Music Awards«, flüsterte ich und er drehte sich zu mir um.

Ich wünschte, ich hätte nachgedacht und mich hingesetzt, bevor ich den Mund öffnete – so wie er mich ansah, wurden meine Knie zu Wackelpudding. Sanft und zärtlich, unterlegt mit etwas anderem, das ich nicht definieren konnte, aber es gefiel mir.

Und das war sehr, sehr schlecht. Ich musste hinter meinem Schild in Sicherheit bleiben, wo sein samtener Blick mich nicht berühren konnte. Chasin hatte mich schon einmal verbrannt und ich hatte vor langer Zeit gelernt, den Menschen zu glauben, wenn sie dir zeigten, wer sie wirklich waren.

»Ja?«, fragte er, aber es war mehr als eine Frage, es war eine Aufforderung fortzufahren. Und dumm wie ich war, sprach ich weiter.

»Ja. Ich hatte Todesangst, in einem Raum auf die Bühne zu gehen, in dem alle meine Vorbilder anwesend waren. Ich war so nervös, dass ich mich fast übergeben hätte. Bobby musste mich überreden aufzutreten, weil ich nur weglaufen wollte. Ich ging hinter die Bühne und Sean Lovette, derjenige, mit dem ich gesungen habe, wartete mit seiner Frau auf mich. Die beiden gaben mir das Gefühl, schon ewig mit ihnen befreundet zu sein. Er musste während der Probe gesehen haben, wie aufgeregt ich war, und dachte vermutlich, es sei besser, seine Frau dabeizuhaben, um mich zu beruhigen, damit ich sein Lied nicht versaue.«

»Babe, du hast wirklich kein bisschen nervös ausgesehen. Ich hatte selbstverständlich keine Ahnung, wer du bist, als wir uns getroffen haben. Ich hatte keinen Schimmer, dass sich hinter diesen Lippen die Stimme eines sexy Engels verbirgt. Heilige Scheiße, Weib, du kannst singen!«

Ich hatte schon vor langer Zeit aufgehört, rot zu werden, wenn Menschen meine Stimme lobten, aber als Chasin mir solch ein nettes Kompliment für meine Stimme machte, heizten meine Wangen sich auf.

»Danke.«

»Warst du beleidigt, als ich nicht wusste, wer du bist?«

»Nein, gar nicht.« Ich lachte. »Es war eine nette Abwechslung. Obwohl ich zugeben muss, dass ich am Anfang dachte, du würdest mir vielleicht etwas vorspielen.«

»Vorspielen? Babe, das ist eine Sache, die ich bei dir absolut nicht getan habe.«

Die Wärme in meinen Wangen loderte auf.

Nein, keiner von uns musste an jenem Abend irgendetwas vorspielen, zumindest nicht, während wir miteinander im Bett waren.

»Okay«, murmelte ich und presste die Lippen zusammen, um mein Lächeln zu unterdrücken.

Ich sollte eigentlich Abstand zu ihm halten.

»Hast du Hunger?«, fragte er.

»Tatsächlich ist das der Grund, warum ich nach unten

gegangen bin. Ich habe nicht bemerkt, wie lange ich schon gespielt habe.«

»Ich wollte nach oben gehen und dich holen, aber Bobby hat mir gesagt, ich solle dich in Ruhe lassen. Sie meinte, wenn du beim Komponieren bist, willst du nicht gestört werden.«

Bobby wusste es. Sie war schon meine Freundin lange bevor ich meinen ersten Plattenvertrag bekommen hatte. Und selbst damals gefiel es mir nicht, unterbrochen zu werden, wenn ich schrieb oder spielte. Das war meine Zeit, sie war privat, ich konnte mich vollständig öffnen und ich selbst sein, ohne von jemandem beobachtet zu werden.

»Sie hat recht.«

»Setz dich. Ich werde dir etwas aufwärmen.«

Ich sah mich in der aufgeräumten Küche um und fragte mich, ob Bobby gekocht hatte.

»Wo ist Bobby?«

Chasin stand auf, ging zum Kühlschrank und begann, Sachen herauszunehmen, die er auf die Arbeitsplatte stellte.

»Sie ist ausgegangen.«

»Ausgegangen?«

Wohin um alles in der Welt sollte Bobby gehen? Wir waren mitten im Nirgendwo. Seit meiner Ankunft hier war ich einmal durch Cliff City gefahren und es gab zwei Lebensmittelläden, einen Laden für Traktorbedarf und drei Kneipen, die nicht ihr Stil waren – wenn der Boden nicht von Sägespänen bedeckt wurde und es keinen mechanischen Bullen gab, sah Bobby keinen Sinn darin, zehn Dollar für ein Bier auszugeben. *Oder sie hat bisher keinen Sinn darin gesehen.* Ich spürte einen Stich im Herzen und erinnerte mich, dass ich meine beste Freundin nicht mehr sehr gut kannte. Damals hatten ihr auch keine teuren, schlabberigen Handtaschen gefallen.

»Sie ist zu Nixon und McKenna nach Hause gefahren.«

Chasin hielt sich mit Einzelheiten zurück und ich fragte mich, ob er es mit Absicht tat.

»Gibt es einen Grund, warum du nicht mehr sagst?«

»Nicht mehr sagen?«, fragte er und legte den Kopf schief. Die Geste ließ ihn wie ein böser Junge niedlich aussehen, wenn es so etwas gab.

»Du weiß schon, warum erklärst du mir nicht, warum Bobby zu Nixon gefahren ist, ohne dass ich dir zwanzig Fragen stellen muss.«

»Zwanzig Fragen?« Chasin schenkte mir ein strahlendes Lächeln. So genervt ich auch darüber war, dass er meine Worte wiederholte, fand ich trotzdem, dass Chasins Lächeln mir wirklich gefiel.

Wie dumm, dumm, *dumm* war ich nur?

»So gern ich dich mit meinen überlegenen Fähigkeiten der didaktischen Folgerung auch beeindrucken möchte, ginge es schneller, wenn du mir einfach sagen würdest, warum Bobby zu Nixon und McKenna nach Hause fährt, und dann noch um ...« Ich hielt inne und sah auf die Digitaluhr am Herd. »Zweiundzwanzig Uhr dreißig?« Den letzten Teil sprach ich als überraschtes Flüstern aus, denn ich hatte keine Ahnung, dass es bereits so spät war.

Chasins leises Lachen durchfuhr mich und mir fiel ein, wie sehr ich sein Lachen mochte. An dem Abend, den wir miteinander verbracht hatten, ertappte ich mich dabei, wie ich alles tat, um ihn zu belustigen, nur damit ich es hören konnte. Von der ersten Sekunde an, in der ich ihn sah, fand ich ihn gut aussehend. Aber dann lächelte er mich an und ich spürte, wie etwas Seltsames mich überkam, und ich tat etwas, das ich noch nie getan hatte, und fragte ihn, ob er ins Haus kommen möchte.

Ich bat niemanden in mein Haus. Ich hatte all die Jahre zwar nicht im Zölibat gelebt, aber ich war vorsichtig gewesen.

Ich schlief nicht mit meinen Fans, ich ging nicht mit Männern aus der Musikindustrie in mein Bett und nahm auch ihr Angebot nicht an, mich zu ihnen in ihres zu gesellen.

Und ich habe noch nie zuvor Spielchen mit meinem Herzen getrieben. Wenn ich mit einem Mann zusammen war, überprüfte ich meine Emotionen an der Hoteltür immer sorgfältig und gründlich. Immer im Hotel, niemals zu Hause. Das war eine Regel. Niemand drang in mein Privatleben ein und ich war vorsichtig, mich irgendjemandem zu nähern.

So wie ich lebte und angesichts dessen, wer ich war, hatte ich keine andere Wahl. Die Männer wollten nicht Genevieve, sie wollten Vivi. Ich hatte kein Problem damit, lange Zeit keinen Sex zu haben, bevor ich mir einen Liebhaber suchte, und bemühte mich nur darum, wenn die Einsamkeit so schwer wog, dass ich Gesellschaft benötigte.

Aber niemals bei mir zu Hause.

Doch Chasin lächelte mich an und ich bat ihn herein, weil ich wusste, wie diese Nacht verlaufen sollte. Verdammt, in Gedanken plante ich bereits den nächsten Morgen. Ich war eine schlechte Köchin, mit Ausnahme des Frühstücks. Meine Waffeln waren die besten. Nach einem Lächeln von Chasin plante ich also, ihn in meinem Bett zu behalten und ihm Frühstück zu machen. Nach dem ersten perfekten Morgen fragte ich mich, ob ich ihm nach einer Woche immer noch Frühstück machen würde. Nach dem zweiten dachte ich, ich würde während des gesamten nächsten Monats fröhlich Waffeln machen.

Aber so weit kamen wir nicht.

»Babe?«, rief Chasin und als ich blinzelte, sah ich ihn wieder deutlich vor mir. »Wo warst du?«

»Äh, nirgends. Ich war überrascht, wie spät es ist«, log ich.

Er hielt meinem Blick kurz stand, bevor er wegsah und die Frischhaltefolie von einem Teller mit Lasagne entfernte.

Ich wusste, dass Bobby gekocht hatte, bevor sie gegangen war, denn italienisches Essen war ihre Spezialität und ihre Lasagne war mein Leibgericht. Ich spürte einen Stich der Reue in meiner Brust.

Dass Bobby mich verließ, war vollkommen falsch.

»Ich kann das selbst machen«, verkündete ich. »Du brauchst mir kein Essen aufzuwärmen.«

»Du warst stundenlang oben und hast gearbeitet. Nimm Platz. Entspann dich.«

»Du musst das wirklich nicht machen«, versuchte ich es noch einmal.

Chasin drehte den Kopf und hörte kurz auf, mir ein Stück von Bobbys exzellenter, käsiger Köstlichkeit abzuschneiden.

»Genevieve, setz dich hin. Entspann dich.«

»Ich weiß nicht, ob ich mich entspannen kann«, murmelte ich und nahm Platz.

Dann starrte er. Mehr tat er nicht – er sprach nicht und er bewegte sich nicht, was mir unangenehm war und mich dazu veranlasste, hin und her zu rutschen.

»Du bist in Sicherheit, Babe.«

»So etwas wie Sicherheit gibt es nicht«, flüsterte ich.

»Was meinst du damit, dass es das nicht gibt?«

Anscheinend hatte Chasin ein übernatürlich gutes Gehör, was ich mir merken musste, da ich ziemlich oft irgendwelchen Mist leise vor mich hin flüsterte.

»Spielt keine Rolle. Können wir über etwas anderes reden?«, fragte ich.

Chasin kam mit dem Teller in der Hand von der Kücheninsel, durchquerte die Küche und ging zur Mikrowelle. Ich hörte, wie er die Tür öffnete und schloss, und dann das Piepsen, als er die Zeit einstellte. Gerade als ich dachte, er würde tatsächlich das Thema wechseln, drehte er den Kopf in meine Richtung und fragte mich über die Schulter hinweg:

»Was meinst du damit, dass es so etwas wie Sicherheit nicht gibt?«

»Interessiert es dich überhaupt, dass ich darüber nicht reden will?«

Dann überraschte Chasin mich, als er entgegnete: »Der Detective, der für deinen Fall zuständig ist, hat uns einige Akten geschickt. Bobby ist zu Nixon gefahren, um sie sich anzusehen.«

»Hat er das?« Das schockierte mich. Die Zusammenarbeit mit Detective Loughry war nicht einfach gewesen.

Chasins Lippen zuckten, bevor er sagte: »Nun, er tat es, nachdem Nixon ein Wörtchen mit seinem Vorgesetzten gesprochen hatte. Danach hat er uns die Akten geschickt.«

»Ich bin beeindruckt. Bobby und die Plattenfirma sind ihm ständig hinterhergelaufen, um neue Informationen zu bekommen, aber er war nicht besonders kooperativ.«

Die Mikrowelle pingte und Chasin drehte sich um, um den Teller herauszunehmen. Er öffnete einige Schubladen, bis er das Besteck fand, nahm eine Gabel und ging zum Tisch. Nachdem er mein aufgewärmtes Essen vor mir abgestellt hatte, setzte er sich.

Nicht mir gegenüber, sondern direkt neben mich – so nahe, dass er mich mit seiner Schulter berührte.

»Wie geht es dir?«, wollte er wissen.

Ich behielt den Blick auf meinen Teller gerichtet, denn ich wagte es nicht, zu ihm aufzusehen.

Während ich auf meine Lasagne starrte, fragte ich mich, warum Chasins einfache Frage in mir den Wunsch erweckte, sowohl auf seinen Schoß zu klettern und zu weinen, als auch wegzulaufen und mich in meinem Zimmer einzuschließen. Warum bescherte mir die Frage, wie es mir ging, innerlich ein warmes Gefühl und gleichzeitig Todesangst? Und vor allem, wie war es überhaupt möglich, beides gleichzeitig zu empfinden?

Vielleicht weil niemand daran gedacht hatte, mich danach zu fragen. Nicht einmal Bobby. Ihr ging es ausschließlich darum, mich von irgendeinem Verrückten abzulenken, der mir Briefe schreibt, und mich dazu zu bringen, dass ich mich auf meine Arbeit konzentriere. Etwas, das ich dummerweise getan hatte, weil niemand mich darüber aufgeklärt hatte, wie gefährlich die Situation geworden war.

Mein Manager, meine Plattenfirma und meine beste Freundin hatten es mir gestattet, den Kopf in den Sand zu stecken und zu denken, dass der Stalker nichts weiter als ein harmloser Störfaktor war.

Und warum haben sie das getan? Damit ich auf Tour gehe, weiter Musik schreibe und aufnehme. Alle drei Dinge bedeuteten, dass sie Geld verdienten.

Das war aus mir geworden.

9
—————

KAPITEL NEUN

Chasin saß still wie eine Statue neben Genevieve. Das Bedürfnis, sie zu berühren, war überwältigend, aber er hielt sich zurück – gerade noch. Sie starrte auf ihre Lasagne, als seien die Antworten auf die wichtigsten Fragen das Lebens auf diesem Teller zu finden. Es gab Chasin einen Moment, um die Frau zu betrachten, die seine Aufmerksamkeit so sehr in Beschlag genommen hatte.

Er verstand nicht, was an ihr es war, das ihn so anzog. Es ging über ihre Schönheit hinaus. Über ihr ansteckendes Lachen und strahlendes Lächeln. Etwas an ihr machte es leicht, in ihrer Nähe zu sein. Seit er sie das erste Mal gesehen hatte, hatte sich eine tröstende und beruhigende Ruhe auf ihn gelegt. Chasin konnte nicht erklären warum, aber er wusste, dass es so war. Er wusste ebenfalls, dass er diese Frau zurückwollte. Nicht diese abgestumpfte Version von ihr.

Sie vergibt keine zweiten Chancen.

Chasin hatte Bobbys Warnung gehört – die Worte waren laut und deutlich in seinen Kopf eingedrungen. Er war jedoch nicht willens, sie zu akzeptieren. Er war Manns genug, um zuzugeben, dass er unrecht hatte, war aber ebenfalls Manns

99

genug, um zu wissen, was er wollte, nämlich dem nachzugehen und nicht aufzugeben. Und wenn er darüber hinaus wollte, dass sie sich ihm öffnete, musste er das Gleiche tun.

Mit diesem Gedanken sagte er zu ihr: »Meine Mutter betrügt meinen Vater.«

»Was?« Genevieve sah ihn an, offensichtlich verwirrt von seinem überraschenden Geständnis. Was Chasin anging, gab es keinen guten Zeitpunkt, um über seine Mutter, ihre Neigungen oder das fehlende Rückgrat seines Vaters zu sprechen.

Chasin hatte ziemlich viel Zeit aufgewendet herauszufinden, wie er zu dem Mann geworden war, der er war, da er keinem seiner Elternteile ähnlich war, und die beste Antwort, die er gefunden hatte, bestand darin, dass er alles verachtete, was sie waren, und sich bereits in jungen Jahren geschworen hatte, niemals so zu werden wie sie. Er hatte von Anfang an gewusst, dass das Verhalten seiner Mutter abstoßend war. Aber er hatte Jahre gebraucht, um zu verstehen, warum es sich falsch *anfühlte* zu sehen, wie sein Vater vor seiner Mutter den Kopf einzog. Jedes Mal wenn er Zeuge dessen wurde, bekam er eine Gänsehaut, als Kind verstand er nicht wieso, als Jugendlicher fand er es heraus. Zuzusehen, wie sein Vater Scheiße fraß und den Betrug seiner Mutter akzeptierte, ließ ihn schwach erscheinen, und ihm gefiel nicht, so zu denken. Dann wurde er erwachsen und ihm wurde klar, dass ein Mann keine Scheiße fraß und er sie darüber hinaus nicht seiner Frau vorsetzte. Umgekehrt hieß das, eine Frau setzte ihrem Mann keine Scheiße zum Fressen vor, um ihn in einen unterwürfigen Dummkopf zu verwandeln. Aber wenn sein Vater irgendeine Art von Mann gewesen wäre, hätte er nicht zugelassen, von seiner Frau unterworfen zu werden.

»Ich habe dieser Scheiße mein ganzes Leben lang zugesehen. Das ist es, was ich kenne. Das ist *alles*, was ich kenne.

Seit meiner Kindheit hatte meine Mutter keine Probleme damit, Männer in mein Elternhaus zu bringen und sie in dem Bett zu ficken, das sie mit meinem Vater teilte, während ihr Sohn im Wohnzimmer saß. Mein Dad fand es heraus, sie stritten, sie überzeugte ihn zu bleiben, und eine Woche später ging dieser kranke Kreislauf von vorn los. Ich habe diese Dysfunktion gelebt, bis ich alt genug war, um mich von ihnen zu distanzieren. Ich weiß nicht, ob sie es immer noch macht, ich habe den Verdacht, dass sie es tut, und so herzlos es auch ist, es interessiert mich einen Dreck. Mein Vater hat sich so ekelhaft gebettet, nun kann er in dem Dreck liegen. Ich weiß aber, dass ich kein Betrüger bin. Deshalb bin ich gegangen. Deshalb habe ich dichtgemacht und mich wie ein Arschloch verhalten.«

Chasin sah mit erschrockener Faszination zu, wie Genevieve zurückwich, und die Wucht ihrer Bewegung war schmerzhaft zu bezeugen. Er wusste, dass sie sich erinnerte, wie er ihr an jenem Abend, als er einen Fehler beging und sie verließ, sagte, er sei kein Betrüger.

»Jetzt weißt du also, warum ich ein Arschloch war und voreilige Schlüsse gezogen habe. Aber ich muss dich fragen, warum hast du nichts gesagt?«

Genevieve setzte sich kerzengerade hin, fuhr mit dem Kopf herum und sah ihn aus zusammengekniffenen Augen an.

»Was?«, wiederholte sie. Nur war es dieses Mal kein leises Murmeln, sondern eine wütende Frage.

»Als ich mich wie ein Arschloch verhalten habe, warum hast du nichts gesagt?«

»Was zum Beispiel?«

»Ich weiß nicht, Genevieve, du hättest mich als Arschloch bloßstellen können. Mir sagen, dass Bobby eine Frau ist und ich ein Idiot bin, weil ich angenommen habe, sie sei ein Mann.«

»Du hast mich als verlogenes, betrügerisches Miststück bezeichnet«, rief sie ihm ins Gedächtnis und Chasin machte sich nicht die Mühe zu verbergen, wie er dabei zusammenzuckte.

»Ich war anwesend. Ich erinnere mich. Ich erinnere mich ebenfalls, dass du nichts gesagt hast, um dich zu verteidigen. Du hast mich einfach gehen lassen.«

Genevieve wurde still und Chasin sah zu, wie sie sich verschloss. Es war nicht zu übersehen, sie zog ihre Mauern hoch und verstärkte ihre Abwehr.

»Tu das nicht«, befahl er. »Sprich mit mir. Erklär mir, warum du nach dem Wochenende, das wir miteinander hatten, nicht versucht hast, mich aufzuhalten.«

»Warum sollte ich mir die Mühe machen?« Sie zuckte mit den Schultern. »Du hast mir gezeigt, dass du nicht der warst, für den ich dich gehalten hatte. Diese Nacht und die, die wir davor miteinander verbracht hatten, waren Fehler.«

»Das Wochenende, das wir zusammen verbracht haben, war vieles. Es war aber kein Fehler«, berichtigte Chasin. »Du hast etwas gespürt, genau wie ich. Und falls du es leugnest, werde ich dir nicht glauben.«

»Tut mir leid, dass du dir die Mühe gemacht hast, das Essen aufzuwärmen, aber ich habe keinen Hunger.« Genevieve stand auf, aber bevor sie ihren Teller nehmen konnte, hielt Chasin sie fest.

»Geh nicht weg.«

Genevieve schaute dorthin, wo er seine Hand auf ihren Oberarm gelegt hatte, dann hob sie wie in Zeitlupe den Kopf und schaute ihn an. Der Blick aus ihren Augen war kalt und teilnahmslos und traf Chasin im Innersten.

Das hatte er ihr angetan.

Er wusste es so tief im Herzen, dass er nicht versuchte, den Schmerz auszublenden, als er ihn durchfuhr.

»Warum nicht? Du bist weggegangen. Du hast deine Schlüsse gezogen, mich beschimpft und verlassen. Ich bin dir nichts schuldig, Chasin.«

»Du hast recht, das habe ich getan. Aber *noch mal*, ich habe um Entschuldigung gebeten und erklärt warum. Sag mir, warum du mich nicht aufgehalten hast.«

»Ach so, das bedeutet also was? Dass du einen Freibrief bekommst? Dass alles vergeben ist?«, fragte sie und riss sich von ihm los.

Außer sich aus seinem Griff zu befreien, bewegte sie sich nicht. Sie flüchtete nicht aus der Küche, sie lief nicht vor ihm weg. Nein, sie stand aufrecht mit geradem Rücken, das Kinn stur nach vorn gereckt und mit Augen, aus denen Flammen schossen. Als er sie ansah, traf Chasin einige Entscheidungen. Er würde sie nicht gehen lassen, er würde für ihre Vergebung arbeiten. Und nachdem er sie sich verdient hatte, würde er sich den Arsch aufreißen, damit sie wieder zu der selbstbewussten, lächelnden Frau wurde, die er kennengelernt hatte.

»Nein verdammt, ich bekomme keinen Freibrief. Ich habe mich wirklich wie ein Arschloch verhalten. Aber ich verstehe nicht, warum du dich in keiner Weise verteidigt hast, als ich dich mit Scheiße beworfen habe, und wenn du mir nur gesagt hättest, ich solle zur Hölle fahren. Wenn ich zurückdenke, habe ich es gesehen, du hast meinen Namen gerufen und wolltest etwas sagen. Aber du hast es nicht getan. Was hat dich davon abgehalten, Genevieve? Ich habe deine Gefühle verletzt, das weiß ich. Warum hast du mich nicht konfrontiert?«

»Weil es das nicht wert war«, sagte sie wütend. »Du hast recht – ich *dachte*, wir hätten etwas, und ich habe mich davon überrumpeln lassen. Ich habe das getan, was Bobby mir ständig vorwirft, und mich in dem Traum verloren. Am schlimmsten ist, dass ich es nicht nur zugelassen, sondern auch dafür gearbeitet habe. Du hattest keine Ahnung, wer ich bin, und es fühlte sich so verdammt gut an. Ich wollte unbedingt, dass du mich siehst.

Aber dann hast du mir gezeigt, dass du nicht besser bist als all die anderen. Die Menschen gehen einfach davon aus, dass das, was sie von mir sehen oder über mich lesen, wahr ist. Niemand nimmt sich die Zeit, nachzufragen oder mich kennenzulernen, sie *denken* einfach, dass sie es wissen. Und ja, du hast meine Gefühle verletzt, aber tatsächlich war ich wütend auf mich selbst, weil ich so verdammt dumm war. Ich hätte es besser wissen sollen, Mann, ich *weiß* es besser. Trotzdem brauchtest du mich nur anzulächeln, und schon habe ich dich hereingebeten. Wie dumm kann ich sein?«

Sie schüttelte den Kopf. »Deshalb habe ich dich gehen lassen und mir nicht die Mühe gemacht, dir zu sagen, dass du falschlagst. Wenn du so schnell diese Dinge über mich denkst und mich ein Miststück nennst, dann will ich nichts mit dir zu tun haben. Genau wie du habe ich bereits genügend Menschen in meinem Leben, die mich wie Dreck behandeln.«

Die Augen, in denen er den Humor hatte tanzen sehen und die vor Leidenschaft gebrannt hatten, waren verschwunden. Aber sie empfand keinen Schmerz, weil Chasin ein Arschloch war, zumindest war es nicht der gesamte Grund. Nein, diese Art von Schmerz dauerte Jahre, um sich aufzubauen und zu gären.

Der Blick bestärkte ihn nur in seiner Entschlossenheit – wenn es jemals eine Frau gab, die jemanden an ihrer Seite brauchte, so war es Genevieve. Von außen betrachtet hatte es den Anschein, als hätte sie alles. Aber außer ihrem Ruhm und Reichtum hatte sie nichts. Und wenn Chasin raten müsste, hätte er gesagt, dass diese beiden Dinge schwer wie ein Fluch auf ihr lasteten. Sie sagte, dass die Menschen dachten, sie würden sie kennen, und er ging davon aus, dass das der Fall war. Aber sie sagte ebenfalls, dass sie genügend Menschen in ihrem Leben hätte, die sie wie Dreck behandelten.

»Wer behandelt dich wie Dreck, Babe?«

»Das geht dich nichts an.«

»Bobby?« Aber selbst als er fragte, hielt er das nicht für wahrscheinlich.

Was auch immer zwischen den beiden vor sich ging, lag nicht daran, dass Bobby sie schlecht behandelte. Chasin hatte in Bezug auf Genevieve vielleicht die falschen Schlüsse gezogen, weil seine Perspektive von der Untreue seiner Mutter getrübt war, aber normalerweise war er gut darin, Menschen einzuschätzen. In seinem Job war es ein Muss. Und auch wenn er immer noch nicht ganz verstand, warum Bobby Genevieve Dinge verheimlicht hatte, wusste er nun, dass sie diese Geheimnisse nicht aus einem bösartigen Grund bewahrt hatte. So wenig Chasin mit ihrer Vorgehensweise einverstanden war, glaubte er dennoch, dass Bobby versucht hatte, Genevieve zu beschützen. Er verstand nur nicht wovor.

Unbestreitbarer Schmerz zeigte sich auf ihrem Gesicht und sie wich mit dem Oberkörper zurück. Ja, irgendetwas war zwischen den beiden vorgefallen, aber es war nicht Bobby, die für das Zerwürfnis verantwortlich war.

»Nein. Bobby hat mich nie wie Dreck behandelt.«

»Wer dann?«

»Das geht dich nichts –«

»Da liegst du falsch, es geht mich etwas an. Momentan geht mich alles etwas an. Du hast jemanden, der dir nachstellt, dir kranke Briefe und Geschenke schickt und in dein Haus einbricht. Es ist mein Job, dafür zu sorgen, dass dir nichts passiert, und ein Teil davon besteht darin, alles über dich zu wissen. Ich muss deinen Tagesablauf kennen, muss wissen, wohin du gehst, mit wem du gehst, wo du einkaufst, was du einkaufst, mit welchen Menschen du Kontakt hast und warum du mit ihnen zusammen bist. Ich muss die Namen aller Personen wissen, die dich schräg angesehen haben. Jede Person, die für dich arbeitet, die du gefeuert hast, die gekündigt hat, die Zugang zu dir hat. Jede Person, die versucht hat, deine Aufmerksamkeit zu erwecken, jeder Mann, mit dem du im Bett warst, und ganz besonders die Menschen in deinem Leben, die dich wie Dreck behandeln.«

Genevieve wandte den Blick ab und sah zu Boden. Sie betrachtete eine Weile den Küchenboden, bevor sie schließlich wieder zu ihm aufsah. Aber sie sagte immer noch nichts. Eine Sache, die er über Genevieve lernte, war, dass sie verdammt stur war.

»Warum hat Bobby gekündigt?«, fragte er.

»*Das* geht dich nichts an.«

»Wieder falsch.«

Die beiden starrten sich einfach nur unbeweglich an und es hätte Chasin wütend gemacht, hätte er nicht gesehen, dass sie feuchte Augen hatte. Seine Brust zog sich zusammen und einen Moment lang fragte er sich, ob er das Richtige tat. Ihr Schmerzen zuzufügen fühlte sich nicht richtig an, und wenn der Druck auf sie dafür sorgte, dass in ihren Augen ungeweinte Tränen glitzerten, dann musste er einen anderen Weg finden, um sie zum Reden zu bringen.

»Wusstest du, dass meine Eltern versucht haben, mich zu verklagen?«, flüsterte sie.

Der Themenwechsel war so abrupt, dass Chasin überrascht zusammenzuckte. »Was?«

»Sie reichten Klage ein und verlangten fünfzig Prozent meines Einkommens.« Genevieve stieß ein trauriges, tonloses Lachen aus. »Fünfzig Prozent, kannst du das glauben?«

»Babe, ich kann schon nicht glauben, dass sie dich überhaupt verklagt haben«, sagte Chasin zu ihr.

»Ja, nun, so sind sie.« Genevieve zuckte auf eine Art und Weise mit den Schultern, die ihm sagte, dass sie sich mit der Tatsache, dass ihre Eltern Arschlöcher waren, abgefunden hatte. »Sie sind habgierig. Sie sind Alkoholiker. Aber hauptsächlich hassen sie mich. Als ich ein Kind war, war mein Vater ein funktionsfähiger Alkoholiker. Er fing an zu trinken, wenn er von der Arbeit nach Hause kam, es gelang ihm jedoch weiterhin, am nächsten Morgen aufzustehen und ins Büro zu fahren. Aber als seine Trinkerei außer Kontrolle geriet und mein Vater seinen Job verlor, wurde es schlimmer. Dann haben meine Großeltern ihnen den Geldhahn zugedreht, sodass meine Eltern ihnen den Kontakt mit mir verboten haben, und es wurde richtig schlimm. Meine Eltern verloren das Haus, sie konnten es sich nicht leisten, die Autos zu behalten, und wir landeten in einer erbärmlichen Sozialwohnung. Das war etwas, wofür meine Eltern erst die Eltern meines Vaters und dann mich verantwortlich machten. Wieso ich daran schuld war, dass sie Alkoholiker waren, ist mir ein Rätsel, aber sie machen mich bis heute dafür verantwortlich.«

Chasins gesamter Körper fühlte sich komisch an. Er war sich nicht sicher, ob das, was er empfand, ein kalter Schauer war, der ihm über den Rücken lief, oder rot glühende Wut. Darüber hinaus war er sich nicht sicher, ob er stinksauer auf Genevieves Eltern war oder tiefe Traurigkeit für sie empfand. Alle diese Emotionen vermischten sich und verschlugen ihm die Sprache.

Oh, er hatte sehr viel zu sagen – nichts Hilfreiches, nur Hässliches –, aber er hielt die Klappe in der Hoffnung, dass sie weitersprach. Er war verwirrt darüber, warum sie über ihre Eltern sprach, freute sich aber ebenso darüber, dass sie sich öffnete. Aber er verstand nicht, was die Klage mit Bobbys Kündigung zu tun hatte, wenn überhaupt etwas.

»Ich bin schon sehr lange mit Bobby befreundet, lange bevor ich meinen ersten Plattenvertrag bekommen habe. Sie hat ihr Bestes versucht, mich wiederaufzubauen, während meine Eltern mich durch den Dreck gezogen haben. Und täusche dich nicht, sie haben alle schmutzigen Register gezogen. Es war so schlimm, dass ich keine andere Wahl hatte, als mich mit ihnen im Schlamm zu wälzen. Bobby hielt zu mir, aber je länger die Sache andauerte, desto hässlicher wurden meine Eltern. Um mich zu schützen, tat ich das Einzige, was ich tun konnte, was mir mein Leben lang beigebracht worden war, und das war, mich zurückzuziehen.«

Genevieve hielt inne und atmete tief durch, bevor sie flüsterte: »Ich mache ihr keinen Vorwurf, dass sie mich verlässt.«

Verdammte Scheiße.

Genevieves leise Worte waren wie ein Schlag in den Magen und raubten ihm kurzzeitig die Luft. Es fiel Chasin schwer, diese sanftmütige, zurückgezogene Version mit der lebhaften, selbstbewussten, lustigen Frau in Einklang zu bringen, die er getroffen hatte. An dem ersten Abend, den sie zusammen verbrachten, hätte Chasin niemals gedacht, dass sie im Schatten eines Mannes lebt, der ihr nachstellt, zusätzlich zu einem völlig chaotischen Privatleben. Nichts von dem, was sie sagte oder tat, hatte bei ihm den Eindruck erweckt, dass sie etwas anderes als sorglos und selbstbewusst war.

Chasin schaute sie weiter an. Ihm fiel auf, wie stark sie war, wenngleich er wusste, dass sie ihm widersprechen würde. Wie viel Mut musste sie aufbringen, um aufzustehen, ein Lächeln aufzusetzen, Musik zu schreiben und in einem Stadion voller Fans aufzutreten, wenn sie so wenig von sich selbst hielt?

Diese Erkenntnis war kein Schlag in die Magengrube – es

war ein Tritt in die Eier. Genevieve war ein Rätsel – unnahbar –, doch sie stellte sich auf unglaubliche Weise zur Schau. Er hatte noch nie ein Lied geschrieben und noch nie ein Gedicht, selbst als es in der Highschool von ihm verlangt wurde. Er hatte noch nie versucht, ein einziges Gefühl oder eine Emotion zu Papier zu bringen. Das bedeutete nicht, dass er die Schönheit, die Verletzlichkeit dessen nicht erkannte. Jedes Mal wenn Genevieve sang, öffnete sie sich. Und was sie enthüllte, war pure Schönheit.

»Baby, ich bekomme das Gefühl, dass Bobby der fürsorglichste Mensch ist, den du in deinem Leben hast.«

Bei seiner Aussage bekam Genevieve große Augen. »Wenn das so ist, warum hat sie dann gekündigt?«

Die Trauer in Genevieves Stimme zerriss Chasin das Herz. Ein verzweifeltes Flehen, das er wünschte, beantworten zu können, denn in diesem Moment hätte er alles getan, um ihr den Schmerz zu nehmen.

Chasins Telefon vibrierte auf dem Tisch und erweckte seine Aufmerksamkeit. Genevieve nutzte die Ablenkung, um auf Abstand zu gehen. Nixons Name auf dem Display bedeutete, dass er den Anruf annehmen musste, wenngleich es das Letzte war, was er in diesem Moment tun wollte.

Chasin nahm das Telefon in die Hand. »Ja?«

»Wir haben Probleme«, sagte Nixon zu ihm.

Ja, die haben wir. Aber er nahm an, dass Nixon nicht davon sprach, dass Genevieve sich zurückgezogen und Chasin ausgeschlossen hatte.

»Und die wären?«

»In der Akte ist fast nichts. Nicht nur das, sondern es ist auch schlampige Polizeiarbeit.«

»Wie schlampig?«

»Totale Scheiße. Der einzige Bericht, der nicht vollkommen nutzlos ist, ist der über den Einbruch. Aber das liegt nur daran, dass die Fingerabdrucktechniker gründlich waren, genau wie die Tatortermittler.«

Chasin sah zu Genevieve, die einige Meter auf Abstand gegangen war. Er beschloss, sie weder vor seiner Reaktion zu beschützen noch ihr Informationen vorzuenthalten. Was auch immer Bobbys Gründe für ihr Verhalten waren, war ihre Sache, aber Chasin würde ihr nichts verheimlichen. Sie hatte derzeit nicht nur ein Recht darauf zu wissen, was vor sich ging, sie brauchten sie in dieser Sache ebenfalls als aktive Teilnehmerin.

»Du hast mit ihm gesprochen, was sagt dein Bauchgefühl?«

»Drei Monate, bevor er Genevieves Fall übernahm, wurde er zum Detective befördert. Erstens bin ich der Meinung, dass er die Sache nicht ernst nimmt, angesichts der Tatsache, dass die letzten beiden Briefe und Geschenke, die Bobby ihm übergeben hat, nicht untersucht, sondern nur registriert wurden. Und ihm fehlt es an Erfahrung, deshalb nimmt er den Fall auch nicht ernst.«

»Warum zum Teufel haben sie einen Anfänger mit ihrem Fall betraut? Sie ist ein Star.«

»Sie und etwa fünfzig andere Countrysängerinnen. Für die Polizei ist sie nur eine weitere Bürgerin, ihre Berühmtheit bedeutet nichts. Genauer gesagt ist es genau andersherum – sie hat Geld und Möglichkeiten, sie kann sich ihren eigenen Personenschutz leisten, und leider sieht Loughry – das ist der Detective – diese Sache als Belästigung an und nicht als Bedrohung. Obwohl er den Einbruch etwas ernster genommen hat. Aber jetzt, da sie nicht mehr in seinen Zuständigkeitsbereich fällt, klang er erleichtert.«

»Das ist einfach unglaublich. Was hat Bobby über ihn gesagt?«

»Sie mag ihn nicht – kein bisschen. Sie sagte, irgendetwas

stimme nicht mit dem Kerl. Und das ist ein Zitat. Als er das erste Mal zu ihrem Haus kam, verbrachte er mehr Zeit damit, Genevieve anzustarren, als ihr zuzuhören, wie sie die Situation erklärt hat. Als er das dritte Mal auftauchte, nahm er den Besuch zur Gelegenheit, einen Blick auf Genevieve zu erhaschen, weshalb Bobby fortan Genevieve bei diesen Treffen nicht mehr anwesend sein ließ. Das war eine gute Entscheidung, aber Bobby berichtete, dass Loughry darüber nicht erfreut war. Und zwar ganz und gar nicht. Er forderte Genevieves Anwesenheit.«

Ein kleines unbehagliches Gefühl breitete sich in Chasins Magen aus. Nichts von dem, was Nixon sagte, gefiel ihm.

»Wir müssen ihn einer Hintergrundüberprüfung unterziehen«, verkündete Chasin.

»Das steht auf McKennas Liste für morgen früh ganz oben. Noch etwas anderes – der Leibwächter, den Bobby und Leslie ohne Genevieves Wissen für sie angeheuert haben, hat in der Vergangenheit als Sicherheitsbeamter bei ihren Veranstaltungen gearbeitet. Sein Name ist Chad Briggs, er ist Leslies Bruder. Laut Bobby ist Chad ein ehemaliger Soldat und arbeitet für viele von Leslies Klienten.«

Chasin betrachtete Genevieve – steife Haltung, die Stirn in tiefe Falten gelegt, ihre Sorge unverkennbar. Er musste seinen Anruf beenden, damit er sie beruhigen konnte.

»Überprüft McKenna auch Chad?«, fragte Chasin und Genevieve richtete sich kerzengerade auf.

»Ja, gleich nach Loughry.«

»Setz Chad auf der Liste nach oben. Ich muss Genevieve informieren. Ruf mich morgen früh an.«

»Wirst du es ihr sagen?«

»Ich gehe davon aus, dass Bobby ihre Gründe hatte, Genevieve im Dunkeln zu lassen. Ab jetzt wird Genevieve über alles unterrichtet werden.«

»Ich verstehe, was Bobby versucht hat, aber ich stimme dir zu, Genevieve muss wissen, was vor sich geht.«

Chasin war froh, dass sein Freund ihm zustimmte, aber selbst wenn er das nicht getan hätte, hätte er Genevieve nichts verheimlicht. Und als die Falten auf ihrer Stirn sich glätteten und ihr Körper sich entspannte, wusste er, dass er die richtige Entscheidung getroffen hatte.

Die Frau war stärker, als die Menschen in ihrem Umfeld ihr zugestanden. Sie hatte eine gewisse Empfindsamkeit, aber sie war keine wehleidige, charakterlose Idiotin, die von den Menschen, auf die sie sich verließ, als solche behandelt werden musste. Chasin würde dabei nicht mitmachen, ganz besonders wenn er ihr Vertrauen gewinnen wollte – und das war der erste Schritt.

Danach würde er auf mehr drängen.

KAPITEL ZEHN

Es war später Vormittag und ich saß mit meinem Laptop auf dem Schoß im Wintergarten, wo ich entspannte, mich durch E-Mails klickte und die zu erledigenden Dinge vor mir herschob. Ich hatte zu arbeiten, aber bevor ich mich wegschloss, musste ich mit Bobby sprechen.

Nachdem Chasin mich gestern gebrieft hatte – so nannte er es –, wiederholte er, dass ich sicher sei und niemand zu mir vordringen könne. Seltsamerweise *fühlte* ich mich sicher, etwas, das ich schon lange nicht mehr erlebt hatte.

So beschissen der Anruf von Nixon auch war, nahm er mich dennoch aus der Verantwortung, mit Chasin über uns und das, was zwischen uns passiert war, sprechen zu müssen, wofür ich dankbar war. Aber nachdem Chasin das Haus abgegangen war, inklusive des Schlafzimmers, in dem ich übernachtete und in dem wir beide Stunden damit verbracht hatten, jeden Zentimeter des Körpers des anderen zu erkunden, ließ er mich ins Bett gehen – allein. Da es keine Alarmanlage gab und die Schlösser schlecht waren, schlief er unten auf dem Sofa.

Ich protestierte nicht dagegen, dass er über Nacht blieb,

hauptsächlich deshalb, weil ich nicht dumm war und wusste, dass ich ihn dort brauchte. Aber ich konnte nicht leugnen, dass seine Anwesenheit mir ein besseres Gefühl gab.

Es gab vieles, worüber ich mit Bobby reden musste, und die Sache mit Chasin war ein Thema. Ich machte mir nur Sorgen, dass sie mich wegen des Drucks, der auf unserer Freundschaft lastete, zurückweisen würde, und das war der wahre Grund, warum ich es aufschob. Aber bevor ich sie nach ihrer Meinung zu Chasin fragte, musste ich sie um Verzeihung bitten – und ich hatte wirklich Angst, dass sie meine Entschuldigung abweisen würde.

Gestern lag ich sehr lange wach und dachte nach. Hauptsächlich drehten meine Gedanken sich dabei um Bobby und mich. Alles, was sie mir gesagt hatte, war richtig gewesen. Alles war mein Fehler. Ich hatte mich zurückgezogen. Ich war ein Feigling und hatte das getan, was ich immer tat, und mich verschlossen. Das musste sie wissen.

Wenn ich nicht darüber nachgrübelte, was ich Bobby angetan hatte, dachte ich über Chasins Mutter nach.

Die Frau war nicht nur ein Miststück, sie war ein *Miststück*. Überhaupt jemanden zu betrügen war scheiße, aber es absichtlich vor seinem Kind in seinem Elternhaus zu tun, wer machte so etwas? Was für eine ekelhafte Frau.

Ich verstand Narben aus der Kindheit, ich hatte meine eigenen. Ich fühlte mit Chasin. Auf intellektueller Ebene verstand ich seine Reaktion auf mein Telefonat mit Bobby. Ich wusste nur nicht, was ich mit dieser neuen Information anfangen sollte. Ich war völlig verwirrt und wünschte, ich könnte mein Leben um zwei Jahre zurückdrehen, mir Bobby schnappen und den Tag damit verbringen, das Gespräch mit Chasin so zu analysieren, wie man es nur mit seiner absolut besten Freundin tun konnte.

Fünf Minuten später sah ich von meinem Laptop auf, als

der Mann höchstpersönlich den Raum betrat. Oh Gott, warum konnte ich nicht aufhören, an ihn zu denken? Warum fing mein Herz an zu rasen, wenn er den Raum betrat?

»Ich hoffe, du bist nicht beschäftigt«, begann er. »Ich muss mit dir sprechen und habe Bobby dazugebeten.«

Das waren die ersten Worte, die er während des gesamten Vormittags mit mir sprach, obwohl ich ihn zweimal gesehen hatte, seit ich aufgewacht war. Aber dann wiederum hatte ich ebenfalls nicht mit ihm gesprochen.

»Ich bin nicht beschäftigt«, entgegnete ich und klappte meinen Laptop zu.

Mit einem kurzen Nicken nahm er in dem Sessel Platz, der am weitesten von mir entfernt war, nicht direkt neben mir wie gestern Abend. Außerdem lächelte er nicht. Ich wusste nicht, ob es daran lag, weil er noch einmal mit Nixon gesprochen und schlechte Nachrichten erhalten hatte, oder ob er sauer auf mich war. Keine Ahnung, warum es mir so wichtig war, aber so war es.

»Ist alles okay?«, fragte ich und war stolz, dass meine Stimme sicherer klang, als ich mich fühlte.

Bevor Chasin antworten konnte, kam Bobby in den Wintergarten und sah wie immer umwerfend aus. Meine Freundin war wundervoll. Wir waren auf viele Arten unterschiedlich – Bobby war das Helle zu meinem Dunkel, kontaktfreudig zu meiner Introvertiertheit, das Laute zu meiner Stille. Ein Teil dessen, warum wir so gut miteinander harmonierten, war die Tatsache, dass sie die Person im Vordergrund war und es ihr dort gefiel, während ich es vorzog, im Schatten zu bleiben. Unsere Rollen wurden nur umgekehrt, wenn ich auf der Bühne stand. Die restliche Zeit kümmerte Bobby sich um alles.

»Jameson Grant ist auf dem Weg, um die Alarmanlage zu installieren. Du kennst ihn noch nicht und musst ihn treffen, deshalb werde ich euch einander vorstellen, bevor du an die Arbeit gehst«, informierte Chasin mich, ohne jedoch auf meine Frage zu antworten.

Ein Klumpen der Unsicherheit landete in meinem Magen und lag dort wie ein Bleigewicht.

»Und die neuen Schlösser?«, erkundigte Bobby sich.

»Ich werde die Schlösser austauschen, während Jameson die Alarmanlage installiert. Ich werde außerdem einige Stunden nicht hier sein.«

Ich versuchte, ich meine, ich versuchte *wirklich*, nicht zu reagieren. Ich biss sogar die Zähne zusammen, um meine Panik nicht laut zu äußern. Aber als ich sprach, klang es *leider*, als würde ich mit den Zähnen knirschen – was ich tat –, aber ich wünschte mir, dass Chasin und Bobby es nicht bemerkten.

»Was? Du gehst?«

Chasin richtete den Blick auf mich und unmittelbar nachdem er es getan hatte, verschwand etwas von der Härte, aber nichts von der Neugier.

»Alec kommt mit Jonny Spencer hierher. Jonny ist ein ortsansässiger Polizist – ein guter Kerl, klug, absolut vertrau-enswürdig. Er wird mit dir und Bobby sprechen. Er muss darüber auf dem Laufenden gehalten werden, was in seiner Stadt vorgeht. Du wirst alle drei Männer bei dir haben, während ich nicht da bin, und Jameson wird erst gehen, wenn ich wieder zurück bin. Wir lassen dich nicht ungeschützt, nicht einmal dann, wenn die Alarmanlage installiert ist und die Schlösser ausgetauscht sind.«

Das nahm mir etwas von meiner Anspannung, aber den Großteil davon spürte ich immer noch in meinen Schultern, und ganz egal, wie sehr ich mich auch anstrengte, mich auf dem Sofa zurückzulehnen, es gelang mir nicht. Ich drehte durch, weil Chasin wegging, und ich drehte durch, weil ich durchdrehte. Was interessierte es mich, wenn Chasin wegging? Es sollte mir egal sein, aber das war es nicht – ganz im Gegenteil.

»Nixon hat angerufen, McKenna hat Chad Briggs überprüft. Hat Leslie erzählt, dass ihr Bruder wegen Körperverletzung verhaftet wurde?«

»Ja«, antwortete Bobby und ich sah sie an. »Er war bei der Arbeit, als er verhaftet wurde. Aber Leslie sagte, die Anklage wurde fallen gelassen, nachdem er den Polizisten erklärt hatte, wer er ist und womit er seinen Lebensunterhalt verdient«, fügte sie hinzu.

Ich schaute wieder zu Chasin und sah, dass er mich intensiv musterte. Er runzelte dabei ebenfalls die Stirn, was an sich schon beunruhigend war. Aber da war noch etwas anderes. Er sah wütend aus. Nicht sauer, sondern wütend, *wütend*.

»Was ist los? Wenn er bei der Arbeit verhaftet wurde –«

»Wenn sie dir das erzählt hat, hat sie gelogen«, fiel Chasin mir ins Wort.

»Was?«, fragte ich und gleichzeitig fügte Bobby hinzu: »Genau das hat sie mir erzählt.«

»Chad Briggs wurde nicht bei der Arbeit festgenommen. Nicht einmal annähernd. Er wurde vor einer Kneipe festgenommen, wo er den Verlobten seiner Ex-Freundin verprügelt hat. Das war, nachdem er dem Kerl zuvor wochenlang nachgestellt hatte. Nach der Festnahme weigerte der Typ sich, Anzeige zu erstatten, und zog stattdessen zusammen mit Chads Ex achtzig Kilometer weit weg.«

»Was?«, kreischte Bobby, eilte sofort durch den Raum und stellte sich neben mich.

Da war es, Bobby schritt immer ein, um mich zu beschützen. Ich griff nach ihrer Hand, sie senkte den Blick auf unsere Hände und sah mich dann aus großen, erschrockenen Augen an. War ich solch ein schlechter Mensch, dass meine beste Freundin tatsächlich schockiert darüber war, dass ich ihre Hand nahm?

Als sie ihre Hand in meiner anspannte, kam es mir vor, als sei ich tatsächlich ein extrem großes Miststück.

»Bobby, Liebes, setz dich.«

»Ich soll mich setzen?«

Ich spürte, wie meine Mundwinkel bei Bobbys schrillem Tonfall nach oben zuckten.

Roberta Layne war vielleicht ein winzig kleines Ding mit wildem blonden Haar und mehr Titten und Arsch, als eine Frau brauchte, aber wenn sie in Fahrt kam, musste man aufpassen. Die Frau konnte schimpfen. Ich meine, stundenlang schimpfen. Sie konnte ebenfalls laut werden. Und wenn sie einmal anfing, wurde ihre Stimme immer schriller, je wütender sie wurde. Ihrer derzeitigen Oktave nach zu urteilen war sie auf einer Skala von eins bis zehn – wobei zehn das Aufgebrachteste war, das ich je an ihr gesehen hatte – bei fünf. Je näher sie an der Zehn war, desto mehr verfiel sie in eine Falsettstimme. Wenn sie sich von Freddy Mercurys Gesang von »Under Pressure« inspirieren ließ, wusste ich, dass sie ausgerastet war und explodieren würde.

Da Bobby also auf halbem Weg zum Falsett war, musste ich sie beruhigen.

»Bob-«

»Nein, verdammt. Nein. Sie hat mich *angelogen*. Uns angelogen.«

»Das weiß ich. Und wir werden einen Weg finden, wie wir damit umgehen, aber zuerst musst du dich beruhigen.«

»Mich beruhigen? Dieses Miststück hat gelogen, Viv. Und das ist nicht das erste Mal.«

»Babe, du stehst kurz vor der Explosion. Wenn das passiert, lautet deine Antwort auf alles, das Haus niederzubrennen. Ich will, dass du dich beruhigst, damit wir darüber sprechen können, welches unsere Optionen sind. Und wir müssen Dom anrufen und ihn wegen meines Vertrags fragen und welche Möglichkeiten wir haben.«

»Dein Vertrag?«, schnaubte Bobby. »Du kannst nicht –«

»Doch, ich kann. Ich kann tun, was immer ich will. Aber bevor ich Leslie sage, dass sie sich ihren Vertrag in den Hintern stecken kann, muss ich zuerst wissen, ob wir das tun wollen, und zweitens, ob ich es rechtlich tun kann, ohne verklagt zu werden. Das kann ich aber nicht tun, solange ich mir Sorgen mache, dass du einen Herzinfarkt erleidest. Deshalb setz dich bitte und lass uns darüber reden.«

Bobby hatte immer noch große Augen, aber es lag wahrscheinlich weniger daran, dass ich ihre Hand hielt, und hatte mehr damit zu tun, dass ich in Erwägung zog, meine Geschäftsbeziehung mit B&B zu beenden – etwas, das Bobby bereits vor Jahren vorgeschlagen hatte, als wir Leslie das erste Mal beim Lügen ertappten. Aber damals war ich so froh, endlich eine Pause zu bekommen, dass ich den Fehler ignorierte, obwohl er groß war.

»Sprichst du von Dominic Fitzpatrick?«, fragte Chasin.

»Ja. Mein Anwalt.«

»Ich möchte euch beide bitten, vorerst niemanden anzurufen. Auch nicht Dominic, aber ganz besonders nicht Leslie«, forderte Chasin.

»Gut, aber warum?«

»Für den Moment behalten wir das, was wir wissen, für uns. Wenn du mit Leslie sprichst, wird sie mit ihrem Bruder reden. Wenn du mit Dominic sprichst, könnte es sein, dass er mit Leslie redet, was wiederum bedeutet, dass sie damit direkt zu ihrem Bruder geht. Das kann zweierlei Folgen haben. Entweder beschuldigen wir einen unschuldigen Mann, was bedeutet, Leslie wäre sauer wegen der Anschuldigung, und das könnte eure Geschäftsbeziehung ruinieren. Oder Chad Briggs ist ein krankes Arschloch, Leslie warnt ihn und er dreht vor Verzweiflung durch, etwas, das wir in diesem Moment nicht wollen. Wir kontrollieren den Informationsfluss, wir kontrollieren, was passiert, was wiederum heißt, dass wir die Fäden ziehen und dafür sorgen, dass ihr in Sicherheit seid. Ihr beide. Ich hasse es, auf das Offensichtliche hinzuweisen, aber Stalker werden nicht gern vom Objekt ihrer Besessenheit abgeschnitten. Und sie mögen die Menschen nicht, die dafür verantwortlich sind.«

»Ist Bobby in Gefahr?«

»Möglicherweise. Für den Fall, dass er das Gefühl hat, dass Bobby der Grund dafür ist, dass er nicht an dich herankommt. Wenn er denkt, dass sie das Hindernis ist, das zwischen dir und ihm steht, dann ist Bobby in Gefahr.«

Ich sprang auf und erschreckte Bobby damit. Ich war froh, dass meine Freundin sich nicht gesetzt hatte, wie ich sie gebeten hatte, weil es jetzt einfacher für mich wäre, sie aus dem Zimmer zu ziehen, mit ihr nach oben zu gehen und sie in einem der Schlafzimmer einzusperren.

»Was wirst du tun, um dafür zu sorgen, dass sie in Sicherheit ist? Ich will, dass ihr ein Leibwächter zugeteilt wird.«

Chasin erhob sich langsam. Die Bewegung konnte nicht als elegant bezeichnet werden, dafür war er zu groß, zu muskulös, aber sie war flüssig – selbstbewusst und voller kontrollierter Kraft. Als er stand, verschwand etwas von dem Ärger, der beim Betreten des Wintergartens auf seinem Gesicht zu sehen gewesen war. Er lächelte nicht, aber das Harte war verschwunden und mir fiel erst jetzt auf, wie zurückhaltend er gewesen war. Dann wurde mir klar, wie sehr es mir missfiel, dass er sich vor mir versteckte. Mir gefiel der vorsichtige Rückzug nicht.

Chasin war nicht vorsichtig, er war nicht zurückgezogen,

er war nicht unsicher. Dafür war er zu ehrlich. Wenn er etwas empfand, wusste man es. Er sagte es einem geradeheraus, bei ihm musste man nicht raten, was er dachte oder fühlte. Mit Ausnahme des heutigen Vormittags, an dem er nichts durchblicken ließ.

»Ein weiterer Grund, warum Jonny hierherkommt. Er hat jemanden im Sinn, einen Typen namens Vaughn. Ich habe ihn noch nie getroffen, deshalb kann ich nicht viel sagen, aber wenn Jonny der Meinung ist, dass Vaughn den Job machen kann, dann vertraue ich ihm. Und ihr solltet das auch tun.«

»Ich brauche keinen Leibwächter«, beschwerte Bobby sich.

»Du bekommst einen Leibwächter«, gab ich zurück.

»Wir verschwenden keine Ressourcen an mich. Alles muss auf dich konzentriert sein.«

Ich zuckte zusammen und umschloss Bobbys Hand fester, was bedeutete, dass ich sie am Arm zog und ihren Körper ins Wanken brachte.

»Du bekommst einen Leibwächter«, beharrte ich. »Du wirst dich meinetwegen nicht in Gefahr begeben. Mach dir gar nicht erst die Mühe, mit mir zu streiten. Ich schwöre dir, Roberta, wenn du das tust, werde ich dich oben an ein Bett ketten, und du weißt, dass ich das tun werde.«

Es klingelte an der Tür und Chasins Brummen lenkte meine Aufmerksamkeit auf ihn. »Ihr beide bleibt hier, während ich die Tür aufmache.«

Chasin verließ den Wintergarten und ließ mich mit Bobby allein. Ich nutzte die Privatsphäre zu meinem Vorteil.

»Bitte, Bobby, bitte streite dich nicht mit mir über diese Sache«, flehte ich. »Ich weiß, dass du sauer auf mich bist. Ich weiß, dass ich unsere Freundschaft zerstört habe. Ich weiß, dass du so schnell wie möglich abreisen und weg von mir willst. Aber bitte bleib. Bitte gib mir eine Chance, es wiedergutzumachen. Ich will nicht, dass du gehst, und das hat nichts damit zu tun, dass ich meine Assistentin brauche, sondern damit, dass ich keine räumliche Distanz zwischen uns haben will. Ich brauche dich in meiner Nähe, damit ich reparieren kann, was ich kaputt gemacht habe, aber ich will auch, dass du sicher bist. Ich würde sterben, wenn dir meinetwegen etwas zustößt. Bitte, Bobby, ich flehe dich an zu bleiben.«

Bevor sie ein Wort sagen konnte, betrat Chasin, gefolgt von zwei Männern, den Wintergarten. Zwei breitschultrige, große, gut aussehende Männer. Einer mit pechschwarzem Haar, so schwarz, dass es fast schon bläulich wirkte. Die Farbe war so krass, dass ich ernsthaft darüber nachdachte, ob ich mein Haar so färben sollte. Bobbys Hand zuckte in meiner und ich wusste, dass sie ihre ganz eigene Analyse durchführte, wenngleich ich nicht glaubte, dass sie den Coolnessfaktor von pechschwarzem Haar mit einem Blaustich bewunderte. Zunächst einmal hatte sie blondes Haar und würde es nicht wagen, es zu ändern, und zweitens wusste ich, dass sie den zweiten Mann ansah, der kein schwarzes Haar, sondern die blauesten Augen hatte, die ich je gesehen hatte. Er stand mindestens drei Meter von mir entfernt und ich konnte sie deutlich erkennen, weil sie so blau waren, dass sie aussahen, als würden Edelsteine in seinen Augenhöhlen stecken.

Bobby hatte eine Schwäche für Augen. Jede Frau hat ihr *Ding*, vielleicht zwei, aber definitiv eine Eigenschaft an einem Mann, die ihre Aufmerksamkeit erweckt und sie gefangen hält. Bobbys Ding waren die Augen eines Mannes. Ich zog das Lächeln eines Mannes vor. Wenn ein Mann ein tolles Lächeln hatte, ein echtes, das bis zu seinen Augen hinaufreichte und interessante Fältchen zum Vorschein brachte, war ich gefangen. Genau das hatte mich an Chasin angezogen. In dem Moment, in dem er lächelte – sorglos, offen, echt, ehrlich –, war es um mich geschehen.

»Babe?« Chasins raue Stimme riss mich aus meinen Gedanken, und ich blickte von den Männern zu ihm und sah, dass er die Augen zusammengekniffen hatte.

»Ja?«

»Möchtest du aufhören, Jameson und Jonny anzustarren, als könntest du dich nicht entscheiden, welchen von ihnen du zuerst auffressen willst, damit ich dich vorstellen und Jameson an die Arbeit gehen kann?«

Das tiefe Lachen von zwei Männern erfüllte den Raum und ich wurde plötzlich sehr verlegen.

»Ich habe nicht darüber nachgedacht, welchen von ihnen ich zuerst auffresse«, sagte ich schnippisch.

»Ich schon«, murmelte Bobby und ich drückte ihre Hand, um ihr wortlos zu signalisieren, dass sie die Klappe halten soll.

»Bobby«, zischte ich und verlieh meiner nonverbalen Kommunikation Nachdruck.

»Was denn? Ich habe darüber nachgedacht. Es macht keinen Sinn, deswegen zu lügen, wenn Chasin die Situation ganz offensichtlich durchschaut hat.«

»Eine Warnung, Jamesons Frau sieht aus wie ein süßer Engel mit goldenem Haar, aber sie ist ein Pitbull mit einer Schrotflinte«, sagte Chasin.

»Wer ist Jameson?«, fragte Bobby und ich schüttelte den Kopf.

»Ich«, antwortete der schwarzhaarige Mann.

»Also, da bin ich erleichtert. So attraktiv du mit deinen verrückten Tätowierungen und dem schwarzen Haar, das deine Frau sicherlich toll findet, auch bist, kannst du beruhigt sein, dass sie ihre Schrotflinte nicht rausholen muss«, plapperte Bobby, beließ es aber glücklicherweise dabei.

»Hi, ich bin Genevieve«, stellte ich mich lahm vor, um das

Gespräch von verrückten Tätowierungen und Schrotflinten abzulenken.

Ich war mir nicht ganz sicher, aber ich glaubte nicht, dass die Drohung, meiner Freundin mit der Schrotflinte in den Hintern zu schießen, sie tatsächlich davon abgehalten hätte, Jameson anzustarren. Das Wissen, dass er eine Frau hatte, hätte ihn unantastbar gemacht, aber Bobby würde trotzdem hinsehen und danach vermutlich mit seiner Frau darüber schwärmen, wie viel Glück sie hatte, solch einen scharfen Kerl mit verrückten Tätowierungen zu haben.

Bobby war *so* durchgeknallt.

»Ich bin Jonny«, verkündete der blauäugige Mann und ich schwöre bei Gott, Bobby seufzte.

»Freut mich, euch beide kennenzulernen. Danke, dass ihr gekommen seid, um auszuhelfen«, antwortete ich.

Ich zog einmal kurz an Bobbys Hand und sie sah mich an. »Was?«

»Meine Güte«, brummte Chasin.

»Was?«, knurrte Bobby.

»Meine Güte«, wiederholte Chasin, dieses Mal belustigt. »Babe, dein Mädchen ist verrückt.«

»Also?«, sagte Bobby. »Möchte mich irgendwer aufklären, warum Chasin wie ein Idiot grinst? Auch wenn ich zugeben muss, dass ich jetzt, da ich es gesehen habe und weiß, dass Viv eine Schwäche für scharfe Typen mit einem tollen Lächeln hat, absolut verstehe. Zuvor war ich mir nicht so sicher, denn, na ja, du kannst ein ziemliches Arschloch sein. Aber wenn du lächelst, Mann, ich verstehe es total.«

Kann mich bitte jemand umbringen?

Ich zog ernsthaft in Erwägung, das Haus zu verlassen, in der Hoffnung, dass mein verrückter Stalker mich entführen und zu einer abgeschiedenen Hütte bringen würde. Selbstverständlich wollte ich mir keine Hütte mit einem verrückten

Stalker teilen, aber vielleicht konnte er mich dort einfach nur absetzen, bevor er verschwand, und mich dann verhungern lassen.

»Halt. Die. Klappe.«

»Was denn? Stimmt es denn nicht? Er hat ein tolles Lächeln. Jetzt sehe ich es.«

Ich schloss die Augen und flehte Gott um Geduld an. Er erhörte mein Gebet zwar nicht, gab mir aber etwas Besseres. Etwas, das ich einige Tage gehabt und dann verloren hatte. Als es weg war, dachte ich, ich würde es nie wieder hören, und das schmerzte.

Aber genau da erfüllte Chasins samtenes Lachen den Raum und überzog meine Haut.

Meine Mutter betrügt meinen Vater.

Scheiße, Scheiße, Scheiße. Er hatte einen Grund, keine Entschuldigung, sondern einen tatsächlichen *Grund*, ein Arschloch zu sein. Einen, den ich vollkommen verstand, weil ich ihn aus meinen eigenen Gründen hatte gehen lassen. Einer, der nicht der gleiche war, aber ihm insofern ähnelte, als dass meine Eltern dafür verantwortlich waren und dafür sorgten, dass ihre Vorwürfe und ihr Hass mich so tief trafen, dass ich es nie vergessen würde.

Der Alkoholismus und Missbrauch meiner Eltern hatte meine Welt gefärbt und mich mit etwas Finsterem und Bösem zurückgelassen.

Aus Angst hegte ich deshalb einen Groll, den ich nicht hegen wollte.

Die Angst war mein ständiger Begleiter. Ich nährte sie all die Jahre, bis sie Wurzeln schlug und so groß wurde, dass ich im Schatten eines Daches aus Selbstzweifeln lebte.

Vielleicht lag ich falsch, wenn ich dachte, nicht zu wollen, dass irgendjemand mein wahres Ich sieht. Vielleicht war es alles nur Blödsinn, den ich mir als Ausrede ausgedacht hatte, um Menschen wegzustoßen, wenn sie mir nahekamen. Ich benutzte meinen Ruhm als neue Entschuldigung, als Krücke, um mir alle vom Leib zu halten.

Vielleicht war ich nichts weiter als eine gebrochene Frau mit den Taschen voller Verbitterung und Groll.

Vielleicht war es an der Zeit, das zu reparieren.

11

KAPITEL ELF

C HASIN SAH MIT FASZINIERTEM V ERGNÜGEN ZU, WIE
Genevieve die Lippen zu einem hübschen Lächeln verzog,
das ihr Gesicht teilte und sie aussehen ließ, als hätte sie ein
Geheimnis – ein wirklich tolles. Dann wurde das Lächeln
langsam zu einem Stirnrunzeln und die Wärme, die er soeben
erlebt hatte, wurde zu Eis.

Was zur Hölle?

»Genevieve?«, rief er und sämtliche Belustigung war
verschwunden.

Sie öffnete die Augen und einen Moment lang sah er
Schmerz – so stark, dass er hell strahlte, bevor sie sich
verschloss.

Diese Scheiße würde ein Ende haben. Alles. Der
Schmerz in ihren Augen und die Starre. Als Chasin es zum
ersten Mal gesehen hatte, war es bereits einmal zu viel
gewesen.

»Ja?«

»Wir müssen an die Arbeit gehen.«

»Richtig. Was brauchst du von mir?«

Chasin musterte Genevieve – ihre steife Haltung, ihre

Hand in der von Bobby. Nur versuchte sie jetzt nicht, Bobby zu beruhigen oder sie zum Schweigen zu bringen, sie nutzte sie als Rettungsanker. Er wusste es, weil in ihrer Stimme ein Zittern zu hören war, das ihm nicht gefiel, und es hatte rein gar nichts mit dem Grund zu tun, warum Jameson und Jonny bei ihr zu Hause waren.

Wo auch immer sie in ihrem Kopf war, es war kein guter Ort. Auch das wusste er. Nicht nur wegen des Zitterns in ihrer Stimme, der kerzengeraden, steifen Haltung oder der Tatsache, dass sie Bobby als Schutzschild benutzte, denn er merkte, dass etwas Hässliches aus ihr entwich. Aber nicht nur das, er *spürte* es.

Wahrhaftig spürte er, wie die Säure brodelte, und zur Abwechslung rührte dieses Gefühl nicht daher, dass er an seine Arschloch-Mutter dachte. Er fühlte für Genevieve. Er fühlte ihren Schmerz und würde etwas dagegen unternehmen.

»Bevor wir uns an die Arbeit machen, muss ich mit dir sprechen, Genevieve.« Sie hielt seinem Blick stand, machte aber keine Anstalten, sich zu bewegen. »Unter vier Augen«, fügte er hinzu.

Bobbys Lippen zuckten in dem Versuch, nicht zu lächeln. Sie ließ Genevieves Hand los und ging sogar so weit, ihr einen sanften Schubs in Chasins Richtung zu geben.

Genevieve sah erschrocken zu Bobby, dann wieder zu Chasin, bevor sie hölzern das Zimmer durchquerte.

»Gib uns eine Minute«, sagte er und folgte Genevieve durch den Eingangsbereich in die Küche.

Als sie anhielt, tat Chasin das nicht. Er ging so lange vorwärts, bis er Genevieve ganz nahe war und ihr Hintern gegen die Arbeitsplatte stieß.

»Chas-«

»Warnung. Was auch immer das dort drinnen war, ich werde dem ein Ende setzen.«

»Was?«

»Dieser Blick, Evie. Der, bei dem du erst gelächelt hast und dann aussahst, als hätte dich jemand von innen aufgeschlitzt. Diese Scheiße hört auf.«

»Evie?«, hauchte sie.

»Hör mir zu, Liebes, denn das hier ist wichtig. Ich weiß nicht, welche Reise du in deinem Kopf unternommen hast, die dafür gesorgt hat, dass deine Augen mit Schmerz überzogen wurden und du aus diesem Zimmer entführt wurdest, aber was auch immer es war, ich werde dahinterkommen, es ausgraben und du wirst es loslassen, ob es dir gefällt oder nicht.«

Genevieves Augen weiteten sich verärgert, bevor sie schnippisch entgegnete: »Sei nicht so herablassend.«

Chasin starrte die Frau vor sich an und fragte sich, ob sie die Mühe wert war, die er würde aufbringen müssen, um ihre Dornen und Stacheln zu durchdringen. Dann erinnerte er sich an ihr Lächeln. Wie sie ihn neckte. Ihre Sorglosigkeit. Wie sie sich um ihn schlang, als wollte sie ihn nie wieder gehen lassen. Wie gut sie sich unter ihm angefühlt hatte. Die Laute, die sie von sich gegeben hatte. Wie sie seinen Namen gestöhnt hatte.

Die Frau, die perfekt zu ihm passte.

Ja, sie ist es absolut wert. Mit allen Dornen und Stacheln.

Chasin beschloss, ihre Bemerkung zu ignorieren und sie zu drängen. »Was hat dich aus diesem Raum gezogen?«

»Ich habe keine Ahnung, wovon du sprichst.«

»Doch, du weißt es. Du hast deine Augen geschlossen und so breit gelächelt, dass ich nicht aufhören konnte, dich anzusehen. Dann hast du dich umgedreht und als du es getan hast, bei Gott, Evie, ich schwöre, ich konnte es durch das

Zimmer hindurch spüren. Etwas Hässliches hat deinen Kopf erfüllt. Und als du die Augen geöffnet hast ...« Chasin hielt inne und schüttelte den Kopf. »Mein Gott, in ihnen stand so viel Schmerz, dass es mir wehtat, dich anzusehen.«

Genevieve schwieg einen Moment lang, aber sie presste Daumen und Zeigefinger zusammen, etwas, das sie tat, wenn sie nachdachte, wie er beobachtet hatte.

»Ich brauche Zeit«, flüsterte sie.

»Was?«

»Zeit, Chasin. Ich will, dass du mir Zeit gibst.«

»Zeit wofür?«

»Zum Denken.«

»Oh nein. Das ist nun wirklich das Letzte, was du brauchst. Nach dem zu urteilen, was ich dort drinnen bezeugt habe, ist dein Kopf kein sicherer Ort für dich.«

Das brachte ihm einen weiteren Blick aus geweiteten Augen ein, aber dieses Mal kniff sie sie zusammen, nachdem sie groß geworden waren.

»Diese Entscheidung steht dir nicht zu.«

»Ganz ehrlich, Evie, ich treffe die Entscheidung. Nicht noch mehr Zeit. Keine Mauern mehr. Kein emotionaler Wachhund mehr. Ich kann sehen, warum Bobby sich von dir wegstoßen lässt. Aber ich werde es dir bei mir nicht gestatten.« Chasin vernahm das rasche Luftholen und spürte, wie die Luft vorbeizog, als sie einatmete. »Verstehst du es immer noch nicht?«

»Was soll ich verstehen?«, fragte sie beim Ausatmen.

»Dass ich nicht dumm bin.«

»Dumm?«

Genevieve legte den Kopf zur Seite und zog die Augenbrauen zusammen.

Verdammt, sie war süß, wenn sie aufgebracht war.

»Und ich bin erfinderisch.«

»Ich bin verloren.«

Ja, das war sie. In mehr als nur einer Hinsicht. Aber sie würde *gefunden* werden – dafür würde er ganz sicher sorgen.

»Ich bin nicht dumm. Damit will ich nicht sagen, dass ich keine Fehler mache und mich wie ein Idiot verhalte, aber ich begehe den gleichen Fehler niemals zweimal. Ich habe dich einmal gehen lassen. Ich war ein totales Arschloch. Ich weiß, dass ich im Unrecht war, und du weißt, dass ich im Unrecht war. Da ich kein Vollidiot bin, werde ich diesen Fehler nicht noch einmal machen. Und jetzt solltest du kapieren, Evie, dass ich dich nicht noch einmal gehen lassen werde. Und ich bin erfinderisch, was bedeutet, dass ich mir etwas einfallen lassen werde. Ich werde dir keine Zeit geben, um weitere Mauern zu bauen. Ich werde dir keine Zeit geben, um neue Wege zu finden, wie du mich ausschließen kannst.«

»Nur damit du es weißt, ich bin auch erfinderisch«, fauchte Genevieve.

»Ja, Baby, das ist mir nicht entgangen. Deshalb gebe ich dir auch nicht die Zeit, die du haben willst, damit du kreativ werden und dir neue Wege ausdenken kannst, um mich auszuschließen. Nur damit wir uns verstehen, jedes Mal wenn du etwas tust, das dich mir nimmt, und es so anstellst, dass ich dich nicht erreichen kann, werde ich es herunterreißen. Es ist mir egal, wie sehr es dich verärgert. Ich würde dich lieber wütend auf mich sehen als tot und leer.«

Beide schwiegen und starrten einander an. Genevieves Gesichtsausdruck war erstarrt, aber selbst in der Regungslosigkeit konnte sie die Panik nicht verbergen. Chasin hätte wetten können, dass kein einziger Mensch in ihrem Leben sie jemals dazu gezwungen hatte, sich ihren Dämonen zu stellen. Bobby hatte das ganz sicher nicht getan und er schätzte, es lag daran, dass Bobby sie kannte, den Schmerz verstand, den Genevieve mit sich herumtrug, und nicht wollte, dass sie die

Vergangenheit noch einmal durchleben musste. Aber Bobby gestattete es Genevieve, sich zurückzuziehen und von ihr zu distanzieren. Das verstand Chasin nicht.

»Ich mag das nicht«, brummte sie. »Ich habe viel zu tun und ich brauche dich nicht, um mir –«

»Ich bin genau das, was du brauchst«, unterbrach er sie.

»Chasin –«

»Wenn du *nachdenken* willst, dann erinnere dich an das Wochenende, das wir zusammen verbracht haben. Denk darüber nach. Denk darüber nach, wie du dich gefühlt hast, als du in meinem T-Shirt in dieser Küche standst und Waffeln gemacht hast. Denk darüber nach, wie du dich gefühlt hast, als nur du und ich hier waren und wir gelächelt, gelacht und uns geneckt haben. Und wenn du schon dabei bist, denk darüber nach, wie du dich gefühlt hast, als meine Hände dich berührt haben, als mein Mund zwischen deinen Beinen war und mein Schwanz tief in dir steckte. Als Letztes denk darüber nach, wie du dich gefühlt hast, als du eng umschlungen mit mir eingeschlafen bist. Dann denk scharf nach, Evie, und sag mir, ob all das, was wir an diesem Wochenende miteinander hatten, es nicht wert ist, dem Ganzen eine Chance zu geben. Zu sehen, wo es hinführt und was wir miteinander haben könnten.«

»Ich weiß, wo es hinführen wird.«

»Meine Güte. Du weißt es nicht. Du hast keinen blassen Schimmer, denn wenn es so wäre, wüsstest du, dass die Zeit, die wir zusammen verbracht haben, etwas bedeutet hat. Sie war toll und wir wären verrückt, wenn wir nicht herausfinden wollten, wo es hinführen könnte. Du wüsstest ebenfalls, dass die Art, wie es zwischen uns gefunkt hat, die Chemie, die zwischen uns herrschte, und wie wir beide uns nach nur wenigen Tagen zusammen gefühlt hatten, nicht normal ist. Das allein sagt mir bereits, dass es das Risiko wert ist.«

»Du irrst dich«, flüsterte sie und Chasin verspürte ein unangenehmes Gefühl, das sich in seinem Magen zusammenbraute. Es war nicht ihre Leugnung, es war das gequälte Murmeln. Und als sie weitersprach, wurde aus dem unangenehmen Gefühl ein stinkendes. »Ich weiß, was unsere Zeit mir bedeutet hat, deshalb weiß ich, dass es zu viel bedeutet hat. Ich weiß ebenfalls, wo dieses Gefühl hinführt. Und es führt ausschließlich zu einer einzigen Sache – Enttäuschung. Du bist zu Wort gekommen und ich bekomme das Gefühl, dass du es gewohnt bist, deinen Willen zu bekommen. Du bist es gewohnt, präsent zu sein und das Sagen zu haben, und ich bin mir sicher, dass die meisten Frauen sich deinen Befehlen unterwerfen. Aber ich bin nicht wie die meisten Frauen. Ich wurde so oft betrogen, dass ich gelernt habe, dieser Scheiße einen Riegel vorzuschieben, bevor sie überhaupt anfängt. Du hast also die Wahl, Chasin. Lass mich verdammt noch mal in Ruhe und lass mich nachdenken oder übe weiter Druck auf mich aus, aber ich garantiere dir, dass ich mich so fest verschließen werde, dass du niemals zu mir durchdringst.«

Chasin tat sein Bestes, um seine Wut zu unterdrücken, aber der Ärger wuchs in ihm an. Nicht auf sie, sondern auf all die Arschlöcher, die vor ihm da waren, auf all die Menschen, die sie verarscht hatten. Er dachte ebenfalls über die Qual in ihrer Stimme und den Schmerz in ihren Augen nach.

Unter keinen Umständen würde er sie in Ruhe lassen. Aber er würde ihr eine Atempause gönnen. Das Haus war voller Menschen und er hatte Arbeit, um die er sich kümmern musste. Arbeit, die sie der Identifikation des Mannes, der sie terrorisierte, hoffentlich einen Schritt näher bringen würde.

Er hob die Hand und legte sie ihr in den Nacken. Er drückte die Finger hinein und übte gerade ausreichend Druck aus, um sie näher an sich zu ziehen. Dann sagte er: »Während du dir Zeit lässt, denk hierüber nach, Evie. Du hast nur ein

Leben, Baby, nur eins. Verschwende nicht die ganze Schönheit, die du in dir trägst, indem du dich versteckst. Das wäre verdammt traurig. Es würde bedeuten, dass du sie im Gegenzug ebenfalls nicht bekämst, dir würde ein Leben voll mit den guten Dingen, die du verdienst, entgehen. Das wäre nicht nur traurig, das wäre ein verdammtes Trauerspiel.«

Bevor sie antworten konnte, drückte Chasin ein letztes Mal zu und trat von ihr zurück.

»Gehen wir wieder hinein. Bobby hatte genügend Zeit, ein Seil zu finden und Jonny an einen Stuhl zu fesseln«, witzelte Chasin.

Genevieve zog die Mundwinkel nach oben und lächelte ein klein wenig. Er wusste, dass es nicht echt war, aber es war zumindest etwas.

Sie folgte Chasin, der unfassbar wütend zurück in den Wintergarten ging. Es gab keinen Grund, dass eine Frau, die so hübsch und talentiert wie Genevieve Ellison war, in einem selbst auferlegten Gefängnis lebte.

Mit ruhelosem Blick.

Abgestumpft.

Gebrochen.

12

———

KAPITEL ZWÖLF

Du hast nur ein Leben, Baby.

Ich konnte nicht aufhören, an das zu denken, was Chasin gesagt hatte. Natürlich hatte er recht, ich hatte nur ein Leben und ich lebte es nicht. Nicht wirklich. Ich dümpelte dahin. Ich hatte es getan, bevor ich meinen ersten Plattenvertrag bekam, und ich tat es noch immer. Der einzige Unterschied bestand in der Anzahl der Nullen auf meinem Bankkonto und dass ich nun etwas hatte, hinter dem ich mich verstecken konnte – meine Karriere.

Ich konnte mich verstecken und es auf den Ruhm schieben.

Ich konnte nirgends hingehen, ohne erkannt zu werden, deshalb fragte auch niemand nach, wenn ich zu Hause blieb. Ich hatte eine ganze Reihe von Ausreden dafür parat, warum ich mich so verhielt, wie ich es tat. Ich konnte meine emotionale Trennung auf meine Berühmtheit schieben und keiner wagte es, irgendetwas zu sagen. Leslie nicht, Melissa nicht und nicht einmal Bobby.

Ich saß mit einem Notizblock am Küchentisch und tippte

135

mit dem Stift auf die leere Seite, als Bobby hereinkam. Wir hatten unser Gespräch mit Jonny gehabt und ich fand heraus, dass er kompetent, klug und sehr freundlich war. Zum Glück war Bobby professionell und stellte ab dem Moment, in dem Jonny Fragen über meinen Stalker stellte, ihr Flirten und ihre verträumten Blicke ein. Das hieß aber nicht, dass ich sie nicht dabei ertappte, wie sie einen verstohlenen Blick auf seinen Hintern warf, als er nach draußen zu seinem Geländewagen ging, sie machte jedoch keine unpassenden Bemerkungen mehr.

Ich hatte immer noch nicht den Mut aufgebracht, mit Bobby über ihre Kündigung zu sprechen und darüber, dass ich unsere Freundschaft retten wollte. Ich sagte mir, es läge daran, dass sie damit beschäftigt war, ihren Zeitplan neu zu organisieren, da sie nun in Kent County blieb. Es lag aber eher daran, dass ich Angst hatte, unsere Freundschaft so ruiniert zu haben, dass nichts mehr zu kitten war.

»Hast du kurz Zeit?«, fragte ich und Bobby richtete den Blick von mir auf das Papier. »Einkaufsliste«, beantwortete ich ihre unausgesprochene Frage.

»Hast du Schwierigkeiten, eine Einkaufsliste zu schreiben?« Sie lächelte und ich nickte.

Ich warf den Stift auf den Block und erwiderte ihr Lächeln. »Mir entgeht die Ironie dessen nicht, Freundin.«

Bobby fing lauthals an zu lachen und nahm mir gegenüber Platz. »Woran denkst du?«

Genau das vermisste ich an Bobby am meisten. Sie kannte mich, sie kannte mich wirklich und wahrhaftig.

»An uns«, sagte ich zu ihr.

»Uns?«, wiederholte sie und zog sich sofort zurück.

Verdammt. Wann hatte sie das gelernt? Und wie war es mir entgangen?

Bobby war immer offen und kontaktfreudig gewesen. Sie war mutig und verbarg weder, wer sie war, noch, was sie dachte.

Doch jetzt tat sie es. Sie verbarg es vor mir.

Und das war vermutlich auch meine Schuld.

»Ich habe viel über das nachgedacht, was du auf dem Dach gesagt hast. Du hattest recht. Alles, was du gesagt hast, entsprach der Wahrheit. Ich hatte Schwierigkeiten, aber ich kam klar, bis meine Eltern diese Klage eingereicht haben. Nachdem sie das getan hatten, ist in mir irgendetwas zerbrochen.«

»Liebes, sie haben deine Kindheit ans Licht gebracht«, rief sie mir vorsichtig ins Gedächtnis.

»Es war mehr als nur das«, gestand ich. »Vom Verstand her weiß ich, dass sie Alkoholiker sind und gemeine, faule, habgierige Menschen. Aber sie sind immer noch meine Eltern. Sie sollten mich lieben. Welche Eltern wollen ihr Kind nicht glücklich und erfolgreich sehen? Ich konnte damit nicht umgehen. Was ist so verkehrt an mir, dass sie mich nicht lieben konnten? Wie können zwei Menschen so grausam sein?«

»Genevieve, hör mir zu.« Bobby streckte den Arm über den Tisch aus und ergriff meine Hand. »An dir ist rein gar nichts verkehrt. Du bist der liebevollste Mensch, den ich kenne. Und das, Liebes, ist ein Wunder angesichts der Tatsache, dass du von diesen Arschlöchern großgezogen wurdest. Du bist talentiert und hübsch und freundlich und lustig. Du bist selbst dann loyal, wenn du es nicht sein solltest. Selbstverständlich kannst du ihre Grausamkeit und Habgier nicht verstehen, weil du nicht weißt, wie man so sein kann.«

Ich wollte Bobby so sehr glauben. Ich versuchte mein Bestes, ein guter Mensch zu sein, versagte aber ständig darin.

Ich kehrte den Menschen, die mir am nächsten standen, den Rücken zu. Das war nicht richtig. Das ließ mich nicht wie einen guten Menschen, sondern wie ein kaltherziges, berechnendes Miststück wirken. Ich hatte ein furchtbares Temperament und war nicht loyal.

»Ich habe dich ausgeschlossen«, flüsterte ich. »Das ist keine Loyalität, das ist Verrat.«

»Ich wusste, was du getan hast und warum. Und ich habe dich gewähren lassen.« Bobby seufzte und drückte meine Hand fester. »Das war meine Schuld.«

»Nein, Bobby. Nichts ist deine Schuld. Ich habe es getan und du sollst wissen, dass es mir leidtut. Ich hätte mich dir zuwenden sollen, anstatt dich wegzustoßen. Aber als ich begriff, was ich tat, hatte ich das Gefühl, dass ihr alle bereits so weit weg wart und dass es vielleicht gut so war. Ich wollte nicht, dass der toxische Mist meiner Eltern euer Leben verpestet. Ich hatte Anwälte, die sich darum kümmerten, Leslie und Melissa wurden durch den Dreck gezogen und ich wollte nicht, dass du noch weiter hineingezogen wurdest, als es ohnehin schon der Fall war. Sie sind bösartig und haben mit unfairen Mitteln gespielt.«

Bobbys Gesichtszüge glätteten sich, aber ich kannte diesen Blick. Er war trügerisch und normalerweise warf sie ihn mir zu, um den Schock ihrer Worte etwas zu mildern.

Und als sie wieder sprach, lag ich nicht falsch. Weder in Bezug auf ihren Blick noch auf den Schock.

»Und das tut am meisten weh. Dass du denkst, ich würde mich darum scheren, was diese beiden über mich gesagt oder mir angetan haben. Ich verstehe, dass du versucht hast, mich zu beschützen. Ich weiß das zu schätzen. Aber wer hat dich beschützt? Du hast hinter mir gestanden, aber dich so verhalten, dass ich nicht hinter dir stehen konnte. Das machen Freunde nicht.«

Ihr Griff wurde fester. »Plötzlich drehte unsere Beziehung sich um die Arbeit. Noch mal, das ist meine Schuld, ich habe dich machen lassen. Ich dachte, es sei, was du von mir brauchst, damit du deine Gedanken ordnen und weitermachen kannst. Aber als du es nicht getan hast, war es meine Aufgabe, dir den Kopf zurechtzurücken. Und das habe ich nicht getan, weil ich Angst hatte, dass du mich ausschließen würdest – dich nicht nur vor mir zurückziehen, sondern mich vollkommen *aus* deinem Leben werfen. Ich habe gesehen, wie du es getan hast. Ich habe beobachtet, wie du Beziehungen beendet und nie zurückgeblickt hast, und hatte furchtbare Angst, dass du es mit mir machen könntest. Deshalb habe ich zugelassen, dass du dich zurückziehst und deine Mauern errichtest. Das hat verdammt wehgetan.

Aber ich hätte eine ausreichend gute Freundin sein sollen, um zumindest zu versuchen, wieder an dich heranzukommen, und mich nicht um die Auswirkungen zu scheren. Jetzt bin ich schlauer. Du kannst also sauer sein, so viel du willst. Du kannst mich aus deinem Leben verbannen. Du kannst mich jetzt und hier feuern. Ich werde sagen, was ich zu sagen habe, und du wirst mir zuhören.«

Bobby holte tief Luft, drückte meine Hand, beugte sich nach vorn und ich versteifte mich.

»Deine Eltern sind Arschlöcher. Der schlimmste Abschaum, den es gibt. Sie verletzen dich. Sie lügen dich an. Sie versuchen, dich zu bestehlen. Während der gesamten Zeit hast du die Oberhand behalten. Dein öffentliches Ansehen ist unbefleckt. Du bist das Aushängeschild dafür, dich gegen alle Widrigkeiten durchzusetzen und allen Erwartungen zum Trotz Erfolg zu haben. Deine Fans lieben dich. Mit deiner Karriere geht es steil bergauf. Aber Mädchen, dein Privatleben ist ein Trümmerhaufen. Es wird Zeit, dass du aufwachst, diese Wichser hinter dir lässt und nach vorn blickst. Du bist nicht wie sie. Du bist kein geldgieriges Miststück, das sich einzig deshalb mit einem Mann eingelassen hat, um ihn als Geldautomaten zu benutzen.«

Ihre Stimme wurde sanfter. »Du bist stark. Trotzdem lässt du dich von ihnen schikanieren. Du gestattest ihnen, dich zu verwirren. *Du lässt das zu.* Hör auf. Hör einfach auf damit. Bitte. Dein Leben zieht an dir vorbei. Du verpasst es. Und auch das lässt du zu. Und wo wir schon beim Thema sind, dass du Dinge an dir vorbeiziehen lässt, Mädchen, ganz ehrlich, du bist *vollkommen geisteskrank,* wenn du dir Chasin durch die Finger gehen lässt. Dieser Mann ist verrückt nach dir.«

Leider war ich nicht vollständig vorbereitet gewesen, deshalb trafen die Worte meiner Freundin mich, und sie trafen mich derart heftig, dass ich gegen den plötzlichen Anflug von Schmerz und Trauer nichts unternehmen konnte.

»Sag mir, wie du dich wirklich fühlst«, murmelte ich.

»Ich denke, das habe ich gerade getan, Viv. Und ich werde es so lange wiederholen, bis du mir zuhörst. Ich werde es dir wieder und wieder und wieder sagen, bis du endlich alles rausreißt, was diese perversen, bösartigen Geier in dir gesät haben. Du kannst nicht wissen, wie weh es tut zu bezeugen, wie du dich von allen Menschen um dich herum abkoppelst. Du wirst zu einer Hülle. Du schreibst deine Musik, du gleitest durch dein tägliches Leben, du nimmst an geschäftlichen Entscheidungen teil, aber du lebst nicht. Du existierst, und das ist alles. Du bist ein Zombie. Und Liebes, das bringt mich einfach um.«

Ich saß starr da, ohne zu atmen, und war am Boden zerstört.

Du hast nur ein Leben, Baby.

»Ich hasse sie, aber ich hasse mich noch mehr«, flüsterte ich.

»Was?«

»Du hast recht. Ich lasse es zu – alles. Ich lasse zu, dass sie mein Leben befallen. Ich bin so schwach, dass ich mich nicht dagegen wehren kann. Bei jeder Gelegenheit, die sich ihnen bietet, hauen sie mich übers Ohr. Und jedes verdammte Mal bin ich wieder dreizehn Jahre alt und höre, wie meine Mutter mich anschreit, ich hätte ihr Leben ruiniert. Dass es meine Schuld ist, dass mein Vater trinkt, weil er mich nicht ertragen könne. Dass es meine Schuld ist, dass Großvater ihnen den Geldhahn zugedreht hat. Ich hasse sie. Aber ich tue es mir selbst an.«

»Nichts an dir ist schwach. Das ist dummes Zeug. Sich zu wünschen, gute, anständige Eltern zu haben, ist keine Schwäche. Und die emotionalen Narben, die dieses Miststück dir zugefügt hat, sind keine Schwäche. Sieh dich nur an. Sieh dir an, was du alles erreicht hast. Du hast das gemacht, ganz allein. Ohne Hilfe. Ohne Almosen. Du. Du allein. Scheiß auf sie. Ernsthaft, Viv. Scheiß auf sie. Sie ist eine Lügnerin. Ein Stück Dreck, das dein ganzes Leben lang neidisch auf dich war. Du stellst alles dar, was sie nie war, alles, was sie nie sein konnte. Sie ist von deiner Schönheit geblendet. Deine Mutter blickt in den Spiegel und hasst, was sie sieht. Sie ist so verdammt schwach, dass sie dich für alle ihrer vielen Fehler bezahlen ließ. Sie gibt dir die Schuld, weil sie ein jämmerliches Exemplar eines Menschen ist.«

Selbstverständlich vermisste ich meine Freundin, ich vermisste sie *wirklich.* Bobby war immer der einzige Mensch in meinem Leben, der sich nicht zurückhielt – bis ich sie ausschloss. Danach hatte sie keine andere Wahl, als zu schweigen. Sie hatte ihre Gefühle nicht versteckt. Sie hatte nicht um den heißen Brei herumgeredet. Sie hatte gesagt, was sie empfand, und gemeint, was sie gesagt hatte.

»Du fehlst mir. Wie kann ich reparieren, was ich zwischen uns kaputt gemacht habe?«

Bobbys Hand zuckte in meiner und ich hörte, wie sie einatmete. Dann sah ich, wie ihre Augen sich mit Tränen füllten. »Ich glaube, du hast uns gerade repariert. Und Viv? Du hast mir auch gefehlt, sehr sogar. Mehr als ich in Worte fassen kann.«

Einen Moment lang saßen wir beide schweigend da, während uns die Tränen über die Wangen liefen, aber keiner von uns machte Anstalten, sie wegzuwischen. Eine unaussprechliche Erleichterung überkam mich und in dem Moment, in dem ich meine beste Freundin ansah, wurde eine Last von mir genommen. Eine große, schwere Last, die ich mir um den Hals gebunden hatte und überallhin mitschleifte.

Nicht mehr.

Ich wollte sie loswerden.

Nein, ich *musste* sie loswerden.

Ich hatte ein Leben und würde es nicht länger mit einem Elefanten führen, der auf meiner Brust saß.

»Also Chasin, was?«, sagte sie. »Wie ist das passiert?«

Ich lächelte, Bobby kicherte und ich konnte mit Sicherheit sagen, dass ich *wirklich* froh war, Bobby wiederzuhaben. Nicht nur, weil sie meine beste Freundin war und ich es furchtbar fand, einen Keil zwischen uns getrieben und sie verletzt zu haben. Sondern auch, weil sie sagte, was sie fühlte, und meinte, was sie sagte, und das ging über das hinaus, was sie mir über meine Eltern gesagt hatte. Es ging über ihre vernünftigen geschäftlichen Ratschläge hinaus.

Sie war ein menschlicher Arschloch-Detektor, was gut für mich war, da ich ein Arschloch-Magnet war. Ich hatte nicht mit vielen Männern Zeit verbracht, aber bei denjenigen, mit denen ich es tat, hatte sie mich sofort gewarnt, welche von ihnen die normalen Arschlöcher waren und welche mich verarschen wollten, was darauf hinausliefe, dass sie mich emotional und finanziell würden ausbluten lassen. Sie lag nie falsch.

Es war, als hätte sie einen sechsten Sinn. Im Gegensatz dazu wurde ich mit dem Gegenteil geboren.

»Ich war auf dem Steg, um Onkel Cliffords Liegestühle umzustellen, und bin in den Fluss gefallen. Chasin paddelte vorbei, sah, wie ich reinfiel, und kam mir zu Hilfe«, erzählte ich ihr.

»Richtig. Ich kann absolut sehen, wie das *bei einem Mal* zu fünf Orgasmen führen konnte.« Bobby lachte.

»Nun ja, er hat mir das Leben gerettet, also habe ich ihn hereingebeten.«

»Genaaaau.« Sie zog das Wort drei Sekunden in die Länge, bevor sie weitersprach. »Weil du auf der Highschool nicht in der Schwimmmannschaft warst und *absolut* ertrunken wärst, hätte er nicht angehalten, um dir zu helfen.«

Ich hatte meine Bobby wieder.

Gott sei Dank.

Ihr frecher Sarkasmus war nicht zu überhören, dann schickte sie ein Augenrollen und ein schiefes Grinsen hinterher. Ich konnte nicht anders, ich zuckte mit den Schultern, grinste zurück und brach in schallendes Gelächter aus.

Ich brauchte einen ernsten Ratschlag. Chasin hatte deutlich gemacht, dass er einen Bolzenschneider gefunden hatte und bereit war, ihn zu benutzen, um meine emotionalen Vorhängeschlösser zu knacken. Aber ich hatte Bobby wieder und es fühlte sich verdammt gut an zu lachen. Also gönnte ich mir einen Moment des Kicherns mit meiner besten Freundin.

»Okay, spuck's aus. Von Anfang bis Ende. Ich will alle Einzelheiten wissen«, forderte Bobby.

Also tat ich genau das – ich spuckte es aus.

Ich erzählte Bobby von Anfang bis Ende und alles dazwischen über Chasin. Ich öffnete mich und erzählte ihr, dass er zunächst keinen Schimmer hatte, wer ich war – was dafür sorgte, dass ihre Augen ulkig hervortraten. Ich erzählte ihr, wie ich ihn hineinbat, weil ich, nun ja, einfach ich selbst war. Nicht Vivi Rush, sondern die echte Genevieve. Ich erzählte ihr, dass wir viel lachten und tollen Sex hatten – wenngleich ich nicht ins Detail ging, was ihn so toll machte. Dann erzählte ich ihr, dass Chasin und ich noch mehr lachten und auf dem Sofa kuschelten, wo wir eine schlechte Realityshow schauten – etwas, das Chasin noch nie gesehen hatte.

Ich erzählte ihr, wie ich mich an nur einem Wochenende bis über beide Ohren in einen Mann verliebte, den ich kaum kannte. Dann berichtete ich ihr von dem Telefonanruf zur falschen Zeit, dass Chasin das Gespräch mithörte und wie ein absolutes Arschloch reagierte. Dass ich zusah, wie er wegging, ich es ihm gestattete zu gehen, ohne mich zu verteidigen, und wie ich ihn schließlich kaltstellte.

Und von Chasins Mission, mich aufzutauen.

Als ich fertig war, hatte Bobby immer noch große Augen, doch sie lächelte.

Ich war mir nicht ganz sicher, was dieses Lächeln bedeutete, aber ich wusste, sie würde es mir sagen. Und ich hatte Angst vor dem, was sie mir sagen würde, weil ich es erraten konnte.

»Gib ihm eine Chance«, sagte sie.

Ja, ich hatte richtig geraten. Ich dachte mir, dass sie das sagen würde, woraufhin die Schmetterlinge in meinem Bauch losflatterten und mir übel wurde.

»Äh, hast du den letzten Teil nicht mitbekommen, bei dem ich dir sagte, dass er mich ein betrügerisches Miststück genannt hat?«

Bobby winkte mit der freien Hand ab, als wolle sie meine Worte verscheuchen.

»Er hat es erklärt.«

Ich hatte ihr nebenbei erzählt, dass Chasins Mutter ein verlogenes, betrügerisches Miststück war und das der Grund war, warum er die Nerven verlor, als er dachte, Bobby sei ein Mann.

»Und ich wusste bereits, dass er unser Gespräch mitgehört hat und dachte, dass du mit einem Mann sprichst.«

»Ach ja?«

»Ja, er teilte mir ohne Umschweife mit, dass er voreilige Schlüsse gezogen und dir keine Möglichkeit gegeben hatte, die Situation zu erklären. Ich sagte ihm, dass er ein Idiot sei und einen Riesenfehler begangen habe. Ich hatte beinahe Mitleid mit dem Kerl, als ich ihm sagte, ihm sei etwas Großartiges entgangen. Er sah irgendwie entsetzt aus. Aber ich mochte ihn zu dem Zeitpunkt nicht, deswegen war es mir auch ziemlich egal.«

Das war typisch Bobby. Sie hatte ein großes Herz – ein riesiges, loyales Herz. Und selbst wenn sie sauer auf mich war, stellte sie sich auf meine Seite und sagte, was Sache war. Selbst wenn es ein Mann war, der fünfzehn Zentimeter größer war als sie, aussah, als könne er zwei von ihr beim Bankdrücken stemmen, und der ziemlich furchterregend aussah, wenn er sauer war.

»Aber jetzt magst du ihn?«

»Bis ich die Geschichte gehört hatte, war ich mir nicht sicher. Jetzt, da ich weiß, warum er ausgeflippt ist … ich sage nicht, dass es richtig war, Viv, aber du musst zugeben, dass er einen guten Grund hatte. Was seine Mutter getan hat, war vollkommen krank. Welche Frau tut so etwas? Es hat ihn ernsthaft geprägt. Und ich hasse es, das zu sagen, aber er hat recht. Du hättest ihn aufhalten können. Selbst nach dem, was er gesagt hat, hättest du dich verteidigen sollen. Aber ich weiß, warum du es nicht getan hast. Aus dem gleichen Grund, warum er voreilige Schlüsse gezogen hat. Ihr beide habt ernsthafte Probleme mit den Menschen, die euch eigentlich hätten lieben und beschützen sollen.«

Sie hatten also beide recht, ich hätte mich verteidigen sollen.

Aber zu meiner Verteidigung muss ich sagen, dass seine Anschuldigungen mich zerrissen hatten. Sie hatten an meinem Innersten gezerrt und alte Wunden geöffnet.

»Er sagte, es sei ein Trauerspiel, wenn ich all die Schönheit, die ich zu geben habe, verschwende«, flüsterte ich.

Bobby drückte mit ihrer Hand in meiner nicht nur zu, sie drückte *fest* zu, und es tat weh.

»Viv, Liebes, gib ihm eine Chance. Ich würde dich nicht in die falsche Richtung lenken. Vielleicht wird daraus nichts oder vielleicht doch. Aber du wirst es niemals erfahren, wenn du *ihm keine Chance gibst*. Sei mutig. Sei furchtlos. Sei die Frau, die du immer sein solltest. Das ist der erste Schritt, um die Arschlöcher hinter dir zu lassen. Gestatte ihnen nicht, dass sie es dir nehmen.«

Ja, Bobby sagte, was sie fühlte, und meinte, was sie sagte.

Sie sprach es direkt aus.

Sei mutig.

Dazu war ich in der Lage.

»Okay. Ich werde mit ihm sprechen, wenn er wieder zurück ist.«

»Gut. Jetzt erzähl mir von deinem neuen Tattoo.«

Mein Lächeln verschwand und ich berichtete ihr von der Tätowierung und dem Lied, das ich geschrieben hatte.

Als ich fertig war, lächelte sie strahlend. Das war eine seltsame Reaktion, denn in dem Text ging es ausschließlich um Herzschmerz und darum, nie zu bekommen, was man wollte.

Auch egal. Bobby war vieles – zwar nicht romantisch, aber halb verrückt, das war sie.

Ich würde alles auf mich zukommen lassen und mutig sein.

KAPITEL DREIZEHN

CHASIN FUHR MIT SEINEM CHARGER DURCH DAS Eisentor von Genevieves Einfahrt und dachte bei sich, dass er sie gern auf die Swagger-Farm bringen würde, wo er wohnte.

Es gab einmal eine Zeit, in der Nixon, Jameson, Weston und Chasin in dem alten Farmhaus lebten. Jetzt war Chasin der Letzte, der dort noch wohnte. Nixon war mit McKenna zusammengezogen und ihre Farm grenzte an Nixons Land. Weston und Silver kauften das Haus neben Nixon und McKenna, wobei ihr Land an die Swagger-Farm grenzte.

Jameson zog bei Kennedy ein und nachdem Alec nach Kent County gezogen war, kaufte er ein Haus und ein Stück Land, das einmal Kennedys Familie gehört hatte, was Jameson und Alec zu Nachbarn machte, deren Landstücke ebenfalls aneinander angrenzten.

Holden lebte weiterhin in seinem geschätzten Airstream-Wohnwagen, obwohl in dem Farmhaus, das Chasin allein bewohnte, jede Menge Platz war.

Er ließ den Blick über den Bereich um die Villa herum schweifen und sah Jamesons Geländewagen und zwei Miet-autos. Er betrachtete den großen Vorgarten und den Steg, wobei seine Brust sich zusammenzog. Es war zu einfach, sich Zugang zum Grundstück zu verschaffen. Das Haus lag am Ende der Straße. Das Eisentor, das sich nicht abschließen ließ, war sichtbar und auf der Straße herrschte reger Fußverkehr, weil sich am Ende der Sackgasse ein öffentliches Dock befand. Ein Dock, das die Anwohner nutzten, um auf einer der vielen willkürlich aufgestellten Bänke zu sitzen und zu entspannen.

Es war warm und die Menschen waren draußen im Freien unterwegs. Die Gänse, die den Fluss zu ihrem Zuhause gemacht hatten, zogen Alt und Jung an, die kamen, um die wilden Tiere zu bestaunen. Und um die Sache noch schlimmer zu machen, lag der Schoner Sultana hier vor Anker. Der Nachbau des Handelsschiffes war eines der vielen Dinge, die die Touristen in die Kleinstadt zogen.

Das alte Haus war zu ungeschützt, selbst mit der neuen Alarmanlage. Er wollte, dass Genevieve sich abseits des sozialen Mittelpunktes von Cliff City aufhielt. Weit weg von neugierigen Blicken, die es ihr unmöglich machten, nach draußen zu gehen. Er wusste, dass sie sich in ihrem Heimstudio wegsperrte, um ihre Musik zu komponieren, aber die Frau musste das Haus verlassen.

Chasin schaltete den Motor aus und knackte mit seinen Nackenwirbeln, das einzige Zeichen, dass seine Frustration größer wurde. Zuvor hatte er erfahren, dass der Detective in Tennessee nicht nur ein schlechter Detective, sondern auch ein Arschloch war. Die Akte, die er geschickt hatte, war so dünn, sie enthielt beinahe nichts. Der Grund dafür lag darin, dass Detective Loughry Genevieves Situation nicht ernst genommen hatte und so weit gegangen war, dass er sie mit der Erklärung, es sei ein Fan, der täte, was Fans eben tun – Fanpost schreiben –, abgewiesen hatte. Als der Schreibstil der Briefe sich dann änderte, nahm er die Sache immer noch nicht ernst, weil das Arschloch tatsächlich dachte, es sei ein PR-Gag, um die Plattenverkäufe anzukurbeln.

Wie der Wichser darauf gekommen war, wo von dem Fall nichts in den Medien berichtet wurde, konnte nur vermutet werden. Es war offensichtlich, denn Bobby hatte mit Genevieves Pressesprecherin fieberhaft dafür gesorgt, dass niemand Wind von der Geschichte bekam. Trotzdem hatte Loughry minimale Polizeiarbeit geleistet, im Sinne von gar keine.

Das heißt, bis zu dem Einbruch. Nicht dass er sich darum mehr gekümmert hätte, aber er hatte zumindest mehr getan als mit den Briefen und Geschenken. Chasin und das Team fingen also bei null an. Das Positive an der Sache war, dass sie nicht mühsam die Notizen anderer Leute durchsehen mussten. Das Negative war, dass dieser Wichser im letzten Jahr nichts getan hatte, um dieser Sache für Genevieve ein Ende zu bereiten.

Das machte Chasin wütend.

Und er musste schlechte Neuigkeiten überbringen, was seinen Ärger nur noch weiter verstärkte.

Leslie Briggs hatte nicht nur in Bezug auf die Verhaftung ihres Bruders gelogen, sondern auch bei zwei anderen Leibwächtern, die sie Bobby empfohlen hatte.

Glücklicherweise hatten diese keine Vorstrafen wie Leslies Bruder, aber es fehlte ihnen an Erfahrung – das heißt, sie hatten keine. Die beiden Kerle waren bloß Chads Kumpel und brauchten einen Job, weshalb Chad bei seiner Schwester nachfragte und dieses Miststück ihnen die Arbeit zuschusterte. Sie hatten nicht nur auf Genevieve aufgepasst, sondern ebenfalls auf zahlreiche andere Kunden der Plattenfirma.

Bei Detective Loughry war immer noch nicht klar, ob er etwas zu verbergen hatte. McKenna würde sich heute Nachmittag eingehend mit ihm befassen. Chasin hatte ihn jedoch bereits von der Liste der möglichen Verdächtigen gestrichen, einfach deshalb, weil einige der Briefe aus den Städten geschickt wurden, in denen Genevieve aufgetreten war, und der Detective sich in Nashville aufhielt.

Das hieß jedoch nicht, dass Chasin das Arschloch nicht gern in die Zange genommen hätte, weil er seinen Job nicht gemacht und dafür gesorgt hatte, dass eine schlechte Situation noch schlechter und mittlerweile gefährlich geworden war.

Eine Bewegung an der Seitentür erweckte seine Aufmerksamkeit. Er sah, wie Jameson das Haus verließ und mit versteinertem Gesichtsausdruck über die Veranda schritt.

Was ist denn jetzt los?

Chasin stieg aus seinem Wagen aus und schlug gerade die Tür zu, als sein Freund neben der Motorhaube stehen blieb und wartete.

»Wozu das Gesicht?«, fragte Chasin.

»Die Leitungen in dem Haus sind totale Scheiße. Nur die Hälfte des Hauses wurde in diesem Jahrhundert neu verkabelt. Die Hinterseite des Hauses, inklusive Küche, Wohn- und Esszimmer, ist nicht zu gebrauchen. Und der Sicherungskasten ist vollkommen durcheinander und stellt eine Brandgefahr dar. Ich kann die Alarmanlage installieren, aber bei dieser schlechten Verkabelung kann jeder Amateur, der ein klein wenig Wissen besitzt, sie umgehen.«

Ein kleines Lächeln umspielte Chasins Lippen. Genevieve mochte es vielleicht nicht, aber wenn das mal nicht zu seinem Vorteil ablief.

»Es ist Mist, dass du einen halben Tag verschwendet hast, aber ich kann nicht behaupten, dass es mich besonders stört.«

»Hast du mir zugehört? Das halbe Haus hat weder Fens- ter- noch Türsensoren und zu der anderen Hälfte kann man sich Zugang verschaffen.«

»Ich schätze, dann muss ich Genevieve wohl auf die Farm bringen.« Chasin zuckte mit den Schultern.

Jameson betrachtete ihn eine Sekunde lang, bevor er den Kopf zurückwarf und anfing, schallend zu lachen.

»Und Bobby?«

Verdammte Scheiße. Er hatte Bobby vergessen.

»Vielleicht sollte ich Jonny anrufen?«

Jamesons Lächeln verschwand und er schüttelte den Kopf. »Zwei Sachen«, begann er. »Da, wo er momentan mit seinem Kopf ist, wäre das keine gute Idee. Diese Frau sieht aus, als könne sie auf sich selbst aufpassen, aber so wie Jonny ist, würde er sie auffressen, ohne es zu wollen. Zweitens finde ich es fraglich, die beiden Frauen zu trennen. Sie haben sich während der letzten Stunde den Arsch abgelacht, nachdem sie sich auseinandergepflückt hatten. Die gute Nachricht ist, dass Bobby auf deiner Seite steht. Die schlechte Nachricht ist, dass Genevieve ihr erzählt hat, was für ein schrecklicher Mensch deine Mutter ist. Es ist kein Geheimnis, aber auch nichts, worüber du sehr häufig sprichst, deshalb war ich auch so schockiert, dass du es Genevieve erzählt hast.«

Jameson lag nicht falsch, Chasin sprach nur selten über seine Mutter. Er machte sich jedoch keine Sorgen, dass Genevieve es Bobby erzählt hatte, ganz besonders wenn es bedeutete, dass er damit in Bobby eine Verbündete hatte.

»Du hast ihr Gespräch belauscht?«

»Na klar. Aber es war auch schwer zu überhören angesichts der Tatsache, dass ich in der Speisekammer war und die beiden in der Küche.«

»Haben sie ihren Streit begraben?«

»So wie es sich anhörte, ja. Ich muss sagen, bei Bobby war ich mir nicht sicher. Aber so, wie sie es Genevieve dargelegt hat, hat sie mich an Silver erinnert. Geradeheraus, und die Frau hat kein Blatt vor den Mund genommen.«

Chasin bekam das Gefühl, dass Bobby die ganze Zeit so war. Sie kam ihm vor wie eine Frau, die mit nichts hinter dem Berg hielt. Normalerweise mochte Chasin das, bewunderte es sogar. Aber nach dem Vormittag, den Genevieve hinter sich hatte, inklusive Chasin, der in der Küche Druck auf sie machte, sorgte er sich, dass es wegen ihres verletzlichen Zustands zu viel für sie werden könnte, wenn Bobby ihr die Dinge sagte, wie sie waren.

»Aber Genevieve ist okay, nachdem Bobby mit ihr gesprochen hat?«

Jameson musterte seinen Freund kurz, bevor er lächelnd den Kopf schüttelte. »Ich habe dir doch gesagt, dass sie sich da drinnen den Arsch ablachen.«

Das hatte nicht viel zu bedeuten, Genevieve war eine Meisterin darin, Dinge zu verbergen. Aber bevor er ins Haus ging, um persönlich nach ihr zu sehen, musste Chasin noch etwas anderes wissen.

»Kommt Jonny klar?«

»Scheiße, nein.« Jameson gab ihm die Antwort, die er befürchtet hatte.

Vor nicht allzu langer Zeit hatte Jonny sich in einer ausweglosen Situation wiedergefunden. Eine Situation, die so schrecklich war, dass er gezwungen war, seinen eigenen Bruder zu töten. Das geschah, nachdem sein Bruder auf ihren Vater geschossen und ihn getötet hatte. Schlimmer noch, Jonnys Nichte Aurora war dabei gewesen und musste das Blutbad mit ansehen. Das kleine Mädchen befand sich auf dem Weg der Besserung, dank ihrer Mutter Macy und Chasins Teamkamerad Alec. In dieser Familie kam die Liebe nie zu kurz und sie sorgten dafür, dass für Rory gesorgt war.

Aber Jonny war auf Abstand geblieben, weil er sich für die schlimmen Taten seines Bruders die Schuld gab.

»Werden wir einschreiten und deswegen etwas unternehmen?«, erkundigte Chasin sich.

»Wie oft hast du nun schon mit ihm gesprochen? Hat er empfänglich gewirkt, dass du dich in seine Angelegenheiten einmischst?«, gab Jameson zurück.

»Nein. Aber das bedeutet nicht, dass wir uns zurückziehen und warten.«

»Ja, da stimme ich dir zu. Bringen wir deine Frau in Sicherheit, dann kümmern wir uns um Jonny.«

Das klang nach einem guten Plan. Ganz besonders der Teil, in dem Genevieve Chasins Frau war.

»Lass uns reingehen. Ich muss eine Frau verärgern.«

»Meinst du, sie wird wegen des Umzugs auf die Farm mit dir streiten?«

Oh ja, Genevieve würde einen Anfall bekommen, das wusste Chasin und freute sich darauf. Eine wütende Genevieve Ellison war einfach total scharf.

»Auf jeden Fall.« Chasin lächelte.

»Du bist ein verrückter Kerl«, murmelte Jameson und machte sich auf den Weg zum Haus.

»Warte. Was?«

Das kam von Genevieve.

Chasin hatte sie und Bobby in der Küche gefunden und keine Zeit verschwendet, sie über die aktuelle Situation aufzuklären – inklusive der Information, dass Genevieve auf die Farm ziehen musste.

Genevieve starrte Chasin böse an und Bobby betrachtete ihn mit zuckenden Mundwinkeln.

Ja, Bobby wusste, welches Spiel er spielte.

Sie war ebenfalls auf seiner Seite und bestätigte es, als sie sagte: »Ich bin Chasins Meinung. Wenn die Alarmanlage nicht installiert ist, musst du ihn begleiten.«

»Du kommst auch mit«, sagte Chasin zu Bobby, woraufhin sie die Augen zusammenkniff. »Wir lassen dich nicht ungeschützt hier.«

»Mir wird hier nichts passieren«, protestierte sie.

»Das Risiko gehen wir nicht ein. Im Farmhaus ist jede Menge Platz. Das Grundstück ist abgelegen. Die einzigen beiden Nachbarn sind Nixon und Weston, was bedeutet, wir haben Privatsphäre. Holden lebt ebenfalls auf dem Grundstück, mit ihm haben wir ein zusätzliches Augenpaar. Genevieve kann nach draußen gehen, ohne dass jemand sie sieht, und muss nicht mit geschlossenen Vorhängen drinnen sitzen. Und es gibt Platz, damit ihr beide arbeiten könnt.«

Chasin musterte Genevieve. Als er vorhin ihr Haus betreten hatte, war er überrascht gewesen, dass Jameson nicht übertrieben hatte. Er konnte Genevieves Lachen von der Vorderseite des Hauses hören. Seine Brust zog sich zusammen, als er den Laut hörte, den er seit ihrem gemeinsamen Wochenende nicht mehr vernommen hatte.

Es war echt, es kam aus ihrem Bauch und es war voller wilder Hingabe – genau so hatte sie mit ihm gelacht.

Verdammt, er vermisste dieses Geräusch.

Als Chasin Genevieve jetzt ansah, war er zufrieden, dass Jameson mit seiner Einschätzung ebenfalls richtiglag. Es hatte den Anschein, als hätten sie und Bobby geklärt, was auch immer zwischen ihnen vorgefallen war.

»Hältst du das wirklich für notwendig?« Genevieves leise Stimme überraschte ihn.

»Ja«, antwortete Chasin. »Mir gefällt schon nicht, wie sichtbar dieses Haus ist. Jeder, der auf dem öffentlich zugänglichen Dock steht, kann den Vorgarten sehen. Ein vorbeifahrender Bootsfahrer kann durch die Fenster an der Vorderseite hereinsehen. Du kannst nicht oben auf der Dachplattform sitzen, weil die Gäste des Restaurants, das einen Block entfernt liegt, direkte Sicht darauf haben.«

»Aber sie sind so weit weg, dass sie nicht erkennen würden, dass ich es bin. Sie würden nur sehen, dass dort jemand ist«, argumentierte sie.

»Vielleicht. Aber ich mache mir keine Sorgen um *Menschen*, ich mache mir Sorgen um den kranken Wichser, der dir nachstellt.«

»Glaubst du, er weiß, dass ich hier bin? Ich meine, in diesem Haus?«

Chasin war einen kurzen Moment lang überrascht. Ganz offensichtlich verstand Genevieve immer noch nicht den Ernst ihrer Lage oder wie weit ein Stalker gehen würde, um zu bekommen, was er wollte.

»Babe, er weiß, dass du in Maryland bist.«

»Aber glaubst du, er weiß von dem Haus meines Onkels?«

»Du bist seit zwei Wochen hier. Du warst nicht einmal eine Woche weg, als der erste Brief bei dir zu Hause abgegeben wurde, in dem er dich warnte, dass er wüsste, dass du nicht dort bist.«

»Er hat mich gewarnt?«

Meine Güte.

Chasin wollte es nicht tun, aber er hatte keine andere Wahl. Genevieve musste ein für alle Mal verstehen, mit wem sie es zu tun hatten.

»Ja, er hat dich gewarnt. Du *sollst* wissen, dass ihm dein Aufenthaltsort bekannt ist. Er sehnt sich nach der Verbindung, von der er sich selbst überzeugt hat, dass ihr beide sie habt. Bevor du Tennessee verlassen hast, glaubte er, du hättest ihm Unrecht getan. Er hat Geschenke, Briefe, Bilder von Eheringen geschickt. Da du nicht geantwortet hast, fühlt er sich nun gedemütigt und zurückgewiesen. Vorher hat er seine

Hingabe zu dir geäußert – so krank es auch ist, du solltest wissen, dass er dich liebt. Jetzt sollst du wissen, dass er dich jagt. Dass du dich vor ihm nicht verstecken kannst.

Und Babe, es schmerzt mich, dir das zu sagen, aber er *sehnt* sich nach der Verbindung und wird nicht lange ohne sie bleiben können. Er hat gezeigt, dass er bereit ist, ziemlich viel Mühe und Geld darin zu investieren, dir zu folgen. Er wird herausfinden, dass du in Kent County bist, und hierherkommen. Daran besteht kein Zweifel. Unser Job besteht darin, dafür zu sorgen, dass du sicher und geschützt bist, wenn er hier eintrifft. Ich meine, er wird nicht an dich herankommen und ich werde dich beschützen. Um diesen Job einfacher zu machen, will ich, dass du auf der Farm bleibst. Dort draußen hat niemand etwas zu suchen.«

»Er wird hierherkommen?«

Das Zittern und die Unsicherheit in Genevieves Stimme verursachten eine Spannung in Chasins linker Brustseite. Er hasste es, dass sie Angst hatte, aber sie musste die Bedrohung verstehen.

Er stieß sich von der Arbeitsplatte ab, an der er lehnte, und trat an sie heran. Dann ergriff er ihre Hand und zog sie vom Stuhl hoch. Als sie stand, nahm er ihr Gesicht in beide Hände. Er bog ihren Kopf nach oben und ihre Blicke trafen sich.

Angst und Verwirrung waren zwei Dinge, die in ihrem hübschen Gesicht niemals einen Platz hatten, trotzdem war beides deutlich und ungebändigt zu sehen.

»Er wird nicht an dich herankommen«, versprach er.

»Aber er wird hierherkommen?«, flüsterte sie.

»Ja, Liebes, er wird hierherkommen. Sein Zwang wird es ihm nicht gestatten wegzubleiben.«

»Aber –«

»Ich werde dafür sorgen, dass du in Sicherheit bist.«

»Und Bobby?«

»Und Bobby.«

»Okay. Wir kommen mit.«

Es war gut, dass Genevieve zustimmte, aber Chasin hatte nicht vorgehabt, ihr eine Wahl zu lassen. Er war allerdings nicht dumm genug, ihr das zu sagen. Nicht während er ihr in die Augen sah und sein Blick aus den hübschesten goldenen Kugeln erwidert wurde, die er jemals gesehen hatte – und die frei von Angst waren.

»Gut, Liebes. Du und Bobby, ihr geht jetzt packen. Ich werde die Jungs anrufen und sie bitten, herzukommen und euch mit eurem Zeug zu helfen.«

Genevieve nickte und bewegte Chasins Hände, mit denen er immer noch ihr Gesicht festhielt. Das Bedürfnis, sie zu küssen, war überwältigend, also drückte er die Lippen auf ihre Stirn, um nicht ihren Mund zu vereinnahmen.

»Geh.« Chasin nahm die Hände von ihrem Gesicht und trat einen Schritt zurück.

Mit aller gebotenen Eile verschwand Genevieve mit Bobby im Schlepptau. Jameson räusperte sich und als Chasin sich zu seinem Freund umdrehte, sah er besorgt aus.

»Was?«

»Du weißt, was du tust?«, erkundigte Jameson sich.

Chasin verzog die Lippen zu einem breiten, selbstsicheren Grinsen. »Ja, Bruder, ich weiß, was ich tue.«

»Ich rede nicht von dem Arschloch. Du bist verknallt und sie ist ein Country-Megastar, der in Tennessee lebt. Deshalb frage ich dich noch einmal, weißt du, was du tust?«

Die Antwort lautete nein, Chasin wusste nicht, was er tat. Er wusste aber, dass er nicht vierunddreißig Jahre gewartet hatte, um eine Frau zu finden, die auf jede Art perfekt zu ihm passte, nur um wegen ihres Berufs und der geografischen Lage den Schwanz einzuziehen. Selbst wenn dieser Beruf der eines der goldenen Stars der Countrymusik war.

»Ich werde schon dahinterkommen.«

»Bist du dir sicher?«

»Ja, bin ich.«

»Glaubst du, dass sie die Eine ist?«

»Oh ja.«

»Verdammt.« Jameson pfiff leise durch die Zähne und schüttelte den Kopf. »Dann solltest du besser einen Weg finden, um es ihr unmöglich zu machen, dich zu verlassen.«

Es spielte keine Rolle, ob er es tat oder nicht. Wenn es außer Frage stand, Tennessee zu verlassen, würde er ihr bereitwillig dorthin folgen. So sehr Chasin auch hoffte, dass es dazu nicht kommen würde, war er dennoch kein dummer Mann und hatte genügend Schlechtes in seinem Leben gesehen, um zu wissen, wenn ihm Schönheit begegnete. Aus diesem Grund würde er auf keinen Fall zulassen, dass sie ihm entglitt.

Nicht noch einmal.

14

KAPITEL VIERZEHN

Chasin fuhr mit uns über einen langen Feldweg und ich betrachtete die Landschaft. Wir waren ausschließlich von Feldern umgeben. Dann richtete ich den Blick wieder ins Innere des Wagens und machte mir nicht die Mühe, mein Kichern zu unterdrücken, bevor ich wieder aus dem Fenster sah.

»Was ist so lustig?«, fragte Chasin.

»Nichts«, antwortete ich.

Ich betrachtete die ordentlich gepflanzten Maisreihen, dann das Farmhaus, das vor uns aufgetaucht war – Birnenbäume, rote Ahornbäume und eine große Magnolie, in die ich mich sofort verliebte, umgaben das zweistöckige Gebäude.

»Was ist so lustig?«, wiederholte er.

Ich richtete den Blick von dem Haus, in dem ich wohnen würde, auf den Mann am Steuer. Ich betrachtete seine ausgeprägten Gesichtszüge – kräftige Kieferpartie, tolle Nase, perfekte haselnussbraune Augen, Haar, das hinten und an den Seiten kurz geschoren, aber am Oberkopf länger war, hübsch geschwungene Augenbrauen. Er war hübsch wie der Nachbarsjunge, wenn der Nachbarsjunge einen aus Granit gemeißelten Oberkörper, dicke, kräftige Beine, einen großen Bizeps, sexy Unterarme und von der Arbeit raue Hände hatte. Und das waren bloß die höflichen Merkmale. Man könnte behaupten, dass die Ausrüstung, die Chasin mitbrachte, und wie er sie benutzte, besser als sein muskulöser Körperbau war.

»Du stammst nicht von hier, nicht wahr?«, murmelte ich.

»Warum sagst du das?«

»Nun ja, zunächst einmal fährst du mit einem Charger einen Feldweg entlang. Du weichst den Spurrillen nicht aus. Und du fährst zu schnell«, sagte ich zu ihm.

»Und daraus schließt du, dass ich nicht von hier stamme?«

»Ja.«

Chasin legte den Kopf nach hinten und sein Lachen erfüllte den Wagen.

Ich spürte, wie sein Lachen in mich hineinschnitt.

Ein Klang, in den ich mir an einem Wochenende gestattet hatte, mich zu verlieben.

Wenn Chasin lachte, war es etwas, das man nicht nur hörte, es war ein Gefühl, das tief in einen eindrang und überall wärmte.

Und ich vermisste es so sehr. Als ich es wieder hörte, die Wärme spürte, wurde mir klar, dass ich es mehr vermisste, als ich gedacht hatte.

»Ich bin in Ohio aufgewachsen. Dort gab es weit und breit keine ungeteerten Straßen. Dann bin ich zur Navy gegangen und habe dort gelernt, wie man auf Dreck und Sand fährt.«

»Nun, das erklärt es.«

»Erklärt was?«

»Du fährst, als seien uns die Taliban auf den Fersen. Ich habe Angst um deine Stoßdämpfer, ganz zu schweigen davon, dass der Unterboden von all den Steinen zerschmettert wird. Und ich will gar nicht erst an deine Lackierung denken. Du weißt, dass wir nicht in einem Humvee sitzen, nicht wahr?«

»Hey, Babe. Das weiß ich. Aber ich will dich außer Sichtweite haben.« Er lachte.

Es gibt doch nichts Besseres, als wieder in der Realität zu landen.

»Ich dachte, du sagtest, die Farm sei privat?«

»Das ist sie. Aber die Fahrt durch die Stadt war es nicht. Weston und Alec sind beide in ihren Fahrzeugen hinter Jameson und Bobby, um dafür zu sorgen, dass dich niemand gesehen hat und uns folgt. Aber bis sie mir Entwarnung geben, werde ich riskieren, eine Neueinstellung der Spur zu benötigen ... und eine neue Lackierung.«

Das fühlte sich gut an – dass er auf mich aufpasste. Aber ich bekam keine Möglichkeit, es ihm zu sagen, weil der Weg eine scharfe Rechtskurve machte und vor uns eine Gruppe von Fahrzeugen auftauchte.

»Scheiße«, zischte Chasin.

»Was ist?«

Chasin antwortete nicht, was meine ohnehin schon angespannten Nerven in sofortige Alarmbereitschaft versetzte. Er parkte den Wagen, schaltete den Motor aus, drehte sich zu mir um und ließ mich zum Glück nicht warten.

»Die Frauen sind hier.«

Frauen? Welche Frauen?

»Hä?«

Chasin antwortete nicht. Er schaute aus dem Fenster, dann sprach er. »Micky, Silver, Kennedy und Macy. Was bedeutet, dass auch Rory, Caleb und Jocelyn hier sind. Mindestens. Es könnten noch mehr sein, wenn sie eine Fahrgemeinschaft gebildet haben.«

»Hä?«, wiederholte ich, während mein Herzschlag beschleunigte.

Das waren viele Menschen.

»Möglicherweise Mandy, wenn sie zu Hause ist, und Zack. Und Becky, auch wenn ich ihren Wagen nicht sehe.«

Das waren drei weitere Personen auf der ohnehin schon langen Liste von Fremden.

»Warum sind sie hier?«

»Sie sind das Empfangskomitee.«

»Das was?«, sagte ich erschrocken, denn ich verstand nicht, warum sich in dem Farmhaus, von dem Chasin sagte, er lebe allein dort, zweiundfünfzig Millionen Menschen aufhielten.

Er hatte mir erklärt, dass die Farm Nixon gehört. Es war sein Elternhaus und er hatte es nach dem Tod seines Vaters geerbt, lebte dort jetzt aber mit seiner Frau McKenna auf einem angrenzenden Stück Land. Es machte also Sinn, dass McKenna dort war, schließlich war es auch ihr Haus.

Aber alle anderen? Ich verstand es nicht. Und ich war mir nicht sicher, ob ich es verstehen wollte, weil ich nicht darauf vorbereitet war, zweiundfünfzig Millionen Menschen zu treffen, die – Chasins Gesichtsausdruck nach zu urteilen – ihm etwas bedeuteten, selbst wenn er in diesem Moment genervt aussah. Aber auf eine Art genervt, die nicht wirklich *genervt* war, weil diese Menschen *seine Menschen* waren.

Herrgott noch mal.

»Oh und Dylan.«

»Wer ist Dylan?«

»Der Sohn von Weston und Silver.«

Oh, also, mit einem Kind konnte ich umgehen. Ich liebte Kinder und normalerweise liebten Kinder mich auch.

Aber alle anderen? Da war ich mir nicht so sicher.

»Sie sind harmlos«, sagte er. »So sind sie nun mal. Sie

wissen, dass du etwas durchmachst, also scharen sie sich um dich. Sie tun das nicht, um neugierig zu sein, sich in deine Angelegenheiten einzumischen oder dir in den Arsch zu kriechen, wenngleich sie all das tun werden. Aber es wird auf eine Art geschehen, die von Fürsorge und Interesse geprägt ist. Ich warne dich nur vor ihnen, weil ich dich ganz für mich allein haben möchte, aber sie sind nun einmal hier und ich verspreche dir, es sind gute Frauen. Aber wenn wir dort hineingehen und du überfordert bist oder es dir nicht gefällt, dass sie dort sind, sag mir Bescheid und ich werde ihre neugierigen Hintern vor die Tür setzen.«

Das war nett.

Es fühlte sich wirklich gut an, dass Chasin sich erneut um mich kümmerte.

Aber dann wiederum hatte er sich um alles gekümmert, seit ich sein Büro betreten hatte, obwohl ich unfassbar sauer auf ihn war und versucht hatte, ihn zusammenzustauchen. Und seit meinem Gespräch mit Bobby vorhin hatte ich einige Schlussfolgerungen gezogen, die es erforderten, dass ich mit ihm über eine Reihe von Dingen spreche, darunter auch, dass ich ihm dafür vergab, dass er sich wie ein riesiges Arschloch aufgeführt hatte. Ich musste ihm ebenfalls einige Sachen über mich erklären.

Aber im Wagen, wenn das Haus voller neugieriger Frauen war, die darauf warteten, mich willkommen zu heißen und – wie Chasin es ausdrückte – sich *in meine Angelegenheiten einzumischen*, war nicht der richtige Zeitpunkt, um alles anzusprechen, was ich sagen musste. Er musste aber wissen, dass ich zu schätzen wusste, was er für mich getan hatte und weiterhin tat.

»Danke, dass du dich um alles gekümmert hast.«

Chasin legte den Kopf zur Seite und eine Millionen Emotionen huschten über sein Gesicht, bevor sein Blick weich und warm wurde. Dieser Blick ließ mich zurückdenken und ich fragte mich, ob ich ihm schon gedankt hatte, seit er wieder in meinem Leben war. Die traurige Antwort lautete nein, ich hatte ihm keinerlei Anerkennung gezeigt.

Ich wusste nicht genau, was das über mich aussagte, aber ich war mir ziemlich sicher, dass nichts davon nett war und es mich etwas zickig wirken ließ. Und da ich sehr viele zickige Menschen in meinem Leben hatte, versuchte ich, es mir nicht zu gestatten, selbst so zu sein – selbst wenn ich Grund dazu hatte.

»Und danke, dass du mein ganzes Zeug zu deinem Wagen gebracht und die Lebensmittel eingepackt hast. Es ist wirklich nett, dass du in dieser Hinsicht ... na ja ... so nett bist.«

»Gern geschehen.«

»Und ich werde mit allen Anwesenden klarkommen. Aber danke auch dafür.«

»Wenn du dich nicht –«

»Mach dir um mich keine Sorgen. Du wirst dort sein und Bobby ebenfalls.«

Etwas anderes huschte über sein Gesicht und seine Augen leuchteten auf. »Ja, Liebes, ich werde da sein.«

So wie er diese sechs Worte aussprach, in seiner rauen Stimme, glaubte ich, dass er sie ernst meinte – aber ich glaubte auch, dass sie noch etwas anderes bedeuteten. Und ganz gleich, welche Bedeutung sie hatten, ich war nicht bereit, sie zu verarbeiten, während ich in dem Wagen saß und das bevorstehende Empfangskomitee auf uns wartete.

Zum Glück fuhren Jameson mit seinem Geländewagen und Bobby mit dem Mietwagen neben Chasins Charger vor und beendeten unser Gespräch. Ich wollte gerade die Tür öffnen, hielt aber inne, als ich spürte, wie Chasin mich mit der Hand am Oberarm festhielt. Langsam wendete ich den Kopf, um ihn anzusehen.

»Lass alles im Wagen, ich werde es in ein paar Minuten ins Haus bringen.« Ich nickte, aber er ließ nicht los. »Ich meine es ernst, wenn sie dir zu viel werden, sag es mir, und sie verschwinden.«

»Das werde ich.«

Chasin bewegte sich nicht und suchte mit den Augen mein Gesicht ab, bevor er fand, wonach er Ausschau gehalten hatte, und meinen Arm freigab.

Ich stieg aus dem Wagen aus und Bobby kam auf mich zu. »Dieser Ort ist wunderschön.«

Es war *tatsächlich* wunderschön hier, und das bezog sich nicht nur auf das alte Farmhaus – das übrigens aussah wie ein Puppenhaus, wenngleich ich stark bezweifelte, dass Nixon es schätzte, wenn es als solches beschrieben würde, weil er ein Mann war und in diesem Haus aufgewachsen war. Es fehlte nur noch die Lebkuchenverkleidung, und das Haus hätte direkt aus einer Illustrierten oder einer Fernsehsendung über die Architektur von Königin Anne stammen können.

Auf der großen Veranda an der Vorderseite befanden sich vier komplizierte Säulen, die passend zur Verkleidung in Gelb gestrichen waren. Die Seitenverkleidung war grau und in einer anderen Umgebung würde die Farbkombination albern aussehen. Sie wirkte aber neu und ich fragte mich, ob McKenna die Farben ausgewählt hatte oder ob sie dafür einen Designer engagiert hatten.

Es fehlten nur noch zwei Schaukelstühle und einige hängende Blumentöpfe mit Farn. Aber selbst ohne die Stühle und Farne war es perfekt.

Und es war privat.

In Tennessee hatte ich ein großes Haus mit einer hohen Ziegelmauer, die mein Grundstück umgab, konnte aber trotzdem das Haus meiner Nachbarn sehen, und auch sie hatten ein relativ großes Grundstück. Ich sah mich im

Vorgarten um und blickte dann zu einem Feld neben dem Rasen, konnte aber kein anderes Haus entdecken.

Schön.

Ich hätte mein großes Haus und meine hohe Mauer jederzeit gegen das hier eingetauscht. Es sah hier himmlisch aus.

»Ich kann mir absolut vorstellen, wie du in solch einem Haus lebst«, sagte sie und sprach damit aus, was ich dachte.

»Ja, bis irgendein Arschloch von Reporter mich findet. Dann müsste ich eine Mauer bauen, um ihn auf Abstand zu halten, und alles wäre ruiniert«, antwortete ich.

»Meine Güte, Viv. Was bist du nur für eine Spaßbremse.« Sie lachte. Sie hatte recht, und deshalb konnte ich nicht anders, als mit ihr zu lachen, als sie mich an der Schulter anstieß.

»Was ist mit den ganzen Fahrzeugen?«, flüsterte sie.

»Chasin sagt, es sei die Empfangskolonne.«

Bobby sah mich mit großen Augen an.

»Hat er Empfangskolonne gesagt?«

»Ich glaube, er hat es Empfangskomitee genannt. Warum?«

»Ich habe versucht, mir vorzustellen, wie der große, muskulöse Chasin ›Empfangskolonne‹ sagt.«

Dieses Mal stieß *ich* sie mit der Schulter an, als wir zu Chasin gingen, der auf uns wartete.

»Danke, dass du mir verziehen hast«, sagte ich zu ihr.

»Danke, dass du wieder du selbst bist«, gab sie zurück.

Oh Gott, oh Gott, oh Gott, es war wunderbar, meine Bobby zurückzuhaben.

»Du hast mir gefehlt, Roberta.«

»Du hast mir gefehlt, Genevieve.«

Ohne weitere Verzögerung ging Chasin mit uns zu der Tür, die Jameson offen gelassen hatte. Als wir eintraten, hielt ich abrupt im Türrahmen an und sorgte dafür, dass Bobby mit meinem Rücken zusammenstieß, wodurch ich nach vorn stolperte. Chasin ließ die Hand hervorschnellen, fing mich auf, als ich zu fallen drohte, und zog mich neben sich.

Oh mein Gott, kann mich bitte jemand umbringen?

Wie peinlich.

»Alles okay?«, murmelte er.

»Äh, ja. Tut mir leid, ich bin gestolpert«, log ich.

Ich war nicht gestolpert, nicht wirklich. Ich hatte plötzlich angehalten, weil der Raum voller Menschen war. Nicht nur Frauen, sondern auch Männer und Kinder, und alle Blicke waren auf mich gerichtet.

Chasin drehte mich langsam um, sodass wir uns gegenüberstanden. Dann legte er die Hand in meinen Nacken und zog mich mit einem sanften Ruck an sich. Wir standen so nahe beieinander, dass unsere Hüften sich berührten, und unsere Oberkörper waren einzig deshalb nicht aneinandergepresst, weil er sich leicht zurücklehnte und mich von oben ansah.

»Bist du okay?«

Zum Glück hatte ich bereits beschlossen, ihm zu vergeben, denn hätte ich das nicht getan, hätte die Besorgnis in seinen Augen mich zum Schmelzen gebracht.

»Ja. Ich war nur überrascht. Aber es geht mir gut.«

Wieder musterte er mich. Ich fand, dass er das sehr häufig tat, wenn er die Ehrlichkeit meiner Antwort einschätzen wollte. Gestern hatte mich das wütend gemacht, heute Morgen fand ich es nervtötend und jetzt fühlte es sich einfach gut an. Ihm war wichtig, was ich empfand, er versuchte nicht, es vor mir zu verbergen, und wollte sich davon überzeugen, dass mit mir alles in Ordnung war.

Wer könnte deswegen sauer sein?

»Komm mit. Ich werde dich vorstellen.«

Ich nickte zustimmend und holte tief Luft. Ich bereitete

mich gerade darauf vor, mein Vivi-Rush-Gesicht aufzusetzen, als Chasin sich noch näher zu mir beugte.

»Lass das Theater, Liebes. Hier bist du nicht Vivi. Hier bist du einfach nur du. Du brauchst nicht zu schauspielern.«

Es war gut, dass ich Luft geholt hatte, denn jetzt atmete ich überhaupt nicht mehr und war mir nicht sicher, ob die Lichter gedimmt wurden oder ob ich einen Tunnelblick bekam. Ich wusste aber, dass niemand außer Bobby es merkte, wenn ich mich darauf vorbereitete, eine Show abzuziehen. Und niemand hatte mich jemals dabei entlarvt, selbst Bobby nicht. Bobby tat es nicht, denn wenn ich mit ihr zusammen war, trat Vivi nur zum Vorschein, wenn es notwendig war. Aber niemand hatte jemals bemerkt, dass zwischen Vivi und mir ein großer Unterschied bestand.

»Wie hast du es gewusst?«, flüsterte ich.

»Babe. Du bist nicht schwer zu durchschauen.«

Da lag er falsch.

»Doch, das bin ich. Keiner außer Bobby kennt den Unterschied.«

»Dann sind entweder alle anderen in deinem Leben blind, schlichtweg dumm oder du hast ihnen nie dein wahres Ich gezeigt. Denn diese Veränderung ist nicht zu übersehen.«

Heilige Scheiße.

Dein wahres Ich.

Er sah die Veränderung.

»Nur du selbst, ja?«, sagte er.

»Ja, nur ich selbst.«

Chasins Blick wurde wärmer und ich hätte schwören können, er sah mich an, als sei er stolz auf mich.

Was hat es damit auf sich?

Aber so wirkte es nun einmal und als er sich hinunterbeugte und mir einen Kuss auf die Stirn gab, fühlte es sich ganz sicher auch so an.

Vielleicht war es doch keine gute Idee, Chasin eine zweite Chance zu geben.

Ich war schon wieder halb in ihn verliebt. Noch eine Aktion wie diese, und ich würde bis zum Hals in tiefen Schwierigkeiten stecken.

15

———

KAPITEL FÜNFZEHN

Verdammter Mist.

Chasin bekam nicht aus dem Kopf, wie Genevieve ihn angesehen hatte. Wie gut sie sich angefühlt hatte, als sie sich an ihn drückte. Ob sie es wollte oder nicht, sie beide würden noch ein Gespräch führen. Eines, das dieses Mal mit ihr in *seinem* Bett enden würde.

Bobbys Lachen lenkte seinen Blick auf die Frauen, die am Tisch saßen, doch er richtete ihn auf Genevieve. Sie lächelte Lola Lane an, Kennedys Mutter. Die alte Schachtel war zum Schießen und ihre Pflegerin genauso komisch.

»Mom!«, sagte Kennedy entrüstet.

»Was ist? Maryland liegt südlich der Mason-Dixon-Linie, Liebes. Wir sind Südstaatler. Und jede gute Südstaatenfrau weiß, dass man niemals Besuch empfängt, ohne einen Krug süßen Tee anzubieten. Zumindest Limonade. Vielleicht ein paar gefüllte Eier oder gebratene Okra. Wie sollen Genevieve und Bobby mit Käse und Kräckern und *Dosen*limonade wissen, dass sie willkommen sind?«, schnaubte Lola.

»Ich werde ihr Abonnement von *Southern Living* kündigen«, murmelte Kennedy.

173

»Miss Lola«, sagte Genevieve und Chasin entging nicht, dass ihr Tennessee-Akzent stärker war. »Nur damit Sie es wissen, ich mag gebratene Okra nicht besonders. Ich muss sie runterwürgen, damit ich nicht aus Tennessee rausgeworfen werde. Bobby und ich fühlen uns bereits mit Ihrer Anwesenheit hier sehr willkommen. Wir möchten nicht, dass Sie sich unseretwegen irgendwelche Umstände machen. Und wenn ich lange genug hier bin, werde ich Sie erneut einladen und Ihnen meinen Tee zubereiten, und wenn wir Glück haben, überrede ich Bobby, etwas Besonderes zu kochen.«

»Meine Güte«, brummte Holden neben Chasin, der sich zu seinem Freund umdrehte und sah, wie er Genevieve anstarrte.

»Was?«

»Die Frau ist toll, eine großartige Sängerin, aber wenn sie spricht, dieser langsame, sexy Tennessee-Akzent ... darin liegt das Geheimnis.«

»Bruder, du willst vielleicht den Blick von Chasins Frau abwenden. Er sieht nicht gerade großmütig aus. Vielleicht behältst du auch deine Bemerkungen besser für dich.« Nix lachte.

Chasin wusste nicht genau, ob er den Humor in Nixons Vorschlag erkannte. Es bestand kein Zweifel, dass Chasin kein freundliches Gefühl hatte, weil Holden seine Frau ansah. Aber er wusste ebenfalls, dass Holden so sehr in die hübsche Witwe Charleigh verliebt war, dass er schauen und sogar Bemerkungen machen, aber niemals Taten folgen lassen würde.

Erst kürzlich hatte Holden sich verändert, sehr sogar. Monatelang hatte keiner der Jungs Holden mit einer Frau gesehen, und es waren nicht nur ein paar Monate, sondern zahlreiche. Holden sprach nicht, selbst nicht nach einer Vielzahl von Versuchen, ihn dazu zu bringen, sich zu öffnen. Was auch immer vor sich ging, er war nicht bereit, darüber zu reden, und alle wussten warum.

Charleighs toter Ehemann war ein enger Freund von ihnen gewesen, ihr Teamkamerad. Aber Charleigh war Holdens Erste gewesen, bevor sie mit Paul zusammenkam. Und Paul bekam diese Chance nur aus dem Grund, weil Holden so dumm war, sie aus Gründen, über die er ebenfalls nicht sprach, gehen zu lassen. Alle wussten, dass er sie liebte, selbst Paul. Trotzdem nutzte Paul seine Chance und bekam Charleigh erst in sein Bett und dann steckte er ihr einen Ring an den Finger. Seitdem war Holden nicht mehr in Ordnung.

Aus diesem Grund machte Chasin sich keine Sorgen, dass sein Freund seine Frau angraben würde, er war allerdings überrascht, dass er ihre Musik kannte.

»Bin ich der Einzige, der keinen Schimmer hatte, wer Vivi Rush ist?«, fragte Chasin.

Sieben Männer murmelten: »Ja.«

»Selbst du?« Chasin sah zu Jonnys Freund Vaughn. Der Mann machte nicht den Eindruck, als würde er Country-musik hören. Um genau zu sein, sah er aus, als würde er Death Metal hören und Babys zum Frühstück verspeisen.

»Ja«, bestätigte er. »Es ist schwierig, Vivi Rush nicht zu kennen. Ihre Musik wird auf so ziemlich jedem Radiosender rauf und runter gespielt. Nichts gegen ihre Stimme, denn die Frau kann singen, aber sie ist das Gesamtpaket. Mit ihrem Gesicht verkauft sie ihre Musik genauso sehr wie mit ihrer Stimme. Aber ich will nur sagen, das Mädel, das neben ihr sitzt, ich weiß nicht, ob die Schlampe singen kann, aber sie würde ebenfalls Platten verkaufen.«

Chasin hörte nicht auf zu lächeln, als er Vaughn warnte: »Bruder, du siehst aus, als könntest du dich selbst verteidigen, aber hier ist ein Tipp – lass Bobby nicht hören, dass du sie

Schlampe nennst. Das Mädchen ist vielleicht klein, aber sie ist ein Rottweiler.«

»Wohl eher ein kleiner Kläffer«, gab er zurück.

»Ich habe dich gewarnt. Abgesehen davon habe ich das Gefühl, dass sie auf Jonny steht.«

Chasins Bemerkung war als Scherz gedacht, aber Jonnys Gesicht war plötzlich wie versteinert und erinnerte Chasin daran, dass er mit seinem Freund sprechen musste, wenn das hier vorüber war.

»Ist Micky mit der Überprüfung des Detectives fertig?«, wechselte Weston das Thema.

»Ja, er ist sauber und sie hat tief gegraben«, antwortete Nixon.

»Faul«, brummte Alec.

»Ja, er ist faul und ein Arschloch«, bestätigte Nix. »Ich habe mit seinem Vorgesetzten gesprochen. Er wird den Fall jemand anderem übergeben, aber jetzt, da Genevieve sich außerhalb seines Zuständigkeitsbereichs befindet, ist er sich nicht sicher, was er tun kann, es sei denn, etwas wird zu ihr nach Hause geschickt. Aber falls hier etwas passiert, wird Jonny sich persönlich darum kümmern.«

Chasin fühlte sich dadurch besser, aber nur bedingt. Sie hatten nichts, bis dieser Kerl ein weiteres Mal in Erscheinung trat. Und keinem von ihnen gefiel es, in der Defensive zu sein.

»Was ist mit Chad?«, erkundigte Chasin sich.

»Er war während der gesamten Tour mit ihr zusammen. Hatte Zugang zu ihrer Garderobe. Hatte Zugang zu ihren Hotelzimmern, dem Tourbus, allem. Momentan haben wir nur ihn. Aber außer der Verhaftung hat er eine saubere Weste. McKenna ist dabei, Ex-Freundinnen und alte Freunde von ihm aufzuspüren, um zu erfahren, ob es etwas gibt, das nicht zur Anzeige gebracht wurde.«

Die meisten Opfer von häuslicher Gewalt gingen damit

nicht zur Polizei und wollten ebenfalls nicht mit Fremden darüber sprechen, was ihnen widerfahren ist. Ganz besonders wenn dieser Missbrauch Jahre zurücklag und sie Angst hatten, dass es auf sie zurückfallen und alles von vorn losgehen könnte. Ganz zu schweigen davon, dass einige Wunden nicht noch einmal geöffnet werden sollten.

»Ich weiß nicht, warum es gut sein soll, Frauen dazu zu bringen, diese Scheiße noch einmal zu durchleben«, gab Chasin zu bedenken.

»McKenna wird vorsichtig sein. Sie weiß, was sie tut.«

Chasin schätzte, Nixon hatte recht. Trotzdem gefiel es ihm nicht, dass die Möglichkeit bestand, dass die Frauen alten Mist durchleben mussten, wo sie doch die Freiheit besitzen sollten, ihr Leben zu leben und nach vorn zu blicken. Und er wusste, dass auch Genevieve damit nicht einverstanden wäre. Leider hatten sie keine andere Wahl.

Schallendes Gelächter drang von den Frauen zu ihnen und auch Alec lachte leise mit.

»Sie passt genau hierher. Ich hatte Sorge, wegen der Person, die sie ist ...« Alec ließ das in der Luft hängen und Chasins Brust zog sich zusammen.

»Die Person, die sie ist?«, fragte Chasin etwas aufgebrachter als beabsichtigt.

»Ich will dich nicht kritisieren, Chasin, aber sie hat zwei Platinalben und derzeit einen Nummer-Eins-Hit in den Charts. Du kanntest sie vielleicht nicht, aber der Rest der Welt tut es. Vivi ist eine große Nummer.«

»Sie hat ebenfalls drei Country Music Awards, zwei Grammys, einen American Music Award, ist beste Künstlerin des Landes und beste weibliche Countrymusikerin der Billboard Music Awards«, sagte Chasin. »Aber trotzdem sitzt dort Genevieve, die lacht und sich amüsiert.«

»Darauf wollte ich hinaus«, verteidigte Alec sich.

»Du verstehst nicht, worauf *ich* hinauswill. Kann schon sein, dass Vivi Rush vieles für ihre Fans ist. Aber die Frau, die dort sitzt, ist *Genevieve*. Sie präsentiert uns ihr wahres Gesicht und im Gegenzug sorgen wir dafür, dass sie sich hier sicher fühlt, damit sie es auch weiterhin tun kann. Wenn sie sich in diesem Haus aufhält, ist sie kein Countrymusik-Superstar.«

»Ich bin mir nicht sicher, ob es da einen Unterschied gibt«, murmelte Alec.

»Den gibt es, und wenn du sie erst kennenlernst, wirst du es sehen. Sie versteckt es nicht, wenngleich sie glaubt, es zu tun. An dem Tag, an dem du sie im Büro gesehen hast, war sie Vivi Rush in voller Rüstung – frech und mit Schwung. Die Frau, die dort drüben sitzt und sich mit Macy, Kennedy, Lola, Micky und Silver unterhält und Jossy auf ihrem Schoß wippt, das ist Genevieve. Sie ist gezwungen, ein Doppelleben zu führen, aber während sie hier ist, wird sie das nicht tun.«

Chasin entging nicht, dass Bobby sich genähert hatte, er hielt sich nur nicht mit dem zurück, was er aussprechen musste. Genevieve hatte schon genug mit diesem dämlichen Arschloch zu tun, das ihr Leben terrorisierte, sie brauchte nicht auch noch andere Menschen, die sie behandelten, als sei sie fehl am Platz.

»Du verstehst es«, flüsterte Bobby.

»Ja, ich verstehe es«, bestätigte Chasin.

»Gut.«

In diesem einen leisen Wort von Bobby steckte sehr viel Bedeutung. Sie meinte »gut« nicht in dem Sinn, dass Chasin verstand. Was sie meinte, war, dass sie unheimlich froh war, dass jemand Genevieve Ellison als die hübsche, lustige, kluge Frau sah, die sie war, und nicht als Dollarzeichen und Ruhm.

Chasin hatte an nichts von beidem Interesse. Er besaß sein

eigenes Geld, nicht so viel wie sie, aber es ging ihm gut, und das würde auch so bleiben, selbst wenn er sich heute zur Ruhe setzen und keinen weiteren Tag mehr arbeiten würde. Er wollte ebenfalls nichts mit Vivis Musikkarriere zu tun haben. Er wollte nur Genevieve. Aber angesichts der Tatsache, dass Alec zum Teil recht hatte, war sie eine Frau mit zwei Persönlichkeiten. Er musste akzeptieren, wer sie für die Welt war.

Er dachte bei sich, wenn er *seine* Genevieve an der Seite und in seinem Bett hätte, könnte er problemlos Vivi beistehen, wenn sie sich der Welt hingab.

***

»Das war gar nicht so schlimm, oder?«, fragte Chasin, als Nixon und Micky, die letzten beiden, die gegangen waren, davonfuhren.

»Du hattest recht. Sie waren total neugierig, haben keinen Hehl daraus gemacht, dass sie etwas erfahren wollen, und es ungeniert getan. Aber sie sind toll. Kennedy kommt morgen vorbei.«

Chasin hatte Genevieve den Tag über sorgfältig beobachtet. Er wusste, dass sie viel gelächelt und gelacht hatte und freundlich zu Aurora und Jocelyn gewesen war. Sie hatte mit Caleb gesprochen, der mit seinen zwölf Jahren schon wusste, wer sie war, und nicht verbergen konnte, wie toll es war, in ihrer Nähe zu sein, aber das schien sie nicht zu stören. Sie hatte ihm sogar eine Zeichnung angefertigt und diese signiert. Daraufhin hatte er angekündigt, das Bild würde gerahmt und in seinem Zimmer aufgehängt werden. Genevieve hatte gelacht, das Kind auf die Wange geküsst und ihm gesagt, er sei süß. Chasin war sich sicher, dass Alec und Macy es sehr schwer haben würden, ihn zum Duschen zu bewegen – er sah aus, als wollte er diesen Kuss auf der Wange für immer behalten.

Aber während der ganzen Zeit machte Chasin sich trotzdem Sorgen, dass sie überfordert war und sich verstellte, obwohl er keine Spur von Vivi hatte erkennen können.

Es überraschte ihn nicht, dass Kennedy wieder zurückkam – die Frau war krankhaft freundlich –, trotzdem fragte er: »Kennedy?«

»Ja. Sie bringt uns selbst gemachten Honig und geschmorte Tomaten. Ich kann es kaum erwarten. Sie hat mir auch gesagt, sie würde mir beibringen, wie man Marmelade macht. Ich glaube, auf der Farm gibt es Maulbeeren, die reif sein sollten, sie meinte, dass man sie gut einkochen kann. Aber mit den Ackerbeeren müssen wir bis September warten. Sie sagte, die seien die Besten.«

Chasin war sich nicht sicher, was er zuerst verarbeiten sollte: die Tatsache, dass sie darüber sprach, Marmelade zu machen, was ihn, ohne dass er es wusste, verdammt scharf machte, dass sie das Wort »uns« benutzte, von dem er inständig hoffte, dass es ihn einschloss und sie nicht nur über sich und Bobby sprach, oder dass sie sagte, sie müsse bis September warten – was noch Monate hin war –, um Ackerbeeren zu pflücken, was auch immer das war. Chasin interessierte sich nicht die Bohne für die Beeren, aber er interessierte sich umso mehr dafür, dass sie im September immer noch hier wäre.

Er beschloss, diese Sache nicht anzusprechen und sie zu verschrecken. Er speicherte es jedoch für einen späteren Zeitpunkt im Gedächtnis ab.

»Ich habe ihre geschmorten Tomaten schon einmal gegessen und sie sind lecker.« Chasin sah sich im Wohnzimmer um und fragte: »Wo ist Bobby?«

»Sie schminkt sich gerade ab und kommt vermutlich nicht mehr runter.«

»Wieso?«

»Weil sie sich gerade abschminkt«, wiederholte Genevieve, als sei er begriffsstutzig.

»Und?«

»Und Bobby zeigt sich nicht nackt.«

»Wie bitte?«

»Welchen Teil verstehst du nicht?«, neckte Genevieve.

»Den Teil, bei dem sie nicht ungeschminkt nach unten kommt. Und mir ist nicht klar, was Nacktsein damit zu tun hat, denn ich hoffe inständig, dass die Frau nicht unbekleidet durch das Haus stolziert.«

Chasin behielt den Blick fest auf Genevieve gerichtet, während sie sich auf die Lippe biss. Dann konnte sie sich nicht länger beherrschen und auf ihrem Gesicht breitete sich ein strahlendes Lächeln aus.

Lieber Gott.

Wundervoll.

»Nicht nackt nackt.« Sie lachte. »Ungeschminkt nackt.«

Ja, Chasin verstand es nicht, beschloss, es war ihm egal, es nicht zu verstehen, und dachte bei sich, dass sie es ihm erklären konnte, als sei er zwei Jahre alt, und er würde es trotzdem nicht verstehen.

Deshalb wechselte er das Thema, um das Gespräch fortzusetzen.

»Willst du noch ein Bier oder gehst du ins Bett?«

»Ich ... äh ...«, stammelte sie, beendete den Satz aber nicht.

Da Chasin sie direkt ansah, entging ihm nicht, dass ihre Wangen sich rosa färbten, was ihn an all die verschiedenen Arten erinnerte, wie er sie zum Erröten gebracht hatte, und an die Arten, wie er es wieder tun würde.

»Was willst du, Liebes?«

»Ich dachte, ich spiele etwas Gitarre und entspanne mich. Aber wenn es dich stört, muss ich das nicht tun.«

Na, scheiße. Nicht das, was er für den Grund ihres Errötens gehalten hatte, aber ihr beim Spielen zuzuhören wäre ein Vergnügen.

»Willst du ein Bier, während du das machst?«, wiederholte er halb die Frage, die er zuvor gestellt hatte.

»Ja.«

»Nimmst du Liedwünsche an?«

Ein süßes Lächeln umspielte ihre Lippen und diese wunderbaren goldenen Augen tanzten.

»Ich dachte, du bist kein Country-Fan«, sagte sie und sprach die Worte langsam und sinnlich aus.

Großer Gott, wie konnte eine einfache Frage seinen Schwanz in der Hose zum Zucken bringen? Obwohl es nicht die Frage war, sondern die Stimme. Eine, von der er wusste, dass sie heiserer wurde und einen Südstaatenakzent annahm, wenn sie kurz vor dem Höhepunkt war.

»Bin ich nicht. Ich bin dein Fan. Ich schätze, du kennst einige Lieder, die nicht Countrymusik sind?«

»Ich weiß nicht, Chasin. Erst bittest du mich, die Musik von jemand anderem zu spielen, und dann ein Lied zu singen, das nicht Country ist? Das ist schon ein ziemliches Sakrileg.« Genevieve tat genervt, schüttelte den Kopf und bedeckte dann ihr Herz mit der Hand.

Sie ging aber trotzdem zum Gitarrenkoffer, den er vorhin hereingetragen hatte, öffnete ihn und nahm das Instrument heraus.

»Was hast du dir gedacht? Warte. Bevor du etwas sagst, musst du wissen – wenn du nach irgendeinem Boyband- oder Teeniescheiß fragst, können wir keine Freunde sein.«

»Das steht also völlig außer Frage?« Er lächelte.

»Absolut.«

»Verstanden. Kennst du etwas von Bob Seger oder Fleetwood Mac?«

»Damit bin ich einverstanden«, murmelte sie und ging zum Esstisch. Nachdem sie den Stuhl so gedreht hatte, dass er dem Raum zugewandt war, nahm sie Platz und begann zu zupfen. »Gib mir einen Moment.«

Chasin ging zum Kühlschrank, nahm zwei Bier heraus, öffnete die Verschlüsse und kehrte ins Wohnzimmer zurück.

»Bobby!«, rief er vom Fuß der Treppe.

Einige Sekunden später erschien sie mit einem finsteren Blick. »Warum brüllst du?«

»Beweg deinen Arsch hierher.«

»Wie bitte?«

»Genevieve wird etwas spielen. Komm runter.«

»Ich bin nackt«, sagte sie.

»Ich sehe dich an, Weib, und du bist nicht nackt.«

»Mein Gesicht schon.«

Herrgott.

Nicht das schon wieder.

»Was hat das damit zu tun?«

»Ich kann nicht –«

»Glaubst du ernsthaft, dass es mich interessiert, ob du geschminkt bist?«

»Hier geht es nicht um dich, Chasin, es geht um mich und ich werde nicht –«

»Meine Güte, Herrgott, ernsthaft. Du musst doch wissen, dass du eine hübsche Frau bist, und das liegt nicht an dem Mist, den du dir ins Gesicht schmierst. Ich verstehe keine Frauen, werde ich auch nie, und habe aufgegeben, es zu versuchen. Ich kann dir nur sagen, dass ich dich ansehe und du nicht anders aussiehst als mit dem Mist, mit dem du dich anmalst.«

»Vielleicht ist das der Grund, warum du Single bist«, gab sie zurück. »Du solltest dir etwas Mühe geben, Frauen zu *verstehen*.«

Schon gut. Chasin hatte das Interesse an dem Thema verloren.

»Wie du meinst. Bleib da oben, ungeschminkt und allein.«

Chasin drehte sich um und sah, dass Genevieve ihn anstarrte. Sie lächelte.

»Ich habe es dir doch gesagt.«

»Mir egal«, brummte er und Genevieve brach in Gelächter aus.

Als Chasin es hörte, wusste er, dass es das nervtötende und sinnlose Gespräch mit Bobby wert gewesen war. Er pflanzte seinen Hintern aufs Sofa, als er hörte, wie Bobby die Treppe runterkam. Er richtete den Blick auf eine schlecht gelaunte Bobby und dann wieder auf Genevieve, die die Lippen kräuselte, um nicht erneut lachen zu müssen. Er zwinkerte ihr zu und lächelte.

»Mir egal«, plapperte sie und dieses Mal war es seine Belustigung, die den Raum erfüllte.

Die Hitze durchfuhr ihn, als Genevieve seinem Blick standhielt, selbst als sie mit den Fingern die Saiten der Gitarre zupfte.

Sie wartete, bis sein Lachen verklungen war, bevor sie anfing, »Night Moves« von Bob Seger zu singen.

Er war fasziniert.

Vollkommen gebannt.

Als sie mit Seger fertig war, veränderte sie kurz ihre Position auf dem Stuhl, hörte aber nicht auf, mit den Fingern die Saiten zu zupfen. Und da sie so ein Profi war, gelang ihr ein nahtloser Übergang zu »Dreams« von Fleetwood Mac.

Genevieve begann, den Anfang des Liedes zu summen,

und schloss langsam die Augen, als sie sich in der Musik verlor. Verdammt, Chasin war selbst so verloren darin, dass er kaum bemerkte, wie Bobby ihn mit dem Knie von der Seite anstieß.

»Du kannst dich freuen. Das ist eins von Vivs Lieblingsliedern«, flüsterte sie.

Scheiße, er war bereits gefangen und dachte nicht, dass sie Seger noch übertreffen könnte.

Drei Sekunden später überzog eine Gänsehaut seine Arme und ihm wurde klar, dass er sich geirrt hatte – sie *konnte* Seger übertreffen. Nicht nur übertreffen, denn verdammt, er liebte die rauchige Stimme von Stevie Nicks, aber er war der Meinung, dass Genevieves besser war. Um Längen besser.

Und da saß Chasin also und lauschte einem Lied, das von Stevie Nicks als ein »Fick dich« an ihren Mann geschrieben wurde, als sie sich trennten. Trotzdem war er so gefesselt von ihrer Stimme, dass es seelenverändernd war.

Das Lied bekam eine neue Bedeutung.
When the rain washes you clean, you'll know.

Er wollte, dass Genevieve ihn von seinen Erinnerungen reinwusch.

Von all der Verbitterung.

Und im Gegenzug würde er das Gleiche für sie tun.

Er würde sie reinwaschen und sich um ihre Träume schlingen, aber sie würden nicht von Einsamkeit handeln.

Er war verzaubert.

Fasziniert, ehrfürchtig und vollkommen verliebt.

16

KAPITEL SECHZEHN

Die letzten paar Tage waren seltsam.

Merkwürdig und schräg.

Und ich war mir nicht sicher, was ich davon halten sollte.

Bobby sagte mir, ich denke zu viel nach, wozu ich neigte, aber ich konnte nicht aufhören zu *denken*. Zwei Tage lang war Chasin mir auf die Pelle gerückt, hatte nachgebohrt und gefragt. Dann kamen wir auf die Farm und ... nichts. Es war, als sei er nicht Chasin.

Kennedy kam mit ihrem hübschen Schäferhund Tank vorbei. Wir gingen auf dem Farmgelände spazieren und pflückten Beeren von den Sträuchern, die sie neben der Scheune entdeckt hatte – übrigens hatte ich mich in diese Scheune verliebt. Da ich mich leider verhielt, wie ich wirklich war – ein ziemlicher Trottel, wenn ich nicht die freche und kecke Vivi spielte –, äußerte ich meine Liebe für diese Scheune lautstark und sagte, dass sie ein perfektes Aufnahmestudio sei.

Ich war sogar so weit gegangen zu erwähnen, wie ich sie umbauen würde. Bobby sah meine Vision, fand sie inspirierend und brachte ihre eigenen Ideen ein. Als wir fertig waren, gab es auch noch eine Lounge, im Untergeschoss eine Bar mit Zapfhähnen für Bier und einen Aufnahmebereich mit Gesangskabine im Dachgeschoss.

Selbstverständlich trug Holdens absolut lässiger silberner Airstream-Wohnwagen, der nur wenige Meter von dem alten Melkstand geparkt war, zu dem trendigen Erscheinungsbild der Umgebung bei. Auch das erwähnte ich.

Dann schwärmten Bobby und ich davon, wie krass es sei, ein großes Lagerfeuer mit einer Jam-Session vor der Scheune zu veranstalten. Natürlich sprang Kennedy auf diesen Zug auf und stimmte zu, wobei sie hinzufügte, dass es großartig sei, wenn ich weitere Sänger und Sängerinnen einlade und eine Oldschool-Show im Stil von MTV Unplugged hätte. Sie ging sogar so weit, mein Fantasiestudio *Die Farm* zu nennen. Woraufhin ich rief: »Das wäre der Wahnsinn!«

Leider waren auch Chasin und Holden anwesend, um meine Verrücktheit zu bezeugen. Und seitdem war Chasin nicht mehr Chasin.

Dann bat ich Bobby gestern Abend während des Essens, mich daran zu erinnern, meinen Makler anzurufen, damit ich das Haus auf den Markt bringen konnte. Ich würde nie mehr dorthin zurückkehren, nicht einmal, um meine Sachen zu packen. Sie verstand warum und versprach mir, eine Umzugs-firma zu finden, die sich darum kümmert. Ich bat sie, damit noch zu warten.

Ich musste darüber nachdenken, was sich in dem Haus befand und was ich davon haben wollte. Abgesehen von den Dingen in meinem Studio und meinen persönlichen Habse-ligkeiten glaubte ich, die Möbel nicht behalten zu wollen. Ich hatte mir in diesem Haus nichts selbst ausgesucht. Leslie hatte einen Innenarchitekten beauftragt, das Haus einzurich-ten. Ich konnte nicht behaupten, dass es schrecklich war, aber es entsprach nicht meinem Geschmack. Bobby war meiner Meinung.

Nixon Swaggers Farm war super. Ich wollte sie. Aber ich würde den Mann niemals beleidigen, indem ich ihn fragte, ob er sie mir verkaufte, weil sie ihm etwas bedeutete.

In der Zwischenzeit hatte Chasin mir Freiraum gegeben. Er sagte, ich müsse Lieder schreiben und er hätte einen Stalker ausfindig zu machen. Aus diesem Grund hing er viel am Telefon und am Computer, verließ das Haus aber nicht, um ins Büro zu fahren. Und ich hatte das Grundstück ebenfalls nicht verlassen, war aber jeden Tag spazieren gegangen.

Das einzig Gute daran, dass Chasin mir die kalte Schulter zeigte, waren die zwei Lieder, die ich geschrieben hatte. Anscheinend ließen frische Luft und Unsicherheit mich reflektieren und beflügelten meine Kreativität.

Aber jetzt war ich darüber hinweg.

Es war mir nicht entgangen, dass ich zwei Wochen lang nichts mit Chasin zu tun haben wollte – nachdem ich ein Wochenende lang alles von ihm wollte. Jetzt wollte ich wieder etwas und er schien nichts von mir zu wollen.

Sind wir alle schon verwirrt?

Ich war es ganz sicher. Aber das hier war kein klassischer Fall davon, etwas zu wollen, was ich nicht haben konnte. Wie ich bereits sagte, es war merkwürdig und schräg. Es gab keine weiteren Gespräche, bei denen er mich drängte und Druck auf mich ausübte. Er gab großzügig Informationen preis, nicht nur mir gegenüber, sondern auch Bobby. Sie konnte aufdringlich sein und persönliche Fragen stellen und Chasin beantwortete sie. Sie war nicht zurückhaltend darüber, wie sehr sie Chasin mochte, was bedeutete, dass sie ihm auf vielerlei Arten zeigte, für wie perfekt sie ihn hielt. Sie sagte mittlerweile sogar: »Du bist perfekt.« Jedes Mal wenn sie es sagte, lachte er leise und ich rollte mit den Augen.

Ich wusste, dass er ein Navy SEAL gewesen war. Er wuchs in Ohio auf und hasste es dort. Bobby fragte, ob das der Grund war, warum er zur Marine ging, und er bestätigte dies. Er war ein Sportler auf der Highschool, spielte Football im Herbst, schwamm im Winter und spielte Baseball im Frühling. Er gab zu, er sei »gut« gewesen, aber ich schätzte, dass er es herunterspielte und in Wirklichkeit ein *fantastischer* Sportler war. Er klang, als sei er beliebt und aufgeschlossen gewesen.

Er sprach kurz über seine einzige langjährige Freundin. Sie klang nach einem Miststück, zumindest war es das, was ich mir einredete. Er beendete die Beziehung mit ihr, weil sie ihn betrog. Er hatte keine Beweise, dass sie ihn körperlich betrogen hatte, aber das Herumschleichen, das heimliche Schreiben von Nachrichten und Treffen zu Drinks waren für ihn ausreichend, um die Sache zu beenden. Überraschenderweise kamen dadurch keine schlechten Gefühle hoch in Bezug auf das, was zwischen uns passiert war. Stattdessen wurde mir klar, wie sehr ihn der Betrug seiner Mutter verletzt hatte. Und das sollte etwas heißen, da ich seine herzzerreißenden Erfahrungen am eigenen Leib erfahren hatte.

Als ich ihm zuhörte, wie er seine Geschichte erzählte, dachte ich, dass es um Betrug ging, aber das war es nicht, es ging um Vertrauen und Loyalität. Zwei Sachen, mit denen ich selbst Schwierigkeiten hatte. Ich wusste tief in meiner Seele, wie es sich anfühlte, wenn Menschen einen anlügen und bestehlen.

Während der letzten Tage lernte ich Chasin also kennen. Er erfuhr ebenfalls mehr über mich. Er wollte über meine Musikkarriere ausschließlich wissen, wie sie angefangen hatte. Und als ich ihn dabei ertappte, wie er über Vivi Rush im Internet recherchierte und sich Notizen über meine letzte Tour machte, Videos der Konzerte ansah, die meine Fans online gepostet hatten, und in Fanforen las, konfrontierte ich ihn damit und wollte wissen, warum er mich nicht einfach fragte.

Typisch Chasin redete er nicht lange um den heißen Brei herum und sagte: »Weil sich dieser Mist«, er deutete auf seinen Laptop, »nicht um dich dreht. Es geht darum, wie deine Fans auf Vivi reagieren, was sie sagen. Wenn du, Genevieve, mir erzählen willst, wie du über all das empfindest, dann werde ich dir zuhören. Wenn ich etwas über Genevieve wissen muss, werde ich dich fragen. Aber in diesem Moment recherchiere ich über Vivi Rush, das Countrymusik-Phänomen. Und nur, damit du es weißt, Weib, ich mag keine Countrymusik, aber dieser Mist ist gut. Ich weiß, dass du eine Show abziehst, wenn du auf die Bühne gehst, aber verdammt, Genevieve, du weißt, wie man sich dort oben verhält. Egal ob Vivi oder Genevieve, du erhellst das Haus und machst Stimmung. Sehr beeindruckend.«

Ich fand seine Antwort toll. Ich fand sie so toll, dass ich mich ein wenig mehr in ihn verliebte. Was hieß, ich war nicht mehr nur halb in ihn verliebt, sondern vielmehr zu zwei Dritteln wieder dort, wo ich vor unserem Missverständnis gewesen war.

Er verstand es.

Er sah den Unterschied.

Die meisten Menschen würden es seltsam finden, dass ich zwei vollkommen unterschiedliche Personen war, er aber nicht.

Er sah *mich*.

Aber jetzt, da er auf die Bremse getreten war, war ich mir nicht sicher, wie ich mich verhalten sollte.

»Worüber denkst du nach?«, ertönte Chasins Stimme hinter mir.

Ich spürte, wie Hitze auf meinen Rücken traf, als er näher

an mich herantrat. Mein Körper verspannte sich, mein Herz hämmerte und ich verkrampfte die Hände auf der Arbeitsplatte vor mir. Aber er berührte mich nicht.

Jetzt oder nie.

Du hast ein Leben, Baby, nur eins.

Ich nahm all meinen Mut zusammen und ließ es darauf ankommen.

»Uns«, gestand ich.

»Uns?«

»Ja. Ich habe über die letzten Tage nachgedacht und versucht zu verstehen, was sich verändert hat und warum.«

Da, ich habe es gesagt. Und es war nicht so schwer gewesen. Aber ich schaute ebenfalls auf die Kaffeekanne und nicht in sein Gesicht, das machte die Sache einfacher. Letzten Endes war es gar nicht so mutig, denn würde ich in seine haselnussbraunen Augen blicken und sein hübsches Gesicht sehen, hätte ich vermutlich gekniffen.

Er brachte eine Hand an meine Hüfte. Mit der anderen strich er mir das Haar von der Schulter, woraufhin ich spürte, wie die kühle Luft des Raumes auf meinen heißen Hals traf.

Oh je.

Eine Berührung, ein kaum spürbares Streicheln seiner Finger, und mein Körper heizte sich auf. Er neigte den Kopf und brachte die Lippen an mein Ohr. Leicht wie eine Feder drangen seine Worte in mich ein. »Dreh dich um, Genevieve.«

»Nein.«

Chasin verstärkte den Griff mit der Hand an meiner Hüfte und ich erinnerte mich, wie er sich auf meiner nackten Haut angefühlt hatte.

Das Zittern, das meinen gesamten Körper bei dieser Erinnerung erfasste, war unfreiwillig, es hieß jedoch nicht, dass Chasin es nicht spürte. Er tat es und ich wusste es, als er seine große Statur an meinen Rücken presste und uns näher zusammenbrachte.

»Dreh dich um.« Sein sanfter Tonfall trog. Er bat mich nicht, er befahl es mir.

»Ich kann nicht.«

»Warum nicht?«

»Weil ich Angst habe, dass ich die Nerven verliere, wenn ich mich umdrehe«, gestand ich.

Soviel zum Thema mutig sein. Ich konnte ihn nicht einmal ansehen.

»Wie wäre es hiermit? Du erzählst mir, was sich deiner Meinung nach verändert hat, aber wenn ich dir sage, was sich nicht verändert hat, drehst du dich um, damit ich dich ansehen kann.«

Jetzt war ich verwirrt und ängstlich, weil ich mir nicht sicher war, was er mir sagen wollte.

»Was meinst du damit, was sich *nicht* verändert hat?«

»Wenn du die Antwort darauf hören willst, musst du mich ansehen.«

Ich drehte mich um, wusste aber, dass meine Bewegungen nichts mit Mut zu tun hatten, sondern nur von Neugier angetrieben wurden. Sobald ich Chasin gegenüberstand, nahm er mein Gesicht in beide Hände und hielt es fest. Oh Gott, ich liebte es, wenn er das tat.

»Nichts hat sich verändert, Evie.«

Evie.

Was um alles in der Welt? Seit Tagen hatte er mich nicht mehr so genannt, aber meine Beine wurden trotzdem zu Wackelpudding.

»Irgendetwas ist anders«, widersprach ich.

»Stimmt. Meine Herangehensweise hat sich verändert, sonst nichts.«

»Was soll das heißen?«

»Bist du bereit, es zu hören?«

Äh. Was soll das heißen?

»Was zu hören?«

»Die Sache, die sich nicht verändert hat.«

Ich hatte mich immer als relativ klug angesehen, vielleicht nicht als die Klügste weit und breit, aber ganz sicher nicht als die Dümmste. In dem Moment kam ich mir allerdings ziemlich dumm vor.

»Warum sollte ich nicht bereit sein zu hören, was sich nicht verändert hat?«

»Weil dich das, was sich nicht verändert hat, vielleicht verschrecken könnte und du ein Album schreiben, ein Haus verkaufen, ein Umzugsunternehmen koordinieren und eine Assistentin davon überzeugen musst, nicht zu kündigen, wenngleich ich denke, dass du in der Beziehung auf der sicheren Seite bist. Deine Managerin hat in den letzten zwei Tagen dreimal angerufen, um ein Treffen zu vereinbaren. Und ich habe dich gebeten, Leslie aus dem Weg zu gehen, was bedeutet, dass sie nervös wird und Bobby unangekündigt anruft, um Informationen über das neue Album zu bekommen. Bei allem, was du derzeit um die Ohren hast, ist verschreckt zu werden wirklich das Letzte, was du brauchst.«

Es muss gesagt werden, dass alles, was Chasin sagte, Fakten waren, aber nirgendwo auf der Liste der Dinge, um die ich mich kümmern musste, erwähnte er meinen Stalker.

Das lag daran, dass es nicht auf meiner Zu-erledigen-Liste stand – es stand auf seiner. Er hatte mir das eines Abends beim Essen klargemacht. Sein Job bestand darin, dafür zu sorgen, dass ich in Sicherheit war, und mein Job war es, mich zu entspannen. Bei dieser Verkündung hatte Bobby gegrinst, als sei sie durchgeknallt.

»Also, ich denke, jetzt *muss* ich hören, was du zu sagen hast«, sagte ich zu ihm.

Chasin hielt meinem Blick einen Moment lang stand. Ich sah zu, wie er mit den Augen die sichtbare Musterung durchführte, die ich mittlerweile gewohnt war.

»Also gut, nichts hat sich verändert. Neulich in der Küche war ich ehrlich zu dir. Ich habe dir gesagt, dass ich dich nicht noch einmal gehen lassen werde, und das werde ich auch nicht tun. Ich habe dir ebenfalls gesagt, dass ich nicht dumm bin. Ich weiß, wann ich Druck machen muss und wann nicht. Du hast viel um die Ohren und hast etwas Zeit gebraucht, um wieder zu Atem zu kommen.«

»Aber ich dachte, du hättest gesagt, du würdest mir keine Zeit zum Nachdenken geben.«

Mannomann, da wir so dicht beieinander standen und sein Gesicht sich direkt vor meinem befand, war es mir kaum möglich, das wolfsähnliche Grinsen zu übersehen, das seinen Mund umspielte und seinen Blick aufheizte. Und zum Glück entging es mir nicht – das Lächeln war eine Mischung aus arrogant und sexy und brachte meine Muschi zum Kribbeln.

»Ich sagte, ich würde dich nicht darüber nachdenken lassen, wie du einen Weg finden kannst, mich auszuschließen. Und das gilt weiterhin. Wenn du anfängst, diese Mauern wieder hochzuziehen, werde ich mir einen Weg hindurchbahnen. Aber ich bin kein Arschloch und ich weiß, wie wichtig dir deine Musik ist. Ich weiß auch, dass du Zeit brauchtest, damit du und Bobby eure Probleme lösen könnt. Sie ist dir wichtig. Seit wir hier sind, zeigst du mir die Frau, die ich ursprünglich kennengelernt habe. Du bist entspannt, du bist offen, du bist glücklich. Ich wusste bereits, dass ich dich nicht gehen lassen würde, aber dich während dieser letzten Tage zu beobachten hat mich in meiner Entschlossenheit nur bestärkt. *Ich werde dich nicht gehen lassen.* Was bedeutet, dass wir sehr viel klären müssen. Um das zu tun, werde ich all deine Zeit in Anspruch nehmen wollen, und momentan kann ich das nicht tun. Zum richtigen Zeitpunkt —«

»Es ist der richtige Zeitpunkt«, platzte ich heraus.

Chasins Körper erstarrte und ich konnte es ihm nicht übel nehmen. Ich war über meine Worte ebenfalls schockiert. Ich war mir nicht ganz sicher, woher dieser plötzliche Mut rührte, aber die Worte hingen ausgesprochen zwischen uns und ich hoffte inständig, dass er sie auffing, weil ich nicht wusste, ob ich seine Zurückweisung ertragen würde.

Nein, ich war mir sicher.

Sehr, sehr sicher, dass es mich umbringen würde, wenn Chasin mich zurückwies.

Er nahm eine Hand von meinem Gesicht und strich über meinen Hals, meine Schulter und meinen Arm hinunter, der lahm an meiner Seite hing, bevor er mit den Fingern mein Handgelenk umschloss. Langsam führte er meine Hand an seine Brust und legte die Handfläche über sein Herz. Nachdem er mich positioniert hatte, fuhr er mit den Fingerspitzen über meine Tätowierung.

»Ich liebe deine Tätowierungen. Bunt und lebhaft, genau wie die Frau, die sie trägt.«

Der plötzliche Themenwechsel brachte mich aus dem Gleichgewicht. Ich wusste nicht, in welche Richtung er das Gespräch lenken würde, war mir aber relativ sicher, dass die Schmetterlinge in meinem Bauch nicht die guten waren. Sie waren von der Art, die einen vor einer bevorstehenden Gefahr warnt.

»Die hier ist neu. Was bedeutet sie?«

Ja. Gefahr.

Mein Verstand schrie, ich solle lügen.

Ich sah zu, wie er die Worte nachzog, die unter meine Haut gestochen waren. Worte, die ich in dem überstürzten Versuch, mich zu schützen, auf meinen Körper geschrieben hatte. Ich bereute sehr wenig in meinem Leben, ich sah meine Fehler als Chancen, um zu wachsen. Aber jetzt, da ich mir die Tätowierung ansah, bereute ich sie.

»Evie?«, sagte er.

Lüg.

Lüg einfach.

»Du hast das zu mir gesagt.«

Sobald die Worte meinen Mund verließen, wurde die Atmosphäre im Raum auf furchterregende Weise elektrisch. Etwas Großes hatte sich verändert. Nein, etwas Großes ging vor sich und es bereitete mir Unbehagen.

So viel zum Lügen.

»Wie bitte?« Chasin wandte den Blick von meiner Tätowierung ab und als ich den Kopf hob, sah er mir in die Augen.

Aus seinen schlugen Flammen. Und nicht auf die sexy, hungrige Art, die ich bereits gesehen hatte. Nein, ich war so dumm, ihm die Wahrheit zu sagen und seine Augen dazu zu bringen, so hell zu brennen, dass ich Angst hatte, davon Blasen und Narben zu bekommen.

»›Aber ich werde es nicht sein.‹ Du hast das zu mir gesagt, unmittelbar bevor du gegangen bist.«

»Baby.« Zwei gequälte Silben.

Mitgefangen, mitgehangen.

»Ich habe es mir stechen lassen, damit ich niemals vergesse, dass ich aufgegeben habe.«

»Was hast du aufgegeben?«

»Meinen Traum.« Ich schloss die Augen, schloss Chasin aus. Ich wollte nicht seine Enttäuschung bezeugen, wenn ihm klar wurde, dass ich nicht die Frau war, für die er mich hielt. »Ich bin eine Hochstaplerin. Alles ist unecht. Ich betrete einen Raum und halte den Atem an, während ich darauf warte, dass alle endlich begreifen, dass ich dort nicht hingehöre. Ich gehe zu Preisverleihungen und habe schreckliche

Panik, weil eines Tages irgendjemand auf mich zeigen und mich fragen wird, was ich dort tue. Also versuche ich, zu verblassen, mich einzufügen. Ich tue alles, was mir möglich ist, um mich zu verstecken. Aber tief im Inneren will ich, dass jemand mich sieht.

Dann traf ich dich und ich dachte, endlich, *endlich* sieht mich jemand. Nur mich, mein wahres Ich. Ich hatte nie Glück, mein gesamtes Leben lang nicht. Aber als ich das Wochenende mit dir verbracht habe, fühlte ich mich wie das glücklichste Mädchen auf der Welt. Ich dachte, ich hätte den Mann gefunden, der *mich* sieht. Aber ich lag falsch, und das war der letzte Riss, der meinen Traum zum Einsturz gebracht hat. Ich wusste, wenn du mich nicht sehen konntest, würde mich niemals jemand sehen. Also gab ich meinen Traum auf und ließ mir die Tätowierung stechen, damit ich niemals vergaß, wie schlimm es wehgetan hat.«

Mein Herz schlug unter meinen Rippen so heftig, dass mein Körper im Rhythmus zitterte. Ich wollte weglaufen und mich verstecken und so tun, als hätte ich mich nicht entblößt.

Warum *hatte* ich mich entblößt?

Warum hatte ich mir nicht einfach eine Lüge ausdenken können?

Es wäre einfach gewesen, er hätte es niemals erfahren. Bis er das Lied hörte. Aber das hätte ich auch in den Müll werfen können. Es war ja nicht so, als würde er sich jemals daran erinnern, was er zu mir gesagt hatte.

»Aber ich werde nicht derjenige sein, der dich fickt«, flüsterte er.

Nun war es raus, mein Leben war scheiße. Ich konnte nicht einmal so viel Glück haben, dass Chasin ein schlechtes Gedächtnis hat. Nein, er musste sich an die exakten Worte erinnern, die er zu mir gesagt hatte.

Obwohl meine Entscheidung, die Wahrheit zu sagen, richtig war.

»Öffne die Augen, Evie.« Wieder eine trügerisch sanfte Aufforderung.

Langsam hob ich meine Lider und als ich ihn ansah, war das, was sich mir bot, so schmerzhaft, dass ich meine Augen zuschrauben und sie nie wieder öffnen wollte.

»Ich habe einen Fehler gemacht«, gestand er. »Ich wusste es, aber ich wusste nicht, wie schlimm es war. Es tut mir so schrecklich leid, Evie. Du hast recht, ich habe dich nicht gesehen. Aber du liegst auch falsch. Ich habe mehr getan, als dich nur zu *sehen*, ich habe dich gespürt. Wir haben zwei Tage miteinander verbracht. Und in diesen zwei Tagen habe ich mich in dich verliebt. Du hast in meinen Armen geschlafen und ich habe mir unsere Zukunft vorgestellt. Ich habe eine Fantasie ausgelebt, die vor langer Zeit gestorben war. Ich hätte nie gedacht, eine Frau zu finden, die meine Mühe wert wäre, den Ballast zu bewältigen, den meine beschissene Mutter mir hinterlassen hat. Aber da war ich nun, lag eng umschlungen mit dir im Bett und wusste, ich musste einen Weg finden, um ihn loszuwerden. Um der Mann zu sein, den du verdienst. In zwei Tagen verliebte ich mich in dich und ich benötigte zwei Sekunden, um es wegzuwerfen und deinen Traum zu zerstören. Ich bin ein absolutes Arschloch.«

Chasin hörte auf zu reden. Mein Verstand raste. Ich war nicht in der Lage, auch nur die Hälfte von dem zu verarbeiten, was er gesagt hatte, denn mir ging einzig und allein durch den Kopf, dass er sich in mich verliebt hatte. Aber ich war mir nicht sicher, ob das immer noch der Fall war, und das Leben hatte mich gelehrt, niemals Vermutungen anzustellen. Die Menschen, die sagten, dass sie dich lieben, konnten dich jeden Moment verlassen.

Also hielt ich die Luft an, denn ich wollte nicht atmen und diesen Moment verlieren.

Er ließ die Hand, mit der er mein Gesicht berührte, in mein Haar gleiten und hielt mich mit einem sanften Zug daran gefangen.

»Ich lasse dich nicht gehen.«

Ich nickte, so gut ich konnte.

»Ich werde dir deinen Traum zurückgeben.«

Als ich die Luft einsog, was sich anhörte wie ein Zischen, fuhr Chasin damit fort, meine Welt zu erschüttern.

»Ich sehe dich, Genevieve. Ich sehe auch Vivi. Und ich weiß, dass es in diesem Moment keinen Sinn ergibt, aber eines Tages wirst du es verstehen. Du bist zwei unterschiedliche Menschen, aber gleichzeitig auch nicht. Du bist Vivi Rush, frech, talentiert, selbstbewusst. Du stolzierst mit deinem hübschen Hintern über die Bühne, als würde sie dir gehören, und Mädchen, alles gehört dir. Du gehörst dorthin. Alles davon befindet sich in dir. Aber nicht jeder bekommt die andere Seite zu sehen. Die lustige, süße, loyale, liebevolle Genevieve. Das bedeutet nicht, dass du zwei Menschen bist. Es bedeutet, dass diejenigen, die dir nahestehen und alles von dir bekommen, sich verdammt glücklich schätzen können. Wen du hereinlässt, wem du den Zutritt verwehrst, das ist deine Entscheidung. Aber glaube es mir – alles, was du bist, ist so verdammt schön, dass ich davon geblendet werde. Ich will jeden Teil von dir und ich werde nicht aufhören, bis ich es mir verdient habe.«

Es verdient habe.

Du bist zwei unterschiedliche Menschen, aber gleichzeitig auch nicht.

Er verstand es.

Endlich verstand es jemand.

Ich wollte vor Freude schreien, vor Übermut auf und ab hüpfen.

Endlich.

»Also dann, was jetzt?«, fragte ich und leckte mir über die trockenen Lippen.

»Jetzt verdiene ich mir deine Vergebung.«

»Aber ich habe dir bereits vergeben«, sagte ich.

Dieses Mal war es Chasin, der kurz die Lider schloss. Als er sie wieder öffnete, sah er zerrissen aus und in seinen Augen tanzte der Konflikt. Der Raum war immer noch aufgeladen und ich hatte Schwierigkeiten zu verstehen, warum er aussah, als kämpfe er gegen sich selbst.

Als ich es wenige Momente später herausfand, kehrte ich zu meinem früheren Entschluss zurück – *ich hätte lügen sollen.*

17

______

KAPITEL SIEBZEHN

Scham war etwas, das Chasin nicht gewohnt war. Und jetzt, da er sie spürte, ihren Geschmack kannte und ihr Gewicht, wusste er, dass er dieses Gefühl verachtete.

Aber es gab keine andere Emotion, die er dem zuordnen konnte, was er getan hatte. Schuld war nicht stark genug.

Scham.

Eine tief sitzende Scham hatte ihn überkommen.

Und da sie ehrlich zu ihm gewesen war, schuldete er ihr nun das Gleiche.

»Ich habe dich singen hören«, gestand er.

»Singen?«

Chasin war sich unsicher, ob sie sein Lauschen als Verrat oder Eindringen in ihre Privatsphäre betrachten würde. Nichts davon wäre gut für ihn, aber er musste ihr die Wahrheit sagen.

»Bei deinem Onkel. Du warst in dem Zimmer, in dem du die Gitarren aufbewahrst. Die Tür war geschlossen, aber als ich daran vorbeiging, hörte ich es. Und ich gebe zu, ich habe angehalten, um zu lauschen.«

Über ihren Augenbrauen bildete sich eine niedliche Falte

und sie rümpfte die Nase. Die gute Nachricht war, dass sie bislang nicht sauer aussah, er hatte ihr aber immer noch nicht erzählt, was sie gesungen hatte.

»Ich habe das Lied gehört.«

»Welches Lied?«

»Jemand wird dich richtig behandeln. Aber ich werde es nicht sein. Jemand wird dich festhalten. Aber ich werde es nicht sein.«

»Okay. Ich verstehe.« Sie hob die Hand, um Chasin davon abzuhalten, den Rest des Liedes zu wiederholen, das er sich gemerkt hatte. »Dann weißt du also, dass ich ein Lied darüber geschrieben habe, wie ich mich gefühlt habe. Bist du sauer?«

Ob *er* sauer war?

Ja, verdammt, er war sauer – auf sich selbst, weil er so ein riesengroßes Arschloch war.

»Babe, ich will damit sagen, dass ich von dem Lied wusste, bevor ich dich nach deiner Tätowierung gefragt habe. Und ich erinnere mich daran, es zu dir gesagt zu haben. Nicht sofort, aber nachdem ich die Tätowierung sah und dich singen gehört habe. Und je mehr ich über diesen Abend nachdachte und darüber, wie verdammt dumm ich war, desto mehr gelang es mir, eins und eins zusammenzuzählen.«

»Warum hast du dann gefragt?«

»Weil ich wissen wollte, welche Bedeutung die Tätowierung für dich hat.«

Je länger die Stille andauerte, desto mehr versteifte Genevieve sich und desto besorgter wurde Chasin. Er dachte darüber nach, wie er seine nächste Erklärung formulieren sollte, um sie nicht zu verärgern, als sie ihm zuvorkam.

Obwohl Genevieve sich keine Sorgen machte, ihn zu verärgern, tat sie genau das, als sie das Schweigen brach.

»Du wolltest damit sagen, dass du wissen wolltest, ob ich mich dir öffne und es dir erzähle.«

»Ich wollte wissen, welche Bedeutung die Tätowierung für *dich* hat«, wiederholte er.

»Richtig. Ich glaube dir nicht. Ich glaube, du hast mich getestet.«

»Dich getestet?« Jetzt war Chasin mehr als nur sauer, er war außer sich.

»Ja. Habe ich bestanden?«

Der Ärger entwich und Rage schlüpfte hinein.

»Sag mir, Genevieve, wie genau habe ich dich getestet?«

»Indem du sehen wolltest, ob ich ehrlich bin«, sagte sie, ohne zu zögern.

Chasin zog die Augenbrauen hoch, bevor er sie zusammenzog, und er versuchte, seinen Zorn zu kontrollieren.

»Falsch. Nicht einmal annähernd. Genauer gesagt liegst du so weit daneben, dass es nicht einmal lustig ist. Was auch immer diese neue Scheiße ist, sie ist totale Scheiße. Wobei ich mich frage, ob das eine deiner kreativen Arten ist, um mich davon abzuhalten, dir näherzukommen. Ich bin ein Mann, Evie, von Kopf bis Fuß, nicht irgendein Waschlappen, der nicht die Eier hat, direkt nach den Informationen zu fragen, die er haben will. Ich wollte etwas von dir, ich habe gefragt, du hast es mir gesagt, und das Einzige, was ich gespürt habe, waren Ehre und Erleichterung. Ehre, weil du mir ausreichend vertraust, um ehrlich zu sein und es mir zu sagen, und Erleichterung, weil ich nicht schnüffeln musste, um an die Antwort zu kommen.«

Chasin hatte ihr Haar, das um seine Finger gewickelt war, immer noch nicht losgelassen und sie hatte ebenfalls ihre Handfläche nicht bewegt, die weiterhin auf seiner Brust ruhte. Diese Nähe bedeutete, dass beide die wachsende Anspannung spürten. So sauer er auch war – und er war verdammt wütend –, dass sie versuchte, sich etwas Neues auszudenken, um es zwischen sie zu stellen, konnte er dennoch weder ihre Nähe noch das größer werdende Verlangen ignorieren.

Jeden Tag wurde es schwerer und schwerer für ihn, Abstand zu halten. Sie in Ruhe zu lassen, damit sie sich einlebte, und ihr Freiraum zu geben, solange sie sich nicht zurückzog.

»Ich werde nicht zulassen, dass du es tust«, sagte er zu ihr.

»Was tue ich?« Ihr Tonfall klang bissig und zu jedem anderen Zeitpunkt hätte Chasin seine Freude daran gehabt, dieser Haltung auf eine vollkommen andere Weise ein Ende zu setzen. Eine, die weitaus befriedigender gewesen wäre als der Einsatz von Worten.

»Ich werde nicht zulassen, dass du mir einen Teil von dir gibst, nur damit du ihn zurücknimmst, verdrehst und eine neue Barrikade aufstellst. Ich weiß deine Ehrlichkeit zu schätzen. Deshalb werde ich den Gefallen erwidern, egal ob du bereit bist, es zu hören, oder nicht. Ich sehe dich, Evie, bis hinunter in deine Seele sehe ich dich. Ich sehe alle deine Unsicherheiten. Du hast furchtbare Angst und du läufst weg. Aber mir machst du nichts vor. Du willst, dass ich deine Mauern *einreiße* ... nein, du *brauchst* mich, damit ich sie für dich einreiße, weil du sie so hoch und dick gebaut hast, dass du es selbst nicht schaffst. *Du* testest mich, und Liebes, das ist in Ordnung für mich. So wie ich dich behandelt habe, verdiene ich es. Doch merke dir eins, ich werde deinen Test bestehen. Aber während du mich testest, wirst du mir keine Teile von dir geben, nur um sie wieder zurückzunehmen. Wenn du sie mir einmal gegeben hast, gehören sie mir.«

Chasin hatte den Blick nicht von ihr abgewandt, deshalb sah er es – Angst, Unsicherheit, Zweifel, Zögern und schließlich Erkenntnis. Sie wusste, dass er recht hatte, sie war so sehr daran gewöhnt, sich zu verstecken, dass er sie hinter der Festung, die sie errichtet hatte, hervorzerren musste. Er hatte ebenfalls recht damit, dass sie wollte, dass er es tat. Hätte sie es nicht gewollt, hätte sie ins Leere gestarrt, als er die Küche betrat, und hätte nicht gefragt, was sich verändert hat.

»Wie weit bist du mit Bobby?«, fragte er.

»Hä?«

»Habt ihr beide euren Streit beigelegt?«

»Ja.«

»Das ist gut.« Chasin nickte und fuhr fort: »Musst du deine Managerin zurückrufen?«

»Ich sollte es tun, aber ich will nicht.«

»Warum schiebst du es vor dir her?«

Die Jungs hatten Melissa Roberts und ihre Management-Agentur überprüft und nichts gefunden. Die Frau selbst war absolut sauber und ihre Mitarbeiter, wenngleich einige von ihnen Verkehrsdelikte und Fahren unter Alkoholeinfluss begangen hatten, waren ebenfalls okay. Keiner von ihnen hatte etwas getan, das ihnen einen Hinweis auf Gewalt oder zwanghaftes Verhalten gegeben hätte.

Genevieve schwieg und als sie den Blick senkte, sagte Chasin: »Babe?«

»Sie will das Album bis Ende des Jahren veröffentlichen. Ich werde nicht gern unter Druck gesetzt, sie weiß, dass ich schreibe, wenn ich etwas habe, worüber ich schreiben kann. Deshalb drängt sie mich, Lieder einzukaufen, um das Album voranzutreiben. Und sie weiß, dass ich das nicht tun werde, deshalb nervt es.«

Chasin spürte, dass da noch mehr war, aber als sie nicht sofort weitersprach, fragte er: »Lieder einkaufen?«

»Ein Lied aufnehmen, das jemand anderes geschrieben hat«, erklärte sie.

»Also, abgesehen davon, dass sie dich unter Druck setzt, was hält dich noch zurück?«

»Warum glaubst du, dass es noch einen anderen Grund gibt?«

Chasin unterdrückte nicht das Lachen, das in ihm aufstieg. »Babe. Du bist durchschaubar. An dir nagt noch etwas anderes. Ich habe dir und Bobby gesagt, dass wir Melissa und ihre Mitarbeiter bereits überprüft haben. Du kannst –«

»Das ist es nicht«, fiel Genevieve ihm ins Wort. »Ich bin nur nicht sicher ...«

Aus dem Augenwinkel sah Chasin, wie Weston sich näherte. Er behielt seinen Blick, wo er war, rief seinem Freund aber zu: »Was brauchst du, Weston?«

»Tut mir leid, euch zu stören. Aber ich muss mit dir sprechen.«

Chasin wusste, dass sein Teamkamerad ihn nicht unterbrechen würde, wenn es nicht wichtig wäre. Er fuhr mit den Fingern durch Genevieves seidiges braunes Haar und brachte sie dann an ihre Hüfte. Er presste die Lippen fest auf ihre Stirn und flüsterte: »Gib mir einen Moment und wir setzen unser Gespräch fort. Weston wäre nicht hierhergekommen, wenn es nicht wichtig wäre.«

»Schon okay. Du bist beschäftigt und –«

»Evie, Liebes, sieh mich an.« Chasin wartete, bis sie den Blick wieder auf ihn richtete. »Ich bin nie zu beschäftigt. Wir werden unsere Unterhaltung beenden.«

Chasin ließ sie los und drehte sich gerade in dem Moment zum Wohnzimmer um, als Bobby mit dem Telefon in der Hand die Treppe herunterkam. »Was ist los?«

Weston ließ den Blick durch das Zimmer schweifen und betrachtete die Frauen, richtete ihn dann aber auf Chasin.

Verdammte Scheiße. Etwas Neues. Chasin brauchte nur den Bruchteil einer Sekunde, um zu einem Schluss zu kommen und die unausgesprochene Frage seines Freundes zu beantworten.

Er wollte nicht, dass Genevieve irgendetwas verheimlicht wird, deshalb fragte er: »Was hast du gefunden?«

»Es gab eine weitere Sendung«, verkündete Weston.

Der Mann neigte nicht zu Dramatik. Wenn Weston zögerte, dann war es *schlimm*.

»Und?«

»Sie wurde am Haus des Onkels hinterlassen. Kein Poststempel. Ich habe sie ins Büro gebracht. Jameson und Alec kümmern sich darum. Jonny kommt später, um sie offiziell zu registrieren.«

»Worum handelt es sich?«

Weston versteifte sich, bevor er sein Handy aus der Tasche nahm, einige Male auf das Display tippte und es ihm dann hinhielt. Chasin verlor keine Zeit, den Raum zu durchschreiten und das Telefon zu nehmen. Und als er auf das Display blickte, wurde ihm sein Fehler bewusst. Er hätte sich einen Moment Zeit nehmen sollen, um sich vorzubereiten, aber das hatte er nicht getan und seine Reaktion war alles andere als die Ruhe, die er Genevieve weiterhin zukommen lassen wollte.

»Was zur Hölle?«, polterte er und wischte über das Display.

Wenn das erste Bild des neuesten Geschenks dieses kranken Arschlochs ihn nicht wütend machte, dann tat es das nächste.

»Er macht Fotos von ihr«, knurrte Chasin. Er wischte noch einmal und da war ein drittes Foto von Genevieve vor dem Haus ihres Onkels. Sofort erkannte er die kurze Hose und das T-Shirt, das sie trug. »Diese wurden an dem Tag aufgenommen, an dem wir sie auf die Farm gebracht haben.«

Chasin hörte Genevieve wimmern, aber er war so sehr

mit seiner Wut beschäftigt, dass er ihr nicht die emotionale Unterstützung bieten konnte, die sie benötigte. Nicht wenn er seinen Zorn nicht im Griff hatte. Er brauchte einen Moment, um zu verarbeiten, was er sah, und um sich zu beruhigen.

Er wollte den Rest zwar nicht sehen, wusste aber, dass es notwendig war. Also bewegte er den Daumen über das Display und ihm stockte der Atem. Beide von ihnen waren im Profil zu sehen. Er drückte Genevieve mit dem Rücken gegen die Beifahrertür seines Wagens, hatte eine Hand an ihrer Wange und die andere an ihrer Hüfte. Ihr Gesicht war nach oben gerichtet, seins geneigt und beide trugen eine Sonnenbrille.

Chasin erinnerte sich an jedes Wort dieser Unterhaltung. Sie hatte Angst und er beruhigte sie. Sie sahen aus wie zwei Liebende, die in einem intimen Moment erwischt wurden. Und wenn nicht irgendein Wichser das Foto gemacht hätte, würde er es ausgedruckt und gerahmt haben wollen. Genevieve sah scharf aus, ihr langes braunes Haar fiel ihr über die Schulter, einige der glänzenden Strähnen berührten ihren nackten Arm, einige andere ruhten auf ihrer Brust. Ihr T-Shirt war eng, lag an ihrem Körper an und überließ nichts der Fantasie. Das Gleiche bei ihrer kurzen Hose – eng und verdammt sexy. Auf dem Foto waren einzig nicht ihre Cowboystiefel zu sehen. Niemals im Leben hätte Chasin gedacht, dass er ausgetragene, abgewetzte Stiefel sexy finden würde, aber an Genevieve sahen sie absolut scharf aus.

Sein Blick fiel auf das untere Ende des Displays. Mit den Fingern vergrößerte er das Bild und schob es herum, bis er die Nachricht lesen konnte. Es waren dicke Druckbuchstaben, geschrieben mit rotem Filzstift, und die Worte sahen *wütend* aus – vermutlich weil die Person, die sie geschrieben hatte, wütend war.

Verstört.

Wahnsinnig.

»Noch etwas anderes außer diesen Bildern?«, fragte Chasin.

»Nein. Aber Holden zieht ein. Zusätzliche Feuerkraft im Haus. Nur, um sicher zu sein.«

»Was ist los?«, fragte Genevieve.

Chasin tippte mit dem Daumen einige Male auf das Display und löschte, ohne Reue zu empfinden, die Morddrohung, bevor er sich zur Seite wandte und sah, dass Genevieve näher gekommen war.

»Komm her, Evie.« Er wartete, bis sie an ihn herantrat, dann zeigte er ihr das Foto von ihr, wie sie das Haus ihres Onkels verlässt. Das, auf dem sie auf dem Weg zur Einfahrt stand, nur sah sie nicht auf die Fahrzeuge, sie blickte aufs Wasser hinaus. Es war sein zweitliebstes Bild, sie sah wunderschön aus. Aber dann drehte sich ihm wieder der Magen um, weil er wusste, dass irgendein geistesgestörter, kranker Wichser dieses Foto gemacht hatte.

Nachdem sie alles gesehen hatte, was es zu sehen gab, legte Genevieve den Kopf in den Nacken und sah zu Chasin auf. »Er weiß, wo ich bin.«

Darauf gab es nichts zu erwidern. Das Arschloch wusste tatsächlich, wo sie war.

»Er hat mich gefunden«, flüsterte sie.

»Baby, ich sagte dir doch, wir wussten, dass er hierherkommen wird«, rief er ihr vorsichtig ins Gedächtnis. »Micky hat nur fünf Minuten gebraucht, um im Internet zu suchen und nicht nur deine Verbindung nach Kent County, sondern auch zu diesem Haus zu finden. Sie brauchte nicht einmal ihre tollen Hackerfähigkeiten zum Einsatz zu bringen. Alles ist gut. Genauer gesagt, das ist eine gute Sache, wir wollen ihn in der Nähe haben. Du und Bobby seid geschützt, er wird keiner von euch nahe kommen. Aber er wird es versuchen, was bedeutet, dass wir ihn schnappen werden. Vertraue uns.«

»Warum zieht Holden dann ins Haus ein?«

»Vorsichtsmaßnahme«, meldete Weston sich zu Wort.

Das war nicht gelogen, aber Chasin fühlte sich immer noch schlecht, weil er ihr etwas verheimlichte. Die Morddrohung richtete sich nicht gegen Genevieve oder Bobby.

Die Drohung richtete sich gegen Chasin.

Sag ihm, er soll gehen, oder er stirbt.

Eine einfache Botschaft, auf den Punkt gebracht – eine, die Chasin weder beunruhigte noch einschüchterte.

»Ich fahre zurück ins Büro. Ich werde mich bei dir melden, wenn wir mehr haben.«

Chasin hörte, wie die Haustür geöffnet und geschlossen wurde, wendete den Blick aber nicht von der zitternden Frau neben sich, als Bobby eintrat.

»Evie.«

»Ich hasse das«, zischte sie. »Ich hasse ihn.«

Bobbys Telefon klingelte und Genevieve sah zu ihrer Freundin, bevor sie den Blick wieder auf ihn richtete. »Warum ich? Ich verstehe es nicht.«

Bevor Chasin ihr sagen konnte, dass es keine Erklärung dafür gab, warum der Freak sich auf sie eingeschossen hatte, erklang Bobbys wütende Stimme.

»Halte dich verdammt noch mal zurück, Melissa. Ich verstehe dich, aber jetzt ist nicht der Zeitpunkt dafür.« Es folgte eine Pause und Bobby verzog säuerlich das Gesicht. In jeder anderen Situation hätte Chasin gelacht. Bobby sah aus wie eine Mini-Version eines weiblichen Hulk, wie sie die Brust herausstreckte und ihr Körper vor angestauter Wut zitterte. »Was? Willst du mich verarschen?«

»Was?«, entfuhr es Genevieve.

»Du bist einfach unglaublich. Das ist absoluter Schwachsinn. Du weißt, was los ist«, wetterte Bobby, während sie Genevieve ignorierte.

»Bobby! Was ist?«

Bobby sah auf und schaute Chasin an, antwortete jedoch Genevieve. »Melissa hat Len geschickt, um mit dir zu sprechen, da du nicht auf ihre Anrufe reagierst. Er ist in Cliff City.«

Die Wut, die von Genevieve ausging, war nicht zu übersehen. Der Raum füllte sich mit Feindseligkeit und Chasin wusste, dass sie explodieren würde.

»Ich bin fertig«, flüsterte sie.

Diese drei trügerisch sanften Worte hatten mehr Bedeutung, als Chasin verstand, aber er wusste, dass sie nicht nur über ihren Stalker sprach. Etwas in ihr war zerrissen.

»Sag ihr, dass Len uns im Büro der Gemini-Gruppe treffen soll«, forderte Genevieve. »Er hat zehn Minuten, um dort zu erscheinen. Und fünf Minuten, um mich zu überzeugen, Melissa nicht zu feuern.«

Genevieve wirbelte herum und stürmte in Richtung Treppe davon. Selbst in seiner Wut entging ihm nicht ihr Gang. Sie war sauer – ihr Rückgrat war kerzengerade und sie stampfte mit den Füßen auf –, aber ihre Hüften schwangen und er konnte nicht leugnen, dass ihn alles an ihr unglaublich scharf machte.

Chasin brauchte einen Moment, um sein Temperament unter Kontrolle zu bekommen, bevor er Genevieve nachging und Bobby zurückließ, die sich am Telefon weiter mit Melissa stritt.

Er konnte nicht sehen, dass aus diesem Treffen etwas Positives hervorgehen würde. Verdammt, er wollte nicht, dass Genevieve das Haus verließ, aber er steckte in der Zwickmühle. Sie musste sich um das Geschäft kümmern und Len würde auf gar keinen Fall zum Haus kommen.

Chasin hatte den Mann selbstverständlich nie getroffen, aber er wusste über ihn Bescheid. Lenard Summers: sechsunddreißig, unverheiratet und bis über beide Ohren verschuldet. Laut seiner Kreditkartenabrechnungen überstiegen seine Vorliebe für teure Kleidung, Getränkerechnungen in Bars und schicke Abendessen sein Einkommen um ein Vielfaches. Er fuhr einen Porsche, besaß aber kein Haus, er mietete eine Wohnung und gab in einem Monat mehr Geld für Klamotten aus als Chasin in einem Jahr. Er war ebenfalls derjenige von Melissas Mitarbeitern, der eine Vorstrafe wegen Fahrens unter Alkoholeinfluss hatte.

Nichts in seiner Vergangenheit gab einen Hinweis darauf, dass er gewalttätig war, aber er hatte Zugang zu Genevieve, und davon reichlich.

»Babe?«, rief Chasin, als er das Schlafzimmer erreichte. Er betrachtete das Chaos.

Chasin war in keiner Weise ein Sauberkeitsfanatiker, aber er war ordentlich. Er hatte etwas gelernt, als Genevieve in sein Zimmer eingezogen war, und Bobby hatte recht gehabt – Genevieve war nicht ordentlich, wenn sie aus dem Koffer lebte. Aber während der Zeit, in der er in seinem Zimmer war, seit sie es übernommen hatte, war es noch nie so schlimm gewesen.

Es sah aus, als sei ihr gesamter Koffer in dem Raum explodiert.

»Ja?«, rief sie aus dem Badezimmer.

Er antwortete nicht und sah sich stattdessen in dem Zimmer um, bis Genevieve erschien. Verschwunden waren die bequeme Jeans und das Trägerhemd, das sie zuvor getragen hatte. Wie sie Zeit gehabt hatte, eine beigefarbene Hose und eine durchsichtige weiße Bluse anzuziehen, war ihm ein Rätsel. Aber was ihn schwer beeindruckte, war die Tatsache, dass keine einzige Knitterfalte zu sehen war. Er sah sich in dem unordentlichen Zimmer um, bevor er zu ihr sah und beschloss, dass ihm der Grund dafür egal war.

»Ist das deine Vorstellung von Auspacken?« Er lächelte.

»Was?«, fragte sie schnippisch und blickte sich um.

»Ich habe dir zwar gesagt, du sollst dich wie zu Hause fühlen, Liebes, aber ich hätte meine Aussage korrigiert, wenn ich gewusst hätte, was für eine Chaotin du bist.«

»Ich bin keine Chaotin. Ich habe etwas gesucht«, verteidigte sie sich.

»Hast du es gefunden? Denn in deinem Koffer ist nichts mehr drin.«

»Ja, ich habe es gefunden.«

»Willst du mir erzählen, was so wichtig ist, dass du dein Zeug wie wild überall verstreut hast?« Genevieves Wangen erröteten und sie sah zu Boden. »Hey, Evie, ich habe dich nur aufgezogen.«

Genevieve richtete den Blick wieder auf ihn und er sah es. Schmerz. Chasin war sich nicht sicher, ob er siegesreich mit der Faust in die Luft boxen wollte, weil sie ihre Maske abgenommen hatte und ihm einen echten Einblick gewährte, oder ob er denjenigen umbringen wollte, der für den Ausdruck auf ihrem hübschen Gesicht verantwortlich war.

»Das war nicht der Traum«, murmelte sie.

»Was, Baby?«

Er spürte, wie er sich versteifte. Sie hatte ihm bereits erzählt, dass er ihre Träume zerstört hatte, und er war sich nicht sicher, ob er es ertragen könnte, wenn sie es ihm noch einmal sagte.

»Mein ganzes Leben lang wollte ich zwei Dinge. Ich wollte singen und ich wollte eine Familie. Eine echte Familie. Ich habe mir den Arsch aufgerissen, um meinen Traum wahr zu machen. Ich habe hart gearbeitet, Chasin. Ich wollte es, ich war gierig danach und deshalb habe ich es geschafft. Aber das hier ist kein Traum, es ist ein Albtraum. Und ich spreche nicht nur von dem Grund, warum ich mich in Cliff City verstecke. Ich rede von allem, ich will das alles nicht mehr.«

Genevieve nahm einen zusammengefalteten Zettel aus der Tasche und hielt ihn hoch. »Ich habe mir einen Brief geschrieben. An dem Tag, an dem ich meinen ersten Plattenvertrag unterschrieb, schrieb ich das hier und versprach mir einige Dinge. Ich wollte niemals vergessen, wofür ich arbeite.«

»Hast du danach gesucht?«, fragte er.

»Ja. Ich nehme den Brief überallhin mit. Mein Versprechen an mich selbst.«

Er wusste, dass es kühn war, fragte aber trotzdem: »Darf ich ihn lesen?«

»Jetzt nicht. Eines Tages vielleicht.«

Chasin nickte, ohne von ihrer Abweisung beleidigt zu sein. »Willst du mir erklären, warum du so schick angezogen bist?«

»Bevor mein Vater ein schlimmer, nichtsnutziger Alkoholiker wurde, hat er mich etwas gelehrt – gestatte es den Menschen um dich herum niemals zu vergessen, wer das Sagen hat. Das ist eine beschissene Denkweise. Er war ein überhebliches Arschloch. Er dachte immer, das Geld seiner Familie würde ihn besser als alle anderen machen. Beziehungen in der Familie haben ihm damals seinen Job verschafft. Aber als seine Familie ihn verstieß, waren das Geld und die Beziehungen weg. Der Absturz war für ihn steil und schmerzhaft, und am Ende hatte er nichts mehr.«

Chasin wartete auf den Rest der Erklärung, denn er verstand in keiner Weise, was irgendetwas davon mit der Art zu tun hatte, wie sie angezogen war.

»Das hier wird den Eindruck erwecken, als sei ich eine Zicke, und nur als Warnung, wenn wir in deinem Büro ankommen, wird von Genevieve nichts mehr zu sehen sein. Melissa lässt mir keine andere Wahl und Len wird dafür bezahlen. Beiden muss ins Gedächtnis gerufen werden, dass Vivi Rush das Sagen hat, nicht sie. Ich bezahle sie, nicht umgekehrt. Und darüber hinaus verdient Melissa an mir mehr Geld als mit irgendeinem ihrer anderen Klienten. Sie hat einen Fehler gemacht und sie wird es zu spüren bekommen.«

Ah, jetzt verstand er.

Von Genevieves Seite war es ein Machtspiel.

»Gut für dich. Bevor wir losfahren, solltest du dir darüber bewusst sein, dass Jameson – unabhängig davon, wie dieses Treffen endet – ein Auge auf Len haben wird, bis er die Stadt verlässt.«

Genevieve zuckte mit den Schultern. »Hättest du mir das vor zwei Tagen gesagt, hätte ich dahingehend einige Bedenken gehabt. Aber jetzt bin ich fertig. Len ist hierhergekommen und in mein Privatleben eingedrungen, und das ist eine Grenze, von der Melissa weiß, dass sie nicht überschritten werden darf. Du solltest allerdings wissen, dass Len kein Interesse an mir hat.«

»Genevieve –«

»Ernsthaft, Chasin, wenn du ihn triffst, wirst du es verstehen. Ich habe die falschen Körperteile. Er hat kein Interesse an mir.«

»Er ist schwul?«

»Ich habe nie gefragt. Hauptsächlich weil es mich nichts angeht, aber auch, weil es mir egal ist. Ich meine das nicht böse, ich meine, es ist mir egal im Sinne von Liebe ist Liebe, unabhängig vom Geschlecht. Ich habe ihn nie mit einer Frau oder einem Mann gesehen. Aber er hat mich oder Bobby oder irgendeine andere Frau, in dessen Nähe er war, nie länger als notwendig angesehen. Und Melissa vertritt auch Models. In ihrem Büro herrscht kein Mangel an Schönheit. Ich habe das Gefühl, er steht auf Männer, aber er hält sein Privatleben auch aus dem Büro raus.«

Ihre Erklärung tat nichts, um den Knoten in seinem Magen zu lösen. Er deutete nicht auf das Offensichtliche hin – dass ein persönlich abgegebener Umschlag mit Bildern beim Haus ihres Onkels hinterlassen wurde und Len sich in der Stadt befand.

Das war mehr als ausreichend, um Lenard Summers auf die Liste der Verdächtigen zu setzen.

18

KAPITEL ACHTZEHN

Die Fahrt zu Chasins Büro trug in keiner Weise dazu bei, meinen Ärger zu besänftigen. Genauer gesagt, als ich erst herausfand, was für ein Aufwand es war, das Haus zu verlassen – denn ich wurde von einer Polizeieskorte begleitet –, war ich noch wütender. Jameson musste nicht nur seine Zeit damit verschwenden, zur Farm zu fahren, Jonny begleitete mich persönlich ins Büro.

Was für eine nervige Scheiße.

»Viv«, murmelte Bobby, als wir die Rezeption betraten, »ich kann –«

»Ich weiß, dass du dich darum kümmern kannst«, unterbrach ich sie. »Du kannst dich um alles kümmern. Und das tust du auch immer. Aber das hier ist etwas, das ich tun muss.«

»Das verstehe ich. Aber vielleicht solltest du darüber nachdenken, was du vorhast zu tun.«

Ich drehte mich zu meiner besten Freundin um, ließ die Vivi-Rush-Maske fallen und wartete. Ich spürte es in dem Moment, in dem sie mich sah. Ich hörte, wie sie hastig einatmete, und beobachtete, wie ihre Gesichtszüge sich entspannten. Verschwunden war meine Assistentin und Ansprechperson in Geschäftsentscheidungen und an ihre Stelle trat meine Freundin. *Roberta und Genevieve, seit Ewigkeiten beste Freundinnen.*

»Okay«, flüsterte sie. »Ich verstehe das, Süße. Ich werde an deiner Seite sein, ganz egal, was passiert.«

Und das würde sie. Sie interessierte sich nicht für Tourneen, Ruhm, After-Show-Partys, Prominente oder rote Teppiche. Sie interessierte sich für mich. Wie ich das vergessen hatte, war mir ein Rätsel.

»Wir werden eine Lösung finden. Ich verspreche, ich werde nicht –«

»Ich werde dir eine runterhauen, solltest du auch nur darüber nachdenken, das Wort *Gehaltsscheck* auszusprechen. Abgesehen davon habe ich bereits gekündigt, erinnerst du dich?« Sie lächelte.

»Ja, ich habe vergessen, es dir zu sagen, ich habe deine Kündigung nicht angenommen. Aber darüber sprechen wir, wenn wir wieder zu Hause sind. Ich glaube, du bist in eine andere Position befördert worden, ich weiß nur noch nicht, was deine Aufgaben sein werden. Aber ich glaube, es wird beinhalten, Leute zu finden, die meine Lieder kaufen.«

Ich konnte nicht aufhören zu grinsen, als sie überrascht zurückzuckte.

»Ernsthaft?«, hauchte sie.

Sowohl Melissa als auch Leslie versuchten seit Jahren, mich dazu zu bringen, meine Musik zu verkaufen. Das war etwas, bei dem ich standhaft dagegen war. Diese Lieder gehörten mir, sie waren ein Teil von mir und ich konnte mir niemals vorstellen, dass jemand anderes etwas sang, das aus meiner Seele kam.

Aber jetzt?

Jetzt wollte ich mit diesem Geschäft nichts mehr zu tun haben.

Aber weil ich nicht dumm war, würde ich, solange ich stinksauer war, keine Entscheidungen treffen, die ich nicht zurücknehmen konnte. Mit Ausnahme von einer Entscheidung – die würde ich treffen.

»Bringen wir es hinter uns, damit wir nach Hause fahren können und ich dieses dämliche Outfit ausziehen kann«, schlug ich vor.

»Wenn es dich tröstet, du siehst scharf aus.« Bobby lachte.

»Komm schon, Spaßvogel.«

Ich sah mich im Raum um und mein Blick landete auf Chasin. Er war mir nicht von der Seite gewichen, deshalb dachte ich mir bereits, dass er nicht weit wäre, obwohl wir uns im sicheren Büro der Gemini-Gruppe aufhielten. Er lächelte mich strahlend an und zwinkerte mir dann zu.

Es war blöd, dass er diese Seite von mir sehen würde. Es würde nicht hübsch werden, vermutlich eher hässlich, aber er machte keinen enttäuschten Eindruck, dass ich in der Lage war, mich in solch eine Zicke zu verwandeln. Er sah fast schon stolz auf mich aus.

Ich drückte die Schultern nach hinten, hob das Kinn und ging ruhigen Schrittes zum Konferenzraum, in dem Len auf mich wartete.

Als wir eintraten, erhoben sich Len, Nixon, Holden und Weston. Jameson und Jonny warteten vor der Tür. Sie hatten keinen Grund hineinzukommen, wenn die ganze Sache nur einige Minuten dauern würde.

»Vivi, schön, dich zu sehen«, begrüßte Len mich. Und zum ersten Mal nach all den Jahren, die ich ihn kannte, ließ er den Blick über meinen Körper wandern.

Seltsam.

»Len. Ich wünschte, ich könnte das Gleiche sagen.«

Er zuckte zusammen, bevor er seine Gesichtszüge glättete. »Hör zu, es tut mir leid. Ich wusste, dass du nicht erfreut sein würdest. Du kennst Melissa. Wenn sie sich etwas in den Kopf gesetzt hat, kann man sie nicht aufhalten.«

»Und was genau hat sie sich in den Kopf gesetzt?«, fragte ich.

»Können wir uns setzen?«, entgegnete er.

Ich sah mich eine Sekunde im Raum um. Nixon stützte sich mit den Unterarmen auf der Rückenlehne des Ledersessels ab, auf dem er gesessen hatte, und sah entspannt aus. Weston hatte die Position verändert und lehnte nun mit der Schulter an der Wand und Holden stand aufrecht und hatte die Arme unzufrieden vor der Brust verschränkt. Ich machte mir nicht die Mühe, hinter mich zu blicken, um Chasin anzusehen, denn ich wusste, dass seine Haltung der von Holden ähneln würde.

»Diese Sache wird nicht lange dauern, es gibt also keinen Grund, es uns bequem zu machen. Warum bist du hier?«

Len trat von einem Fuß auf den anderen und blickte sich um. Vermutlich spürte er die schlechte Stimmung, die im Konferenzraum herrschte und die nicht nur von den Männern, sondern auch von mir ausging. Er kam klugerweise schnell zur Sache.

»Melissa hat einige Bedenken, dass es wegen deines Privatlebens —«

»Privatleben?«

»Deine ... äh ... Probleme. Dass das neue Album sich verspäten wird.«

»Wie nett von meiner Managerin, dass sie besorgt ist«, sagte ich abfällig.

»Komm schon, Vivi, du weißt, dass ich es so nicht gemeint habe. Wir machen uns alle Sorgen um dich, Liebes, aber du kennst dieses Geschäft, du musst deinen Fans das geben, was sie wollen. Deine letzte Tour war sensationell, du musst ihnen mehr geben.«

Übersetzung: Deine letzte Tour hat vielen Leuten viel Geld eingebracht, meine Chefin eingeschlossen, und sie will mehr haben, weil sie ein gieriges, gefühlloses Miststück ist.

»Ich bin mir durchaus bewusst, was *meine* Fans wollen. Und was sie wollen, ist gute Musik. Und sie werden darauf warten, weil sie darauf vertrauen, dass ich ihnen geben werde, was sie wollen, wenn ich es zu geben bereit bin.«

»Bist du dir da sicher?«, fragte er bissig, bevor er vorsichtig seinem Gesicht einen neutralen Ausdruck verlieh.

»Sehr sicher. Was hat Melissa zu erreichen gehofft, indem sie dich schickt?«

»Sie hätte gern, dass du in Erwägung ziehst, wieder mit Bent zu schreiben.«

»Wer ist Bent?«, donnerte Chasin.

»Bent Bromley«, klärte Bobby ihn auf. »Er und Viv haben zuvor bereits zusammen Musik geschrieben.«

Bent war ein Arschloch. Er war darüber hinaus ein Egomane, der sich für den besten Liedermacher weit und breit hielt. Wenn man auf die Anzahl der Lieder schaute, die er in einem Jahr schrieb und verkaufte, lag er damit nicht ganz falsch, er war gut. Aber er war nicht der Beste. Und er nannte sich gern *Die Muse*, was einfach nur widerlich war. In der Vergangenheit hatte ich ein Lied mit ihm geschrieben, aber sowohl Bobby als auch Melissa gesagt, dass ich kein Interesse hätte, es noch einmal zu tun.

»Das wird nicht passieren, und Melissa weiß es. Sie hat deine Zeit verschwendet, als sie dich hierhergeschickt hat«, sagte ich zu Len.

»Vivi, er ist total scharf darauf, wieder mit dir zu arbeiten. Er hat ein paar tolle Ideen. Er hat uns etwas geschickt –«

»Len, ich werde dich an dieser Stelle unterbrechen. Aus

einer Vielzahl von Gründen will ich nicht sehen, was er geschickt hat. Erstens, ich arbeite nicht mit Bent, und alles, was er euch geschickt hat, sollte ich weder sehen noch hören und auch nichts darüber wissen. Zweitens wird Melissa in fünf Minuten eine Nachricht von meinem Anwalt erhalten, dass ich unsere Geschäftsbeziehung beende. Das bedeutet, dass ich nicht mehr ihre Klientin bin und aus diesem Grund keine weiteren Informationen erhalten darf.«

»Das kannst du nicht tun«, zischte er.

»Kann ich nicht?« Ich legte den Kopf zur Seite, stellte keck die Hüfte raus und stemmte die Hand hinein, bevor meine Gesinnung an die Oberfläche drang. »Denn ich glaube, ich habe es soeben getan. Und ich habe es nicht nur getan, Len, es gilt ab sofort. Melissa arbeitet nicht mehr für mich, was bedeutet, dass du es auch nicht mehr tust. Noch mal, es tut mir wahnsinnig leid, dass sie deine Zeit verschwendet hat. Du solltest zurück nach Tennessee fahren und das mit ihr klären.«

»Verdammt, Evie«, flüsterte Chasin neben meinem Ohr. Sein warmer Atem, der mich am Hals berührte, ließ mich erschaudern, und als er leise lachte, wusste ich, dass es ihm nicht entgangen war. »Wir werden über diesen sexy, gemächlichen Südstaatenakzent sprechen, wenn wir zu Hause sind. Es ist nicht das erste Mal, dass ich dich sauer gehört habe und er herausgekommen ist. Aber scheiße, Liebes, es wird jedes Mal schärfer und schärfer.«

Chasin legte die Hand an meine Hüfte und verwob unsere Finger miteinander.

Mein Blick war immer noch auf Len gerichtet, weshalb ich sah, wie er dorthin schaute, wo Chasin mich berührte. Er kniff die Augen zusammen und als er den Blick hob, um mich anzusehen, machte er sich nicht die Mühe, seine Abneigung zu verbergen.

Was zur Hölle war das denn?

»Das wirst du bereuen, Vivi«, sagte Len knapp.

Chasins Körper hinter mir wurde steinhart und er verstärkte schmerzhaft den Griff seiner Finger.

»Was genau werde ich bereuen?«

»Alles.« Er verzog angewidert den Mund und nahm seine Lederakte vom Tisch. »An deiner Stelle würde ich mich heute Nachmittag auf einen Anruf von Melissas Anwalt gefasst machen.«

»Das juckt mich nicht, mein Lieber, ich nehme diese Anrufe nicht an, mein Personal tut das. Aber sollte Melissa versuchen, mich direkt zu erreichen, werde ich das als Belästigung ansehen. Und wie du sehr gut weißt, habe ich bereits genügend Mist um die Ohren und fühle mich derzeit nicht unbedingt großmütig. Es wäre klug von ihr, es nicht zu versuchen.«

»Du denkst, du bist heißer Scheiß. Aber du wirst schon sehen. Du bist gar nichts.«

Lens Worte waren wie ein direkter Schuss und trafen mich mitten in die Brust, wo meine Unsicherheit lebte. Aber mit Chasin hinter und Bobby neben mir fuhr ich selbstbewusst fort.

»Richtig«, schnaubte ich. »Deshalb ist Bent auch *scharf darauf*, mit mir zu arbeiten, und das waren deine Worte. Und wenn ich nichts bin, wird es Melissa auch nichts ausmachen, das Geld zu verlieren, das ich ihr einbringe. So wie ich es sehe, weiß diese habgierige Kuh, dass ich etwas bin. Deshalb hat sie dich den langen Weg hierhergeschickt, damit ich mich mit meinem Album beeile. Das Problem ist, sie hätte selbst kommen sollen.«

»Ich sagte ihr, ich würde hierherkommen«, gestand er. Dann korrigierte er sich. »Sie hat Besseres zu tun, als nach Maryland zu fliegen.«

Es wurde Zeit, dieses Gespräch zu beenden. Nicht nur war bereits alles gesagt, ich spürte ebenfalls, wie ich von der Ungeduld des Mannes bedrängt wurde.

»Na ja, jetzt braucht sie sich gar nicht mehr mit mir herumzuschlagen. Hab einen schönen Tag, Len. Gute Reise.« Ich drehte mich zu Chasin um und fragte: »Bist du so weit?«

»Ja, Evie, ich bin so weit.« Er lächelte strahlend und unterdrückte ein Lachen.

»Wunderbar. Ich habe das Frühstück verpasst und bin am Verhungern.«

»In Ordnung. Wir werden auf dem Weg etwas essen.«

»Schon okay. Ich werde etwas machen, wenn wir zu Hause sind.«

Falls es möglich war, wurde sein Lächeln noch breiter. Ich betrachtete es, ließ mir von der Wärme die Haut bedecken und schloss es tief in mir ein.

DER RÜCKWEG zur Farm verlief schweigend. Während der gesamten Fahrt schaute Chasin zwischen dem einen und dem anderen Spiegel hin und her. Er hörte nie auf, sich umzublicken. Bobby ließ mich meinen Gedanken nachhängen, denn sie wusste, dass ich Zeit brauchte, um das Geschehene zu verdauen.

Und ich? Ich konnte nicht aufhören, an Len zu denken und daran, wie er mich angesehen hatte. Selbst als ich in Chasins Zimmer stand und das Chaos betrachtete, das ich zuvor angerichtet hatte, konnte ich nicht aufhören, darüber nachzudenken, wie anders Lens Verhalten gewesen war.

Ich zog mich rasch um, schlüpfte wieder in meine kurze Hose und das Trägerhemd und beschloss, die Unordnung in

Angriff zu nehmen, die ich angerichtet hatte, als plötzlich jemand an den Türrahmen klopfte.

»Hast du Hunger?«, fragte Chasin, als ich in seine Richtung blickte.

»Ja, aber zuerst muss ich das hier aufräumen.«

Er schaute zu Boden und ich ließ den Blick dorthin folgen. In meiner Eile, den Brief zu finden, weil ich gedacht hatte, ich hätte ihn verlegt, hatte ich alles aus meinem Koffer genommen und achtlos im Zimmer verteilt. Überall lagen Kleidung und Schuhe verstreut.

»Warum hast du nicht ausgepackt?«, fragte Chasin.

Sein Tonfall war angespannt und ich war mir nicht sicher, ob er unglücklich wegen des Zustandes seines Zimmers oder immer noch sauer wegen der Konfrontation mit Len war.

»Weil ich es gewohnt bin, aus dem Koffer zu leben, und du wirklich freundlich warst, mir das große Schlafzimmer zu überlassen. Ich wollte nicht noch tiefer in deine Privatsphäre eindringen.«

Das war die Wahrheit. Aber ein Teil von mir hatte nicht erwartet, dass ich lange hier sein würde, und aus irgendeinem Grund schien der Gedanke daran, auszupacken und meine Sachen mit denen von Chasin zu vermischen, zu intim. Und wenn es Zeit wäre zu gehen, würde es auf diese Weise nur noch mehr wehtun, meine Sachen aus seiner Kommode und seinem Schrank zu nehmen und sie wieder einzupacken. Deshalb hatte ich alles in meinen Koffern gelassen.

»Ich habe dir doch gesagt, dass es mir nichts ausmacht.«

»Aber *mir* macht es etwas aus«, fuhr ich ihn an und Chasin zuckte zusammen. »Tut mir leid, das klang böser als beabsichtigt. Die Sache mit Len macht mir immer noch ein wenig zu schaffen.«

»Ja, lass uns über ihn sprechen. Liebes, ich hasse es, dir sagen zu müssen, dass du bei ihm vollkommen danebengelegen hast. Er hat dich nicht nur angesehen, es gefiel ihm auch nicht, dass ich dich angefasst habe. Und ich hoffe, du verstehst, dass ich das mit Absicht getan habe.«

»Was hast du mit Absicht getan?«

Bitte liege falsch. Bitte liege falsch.

Ich stand wie angewurzelt da und mich überkam ein unangenehmes Gefühl. Etwas, das sich wie Furcht anfühlte. Ich wollte falschliegen in Bezug darauf, warum Chasin während meiner Auseinandersetzung mit Len nahe bei mir stand. Ich wollte falschliegen, warum er mir ins Ohr geflüstert und unsere Finger miteinander verwoben hatte.

Aber ich glaubte nicht, dass ich falschlag.

»Evie –«

»Was hast du mit Absicht getan, Chasin?«

Er neigte den Kopf zur Seite und führte seine übliche Musterung durch. Allerdings machte ich mir dieses Mal nicht die Mühe zu verbergen, dass etwas nicht stimmte.

Bitte liege falsch.

»Warum –«

Verdammte Scheiße.

»Alles, was in deinem Büro passiert ist, war nur Show? Du standst nicht nahe bei mir, um mich zu unterstützen, du hast es getan, damit du Lens Reaktion beobachten kannst. Habe ich recht?«

»Moment bitte!« Chasin hob die Hände und kam einen Schritt auf mich zu. »Du interpretierst viel zu viel in das, was passiert ist, hinein. Ich *stand* dort und habe dich *still* unterstützt. Zu jedem anderen Zeitpunkt hätte ich dich niemals angefasst, während du im Grunde genommen in einer Geschäftsbesprechung warst. Aber ja, ich wollte ihn einordnen, also habe ich dich berührt, um zu sehen, ob er darauf reagiert. Und das hat er getan, Genevieve. Er hat es ebenso wenig versteckt.«

»Richtig.«

»Baby, warum siehst du aus, als hätte ich dir soeben einen Schlag in den Magen verpasst?«

Weil du genau das getan hast.

»Das hast du nicht. Schon verstanden, ich sehe, warum du dieses Schauspiel abgezogen hat. Ich werde hier aufräumen, dann komme ich runter.«

»Nein. Auf keinen Fall. Reiß sie ein. Ich sehe, dass du eine Mauer aufbaust und die Steine bereits hoch aufeinanderliegen. Bring sie zum Einsturz.« Chasins Tonfall war schroff und mit einer guten Portion Verärgerung durchsetzt.

»Ich bin es wirklich leid, dich über Mauern reden zu hören«, fuhr ich ihn an.

»Dann hör auf, sie zu bauen.«

Oh Gott, er bringt mich zur Weißglut.

»Du weißt, dass ich heute meine Managerin gefeuert habe. Es wird mich ein verdammtes Vermögen kosten, mit ihr zu streiten, wenn sie versucht, mich zu verklagen, und das wird sie, weil ich ihr einen Haufen Geld einbringe. Darüber hinaus bin ich erschöpft, die Rolle des zickigen Countrymusik-Stars Vivi Rush spielen zu müssen. Dieser Mist nimmt mir immer die Kraft, aber nachdem ich wochenlang ich selbst sein durfte, war es scheiße, wieder in diese Rolle schlüpfen zu müssen. Vielleicht habe ich ebenfalls gerade meine Karriere ruiniert. Gut, es ist eine Karriere, von der ich mir ziemlich sicher bin, dass ich sie nicht länger haben will, aber ich kann es mir trotzdem nicht leisten, sie zu zerstören, bis ich an ihrer Stelle etwas anderes habe. Ist es dir bei alledem also möglich, etwas nachsichtig mit mir zu sein?«

»Nein.«

»Nein?«

»Nein. Ich habe dir gesagt, dass ich dir keine Chance geben werde, dich vor mir zu verstecken. Wenn du sauer bist und einen Höhenflug erlebst, gibst du mir diese kleinen Teile von dir. Aber wenn du mit deinem Wutausbruch fertig bist, versuchst du sofort, dich zurückzuziehen. Die Antwort lautet nein und wird auch weiterhin nein lauten. Lass uns unser Gespräch von vorhin beenden. Du wolltest mir gerade erzählen, dass du dir wegen etwas unsicher bist.«

Ich bekam ein emotionales Schleudertrauma. Chasin bedrängte mich – schon wieder –, aber ich war nicht bereit, ihm meine komplette emotionale Last zu Füßen zu legen.

»Bist du meinen Mist nicht mittlerweile leid?«

In meinem Kopf wirbelte jede Menge Scheiß herum, der sich im Kampf um die Vorherrschaft miteinander vermischte. Es war ein Wettrennen darum, welcher Teil meines verkorksten Lebens mich in eine geschlossene Anstalt bringen würde. Ich war der Meinung, dass die verrückten Teile, in denen Chasin vorkam, gewinnen würden.

Wenn ich ein Schleudertrauma hatte, so musste er kurz davor stehen, sich in der Badewanne zu ertränken.

Ich verhielt mich wie eine Verrückte und zwar so sehr, dass ich mehr als peinlich berührt war. Und bei allem, was in meinem Kopf herumwirbelte, entging mir seine Annäherung. Mir entging jedoch nicht, dass er die Arme um mich schlang und mich an sich zog.

»Kein bisschen.«

»Und ich habe mir Sorgen gemacht, dass ich diejenige bin, die kurz davor steht, zwangseingewiesen zu werden. Aber jetzt erkenne ich, dass du der Verrückte bist. Kein vernünftiger, normal denkender Mensch würde ...« Ich verstummte, als ich spürte, wie sein Körper anfing zu beben. »Lachst du?«

»Scheiße, ja.« Er gluckste regelrecht.

»Was ist so lustig?«

»Du.«

»Ich meine es ernst. Ich bin vollkommen lächerlich.«

Chasin nahm einen Arm von meiner Hüfte, fuhr mit ihm über meinen Rücken und ergriff mich im Nacken. Seinen anderen beließ er, wo er war, und verstärkte den Griff. Er presste die Lippen auf meine und schob mir die Zunge in den Mund. Feucht, tief und hart.

Genau wie das erste Mal, als er mich küsste, und all die Male, die darauf folgten, wurde ich in einem Strudel der Empfindungen weggeschwemmt. Chasin zu küssen war eine Ganzkörpererfahrung. Ich spürte überall ein Kribbeln – von meinem Oberkopf bis zu den Zehenspitzen stand ich in Flammen.

Gebrandmarkt.

Beansprucht.

Ich schätze, Chasin fand mich nicht ganz so lächerlich.

Gut zu wissen.

19

KAPITEL NEUNZEHN

Das war Chasins erster Gedanke, als sein Mund den von Genevieve berührte. Dann verschwanden alle seine Gedanken, als er die Hand in ihrem Nacken nach oben schob, ihr Haar ergriff und einen ohnehin schon tiefen Kuss noch weiter vertiefte. Er bekam einfach nicht genug. Sie gab und er nahm, bis sein Schwanz, der zwischen ihren beiden Körpern eingeklemmt war, zuckte und sie anfing zu summen. Er kannte diesen Laut, liebte es, ihn zu hören und die Vibration zu spüren, während er sich seinen Weg durch ihre Brust bahnte, bis er das erregte Zittern schmecken konnte. So sehr er ihren Geschmack liebte und die Art, wie sie sich anfühlte, so sagte Chasin dieser Laut jedoch, dass sie kurz vor ihrem Umkehrpunkt stand. Kleidungsstücke würden plötzlich verschwinden und sie würde sich auf dem Rücken in seinem Bett wiederfinden, wenn er diesem Kuss kein Ende setzte.

Er leckte noch einmal langsam über ihre Unterlippe, lehnte sich zurück und öffnete die Augen gerade rechtzeitig, um zu sehen, wie sie das Gleiche tat. Benommen, träge, hungrig. Oh Gott, wie schön sie war.

Er legte seine Hand an ihre Wange, fuhr mit dem Daumen über ihre raue Lippe und wischte den Beweis ihres Kusses fort.

»Chasin.«

Er drückte die Hüften automatisch nach vorn, als er das bedürftige Jammern hörte.

»Später, Evie.«

»Jetzt.«

Chasin drückte die Lippen erneut auf ihre und das federleichte Streicheln entlockte Genevieve ein weiteres, leises Summen. Er lächelte.

»Später, Baby. Bobby ist unten.«

Und als sei es Magie, Bobbys Namen zu murmeln, stand sie plötzlich vor ihnen.

»Hoppla«, murmelte Bobby und Chasin sah sie an. »Äh. Es tut mir wirklich leid. Dein Telefon vibriert wie verrückt und unten sind Leute, die mit dir sprechen wollen.«

Das reichte aus, damit der sexerfüllte Nebel sich verzog und er in einen Alarmzustand versetzt wurde.

»Du hast jemanden ins Haus gelassen?«, fragte er.

»Ja ...«

»Scheiße!« Er machte sich von Genevieve los.

Chasin war sich nicht sicher, auf wen er wütender war: auf sich selbst, weil er sein Handy auf dem Küchentisch liegen gelassen und sich dann so sehr in Genevieve verloren hatte, dass er das Türklingeln überhörte, oder auf Bobby, weil sie dummerweise die Tür geöffnet hatte.

»Du hättest nicht aufmachen sollen«, schnauzte er sie an und ging zur Tür. »Ihr bleibt beide hier oben.«

»Ich bin nicht dumm«, verteidigte Bobby sich. »Ich habe sie nur geöffnet, weil sie steinalt sind und ernsthaft –«

»Was hast du gesagt?«

»Sie sind alt.«

Chasin spürte eine Furcht, die sich in seiner Brust ausbreitete.

Gottverdammt.

Bevor er unten an der Treppe angekommen war, wusste er bereits, wer gekommen war.

Und als sein Blick auf seine Mutter fiel, wurde die Furcht zu Eis.

»Was zum Teufel tust du hier?«, knurrte er.

Sein Vater zuckte zusammen, seine Mutter wurde sofort selbstgefällig.

»Wir dachten, da unser einziger Sohn zu beschäftigt ist, uns zu besuchen, kommen wir eben zu ihm.«

Chasin hörte, wie sein Handy auf dem Tisch klapperte, und begab sich dorthin. Er ignorierte die Beschwerde seiner Mutter, dass er unhöflich sei.

»Ja«, antwortete er.

»Verdammt noch mal«, beklagte Nixon sich. »Ich habe versucht, dich zu warnen, dass diese beiden Parasiten auf dem Weg zu dir sind.«

»Oh mein Gott! Sind Sie Vivi Rush?« Chasin hörte den aufgeregten Aufschrei seiner Mutter.

Verdammt, verdammt, verdammt.

»Ich schätze, ich bin zu spät«, sagte Nix.

»Meine Schuld. Ich hatte mein Handy nicht bei mir«, entgegnete Chasin, als er zusah, wie Genevieve und Bobby die Treppe herunterkamen.

Sobald er seine Eltern losgeworden war, musste er sich mit Genevieve darüber unterhalten, was es hieß, Anweisungen zu befolgen.

»Ich bin schon unterwegs«, sagte Nix.

»Nicht nötig. Sie werden weg sein, bevor du hier eintriffst.«

Bei seinen Worten sah Genevieve ihn an und zum

zweiten Mal an diesem Tag war seine Frau verschwunden und hatte die Mauern hochgezogen. Sie hatte bereits zugegeben, dass es sie erschöpft hatte, sich mit Len auseinanderzusetzen. Sie brauchte dieses neueste Drama genauso wenig wie ein Loch im Kopf. Und es würde ein Drama werden. Chasins Mutter war die Königin der Theatralik und Zickenkriege.

Wenn sie allerdings auf ihn gehört hätte und oben geblieben wäre, hätte sie nicht Vivi Rush zum Vorschein bringen müssen.

Verdammt noch mal.

»Ich muss auflegen.« Er trennte die Verbindung, steckte das Telefon in seine Hosentasche und ging zu Genevieve, um seine Mutter abzufangen, die sich ihr bereits näherte.

»Bleib stehen«, warnte er seine Mutter.

»Was?«, nörgelte Nancy.

»Warum seid ihr hier?«

»Ich habe dir doch gesagt warum. Als wir das letzte Mal miteinander sprachen —«

»Als wir das letzte Mal miteinander sprachen, habe ich mich deutlich ausgedrückt, dass ich euch nicht besuchen werde. Also, komm zur Sache, warum seid ihr hier?«

Chasin sah zu seinem Vater. Der Mann hatte sich nicht bewegt und musterte stattdessen Genevieve.

Ein Gefühl der Übelkeit kroch Chasin den Rücken hinauf und als Will Murray seinen kalten, toten Blick auf Chasin richtete, versteifte er sich. Nicht weil der Blick seines Vaters vollkommen leblos war, daran hatte er sich bereits gewöhnt. So wie Chasin es sah, war sein Vater jeden Tag ein wenig gestorben, seit er erfahren hatte, dass er ein verlogenes, betrügerisches Miststück geheiratet hatte. Aber das war nicht Chasins Problem. Es hatte aufgehört, sein Problem zu sein, als er achtzehn wurde und dem Bordell entfloh, das sein Elternhaus war.

Nein, Chasin versteifte sich, weil sein Vater seine Frau mit einem Blick aus Abscheu mit einem Hauch von Lust ansah.

»Was zur Hölle?«, knurrte Chasin.

Seine Wut war noch nicht so weit fortgeschritten, dass er nicht spürte, wie Genevieve sich neben ihm an ihn drückte und ihre Hand in seine schob. Er wandte zu keinem Zeitpunkt den Blick von seinem Vater ab, deshalb entging ihm auch nicht seine Reaktion. Und ähnlich wie Len vorhin verzog Will angewidert den Mund.

Was zur Hölle?

»Wir müssen uns mit dir unterhalten und da du unsere Einladungen, nach Hause zu kommen, abgelehnt hast, hast du uns keine Wahl gelassen«, sagte seine Mutter, doch er würdigte sie keines Blickes. »Chasin, hörst du mir zu?«

»Sei still.«

»Sprich nicht so mit mir«, murrte sie.

Und das war das Stichwort für das Drama.

»Ich bin deine Mutter«, fuhr sie fort. »Wie kannst du es wagen?«

Chasin spürte, wie der erste Faden seiner Wut zerriss.

»Wie *ich* es wagen kann? Wie kannst *du* es wagen, dich hier einzuschleichen und in mein Leben einzudringen? Ich werde es dir erklären. Ich komme nicht zu Besuch, weil ich deine verlogene Visage nicht sehen will. Ich rufe nicht an, weil mir von dem Klang deiner Stimme übel wird.«

Genevieves Körper erstarrte und Chasin drehte sich um, um sie anzusehen. »Geh wieder nach oben, Babe. Sie werden in einer Minute verschwunden sein und dann bin ich wieder bei dir.«

Sie schüttelte deutlich den Kopf und zog sich weiter zurück.

Was sollte der Scheiß?

»William, wirst du denn gar nichts sagen? Oder wirst du es zulassen, dass dein Sohn so mit mir spricht?«

Herrgott.

»Ernsthaft, Baby, du brauchst diesen Scheiß nicht zu hören. Sie wird nur lauter werden. Du hattest einen anstrengenden Tag. Geh mit Bobby nach oben.«

»Nein, Liebster, es geht mir gut«, flüsterte sie und Will lachte schallend auf.

Alle Blicke wurden auf Will gerichtet und Chasin spürte, wie etwas Böses die Luft erfüllte, als Wills Lachen verstummte. Es war dick und klobig und ganz egal, wie sehr Chasin sich bemühte, er konnte den Kloß in seinem Hals nicht herunterschlucken.

»Ich habe dich nie für dumm gehalten«, begann Will und der Raum wurde elektrisch. Der Großteil der Feinseligkeit prallte an der Frau ab, die dicht neben ihm stand. Er verstand ihre Reaktion nicht und sein Vater gab ihm keine Zeit, dieses Gefühl zu verarbeiten, bevor er fortfuhr. »Ich dachte, du hättest gelernt. Alles, was du gesehen hast, was deine Mutter zu verbergen sich nicht einmal die Mühe gemacht hat, ich dachte, du würdest von allein darauf kommen. Wie ich sehe, war das nicht der Fall.«

»Wovon zur Hölle sprichst du?«, fragte Chasin zornig.

»Junge, du bist solch ein Narr. Du glaubst, dass deine Mutter die Gelegenheit hatte, während ich jeden Tag bei der Arbeit war und dafür gesorgt habe, dass wir Geld auf der Bank und etwas zu essen auf dem Tisch hatten. Was glaubst du, was sie hier tun wird?« Sein Vater deutete auf Genevieve und schüttelte den Kopf. »Verdammt, Junge, diese Frau da, reich, berühmt, von gut aussehend ganz zu schweigen, wird dir das Herz brechen.«

Bevor Chasin eine Chance hatte, auf den Mist zu antworten, den sein Vater von sich gegeben hatte, löste Genevieve sich aus seinen Armen und stellte sich vor ihn. Und in einer Aktion, über die Chasin gelacht hätte, wäre er nicht so verdammt sauer gewesen, trat auch Bobby vor ihn und stellte sich neben Genevieve.

»Hat er mich eben eine Hure genannt?«, fragte Genevieve im Plauderton.

»Ja. Ich glaube, das war es, was er andeuten wollte«, antwortete Bobby in dem gleichen Tonfall.

»Ist *er* dumm?«, fuhr Genevieve fort. Chasin sah, wie ihr Kopf sich bewegte, aber da sie vor ihm stand, konnte er sich nicht sicher sein, wenngleich er sich vorstellte, dass Genevieve seine Mutter ansah. Die Frau war nicht gut gealtert. Sie war einmal sehr hübsch gewesen – ein Grund, warum Männer regelmäßig zu ihr ins Bett gestiegen waren. Jetzt sah sie abgenutzt und alt aus. »Und Sie? Sie haben das getan«, zischte Genevieve.

»Sie haben nichts –«

»Was habe ich nicht? Ich habe nichts zu sagen, nachdem Ihr Mann mich soeben mit *Ihnen* verglichen hat?«, fauchte Genevieve und in ihrem starken Südstaatenakzent schwang Herablassung. »Sie sind unaufgefordert hier erschienen, obwohl Sie genau wussten, dass Chasin Sie nicht sehen will. Und das kann keine Überraschung sein nach dem, was Sie ihm angetan haben.«

Dann fuhr sie mit dem Kopf zu seinem Vater herum. Sie hob den Arm und zeigte mit dem Finger direkt auf ihn. »Der einzige Narr in diesem Raum sind Sie, und wagen Sie es *niemals* wieder, mich noch einmal mit dieser Frau zu vergleichen. Und noch etwas. Unterstellen Sie Chasin nie wieder, dass er ein schwaches, armseliges Exemplar von einem Mann ist, das sich erst ein Stück Dreck aussucht und es dann duldet, wenn es sich von anderen Männern vögeln lässt. Und damit das klar ist, er hat gelernt – oh ja, er hat gelernt. Sie hat ihm

Misstrauen und Argwohn beigebracht und Sie haben ihn gelehrt, wie Schwäche aussieht.«

Je länger Genevieve sprach, desto enger wurde das Gefühl in Chasins Brust, bis er dachte, er würde aufplatzen. Sein Herz hämmerte schmerzhaft gegen seine Rippen, aber zum ersten Mal in seinem Leben war es nicht aus Wut. Die Emotionen, die sich in ihm befanden, waren so ungewohnt, dass ihm keine Worte einfielen, um sie zu beschreiben. Er wusste nur, dass es sich gut und richtig anfühlte und dass er niemals aufhören wollte, so zu empfinden.

»Das reicht, Evie.« Seine Stimme klang rau in seinen eigenen Ohren und als Genevieve über die Schulter blickte und ihm in die Augen sah, wusste er, dass er es sich nicht eingebildet hatte.

»Es kann nicht sein, dass sie in dein Haus kommen und —«

»Babe, ernsthaft, hör mir zu. Sie sind bedeutungslos. Fünf Minuten nachdem sie gegangen sind, werde ich wieder vergessen haben, dass sie existieren. Ich weiß zu schätzen, was du zu tun versuchst, aber du wirst zu keinem von ihnen durchdringen.«

Er sah zu, wie sie die Augen zusammenkniff und ihr Körper sich anspannte. »Es ist nicht richtig«, flüsterte sie.

Sie hatte recht, an der Tatsache, dass seine Eltern sich in seinem Haus aufhielten, war rein gar nichts richtig. Aber er würde verdammt sein, wenn er irgendeinem von ihnen den anhaltenden Schaden zeigte, den ihr Mist bei ihm angerichtet hatte.

»Vertrau mir.«

Ihm war nicht klar, dass er den Atem anhielt, bis sie mit einem Nicken zurücktrat und sich wieder unter seinen Arm kuschelte. Dieses Mal legte sie die Hand auf die linke Seite seiner Brust und stellte sich leicht vor ihn.

Sie hatte ihn für sich beansprucht und verdammt, es fühlte sich großartig an. Da er es niemals zuvor empfunden hatte, gestattete er sich einen Augenblick, um das Gefühl zu genießen. Bis die schrille Stimme seiner Mutter ertönte und Chasin zurück in die Situation katapultierte.

»Das ist absurd.«

Chasin war so sehr fertig mit den beiden, dass es ein Wunder war, wie lange er sich zusammengerissen hatte.

»Geht«, forderte er.

»Aber wir sind den ganzen Weg hierhergekommen, um mit dir zu sprechen.«

»Zu spät. Ich habe euch gefragt, warum ihr hier seid. Stattdessen seid ihr in mein Haus eingedrungen ... verdammt, vergesst es. Ist auch egal. Geht einfach.«

»Sohn«, begann sein Vater, sprach aber klugerweise nicht weiter, als Chasin ihn mit einem harten Blick bedachte.

»Es gibt rein gar nichts, das ich von dir hören will. Jahre. Verdammt, mein ganzes Leben habe ich darauf gewartet, dass du aufwachst und sie verlässt. Mir zeigst, dass sich unter dem jämmerlichen Schwachsinn ein Mann befindet, zu dem ich eines Tages eine Beziehung haben könnte. Ich dachte, wenn ich erst achtzehn bin und du keine Verantwortung mehr für mich hast, würdest du sie verlassen und ich könnte zumindest einen Elternteil haben. Aber jedes Mal, wenn ich zu Besuch kam, hatte sie dich mehr eingeschüchtert und du hast dich wie ein Trottel verhalten. Deine Frau hat in deinem Bett mehr Männer gevögelt, als du zählen kannst.«

Chasin ballte die Fäuste. »Das ist widerlich. Widerlich und traurig. Aber dir ist es egal. Und schlimmer noch, es war dir egal, dass ich es gesehen habe. Es war dir egal, dass diese Sache zu bezeugen meine Sicht auf Frauen verzerrt hat. Du hast mit deiner dysfunktionalen Ehe einfach weitergemacht und wenn du in ihrem Dreck an der Reihe warst, hast du es geschehen lassen. Schaut mich beide noch einmal gut an, denn das hier ist das letzte Mal, dass irgendeiner von euch mich sehen wird. Es gibt keine einzige Sache, die ich von irgendeinem von euch brauche.«

Er schüttete angewidert den Kopf. »Aber ich weiß, warum ihr hier seid. Ich weiß, dass ihr etwas von mir braucht. Ich weiß, dass Dad seinen Job verloren hat und ihr mit den Hypothekenzahlungen für das Haus sechs Monate im Rückstand seid und den Zwangsvollstreckungsbescheid bekommen habt.«

»Wenn du es wusstest, warum hast du dann gefragt?«, dröhnte Wills Stimme.

»Weil ich sehen wollte, ob du den Mut hast, deinen Sohn um Geld zu bitten. Aber das hast du nicht getan. Wie immer hast du deiner Frau die Kontrolle über das Gespräch überlassen. Das war ein Fehler deinerseits, da du weißt, wie sehr ich diese Frau hasse. Sechs Monate lang habe ich auf einen Anruf gewartet, der nie gekommen ist. Und hättest du mich gestern um das Geld gebeten, hätte ich es dir gegeben. Aber nach dem Mist, den du zu meiner Frau gesagt hast, werde ich dir keinen einzigen Cent geben.«

»Chasin«, flüsterte Genevieve und drückte die Handfläche stärker gegen seine Brust.

»Nein, Evie. Du hast es genau richtig erkannt. Er hat einen Blick auf dich an meiner Seite geworfen, auf deine Schönheit, und dich eine Hure genannt. Niemand, und ich meine *niemand*, ist respektlos zu dir. Sie werden nicht urteilen, sie werden keinen Mist erzählen und sie werden dich nicht anders betrachten als den perfekten Menschen, der du bist. Es interessiert mich einen Dreck, wenn es sich bei dieser Person um meinen Vater handelt. Es wird nicht passieren.«

»Wir werden das Haus verlieren«, zischte Nancy.

»Gut.« Chasin zuckte mit den Schultern. »Dieser Ort der

Verkommenheit hätte schon vor Jahren niedergebrannt werden sollen.«

»Das meinst du doch nicht so. Wir werden –«

»Ich meine es so tief in meiner Seele, dass ich nicht einmal erklären kann, wie tief dieser Mist reicht. Wie ihr denken könnt, dass mich ein Haus interessiert, an das ich nichts als furchtbare Erinnerungen habe, ist mir ein Rätsel. Ich habe dir zugesehen, Mutter. Ich habe dich *gehört*. Stört dich das denn nicht einmal ein klein wenig? Dass dein eigenes Kind gehört hat, wie du es in dem Schlafzimmer getrieben hast, das du mit meinem Vater geteilt hast?«

Versteinertes Gesicht und angriffslustig. Nancy Murray war Abschaum, Chasin wusste es bereits sein ganzes Leben, aber als er sah, dass die Frau, die ihn auf die Welt gebracht hatte, einen sturen und reuelosen Eindruck machte, drehte sich ihm der Magen um. Die Galle stieg in ihm hoch und wenn Genevieve ihn nicht festgehalten hätte, wäre er wohl nicht in der Lage gewesen, auf den Beinen zu bleiben.

So ungern er es auch zugeben wollte, ganz tief in seinem Herzen gab es einen kleinen, dunklen Ort, an dem das kleine Kind, das er einst war, immer noch hoffte, dass seine Mutter irgendeine Art von Reue empfand.

Aber das tat sie nicht.

Sie würde es niemals tun.

»Raus!«, brüllte Bobby. »Verschwinden Sie verdammt noch mal sofort aus diesem Haus, bevor ich die Polizei rufe.«

Chasin wollte nach vorn treten, doch Genevieve hielt ihn fest. »Lass sie. Sie verdienen es nicht, die gleiche Luft zu atmen wie du, Liebling. Überlasse es ihr, sie loszuwerden.«

Eine Spur von Wärme breitete sich in ihm aus. Dann brannte sie so heiß, dass sie die Säure neutralisierte, die in seinem Magen umherschwappte. Nicht nur von seiner letzten unangenehmen Begegnung mit seinen Eltern, sondern von dem jahrelangen ätzenden Abfall, für den er nie einen Weg gefunden hatte, ihn zu entsorgen.

Doch Genevieve hatte nur ein paar Worte und eine Berührung gebraucht, um alles zum Verschwinden zu bringen.

Chasin wusste es seit dem Tag, an dem er sie getroffen hatte, und selbst mit dem Wissen hätte er es beinahe versaut und sie verloren. Aber jetzt wurde ihm klar, dass er nicht der Narr war, der sein Vater ihn beschuldigt hatte zu sein. Er war so weit davon entfernt, er würde diese Frau an seiner Seite niemals gehen lassen.

Genevieve Ellison war einzigartig.

Seine perfekte Partnerin.

Einfach nur *seine*.

20

KAPITEL ZWANZIG

Es gab so vieles, worüber ich mit Chasin sprechen musste. Aber Bobby hatte lustigerweise seine Eltern aus dem Haus geworfen – und das war nur deshalb lustig, weil Bobby ein kleines, wildes Wutbündel war und Chasins Vater, wenngleich älter, kein kleiner Mann war. Trotzdem kam er gegen Bobbys Temperament nicht an. Während Bobbys Wutausbruch war Chasin an meiner Seite geblieben, während ich die Arme fest um ihn geschlossen hatte.

Dann änderte sich seine Stimmung.

Ich war wirklich nervös, eine Grenze überschritten zu haben. Ich meine, ich hatte seine Mutter als Hure bezeichnet und konnte mich nicht erinnern, ob ich seinen Vater, weil ich so furchtbar aufgebracht war, vielleicht dumm genannt hatte.

In dem Moment, in dem sich die Tür hinter seinen Eltern schloss, passierte etwas. Chasin war geistig nicht mehr anwesend. Nachdem er sich davon überzeugt hatte, dass mit mir alles in Ordnung war, drehte er sich zu Bobby um und kümmerte sich um sie. Als sie verkündete, dass seine Eltern riesengroße Arschlöcher seien – wobei ich wegen ihrer Aussage zusammenzuckte, weil sie immer noch seine Eltern waren, nicht weil es nicht stimmte –, ging er mit mir zurück in sein Schlafzimmer, sagte, ich solle auspacken, küsste mich noch einmal und teilte mir dann mit, er müsse dringend ins Büro fahren.

Ich verstand diesen Wandel nicht. Ich verstand ebenso wenig, warum er zurück ins Büro fuhr, wo wir doch gerade erst dort gewesen waren, stellte es aber nicht infrage.

Durch das Schlafzimmerfenster sah ich zu, wie er zu seinem Wagen ging. Er wartete, bis Holden von seinem Airstream-Wohnwagen zu ihm kam, und die beiden hatten einen kurzen Wortwechsel, den ich nicht hören konnte. Dann fuhr Chasin davon und Holden betrat das Haus.

Ich hatte alle Jungs kennengelernt, mit denen Chasin zusammenarbeitet. Jameson Grant war der Furchterregendste der Truppe. Er sah aus, als könne er jemanden in zwei Teile zerreißen. Aber wie ich neulich sah, als Bobby wie ein Wasserfall plapperte, veränderte er sich vollkommen, wenn er lächelte.

Alec Hall war der Zweitgruseligste und Nixon Swagger belegte den dritten Platz. Weston machte einen fröhlichen und entspannten Eindruck, aber dann lernte ich seine Frau Silver und ihr Baby Dylan kennen und kam zu dem Entschluss, dass diese beiden der Grund dafür waren, dass er so viel lächelte. Nicht dass die anderen Jungs nicht glücklich aussahen – das taten sie absolut, wenn ihre Frauen in der Nähe waren –, sie waren nur anders, wenn sie im Büro waren.

Aber Holden kam mir wie jemand vor, der von ihnen allen eine wahrhaftige Nach-mir-die-Sintflut-Haltung hatte. Wenngleich Chasin auch so war, bevor ihn mein ganzes Drama mit voller Wucht erwischt hatte.

Als Holden das Haus betrat, war sein Kiefer angespannt und seine Miene versteinert. Von ihm ging eine ernsthafte

Bring-mich-nicht-auf-die-Palme-Stimmung aus. Das beunruhigte mich, weil ich Angst hatte, dass mein Bedürfnis, einen Aufpasser zu brauchen, das unterbrochen hatte, was er in seinem Wohnwagen tat. Wenn ich darüber nachdachte, war es seltsam, dass er während eines Arbeitstages zu Hause war, aber ich hatte nicht vor, ihn zu fragen, warum er nicht im Büro war. Erstens wäre es anmaßend von mir und zweitens ging es mich nichts an.

Aber weil ich seinen Blick nicht ignorieren konnte, fragte ich: »Alles in Ordnung?«

»Wie schlimm war es?«, gab Holden zurück.

»Der Showdown mit den Murrays?«, fragte ich. Als Holden nickte, sagte ich: »Auf einer Skala von eins bis zehn, wobei eins eine nette Familienzusammenkunft ist und zehn die schlimmsten Eltern in der Geschichte, war es eine Neun. Und nur weil meine Eltern eine Zehn sind und ich deshalb weiß, dass es noch schlimmer werden kann als das, was sich zugetragen hat. Aber ich glaube, für Chasin war es eine Zehn.«

Holden starrte mich weiterhin an und die Muskeln in seinem Gesicht machten Überstunden, um seine Miene im Zaum zu halten, wenngleich sie nicht in der Lage waren, das Zucken seiner Wange zu kontrollieren, immer wenn er mit den Zähnen knirschte.

»Ich kann diese beiden verdammt noch mal nicht ausstehen. Nancy noch weniger als Will. Aber verflucht, diese zwei sind die Definition von Arschlöchern.«

Ich war der Meinung, dass Holden mit der Beschreibung, welche Art Mensch Chasins Eltern waren, extrem untertrieb, aber ich hielt die Klappe.

»Bist du okay?«, fragte er.

»Ich? Warum sollte ich nicht okay sein? Chasin ist es, um den ich mir Sorgen mache. Sein Vater hat sich ihm gegenüber wie ein totales Arschloch verhalten. Ihn dumm genannt, mich als Hure und – um beim Thema zu bleiben – Chasin als einen Narren bezeichnet, weil er mit mir zusammen ist, denn da ich offensichtlich eine Frau bin – und deswegen ein verlogenes, betrügendes Miststück –, würde ich Chasin das Herz brechen. Ich glaube, am Ende hat Chasins Vater verstanden, dass ich nicht gern beschimpft werde und es mir wirklich nicht gefallen hat, auf welche Weise er mit Chasin sprach. Es könnte sein, dass ich Will als dummen Narren und Nancy als Hure bezeichnet habe, bevor Bobby ausgerastet ist und sie rausgeworfen hat.«

»Könnte sein?« Holdens Mund zuckte.

»Gut, ich habe es getan. Ich habe seine Mutter eine Hure genannt.«

Auf Holdens Gesicht breitete sich ein Lächeln aus und heilige Scheiße, es veränderte alles an ihm. Allein das Lächeln katapultierte ihn von gut aussehend zu absolut scharf. Und ich glaube, mir klappte der Kiefer herunter, weil sein Lächeln zu einem sehr lauten, brüllenden Lachen wurde.

»Äh ... ich finde es nicht lustig, dass ich seine Eltern beschimpft habe. Ich glaube, Chasin ist sauer auf mich.«

Holden brauchte einen Moment, um sich zu beruhigen, aber als er es tat, lächelte er sanft und von seiner versteinerten Miene war nichts mehr übrig. »Babe, glaub mir, er ist nicht sauer auf dich. Chasin spricht nicht sehr häufig über seine Eltern, aber es ist kein Geheimnis, wie er seiner Mutter gegenüber empfindet. Und keiner von uns hat ihm verheimlicht, was wir von ihr halten. Glaub mir, Hure ist eins der netteren Worte, mit denen wir dieses Miststück schon beschrieben haben. Sie hat Chasin kaputt gemacht. Die gute Nachricht lautet, er weiß es und leugnet nicht, dass seine Probleme mit Vertrauen und Frauen ihre Schuld sind.«

»Warum ist das eine gute Nachricht?«

»Weil es einfacher für dich ist, ihn von der ganzen Scheiße zu befreien, die sie in ihm hinterlassen hat. Er will sie loswerden, deshalb wird er sich nicht gegen dich wehren, während du ihm dabei hilfst.«

Meine Wangen heizten sich auf. Aber mehr noch, etwas Komisches fing an, in meinem Bauch zu flattern. Dann wurde mir klar, dass ich dieses komische Gefühl mochte. Mir gefiel, dass Holden dachte, Chasin würde sich nicht gegen mich wehren, während ich ihm dabei half, ihn von der Scheiße zu befreien, die seine Mutter in ihm hinterlassen hatte. Der größere Teil davon war jedoch, dass ich ihn davon befreien wollte. Während ich dabei war, würde ich vielleicht zulassen, dass er mich auch von einem Teil meiner Scheiße befreit.

Ich wollte das.

Ich wollte das für Chasin sein.

Aber es zuzugeben, zu wollen und in der Lage sein, es zu tun, waren völlig verschiedene Dinge.

Du hast ein Leben, Baby, nur eins.

»Meine Eltern sind die größten Arschlöcher aller Zeiten«, platzte ich heraus.

»Ja, ich weiß. Ich habe die Beschwerde gelesen, die sie bei der Klage eingereicht haben. Vollkommen krank.«

Mist. Natürlich wusste Holden über meine Eltern Bescheid, alle wussten es. Die Gerichtsdokumente waren nicht versiegelt. Jeder, der es wissen wollte, konnte sie online einsehen und wüsste, dass meine Eltern versucht hatten, mich auf die Hälfte aller Tantiemen zu verklagen, die ich mit der Musik verdiente, die ich schrieb. Die Vorkommnisse während meiner Kindheit, inklusive ihres Alkoholismus und ihrer Vernachlässigung, hatten mich beim Schreiben meiner Lieder sehr inspiriert und deshalb waren sie der Meinung, sie sollten die Hälfte des Einkommens erhalten, das ich mit meinen Liedern erzielte. Es war eine dämliche Klage, sie hatten keine

Chance zu gewinnen und gewannen auch nicht. Aber das hieß nicht, dass es für mich nicht furchtbar anstrengend war, ein PR-Albtraum, unfassbar peinlich und kostspielig. Nicht für sie – sie hatten einen Anwalt gefunden, der kostenlos für sie arbeitete –, aber für mich. Ich musste zwanzigtausend Dollar hinblättern, um mich gegen den Mist zu wehren, den sie mir angetan hatten.

»Ich kenne mich mit schlechten Eltern also aus. Aber ich habe vielleicht nicht das Zeug dazu, das auszugraben, was in ihm noch übrig ist, wenn ich nicht einmal darüber hinwegkomme, was meine Eltern mir angetan haben. Und nicht nur mit der Klage. Ich meine, seit ich denken kann, mochten sie mich nicht besonders.«

»Du machst dir Sorgen, dass du nicht das Zeug dazu hast?«, fragte Holden.

»Ja.«

»Du hast das Zeug dazu«, versicherte er mir.

»Ich möchte es glauben, aber ich bin mir nicht sicher. Du kannst Bobby fragen – ohne es zu wollen, ziehe ich mich zurück. Und wenn ich mich auf die Suche nach meinem sicheren Ort begebe, schließe ich mich so tief in mir selbst ein, dass ich niemanden an mich heranlasse. Chasin zieht mich ständig aus diesem Zustand heraus. Irgendwann wird es langweilig.«

Holdens Grinsen wurde zu einem hübschen, strahlenden Lächeln.

»Du hörst dir nicht zu, wenn du redest, oder?« Das war eine seltsame Frage, aber er gab mir keine Gelegenheit, es ihm zu sagen. »Du hast gerade eben gesagt, dass du dich zurückziehst und niemanden an dich heranlässt, trotzdem holt Chasin dich immer wieder dort raus. Es kann dir nicht entgangen sein, dass es ihm gelingt, die Barrieren zu überwinden, die du aufbaust. Und glaub mir, Chasin ist das auch nicht entgangen. Du bietest ihm einen Eingang und, Genevieve, er will diesen Eingang, also wird er ihn weiter benutzen.«

Verdammt, wenn er damit mal nicht recht hatte. Wenn Chasin Druck auf mich ausübte, fiel ich jedes Mal in mich zusammen. Es gab kein einziges Mal, an dem er versucht hatte, an meinen Verteidigungsmechanismen vorbeizukommen, und es nicht geschafft hatte.

Ich bin so dumm.

»Jetzt, da das eingesunken ist, denk auch einmal hierüber nach ... du hast das Zeug dazu, Chasin von seiner Vergangenheit zu befreien. Ich weiß es, weil Chasin dich bereits hereingelassen hat. Er präsentiert dir alles ganz offen. Die Tatsache, dass du bezeugt hast, was zwischen ihm und seinen Eltern vorgefallen ist, ist ein deutlicher Hinweis darauf, dass er nichts versteckt.«

»Er hat mir gesagt, ich solle oben bleiben. Ich habe nicht auf ihn gehört. Als es angefangen hat, hat er mich gebeten, nach oben zu gehen, aber das habe ich auch ignoriert. Ich glaube also nicht, dass er wollte, dass ich irgendetwas bezeuge. Ich habe mich einfach nur nicht von diesem Gespräch ausschließen lassen.«

»Gut. Du standst also hinter ihm und hast nicht zugelassen, dass er sich seinen Eltern ohne dich an seiner Seite stellt. Ist es das, was du mir sagen willst?«

»Selbstverständlich hätte ich nicht zugelassen, dass er diese Arschlöcher ohne mich konfrontiert.«

»Und du denkst, du hast nicht das Zeug dazu.« Holden lachte leise und schüttelte den Kopf. »Ich könnte dir ganz genau erklären, wieso du genau das hast, was Chasin braucht. Aber das werde ich nicht tun. Es wird mehr Spaß machen, dir dabei zuzusehen, wie du es allein herausfindest. Aber irgendwann einmal werde ich dich an dieses Gespräch erinnern und du wirst erkennen, dass ich recht hatte. Mach einfach nur so weiter.«

In diesem Moment war ich nicht besonders traurig, als Bobby ins Wohnzimmer stolzierte und unsere schwierige Unterhaltung unterbrach.

»Also«, begann Bobby, »Leslie hat eine E-Mail geschrieben – *schon wieder*. Ich habe sie mehr als eine Woche hingehalten. Jetzt, da Melissa geplappert und Leslie erzählt hat, dass du sie gefeuert hast, ruft Leslie ständig an *und* schreibt SMS, weil sie sich so bald wie möglich mit dir treffen will. Wir werden uns darum kümmern müssen. Und das bedeutet wiederum, dass wir beide über deine Zukunft sprechen müssen.«

Meine Zukunft.

Was Bobby damit meinte, war, dass wir über meine Karriere sprechen mussten und in welche Richtung ich gehen wollte.

Du hast ein Leben, Baby, nur eins.

»Ich will Schluss machen«, sagte ich zu ihr, und diese Worte nur auszusprechen brachte mein Herz zum Stottern.

»Schluss machen?«

»Ich bin fertig damit, mit allem. Du weißt, dass ich das nicht wollte. Wir haben ausführlich darüber gesprochen, bevor ich meinen ersten Plattenvertrag bekam, als ich den ersten Vertrag unterschrieb, bevor ich bei meinem ersten großen Konzert die Bühne betrat. Es kann dich also nicht überraschen, dass ich aufhören will. Aber ich weiß auch, dass jetzt nicht der Zeitpunkt ist, um diese Entscheidung zu treffen. Ich muss nachdenken, bevor ich alle Verbindungen abbreche. Wie denkst du darüber?«

Bobby starrte mich an. Sie sah kurz zu Holden, dann richtete sie den Blick wieder auf mich und ich sah ihre Verwirrung. Ich sprach niemals vor anderen Leuten über das

Geschäft. Ich hatte am eigenen Leib erfahren, dass es der Presse zugespielt wird, meine Worte verdreht und Lügen abgedruckt werden, wenn ich es täte.

»Ich kann sehen, wie es in deinem Köpfchen arbeitet, liebste Freundin. Wir können offen vor Holden sprechen. Ich vertraue ihm.«

»Wirklich?«, flüsterte sie.

»Wirst du zur Presse gehen und ihr erzählen, dass Vivi Rush mitten in der Krise steckt und darüber nachdenkt, der Musikindustrie den Rücken zu kehren und allen Beteiligten vielleicht sogar den Mittelfinger zu zeigen, bevor sie das Handtuch wirft und ihre Karriere beendet?«, fragte ich Holden.

»Wie bitte?«

Ich lächelte über seinen verwirrten Gesichtsausdruck und wandte mich an Bobby. »Angesichts der Tatsache, dass ihm überhaupt nicht bewusst ist, dass er mit einem Anruf bei einem Reporter und dem Wenigen, was er gehört hat, ein Vermögen verdienen kann, vertraue ich ihm, dass er mich nicht hintergeht.«

»Ist das dein Ernst?« Holden zuckte überrascht zusammen.

»Welcher Teil?«

»In der Vergangenheit haben Menschen dich für Geld hintergangen?«

»Oh ja, absolut. Jeder – also, ich lasse dabei alle Männer der Gemini-Gruppe und ihre Frauen außen vor, aber niemand sonst würde mit der Wimper zucken, wenn es darum geht, schnelles Geld zu machen, indem er es an die Presse verkauft. Bobby und ich sind vorsichtig, wo wir uns über das Geschäft unterhalten.«

»Verdammt, Mädchen. Ich würde mit dem Scheiß auch aufhören.«

»Ja, besonders toll ist es nicht. Die Leute sehen bloß Glanz, Glamour, Geld, Ruhm und denken, alles ist nur Spaß und Spiel. Das ist es nicht. Es ist zwielichtig, saugt deine Seele aus und zerstört deine Träume. Außer Bobby vertraue ich keinem einzigen Menschen, mit dem ich zusammenarbeite. Sie würden mir ein Messer in den Rücken rammen und mir mein Geld abnehmen. Ich bin lediglich ein Dollarzeichen mit vielen Nullen dahinter. Aber das Beschissene daran ist, dass ich mich immer nur beim Singen auf der Bühne wie ich selbst gefühlt habe. Kein anderer Ort fühlt sich für mich wie ein Zuhause an.«

Nun, das war der Fall, bis ich Chasin traf. Das Wochenende mit ihm zu verbringen hatte mir gezeigt, wie sich ein Zuhause wirklich anfühlt, und vor Tausenden von Menschen zu stehen und zu singen war es nicht mehr. Es war in den Armen eines Mannes, dessen Gesellschaft ich genoss.

Jetzt, da ich es wusste, tatsächlich wusste, und die Gelegenheit hatte, es zu haben, ganz egal, wie winzig sie auch war, wollte ich es so sehr, dass es daran grenzte, ungesund zu sein.

War ich wirklich bereit, die Karriere aufzugeben, für die ich mir den Arsch aufgerissen hatte?

Um den Blutsaugern und Lügnern zu entkommen – ja, war ich.

»Zuerst müssen wir über das Wohltätigkeitskonzert sprechen.« Bobby schaltete in die Rolle meiner Assistentin um. »Ich habe mich bereits mit Nixon darüber unterhalten, er weiß, dass es dir wichtig ist, und wenn es dir möglich ist, solltest du es nicht versäumen.«

Mist, ich hatte vergessen, dass in einigen Monaten das Wohltätigkeitskonzert stattfand. Ich hoffte, dass die Gemini-Gruppe den Stalker lange vorher ausfindig machen würde, aber Bobby hatte recht, ich wollte es nicht versäumen.

»Der Veranstaltungsort ist relativ klein. Kann Nixon

Sicherheitsleute stellen oder eine Gruppe beaufsichtigen, wenn wir –«

»Niemanden von außerhalb«, mischte Holden sich ein. »Wir sechs kümmern uns um die Bewachung.«

»Das Konzert ist in Nashville«, sagte ich zu ihm.

»Und wenn es auf dem Mond ist, das ist mir egal. Wenn du glaubst, dass Chasin irgendjemanden außer uns auf dich aufpassen lässt, liegst du falsch.«

»Ich werde heute Abend mit Chasin sprechen und ihn nach seiner Meinung fragen.«

»Du wirst mir Chasin reden?«, hauchte Bobby.

»Ja ...«

»*Großartig.*«

Dieses eine, alberne Wort hing zwischen uns. Es fühlte sich an, als würde es eine Tonne wiegen. Ich brauchte nicht nachzufragen, was sie meinte, denn ich wusste, warum sie der Meinung war, dass es großartig von mir war, mit Chasin zu sprechen. Ich hatte noch niemals jemanden nach seiner Meinung über mein Leben, meine Entscheidungen oder meine Karriere gefragt. Nur Bobby. Wenn ich also Chasin fragte, wusste sie, was es bedeutete.

Ich ließ ihn herein.

Ich kämpfte nicht länger dagegen an.

Den restlichen Nachmittag verbrachten wir damit, über meine Zukunft zu sprechen. Eine, bei der Bobby an meiner Seite wäre, weil sie nicht kündigte. Das war eine große Erleichterung. Ich brauchte sie in meinem Privatleben und für meine geschäftlichen Angelegenheiten. Sie war klug, loyal und meine Stimme der Vernunft.

Als es Zeit fürs Abendessen wurde, schickte Chasin eine SMS und sagte, er habe immer noch im Büro zu tun und wir sollten ohne ihn essen. Das beunruhigte mich, aber ich fragte nicht nach.

Holden, Bobby und ich aßen. Ich ging in Chasins Schlafzimmer und spielte Gitarre, während ich mich einigen Textzeilen widmete, an denen ich arbeitete. Wie üblich vergaß ich die Zeit. Als ich auf mein Handy sah, konnte ich nicht glauben, wie spät es geworden war und dass Chasin immer noch nicht zurück war.

Gerade als ich darüber nachdachte, mich anzuziehen und Holden aufzufordern, mich ins Büro zu fahren, damit ich nach Chasin sehen konnte, wurde die Haustür geöffnet. Dann hörte ich Stimmen im Erdgeschoss.

Ich sah noch einmal auf die Uhr meines Telefons und zwang mich, oben zu bleiben. Ich würde ihm zehn Minuten geben, um mit Holden zu sprechen, bevor ich nach unten gehen und darauf bestehen würde, dass er mit mir redet.

Das wäre ein Tempowechsel. Ich lächelte über den Gedanken, zur Abwechslung einmal diejenige zu sein, die Informationen aus Chasin herauspresst.

Du hast ein Leben, Baby, nur eins.

Und wenn alles klappte, würde ich es mit Chasin an meiner Seite führen.

Die Schmetterlinge flatterten in meinem Bauch und ich beschloss, dass es mir wirklich gefiel, wie sie sich anfühlten.

KAPITEL EINUNDZWANZIG

CHASIN WUSSTE, DASS ER EIN ARSCHLOCH GEWESEN WAR. Dieses Mal unabsichtlich. Es gab tatsächlich Arbeit im Büro, um die er sich kümmern musste – nichts Dringendes, aber trotzdem war es wichtig. Er war gegangen, weil er sauer auf seine Eltern und ihm ihre Anwesenheit peinlich war, aber auch, weil er verarbeiten musste, was geschehen war.

Oder genauer gesagt, was er empfunden hatte, als Genevieve ihn in die Arme geschlossen und ihr Bestes getan hatte, um ihn vor den beiden Menschen zu beschützen, die ihm kontinuierlich Schaden zugefügt hatten. Zufällig war es ihr gelungen, den Schock zu dämpfen. Er war nicht annähernd so wütend, wie er es normalerweise war, wenn er sich allein mit seiner Mutter auseinandersetzen musste.

»Hast du dein Zeug erledigt?«, fragte Holden, sobald er das Haus betrat.

Es lag ihm auf der Zunge, seinen Freund das Gleiche zu fragen. Jahrelang hatte Holden mit einer guten Frau ein dummes Spiel getrieben. Einer Frau, die mit Herz und Seele ihm gehört hatte, aber Holden hatte sie gehen lassen. Und es hatte nur einen Abend des Betrunkenseins und eine schlechte

Entscheidung gebraucht, um für ihn auf eine Art verloren zu sein, auf die Holden nicht vorbereitet war.

Chasin war der Einzige, der alle drei Seiten dieser verzwickten Dreiecksbeziehung kannte. Jede Seite hatte Fehler gemacht. Eine Person in der Konstellation war jedoch nicht mehr da und würde auf sehr reale Weise nie mehr wiederkommen. Es war für Chasin an der Zeit zu verstehen, dass ein Mann, den er wie einen Bruder liebte und für den er tiefen Respekt empfand, nicht ohne Verantwortung dafür war, dessen Ehe weiterhin durch den Dreck zu ziehen, indem er die Holden-Charleigh-Paul-Saga am Leben erhielt.

Paul hatte Charleigh geliebt, als ihm das Recht, sie zu lieben, nicht zustand. Einen Monat, nachdem Holden die Beziehung beendet hatte, hatte er die Tatsache ausgenutzt, dass Charleigh sehr betrunken gewesen war. Sie hatte Liebeskummer und war verletzlich, und so sehr es Chasin auch Kopfschmerzen bereitete, darüber nachzudenken, hatte Paul die Situation ausgenutzt und gedacht, er hätte einen Zugang gefunden.

Einen Monat nach diesem Abend blieb Charleighs Periode aus und Paul übernahm Verantwortung, heiratete sie und sie bekamen ihre Tochter Faith. Aber Paul hörte nie auf, sie wegen Holden zu provozieren. Chasin wusste es, weil Paul mehr als einmal zu ihm gekommen war, um sich darüber zu beklagen, dass seine Frau einen anderen Mann liebt. Er tat dies, nachdem er sich mit Alkohol hatte volllaufen lassen, und er ließ sich volllaufen, weil Paul schlimme Schuldgefühle hatte. Er wusste, dass er einen Fehler gemacht hatte, aber er liebte seine Tochter so sehr, dass er die Schuld für das, was er ihrer Mutter und Holden angetan hatte, auf sich nahm – dass er es den beiden unmöglich gemacht hatte, ihre Probleme zu lösen und zusammen zu sein. Aber Paul würde seine Tochter auf keinen Fall verlassen, um Holden eine Chance zu geben, Charleigh zurückzugewinnen.

Dann wurde Paul von Kugeln durchsiebt und mit seinem letzten Atemzug gab er Charleigh an Holden zurück. Chasin war an Holdens Seite, als dieser versuchte, Pauls Leben zu retten. Und Holden hatte es sehr lange versucht und war nicht bereit gewesen aufzugeben. Holden tat es für Charleigh und Faith, damit sie Paul nicht verlieren.

Schließlich starb Paul und Holden hatte es schlimmer getroffen als der Rest von ihnen. Und das sollte etwas heißen, denn sie alle betrauerten den Verlust ihres Teamkameraden.

Jahre später wälzte Holden sich in Schuldgefühlen. Er nahm Teile von Charleigh, weigerte sich jedoch noch immer, die Vergangenheit ruhen zu lassen. Er lebte allein in seinem Elend.

»Ja, ich habe mein Zeug erledigt«, grunzte Chasin. »Die Analyse der Fingerabdrücke von dem Paket, das bei Genevieves Onkel abgegeben wurde, kam zurück. Sie sind nicht im System. Ich habe mir noch einmal alles angesehen, das Bobby dokumentiert hat, und habe mir ebenfalls noch einmal die Berichte durchgelesen, die aus Tennessee geschickt wurden. Ich frage mich langsam, wie gründlich die Polizei dort nach Fingerabdrücken gesucht hat. Detective Loughrys Polizeiarbeit lässt sehr zu wünschen übrig. Es war offensichtlich, dass er den Fall nicht ernst genommen hat, deshalb muss ich mich fragen, was er übersehen hat. Und in der Garderobe, die zerstört wurde, wurden keine Fingerabdrücke genommen, weil Genevieves Team vermeiden wollte, dass die Presse davon Wind bekommt. Bobby drängte darauf, die Polizei einzuschalten, musste am Ende aber klein beigeben. Das ist scheiße, obwohl Bobby Fotos gemacht hat. Und wir haben DNA-Spuren von dem Einbruch, aber keine Fingerabdrücke.

Wie zur Hölle ist das möglich? Hat er mit einem Handschuh gewichst?«

Die Frage hatte einen schmutzigen Beigeschmack. Chasin wollte nicht zu sehr darüber nachdenken, was irgendein krankes Arschloch in Genevieves Haus angestellt hatte. Die Gesamtsituation machte ihn wütend, aber der Einbruch und was in ihrem *Schlafzimmer*, auf ihrem *Bett* getan wurde und das Foto, das der Stalker auf die ekelhafteste Weise beschmutzt hatte, sorgten dafür, dass sein Magen sich zusammenzog.

»Und die Drohungen gegen dich? Verheimlichst du ihr das immer noch?«, fragte Holden.

»Für den Moment. Sie hat genug um die Ohren. Sie ist ausgeflippt, als ich ihr sagte, dass Bobby Schutz bräuchte. Wenn sie erfährt, dass es eine direkte Drohung gegen mich gab, wird sie das nicht gut aufnehmen. Sie hat gerade erst ihre Managerin gefeuert und wurde von diesem Bekloppten Len mit Scheiße beworfen. Übrigens, seine Fingerabdrücke sind wegen seiner Vorstrafe wegen Fahrens unter Alkoholeinfluss im System und stimmten mit den Abdrücken auf dem Umschlag und den Bildern nicht überein, aber er hat sie trotzdem auf eine Art angesehen, die mir nicht gefallen hat. Chad Briggs können wir ebenfalls ausschließen, auch da gab es keine Übereinstimmung. Wir hatten ein Drama nach dem anderen und ich glaube, bevor meine Arschlöcher von Eltern aufgetaucht sind, hatte ich endlich Fortschritte gemacht, sie dazu zu bringen, mich an sich ranzulassen. Um deine Frage also zu beantworten, nein, ich werde sie damit nicht auch noch belasten.«

»Ich denke, man kann mit Sicherheit sagen, dass du Fortschritte gemacht hast, die alle wieder zunichtegemacht werden könnten, wenn sie herausfindet, dass du ihr diese Sache verheimlichst.«

Holden hatte nicht unrecht und darüber hatte Chasin auch schon nachgedacht. Aber er war bereit, das Risiko einzugehen, und hoffte, sie würde verstehen, wenn er ihr erklärte, warum er ihr nicht noch mehr Stress bereiten wollte, wo sie wichtigere Sachen hatte, um die sie sich kümmern musste, als eine Drohung, die sowieso niemals in die Tat umgesetzt würde.

Aber ihm war Holdens Bemerkung nicht entgangen. »Was meinst du damit, man kann mit Sicherheit sagen, dass ich Fortschritte gemacht habe?«

»Hat sie es direkt mit deiner Eizellenspenderin aufgenommen?«

»Ich sagte dir doch bereits, dass sie einen Wortwechsel mit Nancy hatte.«

»Richtig, du hast mir aber nicht in deiner üblichen Chasin-Manier gesagt, dass du versucht hast, sie dazu zu bringen, ihren hübschen Hintern wieder nach oben zu bewegen, damit du es allein regeln kannst. Sie hat nicht auf dich gehört und stand hinter dir. Und was du nicht weißt, seit du gegangen bist, macht sie sich Sorgen, dass du sauer auf sie bist, weil sie diese Fotze eine Hure genannt hat.«

»Was?«

Holden nickte. »Ich habe darauf verzichtet, deine Mutter vor ihr mit dem F-Wort zu betiteln, aber nur ganz knapp, als ich sah, wie deine Frau sich über die Möglichkeit den Kopf zerbrach, dass du böse auf sie sein könntest. Sie war ebenfalls den gesamten Nachmittag hier und schmiedete Pläne mit Bobby, traf aber keine Entscheidungen, solange sie nicht mit dir gesprochen hat. Deshalb, ja, ich würde sagen, du hast Fortschritte gemacht. Finde einen Weg, ihr von der Drohung zu erzählen. Ich meine damit nicht, dass du diesen Scheiß in dem Moment ausposaunen sollst, in dem du heute Abend in ihr Bett steigst, denn

Bruder, mit ihrem Hintern in meinem Bett würde ich auch nicht über Stalker sprechen. Aber –«

»Ich habe dir den Mist zweimal durchgehen lassen. Ein drittes Mal wird es nicht geben. Wenn es mir schon nicht gefällt, dass du über den Hintern meiner Frau sprichst, kannst du dir sicherlich vorstellen, dass es mir ganz und gar nicht passt, wenn du über sie in deinem Bett sprichst.«

Chasin sah, wie Holden mit dem Oberkörper zuckte. Dann legte er den Kopf zurück und brüllte vor Lachen. Während Chasin ihn beobachtete, fand er rein gar nichts lustig und wartete, bis Holden seine Heiterkeit verbrannt hatte.

»So ist es also?«, fragte Holden.

»Es geht weit darüber hinaus.«

»Ich wusste gar nicht, dass du so ein besitzergreifendes Stück –«

»Ernsthaft?«, fuhr Chasin ihn an und Holden streckte abwehrend die Hände vor sich aus.

»Schon gut, ich habe nur Spaß gemacht. Entspann dich, Höhlenmensch. Du solltest besser rauf zu deiner Frau gehen, ich weiß, sie ist wach und wartet auf dich.«

Ohne einen weiteren Gedanken an Holden zu verschwenden, joggte Chasin die Treppe hinauf, erreichte die offene Tür seines Schlafzimmers und hielt abrupt an.

Er stand dort und seine Lunge brannte, weil er nicht atmete. Der Anblick, der sich ihm bot, war so schön, dass er nicht atmen konnte. Evie saß in der Mitte seines Bettes, das Haar zu einem dieser unordentlichen Knoten aufgetürmt, die Frauen heutzutage trugen, und hatte eins seiner T-Shirts an. Sie hatte ihre nackten Beine überkreuzt, weshalb er nicht sehen konnte, welche Shorts sie trug oder ob sie überhaupt etwas anhatte. Sie hatte die Gitarre auf dem Schoß und auf dem Bett waren überall Zettel verstreut. Er betrachtete sie noch einmal und fing an zu atmen.

Herrgott, sie war hübsch, aber in der Mitte seines Bettes mit einer Gitarre in der Hand war sie umwerfend. Und plötzlich tauchte ein Bild von dem Moment auf, in dem er sie das letzte Mal im Bett hatte. Wie sie diesen unheimlich sexy Laut gesummt und wie er sich Zeit gelassen und sich langsam in ihr bewegt hatte, nachdem er ihr den Verstand rausgevögelt hatte.

Tolle Erinnerung.

Aber er hatte vor, neue zu kreieren, bessere, und heute Abend würden sie damit anfangen.

»Hey«, murmelte sie.

»Hey, Baby. Alles in Ordnung?«

»Ich wollte dich das Gleiche fragen«, gab sie zurück.

»Hast du zu Ende gespielt?«

»Ja.«

»Gut. Mach das Bett frei, ich bin gleich zurück.«

Chasin ging zu seiner Kommode und sah sich auf dem Weg dorthin im Zimmer um. Da er keine Koffer sah, öffnete er eine Schublade, in der sich normalerweise seine kurzen Hosen befanden, und fand stattdessen gefaltete T-Shirts. Er lächelte im Stillen, schloss die Schublade und öffnete einige weitere, bis er fand, wonach er gesucht hatte.

»Ich ... äh ... musste ein wenig umsortieren –«

»Ich habe dir gesagt, du sollst auspacken, Süße. Ich dachte mir schon, dass du Zeug neu arrangieren musst.«

Er ging mit seiner kurzen Hose ins Badezimmer, zog sich um und schaltete wenige Minuten später das Licht aus und kam zurück ins Schlafzimmer. Zuerst ging er zum Nachttisch und schaltete die Tischlampe an, dann ging er zur Tür und verriegelte sie. Er drückte auf den Lichtschalter, schaltete die

Einbauleuchten aus und begab sich zum Bett, das nun frei von Unordnung war.

Nachdem er ins Bett geklettert war, ergriff er Genevieves Hand und zog sie an sich.

»Mach es dir bequem, Evie.«

Genevieve brauchte einen Moment, um sich zu entspannen. Ihr Kopf ruhte an seiner Schulter, ihr Oberkörper war seitlich an ihn gedrückt und ihre langen Beine neben seinen ausgestreckt. Sie war ihm nahe, aber Chasin wollte sie noch näher haben. Er griff nach unten, legte ihren Oberschenkel über seinen und zwang sie damit, sich zu drehen und an ihn zu kuscheln. Dann fand er ihre Hand, zog sie an seine Brust und platzierte ihre Handfläche über seinem Herzen. Er wusste, dass es wie wild in seinem Brustkorb hämmerte. Das tat es schon, seit er das Haus betreten hatte.

»Das war eine beschissene Nummer, die ich abgezogen habe«, kam er sofort zur Sache. »Ich war wütend und ich wollte es dir nicht zeigen.«

»Es tut mir leid. Ich hätte nicht –«

»Du solltest dich immer frei fühlen, du selbst zu sein«, unterbrach er. »Und ich war nicht wütend auf dich. Ich war sauer auf meine Eltern. Es ist kein Geheimnis, dass ich sie hasse. Ich bin vierunddreißig Jahre alt, ich wohne seit sechzehn Jahren nicht mehr zu Hause. Ich habe sie in der Zeit vielleicht fünfzehnmal besucht, und das habe ich getan, um meinen Vater zu sehen. Und das ist verrückt, aber jedes Mal, wenn ich zu Besuch kam, hoffte ich, durch die Tür zu treten und zu sehen, dass mein Vater dieses Miststück entweder rausgeworfen hatte oder mir sagte, dass er sie verlässt. Aber stattdessen kam ich dort an und alles war gleich. Es war wie ein schlechter Film, der ständig wiederholt wird. Sie beschwerte sich bei ihm über irgendetwas und er ließ es über sich ergehen. Es war schlimm genug zu wissen, dass sie ihn betrügt, aber zu sehen, wie diese Frau ihn herumkommandiert, ließ Übelkeit in mir aufsteigen. Ich verstehe nicht, warum er bei ihr bleibt, habe es auch nie verstanden, aber ich habe mich so sehr nach einem Vater gesehnt, dass ich immer wieder zurückging, um zu sehen, ob er bereit war, ein Mann zu sein.«

Versunken in seine Gedanken wurde Chasin still. Genevieve unterbrach diese Stille.

»Es tut mir leid. Ich weiß, wie es sich anfühlt, wenn die Menschen, die dir das Leben geschenkt haben, dich im Stich lassen. Ich glaube, es spielt keine Rolle, wie alt du bist oder wie lange du schon nicht mehr in ihrem Haus lebst, der Schmerz ist weiterhin präsent. Er quält dich vielleicht nicht mehr ständig, wie er es einmal getan hat, aber Teile davon bleiben weiterhin erhalten.«

Sie hatte nicht unrecht und es waren die weiterhin präsenten Teile, von denen er wollte, dass sie verschwanden.

»Ich habe Holden gesehen, als ich reinkam. Er sagte, du seist besorgt, ich könnte verärgert sein, dass du Nancy als Hure bezeichnet hast. Du musst verstehen, dass diese Frau mir nichts bedeutet. Es gibt nichts, was du jemals zu ihr oder über sie sagen könntest, das mich stören würde. Ich war sauer auf meine Eltern, aber ich war wütender auf mich, weil ich so viele Jahre damit verschwendet habe zu denken, mein Vater würde zur Einsicht kommen.«

Chasin verstärkte seinen Griff an ihrer Hand. »Aber heute hat er nicht nur bewiesen, dass er niemals der Vater sein wird, den ich brauche, sondern auch, dass er keinen Deut besser ist als sie. Der Mist, den er gesagt hat, die Art, wie er dich angesehen hat, wie er mich angesehen hat, als ich dich in meinen Armen hielt, hat etwas in mir zerbrochen. Mein kleiner Hoffnungsschimmer, eines Tages einen Vater zu haben, ist erloschen. Er hat ihn vernichtet. Aus diesem Grund brauche ich Zeit, um über meine Scham, meine Wut und den Schmerz, ihn verloren zu haben, hinwegzukommen.«

Chasin spürte, wie sein Herzschlag beschleunigte. »Wenn ich das überwunden habe, muss ich mir meiner Gefühle über uns klar werden.«

»Uns?« Genevieve versteifte sich und wollte sich von ihm lösen.

Chasin drückte ihre Hand fester und gestattete es ihr nicht, sich zu bewegen. »Ich brauche dich genau dort, wo du bist.« Sie hörte auf zu zappeln, blieb aber steif. »Wir hatten einen guten Start. Dann habe ich uns ruiniert. Und seitdem spielen wir Verstecken. Es macht mir nichts aus, Spielchen mit dir zu spielen, Baby, solange in dem Prozess niemand verletzt wird. Ich habe nicht verheimlicht, was ich von dir will. Ich habe nicht verheimlicht, was ich empfinde. Und Babe, du hast das auch nicht getan. Ich weiß, dass ich dich tief verletzt habe, als ich meinen Mist auf dich –«

»Ich will auch keine Spielchen mehr spielen«, platzte sie heraus und Erleichterung übermannte Chasin.

Zum Glück.

Endlich.

»Ich habe es gesehen. Als deine Eltern vorhin hier waren, habe ich gesehen, was sie dir angetan haben. Aber du sollst wissen, bevor das passierte, hatte ich bereits beschlossen aufzuhören, mich dumm zu verhalten. Selbstverständlich hatte ich immer noch Schwierigkeiten, wie ich meine eigenen Probleme überwinden sollte. Aber obwohl ich es nicht am eigenen Leib erlebt, sondern einzig dir zugehört habe, wie du über sie sprichst, habe ich verstanden, was an dem Abend geschehen ist, an dem du gegangen bist. Es hat wehgetan, ich war am Boden zerstört, aber ich mache dir keinen Vorwurf. Ich mache das Gleiche mit dir und weiß, dass es nicht fair ist. Ich reagiere, bevor ich denke. Ich vergesse, dass du nicht so bist wie all die anderen Arschlöcher, die mich betrogen haben.«

Sie grinste ihn an. »Deshalb schlage ich dir eine Abmachung vor.«

»Was für eine Abmachung?«

»Ich verspreche, ich werde daran arbeiten, nicht mehr in die Defensive zu gehen und mich zu verschließen, wenn du aufhörst, dich für diesen Abend zu entschuldigen. In gewisser Weise bin ich froh, dass es so gekommen ist.«

»Was?«

»Ich habe dich an einem Freitag getroffen«, begann sie und entspannte sich wieder. »Und Samstagnachmittag hatte ich mich in dich verliebt. Zunächst hatte ich dir nicht geglaubt, dass du nicht weißt, wer ich bin, aber nach einigen Stunden wusste ich, dass du die Wahrheit sagst. Unter anderem weil, als wir auf der Veranda saßen und uns unterhalten haben, während das Radio lief, zweimal ein Lied von mir gespielt wurde und du in keiner Weise reagiert hast, als würdest du es kennen. Dann unterhielten wir uns über unsere Lieblingsmusik und du sagtest, du würdest Country hassen.« Chasin spürte, wie sie an seiner Brust lächelte, und dachte an diesen Abend zurück.

»Du magst keine Countrymusik?«, schmollte Genevieve.
Einfach hinreißend.
»Nein.«
»Was magst du denn? Diesen kreischend lauten Death Metal?«
»Hauptsächlich Rock.«
»Ich denke, Rock ist in Ordnung.«
»Du denkst?«
»Keine Sorge, ich werde dich auch weiterhin mögen, selbst wenn du meine Musik nicht magst.«
»Deine Musik?«

Etwas blitzte in ihren hübschen Augen auf, aber er kannte sie nicht gut genug, um es zu entschlüsseln, und dann war es verschwunden und sie lächelte wieder.

»Ich komme aus Nashville. Countrymusik ist mein Ding.«

Das war ihm vollkommen entgangen. Und wenn er zurückdachte, fiel ihm ein, dass sie sich einige Male verplappert hatte, aber er war so sehr damit beschäftigt gewesen, sich in sie zu verlieben, dass es ihm nicht aufgefallen war.

»Wir haben uns über so viele Dinge unterhalten, aber über nichts Wichtiges. Ich wusste nicht, womit du dein Geld verdienst, und du wusstest ganz offensichtlich nicht, was ich mache. Wir redeten, wir lachten, wir hatten Sex und ich fing an, mich in dich zu verlieben, aber ich hatte Angst, weil alles auf einer Lüge meinerseits aufbaute. Ich wollte nicht, dass du weißt, wer ich bin. An dem letzten Abend, als wir im Bett lagen, bist du zuerst eingeschlafen und ich lag wach und habe versucht, einen Weg zu finden, um es dir zu sagen, bevor du am nächsten Morgen gehst. Ich wollte nicht, dass die Sache zwischen uns nur eine Wochenendaffäre bleibt. Ich wollte dich wiedersehen und wusste, dass du genauso empfindest, weil du mich gebeten hattest, mit dir Abendessen zu gehen. Ich habe Ja gesagt, obwohl ich wusste, dass es mir nicht möglich wäre, weil die Gefahr bestand, dass mich jemand erkennen könnte.«

Sie bewegte sich in seinen Armen. »Als ich aufstand, um Bobby zurückzurufen, hatte ich vor, ihr von dir zu erzählen und sie um Rat zu bitten, wie ich es dir sagen soll. Aber sie sprach über meine Sicherheit und wie viel Sorgen sie sich mache. Dann hast du mich am Telefon gehört und ab da ging alles den Bach runter. Über diesen Teil bin ich nicht glücklich, er hat wehgetan. Aber jetzt denke ich, dass es besser so war. Alles ist ans Licht gekommen und ich muss mich nicht mehr verstecken.«

Chasin war anderer Meinung. Er war nicht glücklich, dass er ihr wehgetan hatte, und er war nicht glücklich, dass er sich wie ein Idiot aufgeführt und sie verloren hatte. Aber er konnte ebenfalls nicht sagen, wie er nach zwei Tagen, die sie miteinander verbracht hatten und in denen er sich in eine Frau verliebt hatte, die er kaum kannte, reagiert hätte, wenn sie ihm gesagt hätte, wer sie wirklich war. Er wollte glauben, dass er es verstanden hätte, aber so wie er sich kannte, hätte er ihr Geständnis als Lüge aufgefasst und es vermutlich auf eine ähnliche Weise beendet. Vielleicht sogar noch schlimmer.

Aus diesem Grund hatte sie recht.

»Es bedeutet mir sehr viel, dass du mir vorhin den Rücken gestärkt hast. Das war ein Teil von dem, was ich zu klären hatte. Du hast mir diesen Zuspruch gegeben und weil ich diese Geste nicht mit meiner Wut erwidern wollte, bin ich gegangen.«

Er streichelte ihr Gesicht. »Keine Spielchen, kein Mist. Ich hege tiefe Gefühle, Evie. Ich habe mich in dich verliebt. Also werde ich dein Angebot annehmen. Aber du musst wissen, dass ich ebenfalls verstehe. Ich weiß, warum du dich zurückziehst, ich werde nur nicht länger zulassen, dass du es tust. Bei mir bist du sicher. Du kannst sein, wer du bist, wer du sein willst und wie du dich verhalten möchtest.«

»Das verstehe ich«, murmelte sie an seiner Brust.

»Dann gehen wir also gemeinsam in die Zukunft.«

»Ja«, antwortete sie, wenngleich er es nicht als Frage formuliert hatte.

»Gut. Jetzt, da wir das geklärt haben, müssen wir noch über eine letzte Sache sprechen. Ich hasse es, dieses Thema im Bett anzuschneiden, und es wird das letzte Mal sein, dass dieser Scheiß uns beschäftigt, aber du musst es wissen.«

Er hielt sie fester, um sie auf seine nächsten Worte vorzubereiten. »Wir haben Fingerabdrücke auf dem Briefumschlag gefunden, der beim Haus deines Onkels hinterlassen wurde, und da Len wegen seiner Vorstrafe wegen Fahrens unter Alkoholeinfluss im System war, hatten wir seine Fingerabdrücke. Wir haben sie ebenfalls mit denen von Chad vergleichen. Bei keinem von beiden gab es eine Übereinstimmung, aber Liebes, Len steht auf dich. Ich weiß, dass du es gesehen hast. Weil du Melissa gefeuert hast, sollte mit ihm keine weitere Kommunikation stattfinden, aber falls er es versucht, will ich darüber Bescheid wissen.«

»Okay.«

»Holden hat mir erzählt, dass du dich mit Bobby ausgesprochen hast, während ich weg war. Ist das Gespräch gut gelaufen?«

»Ja. Kann ich dir morgen früh davon berichten?«

Genevieve hob das Bein an und drückte ihre Hitze an Chasins Oberschenkel. Zum ersten Mal, seit er sich neben sie gelegt hatte, gestattete er es sich, ihre Position vollständig zu betrachten. Ihre vollen Brüste, die an seine Seite gepresst waren, der Duft ihres Haares, das Gefühl ihres nackten Beins auf seinem. Jetzt, da das Gespräch, das sie führen mussten, vorbei war, initiierte er die nächste Sache, wobei es vielmehr Genevieve war. Mit dem Anheben ihres Beins deutete sie an, dass sie das Gespräch für beendet ansah.

Feuer durchfuhr ihn, als er die Arme fester um sie schloss und sie dann auf sich zog, bis sie auf dem Bett kniete und rittlings auf ihm saß. Großer Gott, sie sah wunderschön aus, wie sie in seinem T-Shirt auf ihm hockte. Er richtete den Blick auf ihre nackten Schenkel, dann ließ er ihn höher wandern. Der Baumwollstoff war um ihre Hüfte herum zusammengeschoben und gab ihm freie Sicht auf ihren schwarzen Slip. Nur ein Slip, keine Shorts.

Scheiße, Scheiße, Scheiße.

Sie gab einen hungrigen Laut von sich, der beinahe so

sexy wie ihr Summen war, als sie mit den Fingernägeln von seinem Bauchnabel nach oben über seine Brust strich. Sie hielt inne, um seine Brustwarzen mit den Fingerspitzen zu umspielen, bevor sie mit den Handflächen über seine Brustmuskeln und seinen Hals fuhr und ihre Erkundungsreise beendete, als sie sein Gesicht in die Hände nahm.

Ihre Blicke trafen sich und sie lächelte.

Herrgott.

Wunderschön.

Sein Schwanz zuckte, flehte, aus der Enge seiner Shorts befreit zu werden, doch er bewegte sich nicht.

»Evie«, knurrte er, als sie ihn weiterhin ansah, ohne sich zu bewegen.

»Oh Gott, wie hübsch du bist«, seufzte sie. »Es ist unnormal, wie perfekt du bist. Alles an dir.«

Das einzig Unnormale war, wie hart sein Schwanz sich anfühlte. Chasin konnte nichts dagegen tun, dass seine Hüften auf der Suche nach Befreiung zuckten, und als ihr anerkennendes Summen in seine Ohren drang und sie sich an ihm rieb, verlor er beinahe die Beherrschung.

»Baby, ich bin mir nicht sicher, was du im Sinn hast, aber du hast zwei Sekunden, um von mir runterzugehen, bevor ich die Kontrolle übernehme.«

»Du hast mich auf dich gesetzt«, erinnerte sie ihn, stieg aber nicht ab.

Das hatte er in der Tat. Jetzt sah er seinen Fehler oder er spürte ihn vielmehr, da sein Schwanz im schnellen Rhythmus seines Herzens schmerzhaft pulsierte.

Das Verlangen, das an ihm zerrte, hätte ihn verrückt gemacht, wenn es irgendeine andere Frau und nicht Genevieve gewesen wäre. Der unbändige Hunger, mit dieser Frau verbunden zu sein, sie zu spüren, zu schmecken, zu kosten, verbrannte ihn von innen.

Die Zeit ist um.

Er drehte sie beide um, wobei Genevieve ein erschrockener Schrei entfuhr. Er rollte sich als Erstes, damit er ihren Slip ausziehen und das Gleiche mit seinen Shorts tun konnte. Dann rollte er sich noch einmal, sodass er auf ihr lag, und stützte sein Gewicht auf einem Ellbogen ab, während er die andere Hand zwischen ihre Beine schob.

Das alles passierte sehr schnell. So schnell, dass er beobachtete, wie ihr verwirrter Gesichtsausdruck zu Verlangen wurde, als er mit den Fingern in ihre Feuchte eindrang.

»Chasin«, stöhnte sie und zuckte mit den Hüften.

Er richtete den Blick dorthin, wo er sie mit der Hand zwischen den Beinen bearbeitete. Er sah zu, wie sein Finger mit ihrer Erregung überzogen herauskam, bevor er ihn grob wieder in sie hineinstieß. Dann schaute er wieder zu ihr und als ihre Blicke sich trafen, spürte er, wie sein Schwanz feucht wurde.

Das Verlangen stand ihr so deutlich in das hübsche Gesicht geschrieben, dass in seinem Verstand ein Kampf tobte – das Tempo rausnehmen, schneller werden, sie anbeten oder in die Besinnungslosigkeit vögeln. Genevieve lieferte ihm die Lösung für sein Dilemma, als sie ihr Bein um seinen Rücken schlang, die Ferse hineindrückte und unter einem Stöhnen verkündete: »Wenn du in zwei Sekunden nicht in mir bist, sterbe ich.«

Er zog den Finger aus ihr heraus, ergriff seinen Schwanz und führte die Spitze an ihre Öffnung. Ohne zu zögern, schob er sich schnell und fest in sie hinein.

Scheiße, endlich.

Genevieves Hitze umschloss seinen Schwanz, ihr Summen erfüllte seine Ohren, sie hatte die Arme um ihn geschlungen und zog ihn näher an sich.

Verbunden – Hüfte an Brust, Körper und Seele, Herz an

Herz. Er war tief in ihrer feuchten Muschi vergraben, die sich so heiß anfühlte, dass es ihn verbrannte – besser, als er es in Erinnerung hatte. Besser, weil sie dieses Mal echt waren. Nichts stand zwischen ihnen. Er war frei, sie zu lieben, alles von ihr. Und sie war frei, zu sein, wer sie war.

Als der überwältigende Drang zu kommen sich gelegt hatte, begann er, sich zu bewegen. Er stieß hart in sie hinein und zog sich zurück, nur um zu spüren, wie ihre Muschi seinen Schwanz fester umschloss und ihn wieder in sich hineinsog.

Perfekt.

»Mehr«, gurrte sie.

Chasin senkte den Kopf, drückte ihn in ihre Halsbeuge und biss zu. Ihre Haut wurde feucht. Schnell leckte er das Stechen seines Bisses fort, knabberte ein wenig an der Stelle und hob dann den Kopf gerade ausreichend, um zu fragen: »Wie hart willst du es, Baby?«

»*Hart.*«

»Wie wirst du es dir verdienen, Genevieve?«

So schnell es ihr möglich war, schob sie die Hände in sein Haar, zog seinen Kopf von ihrem Hals und drückte den Mund auf seinen. Scheiße, ja, sie erinnerte sich ganz genau daran, wie sie sich verdienen konnte, was sie haben wollte. Und sie wollte es grob und wild – das war seine Genevieve. Er ließ sie den Kuss ausreichend lange kontrollieren, um die Hand unter ihr T-Shirt zu schieben, ihre Brust zu umschließen und ihre Brustwarze so lange zu zwirbeln, bis sie nach Luft schnappte, als er hineinkniff.

Dann übernahm er die Kontrolle und befahl, sie solle ihm geben, was er wollte – ihre vollkommene Aufgabe. Ihre Zungen umschlangen sich und rieben sich aneinander. Ihr Geschmack füllte eine Leere, von der er nicht wusste, dass sie existierte, eine Sehnsucht, ein tiefes Verlangen, zu besitzen und zu lieben. Chasin hatte niemals den Impuls gehabt, irgendjemanden vollständig zu dominieren. Er wusste, was ihm gefiel, und hatte kein Problem, die Frau, mit der er zusammen war, dorthin zu führen. Aber mit Evie war es mehr als ein Impuls, es war Instinkt.

Beanspruchen.

Anbeten.

Sein.

Chasin löste seinen Mund von ihrem und stöhnte, als er einen Schmerz auf der Kopfhaut verspürte.

»Knie«, grunzte er und betrachtete ihr gerötetes Gesicht. Extremes Verlangen und ihre Erregung waren so deutlich, dass sein Schwanz bei dem Anblick anschwoll.

Perfekt.

Ihre Gliedmaßen wurden schlaff und sie nahm das Bein herunter. Er zog den Schwanz heraus und als sie auf die Knie ging, ergriff er den Saum seines T-Shirts, zog es sich über den Kopf und warf es zur Seite.

»Wange aufs Bett, Evie, Hintern hoch.«

Sie legte sich auf die Matratze, Kopf zur Seite gedreht, Beine weit gespreizt, ihre feuchte Muschi entblößt.

Oh Gott.

Perfekt.

Chasin fuhr mit der Spitze seines Schwanzes durch ihre Feuchte, umkreiste ihre Klitoris und tat das alles, während er ihr fest in die Augen sah. Er sah sie an und wartete, bis das Summen aus ihrer Brust kam und ihre Augen glasig wurden, und das Verlangen, das er erblickte, wurde zu Feuer.

Er wollte, dass sie darum bat. Er wusste, dass es geschehen würde, als sie die Lippen öffnete, sich an ihn drückte und ihre Klitoris an seiner Schwanzspitze rieb.

»Ich brauche dich.«

»Was brauchst du, Evie?«

»In mir.«

Er drang mit der Spitze ganz wenig in sie ein und wartete. Sie hatte langsam genug von seinem Spiel und wenn er nicht gewusst hätte, dass das Ergebnis einfach spektakulär sein würde, hätte er ihr Elend beendet und in sie hineingestoßen.

Aber er wusste, wenn er sie nur scharf genug machte, würde sie Feuer fangen, und er war bereit, den Funken zu entzünden, der sie zur direkten Explosion bringen würde.

Chasin brachte die Hand an ihren Hintern, während er mit der anderen seinen Schwanz von der Wärme fernhielt, nach der er verlangte. Er drückte ein paarmal fest zu, bevor er sie anhob und mit einem lauten Klatschen nach unten sausen ließ. Das Geräusch hallte durch das Zimmer. Ihr lautes Stöhnen drang heraus und ließ ihn beinahe vergessen, was er zurückhalten wollte, und gab ihr ein wenig mehr von seinem Schwanz.

»Ja.«

»Willst du mehr?«

»Ja«, zischte sie, wackelte mit den Hüften und bot ihm ihren Hintern an.

»Wie viele willst du, Baby?«

»So viele, wie du mir geben willst.«

Verdammt. Perfekt.

»Sieh mir dabei die ganze Zeit in die Augen.«

Sie nickte und da er sie anschaute, entging ihm nicht, wie sie entspannte. Seit dem ersten Mal, als sie zusammen waren, vertraute sie ihm mit ihrem Körper. Chasin spürte, wie diese Erkenntnis sich tief in seiner Brust niederließ.

Das nun dauerhafte Zucken seines Schwanzes erinnerte ihn daran, weiterzumachen und Genevieve zu geben, was sie brauchte.

Chasin versetzte ihr drei feste, schnelle Schläge und liebte es, wie ihre Augen glasig wurden. Beim vierten Schlag stieß er in sie hinein und spürte, wie ihre Muschi sich um seinen Schwanz zusammenzog. Er schloss die Augen. *Scheiße, Scheiße, Scheiße.* Als er die Kontrolle wiedererlangte, zwang er sich dazu, die Augen zu öffnen, und sah, wie Genevieve keuchte, während sie still darauf wartete, dass er ihr gab, wonach sie verlangte.

»Verdammt, du bist so unglaublich sexy, manchmal kann ich nicht glauben, dass du echt bist.« Chasin wandte den Blick von ihr ab und betrachtete ihren sexy Rücken, bevor er zu seinem Schwanz sah, der tief in ihr steckte. Endlich wieder verbunden.

»Chasin.« Sein Name erklang zitternd und er richtete den Blick wieder auf sie. »Ich brauche dich.«

»Ich weiß, was du brauchst.«

»Fest, Liebling, ich will dich grob.«

»Pst. Ich weiß, was du brauchst.«

Eine Sekunde lang gefiel ihm nicht, was in ihren Augen aufblitzte, und er beschloss, später mit ihr darüber zu sprechen, warum zum Teufel er gesehen hatte, wie Scham ihr hübsches Gesicht verunstaltete, wenn sein Schwanz sich in ihr befand.

Chasin beugte sich über sie, bis seine Brust gegen ihren Rücken drückte und eine Hand neben ihrem Kopf ruhte. Mit seinem Körper über ihrem küsste er ihren Hals, dann ihre Wange. Als er fertig war, brachte er seinen Mund an ihr Ohr und sagte: »Wenn ich zu grob werde, sagst du es mir. Ich werde dir alles geben, was du brauchst. Ich werde mit dir so weit gehen, wie du kannst, aber keinen Zentimeter weiter. Hast du verstanden?«

»Ich habe verstanden.«

»Strecke deinen Hintern nach oben.«

Genevieve reckte sich so weit, wie es ihr mit seinem Körper auf ihrem möglich war. Und sobald sie es tat, stieß er fest in sie hinein. Tief und grob, bis ihr Summen verstummte und ein tiefes, vibrierendes Brüllen die Kontraktionen ihrer Muschi begleitete.

»Brauchst du meinen Finger?«

»Nein.«

»Kannst du noch mehr vertragen?«

»Ja«, wimmerte sie.

Oh Gott. Wunderschön.

Seine Hoden zogen sich fest zusammen, als er in ihre Feuchte hineinstieß, und das Zimmer hallte mit dem Geräusch von feuchtem Klatschen wider. Die Euphorie zerrte an ihm und gerade als er dachte, er könne es nicht länger aushalten, zog ihre Muschi sich zusammen und umschloss fest seinen Schwanz. Der erste Erguss seines Samens in ihr war so schmerzhaft, dass er währenddessen stöhnte und sie durch ihren Orgasmus hindurch weitervögelte. Er spürte, wie das Pulsieren abnahm, und ließ sich endlich gehen.

»Scheiße«, brüllte er und schob sich bis zur Schwanzwurzel in sie hinein. Er füllte sie, bis sein Sperma aus ihr herauslief und an seinen Hoden hinuntertropfte.

Chasin richtete sich von ihrem Rücken auf, wo er sie aufs Bett gedrückt hatte, und begann, sich langsam in ihr zu bewegen, während beide wieder zu Atem kamen. Nachdem er sie grob gefickt hatte, war er nun zärtlich zu ihr. Er packte mit den Händen ihre Hüften und sah dorthin. Sein Handabdruck war auf der blassen Haut deutlich sichtbar. Er strich mit der Hand über die Schwellung und Genevieve stöhnte.

»Tut das weh, Evie?«

»Oh ja.« Er konnte das Lächeln hören, als sie antwortete, sah sie aber trotzdem an, weil er die Bestätigung brauchte.

Ein weiches, gemächliches, befriedigtes Grinsen zuckte um ihre Mundwinkel und sein Herz stand in Flammen.

Wunderschön.

Er zog den Schwanz heraus, rollte sich auf die Seite und positionierte Genevieve so, dass sie sich in der gleichen Stellung befand wie zu dem Zeitpunkt, als er ins Bett gekommen war.

»Geht es dir gut?«, fragte er, obwohl er die Antwort bereits kannte.

»Hmm.«

»Ich habe kein Kondom benutzt, Liebes.«

»Pille«, murmelte sie.

»Soll ich dich sauber machen?«

»Nein.« Das war kaum mehr ein Murmeln.

Bevor Chasin noch weitere Fragen stellen konnte, wurde Genevieve schwer und er wusste, dass sie eingeschlafen war.

Er beugte sich zur Seite, genoss ihren Duft und gönnte sich einen Moment, die erste Röte der Zufriedenheit zu genießen. Etwas, das er nie gehabt hatte. Es hatte eine Zeit gegeben, in der er glücklich war, Freude empfunden und sogar Aufregung gespürt hatte. Aber noch nie in seinem Leben war er zufrieden gewesen – vollkommen zufrieden.

Jetzt war er es.

Genevieve gehörte ihm.

Aber mehr als das, er gehörte ihr.

Verdammt, endlich gehörte er zu jemandem.

22
—————

KAPITEL ZWEIUNDZWANZIG

Ich war überall wunderbar wund.

Und wahnsinnig glücklich.

Ich dachte, dass mein Schicksal sich endlich zum Guten gewandt hatte und dass ich nur noch einen Weg finden musste, um die Sache nicht zu versauen, damit ich in der Lage wäre, dieses Glücksgefühl zu behalten.

Es bestand kein Zweifel, dass Chasin und ich im Bett eine verrückte Verbindung zueinander hatten. Er konnte mich mit einem halben Kuss in Flammen setzen. Aber wenn er grob und schmutzig mit mir umging – etwas, von dem ich nicht wusste, dass es mir gefiel, bis ich das erste Mal mit Chasin zusammen war –, war es so gut, dass alles außer ihm verschwand.

Die Ebene, auf der ich mich in ihm verlor, sollte mir Angst bereiten, tat sie aber nicht, weil es Chasin war. Ich wusste seit unserer ersten gemeinsamen Nacht, dass ich loslassen, wild, ich selbst sein konnte, und er würde mich weder verurteilen noch sich darum scheren. Verdammt, er ermutigte mich sogar dazu. Selbst als er nicht wusste, dass ich verbarg, wer ich wirklich war.

Ich hatte geduscht und mich angezogen, mir aber noch nicht die Mühe gemacht, meine Haare zu föhnen oder mich zu schminken. Ich brauchte Kaffee. Und ich musste Chasin finden. Er war vor mir aufgewacht und als ich mich bewegte, hatte er mich gefragt, ob ich einen Grund hätte, früh aufzustehen. Ich blinzelte zum Wecker, sah, dass es sechs Uhr war, und murmelte: *Auf keinen Fall.* Ich war kein Frühaufsteher. Das war ich nie und ich hatte vor langer Zeit gelernt, dass ich vor zwölf Uhr mittags keine Geschäftstermine ansetzen sollte.

Bevor ich groß rausgekommen war, hatte ich in Kneipen und Restaurants gearbeitet. Kellnern, hinter der Bar, ein paar kleinere Auftritte. Bei keinem dieser Jobs war ich vor zwei Uhr nach Hause und ins Bett gekommen. Ich hatte meine Gewohnheiten nicht geändert, ich war eine Nachteule. Es sei denn, Chasin bescherte mir einen süßen Orgasmus, dann schlief ich anscheinend früh ein, schlief wie ein Stein und konnte um neun Uhr aus dem Bett aufstehen. Ich war mir nicht sicher, wann ich das letzte Mal um diese Uhrzeit aufgestanden und wach genug war, um ein vernünftiges Wort herauszubringen. Aber hier war ich nun zu einer Uhrzeit, die ich als unchristlich ansah, und ging auf der Suche nach Chasin die Treppe hinunter.

Das Erdgeschoss bestand zum größten Teil aus einem großen, offenen Bereich, weshalb es zu meinem Glück nicht lange dauerte, bis ich ihn fand. Der Geruch von Speck, der aus der Küche kam, war ebenfalls ein Hinweis.

Als die Bodendielen knarzten, wandte Chasin den Blick von der Pfanne zu mir und lächelte.

»Ich glaube nicht, dass ich dich jemals vor elf Uhr wach gesehen habe, Sonnenschein. Du hast meine Überraschung kaputt gemacht.«

»Welche Überraschung?«

»Ich wollte dir Frühstück ans Bett bringen.«

Warum brachte das mein Herz zum Flattern? Vermutlich weil noch niemals irgendjemand mir Frühstück ans Bett gebracht hatte.

»Tut mir leid«, sagte ich, als ich den Raum durchquerte. »Ich bin aufgewacht und du warst nicht da.«

Ich sah zu, wie Chasins Blick sanft und sein Lächeln breiter wurde.

»Komm her, Evie.«

Ich ging zu ihm.

Und als ich nahe genug bei ihm war, schlang er den Arm um meine Taille, zog mich an sich, dann drückte er den Mund auf meinen und ich tat das Einzige, was ich tun konnte – ich gab ihm, was er wollte.

Zum Glück war ich so klug gewesen, zu duschen und mir die Zähne zu putzen, bevor ich mich auf die Suche nach Chasin machte. Er nahm sich Zeit, meinen Mund zu erforschen, und als er damit fertig war, ließ er mich das Gleiche tun. Der Mann konnte vielleicht küssen – egal auf welche Weise er es tat, es war unfassbar scharf. Langsam und zärtlich, verzweifelt und schnell, fordernd oder nett. Er hatte viele verschiedene Arten zu küssen in seinem Repertoire und manchmal mischte er sie miteinander und wechselte von hektisch und kontrollierend zu den weichsten Strichen seiner Zunge an meiner, bevor er wieder dazu überging, Anspruch auf mich zu erheben. Was ich damit sagen wollte, was auch immer Chasin mir gab, war das Beste.

»Morgen«, murmelte er an meinem Mundwinkel.

Heilige Mutter Gottes, das war scharf.

»Morgen«, entgegnete ich.

Leider war ich nicht der Meinung, dass mein »Morgen« so sexy war wie seins. Aber ich spürte, wie er an meiner Wange lächelte, bevor er sich zurücklehnte und mich von oben ansah.

»Kaffee ist fertig. Nimm dir eine Tasse, ich mache das hier schnell fertig«, sagte er zu mir.

»Okay.«

Chasin stand da, sah nach unten, die Arme weiterhin um mich geschlungen, als hätte er mir nicht soeben gesagt, ich solle mir Kaffee holen, und als hätte ich nicht geantwortet.

»Du musst mich gehen lassen, wenn ich mir Kaffee holen soll. Und nur nebenbei, ich bin mir nicht sicher, ob auf der Welt genügend Kaffee existiert, um mich ausreichend aufzuwecken, damit ich vor Mittag eine intelligente Unterhaltung führen kann. Erwarte die nächsten paar Stunden also nicht zu viel von mir.«

Chasins Lippen zuckten und das Sanfte in seinem Blick wurde noch sanfter. Etwas hatte sich verändert. Und nicht so, wie es die anderen Male geschehen war – dieses Mal war es gut. Wirklich gut. Mir gefiel, dass er entspannt und glücklich aussah.

»Ich fand es schön, heute Morgen neben dir aufzuwachen.«

Heilige Scheiße. Er sagte es mir geradeheraus.

»Ich fand es schön, dass du mich aufgeweckt hast, bevor du aufgestanden bist, aber wusstest, dass ich nicht aufstehen würde, und mich hast liegen lassen, damit ich ausschlafen konnte. Aber mir gefällt es besser, neben dir einzuschlafen, als es mir gefällt, dass du weißt, dass ich gern ausschlafe. Aber am meisten von alledem hat mir gefallen, dass du es schön fandest, neben mir aufzuwachen«, plapperte ich.

»Hat dir schon einmal jemand gesagt, dass du morgens unheimlich süß bist, wenn du noch verschlafen bist?«

Ich schüttelte den Kopf, weil das noch niemand getan hatte, und fügte hinzu: »Ich habe dir doch gesagt, erwarte nicht zu viel.«

»Ich muss vielleicht anfangen, dich vor Mittag aus dem Bett zu holen«, murmelte er und lehnte seine Stirn an meine.

Oh Gott, wie süß das ist. Mir gefielen unsere Stirnen zusammengepresst, ihn ganz nahe, mit weichem Blick viel mehr, als mir gefiel, dass er wusste, dass ich gern ausschlafe.

»Du hast meine Erlaubnis, das zu tun, wenn du A) vorhast, mir mehr von dem oder eine Variation davon zu geben, was du mir gestern Abend gegeben hast oder … nein … jetzt, da ich darüber nachdenke, muss ich sagen, es ist der einzige Grund, dass du meine Erlaubnis hast, mich früh aufzuwecken. Es sei denn, das Haus steht in Flammen oder irgendjemand blutet, aber die Blutung muss lebensbedrohlich sein, oder draußen wütet ein Tornado. Habt ihr Tornados hier in Maryland?«

»Ja, Babe.« Er lachte. »Also, um es zusammenzufassen: Ich darf dich früh aufwecken, wenn ich mit dir vögeln will, wenn jemand stirbt oder uns eine Naturkatastrophe bevorsteht?«

Ich dachte über das nach, was er gesagt hatte, und zog in Erwägung, noch weitere Dinge zu der Liste hinzuzufügen, wie zum Beispiel, wenn er mir Frühstück ans Bett bringen oder mit mir duschen wollte – wir hatten das zuvor schon getan und seine Finger fühlten sich magisch an, als er meine Kopfhaut massierte. Ich war kein großer Freund von Frühstück, fand die Idee aber toll, dass er es mir zubereitete und mich damit im Bett überraschte.

»Ich korrigiere«, begann ich. »Frühstück im Bett kann zur Liste hinzugefügt werden, aber benutze das nicht zu häufig. Und es tut mir leid, es dir zu sagen, aber von mir wirst du es vermutlich nie bekommen. Du weißt, dass ich großartige Waffeln mache, aber du wirst einfach darauf warten müssen, dass ich sie dir zu einer normalen Zeit backe. Außerdem füge ich *zusammen duschen, bevor du zur Arbeit gehst* hinzu. Aber nur, weil es ein wunderbarer Anblick ist, dich nass und nackt zu sehen, und ich der Meinung bin, dass keiner von uns nackt, nass und seifig sein kann und nicht mit dem anderen schlafen will. Deshalb ist das tatsächlich nur eine Variante, mir mehr von dem zu geben, was du mir gestern Abend gegeben hast. Gleiches Ergebnis, anderer Ort.«

Chasins Körper begann zu beben, nachdem ich das Wort »Waffel« ausgesprochen hatte, und als ich »duschen« sagte, lächelte er. Jetzt lachte er aus voller Kehle.

Er hatte ein tolles Lachen. Es war so gut, dass ich die Augen schloss, es in mich aufsog und in meiner Erinnerung einschloss, damit ich es nie mehr vergaß.

»Freut mich, dass dir gefällt, was ich dir gebe, Baby.«

Er ließ eine seiner Hände nach unten gleiten, packte dieselbe Pobacke, die er gestern Abend versohlt hatte, und drückte zu. Ich öffnete schlagartig die Augen und konnte nichts dagegen tun, dass ich hörbar die Luft einsog. Verdammt, das brannte.

Chasin trat rasch einen Schritt zurück. Er schaltete den Herd aus und stellte die Pfanne mit dem Speck auf eine kalte Platte. Dann drehte er sich wieder zu mir um, hob mich an der Taille hoch und setzte mich vorsichtig auf die Arbeitsplatte. Ohne Zeit zu verlieren, trat er zwischen meine Beine und zog mich an sich.

Jetzt waren unsere Gesichter direkt voreinander und er sah mir mit deutlicher Sorge tief in die Augen.

»Was ist los?«, fragte ich.

»Habe ich dir gestern Abend wehgetan?«

Oh nein.

Ich wollte nicht so reagieren – um genau zu sein, versuchte ich, mich verzweifelt dagegen zu wehren –, aber ich spürte, wie mein Körper steif wurde.

Chasin sah es und entspannte sofort seine Gesichtszüge.

»Ich gebe mir Mühe«, sagte ich. »Ich werde mich nicht vor dir verstecken.«

»Ich weiß.«

Mit der rechten Hand zog er den Halsausschnitt meines T-Shirts zur Seite und fuhr mit der Fingerspitze über die Bissspur, die er hinterlassen hatte.

Ich atmete einmal durch und erinnerte mich, dass es Chasin war, der vor mir stand. Chasin, der die Bissspur hinterlassen hatte. Chasin, der mir alles gegeben hatte, worum ich gebeten hatte. Chasin, der mich gedrängt hatte, echt zu sein. Chasin, der selbst erst vor wenigen Minuten offen und ehrlich zu mir gewesen war.

»An dieser Stelle gefällt es mir«, sagte ich und er sah mir erneut in die Augen. »Ich kann nicht erklären wieso. Aber als ich heute Morgen in die Dusche stieg und es gesehen habe, hat es mir gefallen.«

»Du brauchst keinen Grund, damit dir etwas gefällt, Evie. Ich muss dich wegen gestern Abend etwas fragen.« Chasin hielt inne und suchte wie immer mein Gesicht ab, bevor er fortfuhr. »Gestern Abend hast du mir gesagt, du brauchst es grob.«

Oh nein. Meine Wangen heizten sich auf und ich spürte, wie mein Herz anfing, wie wild zu klopfen.

»Babe«, sagte er, »du sollst wissen, dass ich dich nicht verurteile, und selbst wenn ich ein Arschloch wäre, das dich verurteilt, könnte ich es in dieser speziellen Situation nicht tun. Weil ich denke, du weißt mittlerweile, dass mich das, was du mir gibst, total anmacht. Dabei spreche ich ebenfalls davon, wie wild und grob du es magst. Verstehst du das? Es ist *auch* deswegen, nicht *obwohl* du es magst. Ich liebe es einfach, wenn du tief in der Kehle zu summen beginnst und es klingt, als würdest du mich jeden Moment anfallen. Kein Scheiß, das ist einfach superscharf.«

Er sah mir in die Augen. »Aber gestern Abend habe ich gesehen, wie etwas über dein Gesicht gehuscht ist, und es wirkte wie Scham. Deshalb muss ich dich fragen, ob für dich alles, was wir gestern Abend getan haben, in Ordnung ist. Ich war ziemlich grob zu dir.«

Es war etwa drei Stunden früher, als ich es normalerweise gewohnt war, auf zu sein, und ich hatte immer noch keinen einzigen Schluck Kaffee getrunken. Mein Verstand versuchte immer noch, die Tatsache zu begreifen, dass ich mich in Chasins Bett wiedergefunden hatte. Und alle Zeichen deuteten darauf hin, dass er mich besser kennenlernen wollte. Er hatte mir nicht nur direkt gesagt, dass es passieren würde, er hatte mir gezeigt, dass es ihm ernst war.

Und so saß ich also auf der Arbeitsplatte in seiner Küche – zu früh, ohne Kaffee – und schüttete ihm mein Herz aus.

»Ich war noch nie so. Nicht einmal, bevor ich Vivi Rush wurde und vorsichtig sein musste, weil alles, was ich tue, an die Presse weitergegeben werden und zu hässlichen Geschichten verdreht werden kann. Um ehrlich zu sein, Sex war immer langweilig. Damit meine ich, es war für mich nicht toll. Ich war keine Nonne, ich habe während der letzten paar Jahre mit einigen Männern geschlafen, aber es war ... anders. Ich habe ihnen nicht vertraut, deshalb habe ich auch nicht losgelassen und es genossen. Es wurde langweilig und war es schließlich nicht mehr wert, deshalb habe ich aufgehört, es zu versuchen.

Dann habe ich dich getroffen und habe dir von Beginn an vertraut. Ich will damit sagen, ich bin nicht wild und grob, das bin ich nur mit dir. Deshalb wusste ich nicht, dass ich gern versohlt oder an den Haaren gezogen oder von dir gebissen oder gekniffen werde. Ich wusste es nicht, weil es nie jemand versucht hat, und wenn jemand es getan hätte, hätte ich es unterbunden.«

Ich hielt inne. »Ich glaube ... ich glaube, gestern Abend ... ich weiß nicht, vielleicht war ich verwirrt, *warum* es mir gefällt. Aber dann hast du gesagt, dass du bereits wüsstest, was ich bräuchte, und es wurde mir klar – du wusstest es wirklich. Du scheinst immer zu wissen, was ich brauche, selbst wenn ich nicht zugeben will, dass ich es brauche. Was du gesehen hast, war keine Scham, es war Verwirrung und dann Frieden. Und das hatte ich noch niemals zuvor. Ich habe mich nie sicher gefühlt und dank dir fühle ich mich sicher und frei. Ich wusste nicht genau, was ich damit anfangen soll, aber dann hast du mich versohlt und ich hatte gar keine Chance, noch weiter darüber nachzudenken, weil ich *überhaupt nicht mehr* gedacht habe.«

Ich zuckte mit den Schultern. »Aus diesem Grund weiß ich immer noch nicht, warum es mir gefällt, deinen Biss auf meiner Schulter zu sehen, oder warum es mich anmacht, dass mein Hintern immer noch wehtut, aber es ist so. Und ich denke, solange es mir und dir gefällt, ist der Grund auch egal. Aber müsste ich raten, glaube ich, dass die Spur mich heute früh, als ich sie gesehen habe, daran erinnert hat, dass ich dein bin, wie lange diese Sache auch immer andauern mag. Dass ich wahrhaftig und wirklich zu dir gehöre. Markiert, beansprucht und umsorgt.«

Als ich fertig war, starrte Chasin mich an, ein vollkommen neuer Blick. Einer, den ich zuvor noch niemals gesehen hatte, und ich verstand nicht, warum er mich anschaute, als sei ich ihm noch niemals zuvor begegnet.

Dann nahm er die Hände von meinen Hüften, in die er sie gepresst hatte, und ergriff mein Gesicht. Doch er ließ sie nicht lange dort, denn er schob sie in mein nasses Haar und zog mich grob an sich. Ich dachte, er würde mich küssen, aber das tat er nicht. Chasin drückte mein Gesicht an seine Brust, hielt mich dort fest und knurrte.

»*Scheiße*.« Das Schimpfwort klang wie aus seiner Seele gerissen und plötzlich war ich besorgt, dass ich ihm zu viel gesagt hatte.

Oder vielleicht hatte ich das Falsche gesagt.

»Ich ... äh ... vielleicht –«

»Nein, Evie. Nimm es nicht zurück.«

»Okay«, flüsterte ich an der harten Muskelwand, gegen die er mein Gesicht drückte.

»*Scheiße*«, wiederholte er. »Ich weiß nicht wie, ich weiß nicht warum und ich stelle es auch nicht infrage. Ich hätte nie gedacht, dass ich es finden würde. Aber *verdammte Scheiße*, ich liebe dich so sehr, Genevieve.«

Er zog mein Gesicht von seiner Brust, dann küsste er mich.

Feucht, tief und ausgiebig.

So ausgiebig, dass ich tropfnass war, meine Klitoris pulsierte, meine Brustwarzen kribbelten, mein Herz schnell schlug und mein Verstand sich überschlug.

Dann erinnerte ich mich an nichts mehr, weil ich mich nicht konzentrieren konnte, als Chasin meine Mundhöhle plünderte, als würde er mich besitzen. Ich konnte lediglich versuchen mitzuhalten. Zum Glück war er in der Stimmung zu nehmen, weshalb ich nicht viel mehr zu tun hatte, als zu geben.

Und das tat ich. Ich gab und gab und gab.

Bis ich hörte: »OhmeinGott. Oh. Mein. Gott. Es tut mir so leid.«

Chasin unterbrach den Kuss. Silver Beil stand mit ihrem Sohn Dylan auf dem Arm und ihrem Mann Weston an der Seite in der Küche. Silver hatte ein rotes Gesicht und sah aus, als wollte sie genau wie ich am liebsten im Boden versinken.

Weston andererseits lachte sich kaputt.

»Hör auf«, zischte Silver.

»Tut ... tut mir leid, aber Silver, Baby, das ist einfach zum Totlachen.«

Jede Zelle meines Körpers erstarrte.

»Weston«, knurrte Chasin.

Kein sexy, erregtes Knurren, sondern ein sehr wütendes.

»Komm schon, nach all dem Mist, mit dem du mich aufgezogen hast.« Weston lachte noch einmal.

»Weston«, fuhr Silver ihn an und drehte den Kopf ruckartig in meine Richtung. Weston folgte der Kopfbewegung seiner Frau und sein Lächeln verschwand.

»Scheiße, Genevieve. Tut mir leid. Ich habe nicht *dich* ausgelacht. Ich schwöre.«

»Schon okay«, murmelte ich, obwohl es mir sehr peinlich war. »Lass mich runter«, flüsterte ich Chasin zu.

»Nein, Liebes. Bleib genau dort. Und er lacht dich nicht aus. Er ist ein Idiot und revanchiert sich, weil er und Silver es einmal in der Küche getrieben haben. Und nachdem sie fertig waren, kamen Holden und ich ins Haus und erwischten Weston dabei, wie er die Arbeitsfläche mit Desinfektionsmittel reinigte. Er benutzte so viel von dem Zeug, dass wir von dem Geruch der Chemikalien fast ohnmächtig wurden. Wir haben *ihn* aufgezogen und verarscht. Silver war nicht dabei, sonst hätten Holden und ich die Klappe gehalten.«

Ich sah Silver an, deren Gesicht nun tiefrot war, dann ließ ich den Blick zu Weston wandern, der richtig gestraft aussah.

»Wirklich, es ist in Ordnung«, sagte ich und fühlte mich zwar besser, weil ich nicht die Zielscheibe des Spottes war, schämte mich aber immer noch, weil wir erwischt worden waren.

»Nein, ist es nicht. Chasin hat recht. Ich war ein Idiot. Ich hätte nichts sagen sollen. Tut mir leid.«

»Hey, was ist denn hier los?«, fragte Bobby, als sie den Raum betrat. »Super. Chasin macht Frühstück.«

Gott sei Dank gibt es Bobby.

Ich betrachtete ihre Trainingskleidung und schüttelte den Kopf. »Du bist der einzige Mensch, den ich kenne, der acht Kilometer läuft und sich dann den Bauch mit Speck vollschlägt«, bemerkte ich.

»Ich trainiere *ausschließlich*, damit ich mir den Bauch mit Speck vollschlagen kann. Und mit Brot und Käse und Nachtisch und allem, was ich sonst noch finden kann.«

Das stimmte. Bobby trieb keinen Sport, weil es ihr gefiel. Sie trieb Sport, weil sie Essen liebte, sie aber gleichzeitig gut in einem Bikini aussehen wollte.

»Du solltest besser runterspringen, Baby, und dir Kaffee nehmen, damit ich das Frühstück zu Ende zubereiten kann«, sagte Chasin zu mir. Dann an Weston gewandt: »Bist du nur hierhergekommen, um meinen Morgen zu ruinieren, oder gibt es noch etwas anderes?«

Bobby hörte Chasins scharfen Tonfall und bemerkte dann verspätet die Atmosphäre im Raum. »Was habe ich verpasst?«

Weston sah aus, als hätte es ihm die Petersilie verhagelt, Chasin war sauer und Silver blickte beschämt drein. Spontan beschloss ich, die angespannte Stimmung aufzulockern. Mein Tag hatte so großartig begonnen und ich würde nicht zulassen, dass dieser kleine Zwischenfall ihn ruiniert. Selbst wenn dieser Zwischenfall darin bestand, dass Silver und Weston, nachdem Chasin mir gesagt hatte, dass er mich liebt, in eine überaus gute Knutscherei hineingeplatzt waren und es peinlich war, erwischt zu werden, während ich den Mund auf Chasins gepresst und die Beine um seine Taille geschlungen hatte.

»Na ja, Chasin und ich haben ordentlich rumgemacht und Weston und Silver haben uns erwischt.« Ich zuckte mit den Schultern.

»Hier? Sie haben euch in der Küche erwischt?« Sie kicherte.

»Ja. Anscheinend hat diese Küche schon so einiges gesehen angesichts der Tatsache, dass Weston und Silver hier ebenfalls schon Sex hatten und Weston danach alles mit Desinfektionsmittel reinigte. So wie Chasin die Geschichte erzählt, hat Weston genügend von dem Reinigungszeug benutzt, um Gehirnzellen zu töten. Wir sind nicht so weit gekommen, deshalb ist das Desinfizieren auch nicht notwendig, aber ich werde aus Höflichkeit trotzdem die Arbeitsfläche abwischen.«

Als ich fertig war, erklang das Lachen von zwei Männern und das Kichern von zwei Frauen.

Meine Wangen glühten, aber ich hatte meine Mission erfüllt und alle lachten.

Es hatte den Anschein, als hätte mein Pech sich in Glück verwandelt.

Endlich.

23

______

KAPITEL DREIUNDZWANZIG

Es war Genevieve zu verdanken, dass Chasin seinen Freund erst verprügeln wollte, weil dieser seine Frau in eine peinliche Lage gebracht hatte, und sich stattdessen scheckig lachte.

Und sie hatte es innerhalb von nur zwei wütenden Herzschlägen geschafft.

Genevieve hüpfte von der Arbeitsfläche und erschrak Chasin dann gewaltig. Sie stellte sich auf Zehenspitzen, berührte seine Lippen mit ihren und murmelte: »Möchtest du noch mehr Kaffee?«

»Nein, Baby.«

Sie hielt seinem Blick einige Sekunden lang stand, dann lächelte sie und ging zur Kaffeemaschine. Chasin schaltete den Herd wieder ein, um sich weiter um das Frühstück zu kümmern, denn jetzt musste er fünf anstatt zwei Personen füttern. Er dachte darüber nach, wie verloren er in dem Moment gewesen war, dass er nicht gehört hatte, wie Weston hereingekommen war. Er hatte auch nicht gehört, wie er sich genähert hatte, und das war verdammt gefährlich. Weston hätte sonst wer sein können, er hätte das kranke Arschloch sein können, das Genevieve nachstellte, und Chasin hätte ihn erst gehört, wenn es zu spät gewesen wäre.

»Wie war deine Laufrunde?«, hörte er Genevieve fragen.

»Fürchterlich. Holden ist mitgekommen. Meine Beine sind kürzer als seine und er rief mir ständig zu, ich solle das Tempo halten. Dann gab er an, indem er rückwärts lief. Ich gehe nie wieder mit ihm joggen.«

»Doch, das wirst du. Morgen«, polterte Holden. »Und dein Telefon klingelt.«

Verdammt noch mal. Er wollte nur einen Vormittag allein mit seiner Frau verbringen, ganz besonders nachdem sie sich ihm ohne das geringste Nachbohren geöffnet hatte. Er hätte mit ihr direkt zurück ins Bett gehen und ihr dort seine Anerkennung zeigen sollen, anstatt die Kontrolle zu verlieren und sie auf der Arbeitsplatte zu küssen. Aber nachdem er ihre Ehrlichkeit gehört, ihre Aufrichtigkeit gesehen und die Wärme ihres Körpers, der an seinen gepresst war, gespürt hatte, war sie ihm entglitten. Er konnte sich nicht beherrschen. Sie hatte jede seiner Grenzen ausgetestet und es machte ihm nichts aus, dass er versagt hatte. Nicht wenn das Versagen bedeutete, dass sein Mund auf ihrem war.

Chasin hörte beiläufig, wie Genevieve Silver nach Dylan fragte und Silvers Antwort darauf, aber er war so tief in Gedanken versunken und plante seinen nächsten Schachzug, dass er nicht aufmerksam war. Wenngleich das sehr laute und aggressive Kreischen aus dem Wohnzimmer ihn sofort aus seinen Gedanken riss.

»Du willst mich wohl verarschen!«, schrie Bobby.

Sofort wurden Körper aus der Küche bewegt. Zum zweiten Mal stellte Chasin die Pfanne auf die hintere Herdplatte und war sauer, dass Genevieves Frühstück noch länger dauern würde. Als er endlich im Wohnzimmer eintraf, starrten alle eine sehr zornige Bobby an, die im Raum auf und ab ging.

»Das ist ein Problem, Leslie.« Schweigen. »Ja? Nun, Vivi wird anderer Meinung sein. Sie wird sauer sein. Und nur zur Erinnerung, sie hat Melissa gestern entlassen. Ich kann nicht für sie sprechen, aber ich an deiner Stelle würde dafür sorgen, dass dieser Mist in Ordnung gebracht wird, bevor sie Gelegenheit hat, dich anzurufen.« Schweigen. »Dummes Zeug. Du *kannst* es in Ordnung bringen. Ruf denjenigen an, den du anrufst, um Scheiße wie diese verschwinden zu lassen, und ich werde Colleen kontaktieren. Ich werde Vivi von Bent erzählen, aber ich würde nicht zu viel erwarten.«

Bobby nahm das Handy vom Ohr, tippte wütend auf das Display und drehte sich zu dem Publikum um, das sie um sich versammelt hatte. Sie richtete den Blick auf Genevieve, und Chasin spannte sich an. Die Frau war vollkommen außer sich vor Wut, aber da war auch ein Hauch von Mitleid.

Verdammte Scheiße.

»Die Geschichte ist durchgesickert. Wir haben die Schlagzeile auf der Titelseite, dass Vivi Rush sich versteckt«, verkündete Bobby.

Chasin legte den Arm um Genevieve und sofort verschmolz sie mit ihm. Verdammt, das fühlte sich gut an. Und zu jedem anderen Zeitpunkt hätte er sich einen Moment gegönnt, um es zu genießen, aber in dieser Situation zitterte Genevieve wie Espenlaub und klammerte sich ängstlich an ihm fest.

»Bent ist in der Stadt«, fuhr Bobby fort. »Er will ein Treffen und akzeptiert kein Nein. Er hat Leslie erzählt, dass das neue Material, das er hat, dich in die Ruhmeshalle der Countrymusik bringen wird. Selbstverständlich ist Leslie völlig begeistert von dem Scheiß, obwohl alle wissen, dass deine Lieder besser sind als alles, was er produzieren kann. Und Melissa hat die Geschichte so verdreht, dass *sie* sich von *dir* getrennt hat. Auch diese Geschichte ist raus, jedes Unterhaltungsmagazin hat sie aufgegriffen.«

Die Luft zischte und knisterte mit Feindseligkeit. Überraschenderweise ging es nicht von den Männern aus. Genevieve strahlte es aus und Bobby stand kurz davor.

»Nein«, brummte Genevieve. »Auf gar keinen Fall. Nein. Ich *bin* fertig.«

Genevieves Stimme war vor Schmerz so belegt, dass Chasin seinen Griff um sie automatisch verstärkte und sie näher an sich zog.

»Viv –«

»Nein, Bobby. Einfach nur nein. Wir haben gestern darüber gesprochen. Du weißt, wo ich stehe. Mein ganzes Leben dachte ich, dass ich das hier will. Aber das ist es nicht. Ich will nichts davon. Ich will Musik machen. Das ist alles. Den Rest will ich nicht. Von jetzt an will ich nicht, dass es mein Leben noch weiter verseucht. Ich ertrage diese Menschen, die denken, sie können mich übergehen, keine einzige Sekunden mehr.«

»Okay Viv. Ich verstehe dich. Ich stimme zu. Was ist der nächste Schritt?« Bobbys Tonfall war erheblich sanfter geworden, aber ihre kleine Statur war immer noch sehr angespannt.

Genevieve lehnte sich gerade ausreichend zurück, um zu Chasin aufzusehen. Er musste sich sehr zusammenreißen, um sie nicht auf die Arme zu nehmen und an einen Ort zu bringen, an dem er den Schmerz auslöschen konnte, den er gesehen hatte. Ihr Gesicht sagte alles – Trauer, Leid und Herzschmerz. Direkt vor ihm verabschiedete sie sich von ihrem Traum. Dann wurde aus der Qual Entschlossenheit, und auch die gab sie ihm.

»Ich werde meine Plattenfirma feuern«, sagte sie zu ihm. »Darüber wollte ich mit dir sprechen. Ich werde dieses dämliche Haus in Tennessee verkaufen. Ich ziehe in das Haus meines Onkels, bis ich mein Leben wieder im Griff habe. Es wird nicht das Gleiche sein, aber ich kann Geld damit verdienen, die Lieder zu verkaufen, die ich schreibe. Und wer weiß? Wenn ich etwas schreibe, das ich liebe und es aufnehmen will, kann ich es selbst produzieren.«

Sie würde nicht in das Haus ihres Onkels ziehen, aber Chasin hielt es nicht für den richtigen Zeitpunkt, um ihr das mitzuteilen. Und abgesehen davon musste er mit Nixon sprechen, bevor er ihr seine Pläne unterbreitete.

»Was immer dich glücklich macht, Evie.«

»Ich weiß nicht, was mich glücklich macht. Ich fühlte mich glücklich, wenn ich auftrat, aber sobald ich die Bühne verließ, erinnerte ich mich an all die Verpflichtungen, die mit diesem Glück einhergehen. Ich bin glücklich, wenn ich mich in meiner Musik verliere, aber sobald ich damit fertig bin, meine Seele aufs Papier zu bringen, erinnere ich mich, dass es auch dabei Verpflichtungen gibt. Ich war nie bedingungslos glücklich, bis ich vor einigen Wochen vom Dock fiel und von einem Fremden gerettet wurde, der mit seinem Kajak vorbeifuhr. Da gab es keine Bedingungen, keine Einschränkungen, keine Auflagen.

Der einzige andere Mensch, der mir erlaubt hat, ich selbst zu sein, war Bobby. Nichts gegen sie, sie macht mich glücklich, aber in mir war immer noch ein Loch. Aber dieses Loch begann, sich zu füllen, und je mehr es das tut, desto glücklicher werde ich. Deshalb verkaufe ich mein Haus, nehme Abstand von dem ganzen Mist, ziehe nach Kent County und werde frei sein, damit du mich kennenlernen kannst, so wie ich wirklich bin. Ich wollte mit dir über all das sprechen und deine Meinung wissen, aber Leslie hat es ruiniert, indem sie mich zum Handeln gezwungen hat. Eine weitere Sache, die sie mir genommen hat.«

Und in dem Moment verstand er, warum er sich so schnell und bis über beide Ohren in sie verliebt hatte.

Das war die Genevieve, die er kennengelernt hatte.

Die Frau, die ihr Herz auf der Zunge trug und alles nach außen kehrte. Er hatte zwei Tage mit ihr verbracht, nichts über ihre Kindheit erfahren, wo sie herkam, was sie beruflich machte, aber nichts davon spielte eine Rolle. Sie hatte ihn aufgezogen, mit ihm gelacht und mit ihm über so dummes Zeug diskutiert wie beispielweise, dass *Pulp Fiction* der beste Film aller Zeiten sei – ihre Meinung, nicht seine. Aber verdammt, als sie damit fertig war, ihre Argumente sorgfältig und klug vorzubringen, hatte er ihr beinahe zugestimmt.

Sie war hübsch, anmutig, elegant, lustig und intelligent.

Aber jetzt wusste er mehr über sie. Er kannte ihre Entschlossenheit, ihren Schmerz, ihre Vergangenheit, und verdammt, wenn er sie nicht liebte.

Diese Frau hatte Mut.

Auch das liebte er. Er liebte, dass sie stark war und es niemandem gestattete, sie zu übergehen, auch ihm nicht.

Chasin brachte die Hände an ihre Hüften und drückte die Fingerspitzen hinein. »Tu, was immer *dich* glücklich macht, und ich werde tun, was immer ich kann, um dir dabei zu helfen.« Er nahm eine Hand von ihrer Hüfte und strich über die Runzeln auf ihrer Stirn. Dann senkte er die Stimme und sagte leise: »Dein Traum stirbt nicht, Evie, du gestaltest dir nur einen neuen. Es wird Zeit, dass du anfängst, für dich zu leben.«

Er sah die Feuchte in ihren Augen und wie sie die Lippen zusammenkniff. Aber sie nickte, und etwas von der Steifheit verschwand.

»Bist du damit einverstanden, dass ich hierherziehe?«

Ist sie verrückt?

»Wenn wir nicht in einem Raum voller Menschen wären, würde ich dir zeigen, wie einverstanden ich damit bin, dass du hierherziehst«, entgegnete er und Genevieve zuckte zusammen. »Das heben wir uns für später auf«, versprach er.

»Bevor irgendwelche Anrufe getätigt werden, müssen wir uns unterhalten«, meldete Weston sich zu Wort. »Ein weiteres Paket wurde abgegeben.«

Die Luft wurde wieder dick. Dieses Mal kam das wütende Knistern von den Männern, der Großteil von Chasin. Das Gefühl war so dicht, dass es seine Lunge zusammenpresste. Genevieve legte die Hand auf seine Brust und fast wie durch Zauberei beruhigte er sich so weit, dass er seine Gedanken ordnen konnte. Sie zählte auf ihn – er konnte es nicht versauen und sie im Stich lassen.

»Was war drin?«, wollte Chasin wissen.

Westons Zögern verhieß nichts Gutes.

»Wir sollten ein paar Schritte gehen«, entgegnete er.

Verdammte Scheiße.

Chasin sah zurück zu Genevieve, die das Kinn nach oben gereckt hatte, und ihre Blicke trafen sich. »Vertraust du mir?«

»Ja.«

Kein Zögern.

Er ließ die Wärme in sich eindringen und von ihr ausfüllen.

»Frühstücke in Ruhe zu Ende, lass mich mit Weston sprechen und wenn ich wieder zurück bin, unterhalten wir uns.«

Er wusste, dass er sein Glück herausforderte. Sie war nicht erfreut gewesen, als sie herausfand, dass Bobby ihr etwas verheimlichte, und hier war er nun dabei, genau das Gleiche zu tun.

»Okay.« Dieses Mal sprach sie das Wort zitternd aus, aber sie stimmte sofort zu.

»Okay.« Chasin trat an sie heran und berührte ihre Lippen sanft und zu kurz, bevor er sie losließ.

Bobby ging zu Genevieve, nahm ihre Hand und zog sie in Richtung Küche.

»Komm mit, ich verhungere.«

Mit einem angestrengten Lächeln folgte Silver den Frauen, und Chasin begab sich mit Holden und Weston zur Haustür.

Sie standen anderthalb Meter von der Veranda entfernt, als Weston das Wort ergriff. »Ich bin heute Morgen beim Haus gewesen, um mir die Lage anzusehen, und fand einen weiteren Umschlag, der in das Tor gesteckt wurde. Ich habe ihn mit ins Büro genommen und geöffnet. Genau wie vorher enthielt er Bilder von Genevieve, aber diese waren alt. Wir müssen sie ihr zeigen, damit sie uns sagen kann, wo sie aufgenommen wurden. Aber da ist ein Bild von dir auf dem Bürgersteig vor dem Büro. Und noch eins, bei dem du vor dem Fountain Park in deinen Wagen einsteigst. Ich habe dich gestern gesehen, deshalb erinnere ich mich daran, welche Kleidung du getragen hast ...«

Weston ließ die Aussage in der Luft hängen und Chasin spürte, wie die Säure in seinem Magen blubberte.

»Willst du mir sagen, dass er gestern Bilder von mir gemacht hat?«

»Ja.«

»Was noch?«

»Er sagt, du hast vierundzwanzig Stunden, um sie zurück zu ihrem Onkel zu bringen, oder du bist tot.«

»Dann weiß er also, dass es das Haus des Onkels ist?«, fragte Chasin und ignorierte die Drohung.

»Ja, und er weiß auch, dass sie in der Stadt ist und nicht dort wohnt. Er weiß, wer du bist und welchen Wagen du fährst. Er hat dich ins Büro gehen sehen, deshalb wäre ich auch nicht überrascht, wenn er nach der Adresse sucht, um herauszufinden, was sich dort befindet.«

»Anhand der Adresse wird er gar nichts finden«, sagte Holden.

»Nein, wird er nicht, aber wenn er Chasins Kennzeichen überprüft, schon.«

»Dann bekommt er meinen Namen und eine Postfachadresse. Das bereitet mir keine Sorgen.«

»Nun, mir schon. Der Wichser hat dich im Auge. Ich weiß nicht, wie nahe er dir war, aber allein die Tatsache, dass er dich sieht, bedeutet, dass er zu nahe ist. Du verlässt dieses Grundstück nicht ohne jemanden, der dir Rückendeckung gibt.«

»Wes-«

»Ich meine es ernst, Chasin. Wenn du lebendig sein willst, um das innere Loch zu füllen, das diese Frau hat, dann gehst du keine Risiken ein. Es besteht die Möglichkeit, dass er ein besessener Pisser ist, der weder die Fähigkeiten noch den Mut besitzt, um dich auszuschalten. Aber die Möglichkeit besteht weiterhin und wir werden dahingehend kein Risiko eingehen.«

Chasin dachte an Genevieves hübsches Gesicht, wie sie ihm offen und ehrlich sagte, dass er ein Loch des Unglücklichseins stopfte, das sie schon immer gehabt hatte. Weston hatte recht. Nichts war es wert, die Ehre zu riskieren, ihr zu zeigen, was Freude ist.

Aber es ärgerte ihn trotzdem.

»Gut«, willigte er ein. »Wir brauchen Informationen über Bent Bromley.«

»Ja, darüber habe ich bereits nachgedacht«, begann Holden. »Da er zufällig in der Stadt war, als ein weiteres Paket abgegeben wurde, denke ich, wir sollten ihn zu einem Gespräch einladen. Wenn Genevieve einverstanden ist, können sie sich im Büro treffen. Wir nehmen seine Fingerabdrücke und vergleichen sie mit dem, was wir haben.«

Chasin hasste die Idee, aber sie war gut und notwendig. Entweder könnten sie Bent ausschließen und weitersuchen, oder sie hätten das Arschloch, das Genevieve terrorisierte, und ihr Albtraum wäre vorüber.

KAPITEL VIERUNDZWANZIG

»Dieser Mist geht mir so was von auf die Nerven«, beschwerte ich mich.

Die Jungs waren wieder zurück, wir frühstückten – die Unterhaltung war unbeschwert und freundlich, keine Erwähnung von Stalkern oder davon, dass ich kurz vor einem Nervenzusammenbruch stand –, dann verabschiedeten sich Silver, Dylan und Weston, Holden kehrte in seinen Wohnwagen zurück und Bobby ging duschen. Chasin und ich waren oben im Schlafzimmer und er hatte mir gerade berichtet, dass die Jungs während ihres Gesprächs beschlossen hatten, ich solle mich mit Bent im Büro treffen.

Er schloss die Schlafzimmertür ab und drehte sich zu mir um, als er antwortete: »Ich weiß, dass es dir auf die Nerven geht. Wir machen Fortschritte. Er ist verzweifelt und macht Fehler. Wir haben Fingerabdrücke von dem ersten Paket und Alec untersucht derzeit die neue Sendung.«

»Ich weiß, dass ihr alles tut, was ihr tun könnt. Es tut mir leid. Ich will mich nicht beschweren.«

»Es ist in Ordnung, wenn du Angst hast.«

Aber mir wurde klar, ich hatte keine Angst. Nicht seit meinem Treffen mit der Gemini-Gruppe. Nein, das stimmte nicht, nicht seit ich Chasin getroffen hatte. Ich war verängstigt gewesen, als ich nach Kent County kam, und ja, ich hatte leichte Angst verspürt, wenn ich daran dachte, dass jemand es auf mich abgesehen hatte. Ich war nicht dumm, ich wusste, dass es verrückte Menschen auf der Welt gab und dass es gefährlich war, einen Stalker zu haben.

»Ich habe keine Angst.«

»Evie –«

»Ich sage die Wahrheit. Ich habe keine Angst. Ich weiß, dass du mich beschützt. Ich weiß, dass Holden, Nixon, Weston, Jameson und Alec daran arbeiten, ihn zu finden.«

Chasins Gesicht nahm diesen weichen Ausdruck an, nach dem ich ernsthaft süchtig war.

»Baby«, flüsterte er.

»Ich bin genervt. Ich bin sauer, dass er mein Leben durcheinanderbringt. Aber ich habe keine Angst, dass er mich schnappen wird. Ich weiß, du wirst es nicht zulassen. Deshalb beklage ich mich tatsächlich bloß wie eine verwöhnte Göre, weil mein Leben gestört wird, dabei sollte ich mich mehr darum sorgen, dass auch Bobby und ihr Jungs Überstunden macht, um den Kerl zu finden. McKenna ist schwanger und sitzt stundenlang an ihrem Schreibtisch. Das ist nicht gut.«

Chasin verzog den Mund zu einem Grinsen und schüttelte den Kopf. »Mach dir um Micky keine Sorgen. Nix hat versucht, sie dazu zu bringen, sich freizunehmen, und sie ist ausgeflippt. Sie sagte, sie sei schwanger und nicht krank, und wenn er noch einmal erwähnte, sie solle nicht mehr arbeiten, würde das Baby, das sie austrägt, Einzelkind bleiben. Da Nix zehn dieser kleinen Mistviecher haben will, hat er klugerweise den Mund gehalten. Micky liebt ihren Job, sie ist gut darin und sie ist klug. Sie weiß, wann sie sich ausruhen muss, und würde sich nicht unter Druck setzen und ihrem Baby schaden.«

»Nixon will zehn Kinder? Heiliger Jesus Christus. McKennas Vagina tut mir leid.«

»Sag das in meiner Gegenwart nie wieder«, presste Chasin hervor.

»Du magst das Wort Vagina nicht?«, zog ich ihn auf.

Chasins Augen leuchteten und er trat näher an mich heran, bevor er mich an der Taille packte und an sich riss. Mir stockte der Atem und die zuvor erwähnte Stelle zwischen meinen Beinen wurde feucht. Ich wusste nicht, was ich daran so scharf fand, dass Chasin mich dorthin schleuderte, wo er mich haben wollte, aber es war einfach so.

Absolut scharf.

»Mädchen haben Vaginen«, sagte Chasin.

»Äh ja, ich weiß, denn ich bin ein Mädchen und habe eine.«

»Nein, Baby, du bist eine Frau und du hast eine Muschi. Eine sehr warme, feuchte, enge Muschi. Und manchmal, wenn ich in der besonderen Stimmung bin, dich überaus schmutzig und dreckig zu nehmen, hast du eine Möse.«

Ich war kein großer Fan des M-Wortes, aber in diesem Moment wollte ich wissen, wie er *schmutzig* definierte. Dann erschauderte ich bei dem Gedanken und mein Höschen wurde noch feuchter. Chasin drückte das Gesicht an meinen Hals und seine Nase berührte meine Haut, bevor ich spürte, wie er die Zunge kreisen ließ.

»So sehe ich dich.«

Unfähig zu sprechen nickte ich.

»Verdammt perfekt.«

Ich erschauderte noch einmal.

»Sobald wir das Haus für uns haben, werde ich dir zeigen, was der Unterschied ist.«

»Ich kann es nicht erwarten«, krächzte ich.

Wieder leckte er mit der Zunge an meinem Hals entlang.

»Glaubst du, du kannst es aushalten?«

»Oh ja.«

Er drückte die Hüften nach vorn und presste seine Erektion fest an meinen Bauch.

Das rief keinen Schauder in mir hervor, es ließ meine Beine zu Wackelpudding werden.

»Wie lange haben wir, bis Bobby sich fertig gemacht hat?«, fragte er seltsamerweise.

»Äh, vielleicht dreißig Minuten?«

»Wir werden uns beeilen.«

Oh ja, meine Beine waren Wackelpudding. Ich hatte mir in Gedanken die Zeit ausgerechnet, die ich brauchen würde, um mich vorzubereiten und meine Rüstung anzulegen, bevor wir uns mit Bent trafen, aber der Gedanke verschwand, als Chasin die Hände in meine Shorts schob und meinen wunden Hintern drückte.

Danach flogen Kleidungsstücke herum.

Dann lag ich im Bett auf dem Rücken, die Beine weit gespreizt, weil Chasin mit den Händen meine Schenkel auseinanderhielt und sich mit dem Mund zwischen meinen Beinen befand. Es war spektakulär. So gut, dass ich mich aufbäumte und kurz vor einer Explosion stand, als er meine Klitoris in seinen Mund sog.

Dann war sein Mund verschwunden, er kniete vor mir, mein Hintern wurde vom Bett angehoben, meine Schenkel ruhten auf seinen und er streichelte sich. Das war scharf. Alles daran. Aber es wurde noch besser, als er meine Öffnung mit seiner Schwanzspitze anstupste, während er sich dabei zusah.

»So verdammt feucht«, murmelte er. »Tropfnass.«

Langsam ließ er den Blick über mich wandern, bis er mir in die Augen sah, und ich war mir sicher, dass er das Gleiche sah, das auch mich anstarrte.

Verlangen.

»Wirst du mich nun ficken, Liebling, oder willst du weiterspielen?«

Chasin antwortete, indem er mit einem harten Stoß in mich eindrang. Sein Stöhnen traf auf mein Summen, was Chasin ein tiefes, rumpelndes Knurren entlockte.

»Ja, Baby, ich werde dich ficken.«

Dann machte Chasin sich daran, einen neuen Weltrekord aufzustellen, und brachte mich etwa eine Minute später zur Explosion. Aber erst, als ich den zweiten Höhepunkt erlebte, beugte er sich nach vorn, plünderte meine Mundhöhle und stöhnte seinen Orgasmus in meine Kehle hinein. Meiner fühlte sich himmlisch an. Seiner schmeckte wie das Paradies.

***

»Warum starrst du mich so an?«, fragte ich Bobby, als wir allein im Konferenzraum der Gemini-Gruppe saßen.

Chasin und Holden hatten uns hereingeführt und uns mitgeteilt, dass Bent auf dem Weg war, dann hatten sie uns allein gelassen, um mit Alec zu sprechen. Jedoch nicht bevor Chasin mir versichert hatte, dass es niemandem möglich sei, das Büro zu betreten.

»Ich starre nicht.«

»Doch, tust du.«

»Nein, ich sehe dich an.«

»Das ist das Gleiche. Was ist los, habe ich etwas im Gesicht?«

»Äh ja, du hast etwas im Gesicht. Ich glaube, es nennt

sich Nachglühen. Wenngleich ich mich nicht daran erinnern kann, weil ich es schon so lange nicht mehr hatte, dass ich auf dem besten Weg bin, eine Nonne zu werden.«

Nun, ich schätzte, ich hatte einige Möglichkeiten. Ich konnte mich schämen und es leugnen oder ich konnte etwas Neues ausprobieren und einfach mitspielen. Bobby war meine beste Freundin und ich beschloss, wenn ich mit ihr nicht darüber lachen und Witze reißen konnte, dass ein wirklich scharfer Kerl mich gut durchgenommen hatte, dann hatte ich ein Problem.

»Er ist scharf.« Ich zuckte mit den Schultern und Bobby fing an zu lachen. »Was denn? Stimmt doch.«

»Ich bin deiner Meinung. Ich kann nur nicht glauben, dass du darüber Witze machst.«

Verdammt, das war ein Schlag in die Magengrube.

»War ich so schlecht?«

Bobby hörte auf zu kichern und schenkte mir ein trauriges Lächeln, das mir das Herz brach. »Davon sprechen wir nicht. Ich bin nur froh, dass ich meine beste Freundin zurückhabe. Obwohl mir diese Version besser gefällt. Du wirst nicht rot, und das bedeutet, dass es mir vielleicht gelingt, dir ein paar Details zu entlocken.«

So weit würde ich nicht gehen.

»Tut mir leid, dass ich mich von dir zurückgezogen habe«, bat ich um Entschuldigung.

Bobby winkte ab. »Nein. Auf keinen Fall. Ich sagte doch, dass wir nicht darüber reden. Wir haben uns ausgesprochen. Alles ist so, wie es sein sollte. Und ich will das Thema nicht noch einmal durchkauen.«

»Wieso? Hast du Angst, dass ich mich wieder verschließe, wenn wir darüber reden?«, bohrte ich nach.

»Nein, Viv, denn wir haben es geklärt. Es gibt also nichts, worüber wir noch sprechen müssten. Abgesehen davon werde ich mir ein Beispiel an Chasin nehmen, denn ich habe beschlossen, solltest du jemals wieder versuchen, dich zurückzuziehen, werde ich dich so lange bedrängen, bis du wieder normal bist. Aber ich glaube nicht, dass ich es jemals werde tun müssen, weil Chasin den Anschein erweckt, als hätte er ein Händchen für alle Dinge, die Genevieve Ellison betreffen und wie man ihren Kopf in der Gegenwart behält.«

Mir gefiel, dass sie so über Chasin dachte, denn ich tat das ebenfalls.

»Ist das seltsam?«

»Ist was seltsam?«

»Ich weiß nicht. Ich kann es nicht erklären.«

»Ich weiß, wie es zu erklären ist. Er liebt dich, es macht ihm nichts aus, es dir zu zeigen, und er ist fest entschlossen, dich dazu zu bringen, sich in ihn zu verlieben. Obwohl er es nicht versuchen muss, denn du bist bereits in ihn verliebt.«

Es schien, als würden wir nichts vor irgendjemandem verbergen.

»Ja, das war, was ich gefragt habe. Ist das nicht seltsam?«

»Ich verstehe nicht, warum sollte irgendetwas davon seltsam sein?«

»Bobby, wir kennen uns gerade einmal ein paar Wochen, findest du nicht, dass es ein bisschen früh ist?«, fragte ich und sie lächelte.

»Du klingst wie eine verwirrte Katze, wenn du deine Worte pfeifst und röchelst. Und nein, ich halte es nicht für zu früh und ich finde es auch nicht seltsam. Ich finde es einfach großartig und wundervoll, und ich schwöre, wenn du anfängst, dir irgendwelches Zeug auszudenken, um dir auszureden, dass du ihn liebst, werde ich dir in den Hintern treten.«

»Schon gut, schon gut.« Ich wedelte mit den Händen vor

mir herum. »Kein Grund, gleich gewalttätig zu werden. Ich habe es mich nur gefragt.«

»Nein, hast du nicht, du hast versucht –«

»Ernsthaft, ich rede es mir nicht aus. Versprochen. Ich habe nur furchtbare Angst, okay? Außer dir habe ich noch nie jemand anderen geliebt, deshalb fühle ich mich nicht wohl. Ich will nur, dass das alles vorbei ist. Ich will eine echte Chance darauf, glücklich zu sein, ohne einen verdammten Stalker zu haben, der alles durcheinanderbringt. Und ich will, dass du laufen gehen kannst, ohne dass GI Joe Holden mit dir kommen muss.«

»So schlimm ist er nicht«, murmelte sie. »Aber ich verstehe dich. Bitte gönne es dir einfach. Sei glücklich. Sei du selbst. Sei, was immer du sein willst. Die Jungs werden deinen Stalker finden, dann wird alles gut.«

Ich selbst sein.

»Ich bin glücklich.«

»Äh, ja, Mädel. Es ist mir aufgefallen, erinnerst du dich? Du strahlst. Und das liegt nicht nur an dem, was Chasin dir gegeben hat, bevor wir hierhergekommen sind.« Bobby beugte sich über den Konferenztisch nach vorn. »Übrigens hast du mir darüber immer noch keine Einzelheiten erzählt.«

»Ich werde keine Einzelheiten erzählen.«

»Irgendwas wirst du erzählen«, murmelte sie. »Nur schade, dass es keine Einzelheiten sind, denn der Mann sieht aus, als sei er ein Biest.«

»Du bist so doof.« Ich lachte.

»Aber du liebst mich.«

»Das stimmt.«

Bobby grinste mich frech an und ließ sich auf einen Stuhl fallen, bevor sie seufzte. »Ich wünschte wirklich, wir müssten uns nicht mit –« Die Tür wurde geöffnet und sie klappte den Mund zu.

Nixon und Alec kamen herein, Bent folgte ihnen. Sobald er den Raum betrat, richtete er den Blick auf mich und machte sich nicht einmal die Mühe, Bobby überhaupt zu beachten. Dann – wie es Brents Art war – kam er direkt auf mich zu. Bevor ich mich rühren konnte, riss er mich von meinem Stuhl und umarmte mich.

Um keine Missverständnisse aufkommen zu lassen, Bents Zerren und seine Umarmung waren nicht scharf, sie waren unheimlich. Er tat es immer, wenn er in meiner Nähe war. Ich hatte ihm sowohl mit Worten als auch mit meiner Körpersprache deutlich gemacht, dass ich es nicht mochte. Aber da Bent nun einmal ein grapschendes Arschloch war, spielte er meine Äußerungen immer herunter und sagte mir, ich solle mich locker machen. Oder er sagte mir, er sei nur freundlich und dass alle seine Umarmungen liebten und er deshalb kein Problem darin sehe. Aber ich hatte kein einziges Mal gesehen, dass er Bobby oder Leslie so anfasste.

»Mein Güte, Liebes, warum hast du nicht angerufen?«

»Anrufen?«, keuchte ich und hatte Mühe, mich aus seinen Armen zu lösen.

»Ich habe die Zeitungen gesehen. Du weißt, dass ich –«

»Lass sie los!«

Oh Scheiße.

Ich brauchte nicht aufzusehen, um zu wissen, dass Chasin fuchsteufelswild war.

Bent achtete nicht darauf, deshalb ließ er mich auch nicht los und er hatte auch meinen Wink nicht verstanden – oder beschlossen, ihn zu ignorieren –, dass ich mich gegen seinen Griff wehrte.

Dann berührte Bent mich plötzlich nicht mehr.

»Was zur Hölle?« Bent drehte sich zu Chasin um.

»Ja, Kumpel, was zur Hölle? Ich habe dir gesagt, du sollst sie loslassen. Aber mehr noch, die Dame hat dir deutlich gemacht, dass sie losgelassen werden wollte. Und du hast beides ignoriert.«

»Falsch, *Kumpel*, Vivi und ich kennen uns schon *sehr* lange«, höhnte Bent.

Was erzählt er für eine Scheiße? Wir kannten uns überhaupt nicht lange und aus Bents Mund klang es, als sei zwischen uns etwas, das definitiv nicht existierte.

»Oh, ich bi-hitte dich«, schaltete Bobby sich ein. »Du kennst Vivi überhaupt nicht.«

»Roberta, freut mich.«

»Gut. Hier sind wir also, Leslie und du habt euren Willen bekommen. Komm zur Sache.«

»Lass uns das Geschäftliche unter vier Augen besprechen, Liebes.« Bent wandte sich wieder an mich und sprach mit sanfter, schmeichelnder Stimme.

»Ich bin nicht der Meinung, wir hätten irgendetwas zu besprechen, aber wenn du dich setzen möchtest, werde ich dir ein paar Minuten geben.«

»Liebes, komm schon, du weißt, wir haben sehr viel, worüber wir uns unterhalten müssen. Geh heute Abend mit mir essen. Dann reden wir über die Einzelheiten und du kannst mich zurück nach Nashville begleiten. Ich habe die Zeitungen gesehen und weiß, dass du nicht nach Hause gehen kannst. Bei mir im Haus ist mehr als genügend Platz. Du weißt, dass du dort jederzeit willkommen bist. Und du hättest zuerst mich anrufen sollen. Ich hätte dir geholfen.«

»Was sagst du da?«

»Vivi, Schätzchen –«

»Hast du Drogen genommen?«, fragte ich. »Marihuana? Crack? Kokain? Irgendwas? Ich war noch nie in deinem Haus und würde dich auch niemals anrufen, wenn ich in Schwierigkeiten stecke. Ich habe keine Ahnung, was für ein Spiel du treibst, aber lass die Scheiße, Bent, und sag mir, warum du hier bist.«

»Vivi.« Bent streckte die Hand aus, aber bevor er mich erneut berühren konnte, zuckte ich zurück und stieß mit Chasin zusammen.

Ich weiß nicht, wie es ihm gelungen war, sich an meine Seite zu stellen, aber als er die Hände an meine Hüften legte, um mich zu stützen, war ich dankbar.

»Zum letzten Mal, hör auf, mich anzufassen.«

Bent hörte nicht mehr zu. Er hatte den Blick auf Chasins Hände gerichtet und gab einen seltsam gurgelnden Laut von sich. Chasin hörte es ebenfalls, denn er verstärkte den Griff und zog mich nach hinten.

»Willst du mich verarschen?« Der Klang von Bents Stimme war wie Schmirgelpapier, das an meinem letzten Nerv rieb. Dann sah er abrupt auf und war wütender als eine Hornisse. »Warum betatscht er dich?«

»Was geht hier vor?«, fragte ich niemand Bestimmtes, sondern alle Anwesenden gleichzeitig. »Ich bin verwirrt, warum du denkst, du hättest das Recht, so etwas zu fragen. Verdammt, ich weiß nicht, warum du hier bist. Warte, ich verstehe auch nicht, wie du überhaupt wusstest, dass ich hier bin.«

Chasin drückte die Finger in meine Haut, aber selbst dabei spürte ich, wie er sie beugte. Ich war mir nicht sicher, ob er die Geduld verlor oder wollte, dass ich weitersprach.

»Du weißt, dass wir eine tolle Chemie haben, dass wir gut zusammen sind. Komm mit mir nach Hause«, gurrte er.

Okay, an dieser Stelle war mir ziemlich unheimlich zumute. Genauer gesagt war das alles mehr als gruselig. Bent hatte immer schon gegrapscht, aber jetzt war er von Sinnen.

Heilige Scheiße.

Ich griff nach einer von Chasins Händen und sofort verwob er unsere Finger miteinander, nahm die Hand aber nicht weg. Er wusste Bescheid. Er wusste, dass ich verstanden hatte. Die Stimmung im Raum veränderte sich und alle Männer waren plötzlich wachsam und in Alarmbereitschaft. Chasin jedoch war extrem wachsam. Sein Körper war angespannt und er drückte den Oberkörper bis zu den Hüften an mich.

Holden stellte sich neben Bobby und Nixon kam zu Chasin und mir. Alec positionierte sich neben der Tür und versperrte den einzigen Ausgang.

Oh ja, die Stimmung hatte sich verändert.

»Wie lange sind Sie bereits in der Stadt, Mr. Bromley?«, fragte Nixon, als sei es ihm egal und als würden nicht alle im Raum anwesenden Personen denken, dass Bent ein Wahnsinniger war.

»Ich wüsste nicht, was Sie das angeht. Genauer gesagt geht Sie nichts hiervon etwas an. Was Vivi und ich zu besprechen haben, ist privat.«

»Privat?«, fragte Nixon. »Oder geschäftlich?«

»Eine *private* Geschäftsangelegenheit.«

»Wie ist es etwas Geschäftliches, Miss Rush zu Ihnen nach Hause einzuladen?«

»Meine Güte, Vivi, also wirklich. Wer sind diese Leute? Es kommt mir vor wie eine Amateurversammlung. Sie sind nicht einmal in der Branche tätig. Lass uns Leslie anrufen, damit sie dich mit Chad zusammenbringt. Auf diese Weise kannst du weiterhin arbeiten. Das hier ist lächerlich, sie werden dich ruinieren.«

»Woher wusstest du, dass ich hier bin?«, schaltete ich mich erneut ein.

»Was meinst du? War es ein Geheimnis, dass du zu deinem Onkel gefahren bist?«

Chasin drückte zweimal fest zu und ich war mir sicher,

dass er mir damit etwas mitteilen wollte. Ich wusste nur nicht was. Bis er sich nach vorn beugte und mich auf die Wange küsste.

»Bist du fertig, Baby?«

Bei seiner Frage zuckte ich überrascht zusammen. Anscheinend verstand Bobby schneller, denn sie stand sofort von ihrem Stuhl auf.

»Ich komme mit euch, ich verhungere.«

»Ja, ich bin fertig. Was für eine Zeitverschwendung.«

Chasin bewegte sich mit uns zur Tür, als Bent sprach. »Das wirst du bereuen, Vivi. Nach dieser Scheiße wirst du nie mehr –«

»Ach Gottchen, wirklich?« Bobby lachte schallend. »Du klingst wie ein Bösewicht aus einem schlechten Film. Du hast nichts, Bent. Du *bist* nichts. Du hast keinen Einfluss und niemand interessiert sich einen Dreck für das, was ein abgewracktes Arschloch zu sagen hat. Du brauchst Vivi, nicht umgekehrt. Ein verdammtes Lied, du hast mit ihr *ein Lied* geschrieben, das großen Erfolg hatte, und davon hast du mehr profitiert als sie. Erspar uns dein Drama. Das interessiert in diesem Raum wirklich niemanden.«

»Fick dich. Du warst immer schon Vivis größtes Problem. Ihr sind Gelegenheiten entgangen, weil niemand mit dir zusammenarbeiten will. Sie hätte –«

Wieder unterbrach Bobby ihn. »Sie hätte größer als der größte Name der Countrymusik sein können? Sie hätte *sein können*? Wirklich? Hörst du dir überhaupt zu? Warum hast du den langen Weg nach Maryland zurückgelegt, um sie anzubetteln, mit dir zu arbeiten?«

»Komm, Evie, lass uns gehen.« Chasin hatte offensichtlich genug oder vielmehr hatte er genug davon, dass ich mich im selben Raum wie Bent aufhielt.

»Evie?« Bent kam einen Schritt auf uns zu.

Und plötzlich konnte ich Bent nicht mehr sehen, weil ich die Hinterseite von Chasins T-Shirt anstarrte.

»Ich werde das hier nur einmal sagen, hör also genau zu. Wenn du dich Genevieve näherst, breche ich dir das Genick. Geradeheraus, kein Scherz, ich werde dir das Genick brechen. Wenn du darüber nachdenkst, dich mit Bobby anzulegen, passiert das Gleiche. Genevieve hat deutlich gemacht, dass sie nicht mit dir arbeiten wird. Nicht jetzt und auch nicht in Zukunft. Ich schlage vor, du löschst ihre Nummer und vergisst sie. Und ich meine damit, ruf sie verdammt noch mal nie wieder an.«

Bent plusterte sich auf. »Ach ja, das schlägst du also vor? Nun, ich schlage vor, dass du dich verpisst. Wir werden ja sehen, wen sie anruft, nachdem du ihre Karriere zerstört hast und sie mich auf Knien anfleht, ihr dabei zu helfen, den Schaden zu reparieren.«

Auf Knien? War er vollkommen durchgeknallt? Nun ja, er war sichtlich geistesgestört.

»Du bist geistesgestört«, sprach Bobby meine Gedanken aus. »Vollkommen und absolut gaga im Kopf.«

»Ich denke, ich habe mich klar ausgedrückt«, sagte Chasin und Alec öffnete uns die Tür, als wir uns näherten.

Sobald Bobby, Chasin und ich über die Schwelle getreten waren, hörte ich, wie die Tür zugeschlagen wurde, und Bent war mit drei wütenden Männern der Gemini-Gruppe im Konferenzraum eingesperrt.

»Brauchen wir Geld für eine Kaution?«, fragte ich.

»Nein, Baby.« Chasins Lippe zuckte.

»Nein, weil sie nicht geschnappt werden und wir sie aus diesem Grund nicht auf Kaution freibekommen müssen? Oder nein, weil sie ihn nicht verprügeln werden?«

»Nein, denn selbst wenn sie ihn verprügeln würden, was sie nicht tun werden, es sei denn, er spricht eine direkte

Drohung gegen dich aus, und in dem Fall wäre alles möglich, würden sie nicht geschnappt werden.«

»Tut mir leid, wie anstrengend das war.«

»Wir sind einen Schritt näher dran, Evie. Einen Schritt näher.«

25

KAPITEL FÜNFUNDZWANZIG

S TUNDEN WAREN VERGANGEN UND C HASIN KOCHTE VOR Wut. Nein, er war noch wütender, und das wollte etwas heißen, da er absolute Kontrolle aufbringen musste, um Bent Bromley nicht zu verprügeln. Er hatte es einzig aus dem Grund nicht getan, weil er wollte, dass Bent sich sein eigenes Grab schaufelt, und das hatte er getan. Der Idiot war nicht besonders klug und hatte ihnen direkt in die Hände gespielt.

Chasins Bauchgefühl schrie förmlich, dass sie Genevieves Stalker gefunden hatten. Das Problem bestand darin, dass sie keine Beweise hatten. Sie brauchten mindestens einen Fingerabdruck, um ihn mit denen zu vergleichen, die sie bereits hatten. Dann konnte die Polizei nach DNA-Spuren suchen. In der Zwischenzeit musste Chasin sich beruhigen und abwarten, wachsam sein und dafür sorgen, dass Evie in Sicherheit war.

Und zu einem ohnehin schon ärgerlichen Nachmittag kam noch ein Medien-Shitstorm um Genevieves Stalker hinzu. Bobby saß mit dem Handy am Ohr und dem aufge-klappten Laptop am Esstisch und nach der Art und Weise, wie sie auf die Tasten hämmerte, zu urteilen war auch sie stinksauer.

Genevieve hatte sich während der Fahrt nach Hause zusammengerissen, aber sobald sie das Haus betrat, entschuldigte sie sich, um Gitarre zu spielen. Das hätte Chasin beunruhigt, hätte sie ihm nicht noch schnell einen Kuss gegeben und erklärt, dass es ihr gut ginge und sie nur etwas Zeit brauche, um ihre Gedanken zu ordnen, und dass Musizieren ihre Art war, das zu tun.

Chasin war nervös auf und ab gegangen, während er auf Nixon wartete, und als sein Handy schließlich klingelte, fummelte er ungeduldig damit herum, als er antwortete.

»Was hast du rausgefunden?«, sagte Chasin zur Begrüßung.

»Der Typ ist ein totales Arschloch«, gab Nix zurück.

Da Nix' Beobachtung nichts hinzuzufügen war, schwieg er und wartete.

»Jameson ist ihm gefolgt. Er übernachtet im Holiday Inn. McKenna arbeitet derzeit daran, seine Reservierung ausfindig zu machen.« Übersetzung: Micky hackt sich in den Computer des Holiday Inn. »Danach wird sie alle Hotels und Pensionen in der Umgebung überprüfen, um zu sehen, ob er noch an anderen Orten abgestiegen ist. Sein Wagen ist gemietet. Und es gibt kein Flugticket auf seinen Namen, wir wissen also, dass er entweder hierhergefahren oder privat geflogen ist.«

»Was sagt dein Bauchgefühl?«, fragte Chasin.

»Das Gleiche wie deins. Er ist unser Mann.«

Verflucht, verdammte Scheiße.

»Nichts daran hat mir gefallen«, begann Chasin. »Und nicht nur, weil sie meine Frau ist. Auf dem Nachhauseweg erzählten Genevieve und Bobby mir, dass einer der Gründe, warum Evie sich geweigert hatte, mit Bent zu arbeiten, darin bestand, dass er sie gern betatschte und es sehr häufig tat. Es ging so weit, dass sie ihm bei Veranstaltungen in der Branche aus dem Weg geht.«

»Herrgott, warum hat uns keine von beiden von ihm erzählt?«

Der bloße Gedanke, warum die Frauen es nicht erwähnt hatten, brachte Chasins Blut zum Kochen.

»Weil es nicht unüblich ist. Bobby sagte, sie bräuchte einen ganzen Papierstapel, um all die Männer aufzulisten, die schmutzige Bemerkungen gemacht oder versucht hatten, sie anzufassen. Und einen zweiten Stapel, um die Namen der Arschlöcher aufzuschreiben, die nicht so direkt waren, es gleich zu sagen, sondern andeuteten, dass Vivi Rush einen Vorteil bekäme, wenn sie mit ihnen schliefe.«

»Mein Gott, verdammte Scheiße. Was ist mit Genevieve? Ist ihr das auch passiert?«

»Ja. Nur sind es bei ihr die anderen Künstler und Komponisten. Es hat den Anschein, als würde Bobby die Plattenbosse kriegen und davor die Veranstalter, Klubbesitzer, Türsteher – jeder, der hätte helfen können, Evie in das Musikgeschäft zu bringen, schien dafür eine sexuelle Gegenleistung von Bobby zu erwarten.«

»Verdammte Schweine.«

Das war eine Untertreibung.

»Ich will nicht das Thema wechseln, aber während wir in der Warteschleife hängen, muss ich mit dir über etwas sprechen. Genevieve dreht durch, weil sie im Haus eingesperrt ist. Ich dachte, ich könnte alle auf die Farm einladen, damit sie Gesellschaft hat, aber ich glaube, sie benötigt einen Ortswechsel.«

»Wir machen es in meinem Haus«, antwortete Nixon sofort. »Alecs Haus ist größer, aber wenn wir es bei mir machen, musst du sie nirgends hinfahren, du kannst mit dem

Vierrad durch den Wald fahren, ohne dass sie gesehen wird.«

Genau das war auch Chasins Überlegung gewesen. Die beiden Grundstücke waren miteinander verbunden und sie konnten sich frei hin und her bewegen, ohne entdeckt zu werden.

»Ich weiß das zu schätzen. Die zweite Sache wollte ich eigentlich persönlich mit dir besprechen, aber es kann nicht warten. Egal wie deine Antwort lautet, alles ist gut und ich verstehe. Ich weiß ebenfalls, dass du Zeit brauchen wirst, um darüber nachzudenken, ich erwarte also keine sofortige Antwort von dir.«

»Meine Güte, spuck es aus.«

»Ich will deine Farm kaufen.«

Genau wie Chasin erwartet hatte, hing seine Aussage schwer zwischen den beiden. Nix liebte seine Farm, er hatte sie von seinem geliebten Vater geerbt. Er hatte McKenna auf dem hinteren Feld geheiratet. Er war in dem Haus aufgewachsen, in dem Chasin nun lebte. Es war weit hergeholt, aber Chasin wollte es für Evie kaufen.

Die Idee kam ihm, als sie und Bobby davon schwärmten, den alten Melkstand zu einem Studio umzubauen. Je mehr sie darüber sprachen, eine Bar darin unterzubringen und Lagerfeuer zu machen, desto größer wurde die Idee, bis er an nichts anderes mehr denken konnte.

Er wollte ihr zusehen, wie sie Musik an dem Ort machte, den sie sich vorgestellt hatte. Er wollte draußen an einem brennenden Feuer sitzen und zuhören, wie sie auf ihrer Gitarre spielte, und dabei ihrer süßen Stimme lauschen.

Er wollte das alles so sehr, dass er seinen Freund bat, ihm das Haus zu verkaufen, das ihm die Welt bedeutete.

»Du weißt, dass du dort wohnen kannst, solange du willst.

Genevieve und Bobby ebenfalls. Es gehört dir, solange du willst«, sagte Nixon und brach das Schweigen.

»Ich weiß, und das weiß ich zu schätzen«, gab Chasin zurück.

Dann erklärte er die nächsten zehn Minuten Genevieves Vision und warum er das Land kaufen wollte. Chasin hatte Geld; den Melkstand und die Scheune nach Genevieves Vorstellungen umzubauen, würde finanzielle Spuren hinterlassen, die Farm zu kaufen wäre ebenfalls kostspielig. Er konnte es sich leisten, aber er war in Bezug auf Geld ebenfalls nicht dumm und wusste, dass es nicht klug war, so viel Geld in etwas zu investieren, das nicht ihm gehörte – auch das erklärte er.

»Hör zu, ich verstehe dich. Dieser Ort bedeutet dir alles, und ich verstehe warum. Denk darüber nach und wenn die Antwort nein ist, verstehe ich es auch. Wir werden etwas in der Nähe finden, wo wir bauen können.«

»Hast du sie schon in diese Pläne eingeweiht?«

»Nein. Das wollte ich nicht, bis ich mit dir gesprochen habe.«

Es folgte eine kurze Stille, bevor Nix weitersprach: »Bist du mit ihr schon so weit?«

Da Chasin wusste, worüber sein Freund redete, machte er sich nicht die Mühe, sich dumm zu stellen. »Weniger als vierundzwanzig Stunden, nachdem ich sie getroffen hatte, war ich bereits an diesem Punkt. Und wenn ich sie nicht so schlecht behandelt hätte, hätten wir diesen Punkt niemals verlassen. Sie muss sich mit einem Stalker, einem Karrierewechsel und einem Umzug herumschlagen. Wenn das alles vorbei ist, will ich ihr einen Ort geben, an dem sie dauerhaft zur Ruhe kommen kann. Ich will nicht, dass sie übergangsweise bei ihrem Onkel wohnt. Das Haus ist hübsch, es würde ihr nicht schwerfallen, dort zu leben, aber ganz ehrlich, ich will dort nie wieder hingehen. Ich kann es nicht einmal ertragen, in dem Wohnzimmer zu sein, weil ich mich ständig daran erinnere, wie sehr ich ihr wehgetan habe. Deshalb ziehe ich es vor, dass sie hier bei mir einzieht.«

»Hauskatze«, murmelte Nix.

»Wie du meinst«, murmelte Chasin zurück.

Nixon konnte so viele Witze machen, wie er wollte, und Chasin daran erinnern, dass das Team auf seine Kosten Spaß gehabt hatte, als Nix McKenna kennenlernte. »Hauskatze« war eine der netteren Spitzen, die in seine Richtung abgefeuert wurden. Nixon hatte darauf nie reagiert, hatte es auch nie geleugnet, und nun war Chasin an der Reihe. Es interessierte ihn nicht die Bohne, wie sein Team ihn nannte, solange er Genevieve hatte.

»Lass mich darüber nachdenken. Ich werde dich nicht lange warten lassen, aber ich muss mit McKenna reden.«

»Ich weiß das zu schätzen.«

»Wir werden für dieses Wochenende einen Grillnachmittag planen. Die Frauen werden begeistert sein. Sie beschweren sich schon die ganze Zeit, dass sie Genevieve und Bobby noch nicht vernünftig in den Mädchenklub integrieren konnten.«

Und nicht zum ersten Mal dachte Chasin darüber nach, wie glücklich seine Teamkameraden sich schätzen konnten. Micky, Kennedy, Silver und Macy waren die besten Frauen, die er kannte. Er würde Charleigh zu der Gruppe hinzuzählen, aber leider hatte sie ihre zahlreichen Einladungen, zu Besuch nach Maryland zu kommen, bisher ausgeschlagen. Chasin wusste, dass Nixon sich mit Charleighs Verweigerung schwertat. Der Mann trug ungerechtfertigte Schuldgefühle über Pauls Tod mit sich herum und dachte, dass Charleigh ihn dafür verantwortlich machte, obwohl sie ihm wiederholt gesagt hatte, dass es nicht so sei.

Chasin wollte, dass Genevieve und Bobby die Frauen kennenlernten. Er wollte beiden ins Gedächtnis rufen, dass es mehr gab als falsche Miststücke und Arschlöcher, von denen sie umgeben waren. Gute, aufrichtige Frauen, denen sie vertrauen und mit denen sie befreundet sein konnten.

»Klingt gut.«

»Ich werde dich mit Neuigkeiten anrufen, wenn ich welche habe.« Nixon legte auf und Chasin sah Bobby an.

Er wusste, sobald sie ihr Telefonat beendet hatte, hatte sie aufgehört, sich auf ihre Arbeit auf dem Laptop zu konzentrieren, und angefangen, sein Gespräch zu belauschen. Es war ihm nicht wichtig gewesen, es vertraulich zu führen, deshalb hatte er es auch nicht verborgen.

»Das würdest du für sie tun?«, fragte Bobby leise.

»Ich würde alles für sie tun.«

»Freut mich, dass ich mich anfangs in dir getäuscht habe.«

Chasin sagte nichts und lächelte. Er mochte vieles an Bobby, aber ganz besonders, dass sie geradeheraus war. Bei Bobby wusste man sofort, woran man war, weil sie keinen Hehl daraus machte, es einem zu sagen.

»Und es freut mich, dass ich mich in Bezug darauf, dass Viv keine zweiten Chancen gibt, geirrt habe«, fuhr sie fort. »Wenngleich ich glaube, dass es eher daran lag, dass du ihr nicht gestattet hast, einen Groll zu hegen, als an ihrem weichen Herzen.«

Damit lag sie falsch, Chasin wäre nicht wieder an Genevieve herangekommen, hätte sie sich nicht bereits in ihn verliebt gehabt. Deshalb hatte es eigentlich nichts damit zu tun, dass er nichts gestattet hatte, sondern vielmehr damit, dass er ihr Herz besaß. Aber er machte sich nicht die Mühe, Bobby das zu erklären.

»Du sollst wissen, dass es für dich immer einen Platz bei

uns geben wird, ganz egal, ob Nix mir sein Haus verkauft oder ich etwas anderes finde.«

Chasin war anmaßend. Aber es war ihm auch egal.

»Oh nein. Ich werde etwas finden. Keiner von euch will mit mir zusammenwohnen.«

»Mach mich nicht wütend.«

»Dein machohaftes, krasses und höhlenmenschliches Gehabe funktioniert vielleicht gut bei Viv, aber ich bin dagegen immun, Großer. Ich werde bei eurem Liebesfest nicht das fünfte Rad am Wagen sein. Abgesehen davon habe ich euch beide nun schon zweimal gehört. Und auch wenn ich meine beste Freundin vergöttere, gibt es trotzdem Sachen, die ich niemals hören will. Ich kann nicht jeden Abend mit Ohrstöpseln ins Bett gehen.«

Scheiße. Genevieve wäre ernsthaft sauer, wenn sie wüsste, dass Bobby sie gehört hatte.

»Siehst du, genau dieser Blick«, sagte Bobby leise. »Den will ich nicht. Viv musste so lange vorgeben, jemand zu sein, der sie nicht ist. Ich glaube, sie erinnert sich daran, wie es ist, einfach nur sie selbst zu sein. Ich will nicht, dass sie irgendjemand anderes ist außer sie selbst, ganz besonders in ihrem Zuhause. Und das schließt auch ein, dass sie mit einem scharfen Typen sein kann, wer immer sie sein will, wenn die beiden das Bett zum Wackeln bringen. Nur nebenbei, und ich will weder neugierig noch krass sein, aber du solltest vielleicht darüber nachdenken, den Boden unter dem Schlafzimmer zu verstärken. Holden und ich dachten, dass das Bett durch die Decke kracht.«

Verdammte Scheiße, Holden hatte es auch mitbekommen. Er machte sich eine mentale Notiz, seinem Freund zu sagen, er solle die Klappe halten und es niemals vor Genevieve erwähnen.

»Weißt du, was komisch ist? Ich kann sehen, wie es in

deinem Kopf arbeitet, während du darüber nachdenkst, wie du Viv die Peinlichkeit ersparen kannst herauszufinden, dass wir euch gehört haben. Daher weiß ich, dass ich nicht gebraucht werde. Jetzt, da sie dich hat, braucht sie mich nicht mehr, um ihr den Rücken freizuhalten. Und irgendetwas sagt mir, dass du darin besser sein wirst, als ich es jemals war.«

Trauer breitete sich auf Bobbys Gesicht aus und der Schmerz war deutlich in ihren Augen zu erkennen.

»Du weißt, dass es nichts gibt, was du hättest tun können, um das hier zu verhindern, nicht wahr?«

»Ich habe zu viele Fehler gemacht. Ich hatte keine Kontrolle darüber, dass irgendein Arschloch plötzlich besessen wird, aber ich hätte schon lange einen Weg finden sollen, um dem Ganzen Einhalt zu gebieten, bevor es überhaupt so weit kam.«

»Hey!«, rief Holden von der Tür, als er das Haus betrat und damit ihre Unterhaltung beendete.

»Wir sind mit diesem Gespräch noch nicht fertig«, sagte er zu ihr.

»Doch, sind wir. Es ist nicht dein Job, dafür zu sorgen, dass ich mich besser fühle, Chasin.«

»Bobby –«

»Es geht mir gut.«

»Hat Nix sich gemeldet?«, fragte Holden.

Es dauerte nur wenige Minuten, um Holden über alles zu informieren. Als Chasin fertig war, war Holdens Miene wie versteinert.

»Der Typ ist völlig durchgeknallt. In dem Moment, in dem du Genevieve berührt hast, hat sich sein gesamtes Verhalten verändert. Irgendetwas in ihm hat ausgesetzt und er konnte es nicht verbergen. Es war keine Eifersucht – ich habe gesehen, dass es Wahn war. Danach sind ihm einige Sachen rausgerutscht. Ich habe mir die Briefe noch einmal angesehen. In den ersten hat er von der *Chemie* geschrieben, die sie haben. In denen, die zugestellt wurden, als sie auf Tour war, schreibt er darüber, sie nach Hause zu bringen und die *Einzelheiten* mit ihr zu *besprechen*. Es ist seltsam, in einem Brief an eine Frau, mit der du eine wahnhafte Beziehung führst, zu sagen, wir werden ›die Einzelheiten besprechen‹. Seine Reaktion auf die ganze Sache war überzogen. Die letzte Drohung —«

»Holden«, knurrte Chasin, aber es war zu spät.

»Welche Drohung?«, fragte Bobby.

Scheiße!

»Welche Drohung?«, fragte Genevieve von der Treppe.

Doppelte Scheiße.

Chasin sah seinen Freund böse an. Verdammte Scheiße, er konnte einzig auf sich selbst wütend sein.

Zeit, dafür zu bezahlen.

KAPITEL SECHSUNDZWANZIG

Ich hatte jegliches Zeitgefühl verloren.

Eigentlich wollte ich nur nach oben in Chasins Zimmer gehen und mir darüber klar werden, was für ein kolossales Arschloch Bent war, und mich damit abfinden, dass er eventuell mein Stalker sein könnte. Ich wollte es nicht glauben, und damit meinte ich, ich wollte *wirklich* nicht glauben, dass Bent so verrückt sein könnte, dass er mir unheimliche Briefe schickt und auf meinem Bett onaniert. Aber nach dem zu urteilen, wie er sich verhalten hatte, hatte ich ein ungutes Gefühl im Magen, dass eine reale Möglichkeit bestand, dass Bent *tatsächlich* so verrückt war.

Je mehr ich über Bent nachdachte, desto schlimmer wurde dieses Gefühl, bis ich es nicht mehr ertragen konnte, meine Gitarre weglegte und mich auf die Suche nach Chasin machte. Als ich jedoch die Treppe hinunterging und hörte, was Holden sagte, zog ich in Erwägung, mich umzudrehen und direkt wieder in Chasins Zimmer zu gehen.

Bis Chasin Holden mitten im Satz unterbrach. Etwas an der Art, wie Chasin Holden angeknurrt hatte, ließ mich abrupt anhalten.

Bobby hatte allem Anschein nach etwas bemerkt, denn sie fragte ihn nach der Drohung, die Chasin Holden verboten hatte, näher zu erläutern. Aber er antwortete ihr nicht.

Deshalb fragte ich von der Treppe, aber er gab auch mir keine Antwort. Stattdessen schoss er Laserstrahlen aus seinen Augen, die direkt auf Holden gerichtet waren.

»Babe«, rief Chasin.

»Welche Drohung, Chasin?«

Er ließ die Schultern nach vorn sinken und schloss ganz kurz die Augen, bevor er mich ansah. »Evie, komm her.«

»Nein. Sag mir, wovon du sprichst. Hat er mich bedroht?«

»Nein, niemand hat dich bedroht.«

Bestimmt, wütend, entschlossen. Aber immer noch keine Antwort.

»Was ist dann los?«

»Evie, komm bitte her, ich werde es dir erzählen.«

Es war das »Bitte«, das meine Füße in Bewegung setzte. Es war das »Ich werde es dir erzählen«, das meine Schritte beschleunigte.

Als ich eine Armlänge entfernt war, griff Chasin nach meiner Hand und zog mich zu sich. Ich wollte mich beschweren, weil er mich immer dorthin zog, wo er mich haben wollte, aber in Wahrheit liebte ich es. Was ich jedoch nicht liebte, war seine gerunzelte Stirn und die Sorge in seinem Blick.

»Sag es mir«, forderte ich, als er die Arme um mich schlang.

»Gegen mich wurden Drohungen ausgesprochen«, sagte er.

»Wie bitte? Wer hat dich bedroht? Warum?«

In seinen Armen bin ich sicher, das dachte ich, als Chasin anfing, mir zu erzählen, dass mein Stalker direkte Drohungen – ja, Plural – gegen ihn ausgesprochen hatte. Als er damit fertig war, mir zu erklären, dass sein Leben in Gefahr sei, fühlte ich mich nicht sicher. Ich war sauer – und ich fühlte mich hintergangen.

»Was?«, kreischte ich. Mir war klar, dass ich wie eine Giftnudel klang und ihm ins Gesicht schrie, aber wie schon erwähnt, ich war sauer und war belogen worden.

»Babe, bitte beruhige dich und hör zu.«

»Scheiß auf Beruhigen. Du hast gelogen.«

»Baby, ich habe nicht gelogen.«

»*Du* hast es mir nicht gesagt.«

»Du hast recht, das habe ich nicht getan. Aber das ist keine Lüge. Und wenn du dich beruhigst, werde ich dir erklären, warum ich es dir nicht gesagt habe.«

»Ich werde mich nicht beruhigen. Du weißt, *du weißt*«, kochte ich, »wie ich mich fühle, wenn mir Sachen vorenthalten werden. Ich hätte niemals –«

»Und *du weißt*, wie viel du mir bedeutest«, schäumte er. »Du hast schon genügend Mist am Hals, du brauchst nicht noch etwas Neues, um das du dir Sorgen machen musst. Dieses Arschloch hat es dir aufgezwungen, *aufgezwungen*, Evie, du hast ihn nicht in dein Leben gebeten, damit er dich terrorisieren kann. Er ist in dein Leben, in dein Haus eingedrungen, er hat deinen Seelenfrieden zerstört, dich dazu gebracht, dein Zuhause zu verlassen, hat deine Arbeit, deinen Kopf, *alles* kaputt gemacht. Du verkaufst dein Haus, triffst Entscheidungen über deine Karriere, du sorgst dich um Bobby, kümmerst dich um die Konsequenzen von Melissas Entlassung, Leslie kriecht dir in den Arsch, die Medien berichten allesamt über diese Scheiße und du hast außerdem Arschloch Bent Bromley, mit dem du dich auseinandersetzen musst. Nicht noch mehr, verdammt. Keine einzige gottverdammte Sache, um die du dir Sorgen machen musst, wird dir aufgebürdet werden. Ja, aus diesem Grund habe ich es dir vorenthalten. Und nein, ich hatte nicht vor, es dir zu erzählen, weil du dir nicht noch mehr aufladen wirst.«

Nun, dann ist es ja gut. Ich war gar nicht mehr so sauer. Aber ich machte mir Sorgen. Und es gab nichts, das er sagen konnte, um es zu verhindern.

»Okay, Chasin.«

»Okay?« Er zuckte zusammen und kniff ungläubig die Augen zusammen.

»Ja, okay. Ich verstehe, warum du es mir nicht erzählt hast. Ich weiß deine Gründe zu schätzen, selbst wenn ich sie nicht mag. Und, Liebling, ich mag sie wirklich nicht. Aber ich verstehe. Jetzt ist es zu spät, ich mache mir Sorgen. Wer auch immer das macht, ist verrückt, und wenn es Bent ist, dann ist er ernsthaft übergeschnappt. Er hatte immer schon eine Schraube locker, aber heute war er vollkommen durchgeknallt.«

Chasin fuhr mit einer Hand in einer Geste, die intim und vertraut war, seitlich an meinem Körper hinauf und obwohl er mit den Fingerknöcheln meine Brust an der Seite berührte, war sie nicht obszön. Nur intim, vertraut und süß. Aber als er den Daumen unter mein Kinn brachte und mein Kinn nach oben drückte, um meinen Blick einzig auf ihn zu richten, wurde mir klar, dass ich falschlag – nichts an der Art, wie er mich anstarrte, war süß.

»Du bürdest dir das nicht auf«, befahl er. »Die Tage, die dieses Arschloch dir das Leben zur Hölle gemacht hat, sind vorbei. Keine Treffen mehr, du wirst nicht mehr auf dem Laufenden gehalten, das alles ist für dich gestorben.«

Das gefiel mir nicht. Ich wollte nicht außen vor gelassen werden.

»Chasin –«

»Du vertraust mir.«

»Ja.«

»Nein, Baby, das war keine Frage. Du. Vertraust. Mir. Ich weiß es. Du brauchst also nichts weiter zu tun, als mir weiterhin zu vertrauen. Du machst Musik, du verkaufst dein Haus, du arbeitest mit Bobby. Um den Rest kümmere ich mich.«

Okay, das gefiel mir. Oder zumindest gefiel mir, dass er sich um mich kümmern wollte. Aber ich hatte weiterhin kein gutes Gefühl dabei, nicht gesagt zu bekommen, was vor sich ging.

»Ich mag es nicht, wenn ich über Dinge nicht Bescheid weiß«, rief ich ihm ins Gedächtnis.

»Das weiß ich. Aber du musst mir vertrauen. Niemand wird sich dir nähern.«

»Und du? Wird sich dir irgendjemand nähern können?« An Chasins Kiefer zuckte es, und das machte mir furchtbare Angst. »Chasin?«

»Mir wird sich ebenfalls niemand nähern. Die Jungs passen auf mich auf.«

In dem Moment beschloss ich, dass ich Chasin vertrauen würde. Vollkommen.

Aber bevor ich es tat, was bedeutete, der Informationsfluss würde gestoppt werden, musste ich noch eine Sache wissen.

»Glaubst du, dass Bent mein Stalker ist?«

»Ja.«

Verdammt. Ich dachte das auch.

»Er kennt den Code zu meinem Tor«, informierte ich ihn.

»Welches Tor?«

»Als ich oben war, habe ich über alles nachgedacht. Die Art, wie Bent sich verhält, die Dinge, die er sagt. Ich meine, er sagte, ich würde auf die Knie gehen. Das ist seltsam, oder? Auf die Knie. Ich schätze, er könnte es gemeint haben, wie er es gesagt hat, ich würde ihn auf Knien anflehen, aber was soll der Scheiß? Das ist einfach nur gruselig. Ich habe also über alles nachgedacht und über den Einbruch in mein Haus. Es gibt ein Tor an der Vorderseite, man braucht einen Code, um hereinzukommen, oder jemand muss es öffnen. Da ich nicht glaube, dass irgendjemand einem Fremden das Tor geöffnet hat, und da Bobby nicht da war, soweit ich weiß, war ich die Einzige, die zu Hause war, und zwar in meinem Studio. Das bedeutet, er musste den Code gekannt haben. Bent kannte meinen Code«, beendete ich meine langatmige Antwort.

»Warum kannte Bent deinen Code?«

»Er war in meinem Heimstudio.«

»Und du änderst den Torcode nicht?«

Also, als Chasin in diesem entsetzten Tonfall fragte, kam ich mir ziemlich dumm vor, nicht daran gedacht zu haben, aber nein, bis nach dem Einbruch hatten wir den Code nicht geändert.

Ich schüttelte den Kopf und sah zu, wie seine Lippen sich anspannten.

Ups.

»In den Berichten des Detectives ist nirgends von einem Code die Rede«, sagte Holden. »Gibt es Kameras?«

»Ja, aber sie haben nicht funktioniert. Und nicht, weil jemand sie manipuliert hätte. Ich hatte darum gebeten, sie durch bessere ersetzen zu lassen«, antwortete Bobby. »Die neuen Kameras waren noch nicht installiert.«

»Wir brauchen eine gottverdammte Fingerabdruckübereinstimmung«, sagte Holden unwirsch.

»Jameson arbeitet daran«, informierte Chasin ihn.

»Wie lange wird es dauern?«, fragte ich.

»Evie ...« Chasin zog meinen Namen in die Länge. »Musik. Haus. Karriere. Umzug. Das ist alles, worauf du dich jetzt konzentrierst.«

»Gut«, sagte ich schnippisch.

Dann entspannte sich Chasins Ausdruck und etwas von dem Ärger verschwand aus seinem Gesicht.

»Hast du es geschafft, etwas zu arbeiten?«

»Nein. Ich war zu sehr damit beschäftigt, über den verrückten Bent nachzudenken.«

Chasin seufzte und ich konnte sehen, dass er noch mehr über den verrückten Bent sagen wollte, doch er wechselte das Thema. »Dieses Wochenende gehen wir zum Grillen zu Nix und Micky. Ich würde davon ausgehen, dass eine, wenn nicht alle Frauen dich anrufen werden, um mit dir darüber zu sprechen.«

»Tun wir das?«

»Ich weiß, dass du die Wände hochgehst, weil du drinnen sein musst. Ich dachte, du könntest einen Ortswechsel gebrauchen. Wir können dich und Bobby ungesehen zu Nix' Haus bringen und wieder zurücktransportieren.«

Da war es, noch eine weitere Art, wie er sich um mich kümmerte. Mein Herz schwoll an, meine Brust fing an zu brennen, meine Nase kribbelte und in meinen Augen brannte es. Aber es war mehr, als dass er sich nur um mich kümmerte, es war alles.

»Es ist dir egal, dass ich Vivi Rush bin.«

»Was?«

»Es ist dir egal, dass ich Vivi Rush bin«, wiederholte ich, als würde er es beim zweiten Mal verstehen.

Aber typisch für Chasin, der beobachtend, aufmerksam, süß, lustig, gut aussehend, beschützend und offen war, verstand er es bereits beim ersten Mal. Und ich wusste, dass er es verstand, weil sich sein gesamtes Gesicht veränderte. Irgendwann legte er die Hand in meinen Nacken und drückte zu, bevor er bestätigte: »Ja, Baby, es ist mir egal, dass du Vivi Rush bist.«

»Du magst *mich*.«

»Nein, Genevieve, *ich liebe dich.*«

Geradeheraus sagte er das. Vor Bobby und Holden sprach er es einfach so aus und sagte mir unverblümt und mutig, dass er mich liebte.

Was entgegne ich darauf?

Nichts. Ich sagte nichts. Ich drückte mein Gesicht an seine Brust und atmete tief ein und aus, um nicht weinen zu müssen. Oder vielleicht, weil ich nicht vor Freude auf und ab hüpfen wollte oder durch das Zimmer tanzen oder vor Aufregung jubeln, darüber, dass dieser wunderbare Mann mich liebte.

Nur mich.

Nicht Vivi.

Nicht den Countrymusik-Star.

Nicht meine Musik, denn er mochte Country nicht einmal.

Nicht mein Geld.

Nicht die Vorteile, die mein Ruhm ihm bringen könnte.

Nichts davon.

Nur mich, verdammt, einfach nur mich. Genevieve.

»Ich liebe dich auch«, flüsterte ich an seinem Hemd.

Chasins Veränderung war nicht subtil – sie war immens. So immens, dass er erstarrte. Meine Wange ruhte an seinem Herzen und ich hätte schwören können, ich spürte, wie es beschleunigte. Eine Sekunde schlug es im perfekten Rhythmus und die nächste pochte es so gewaltsam, dass es heftig gegen meine Wange klopfte.

Dann wurde die Haustür geöffnet und ich stand nicht mehr vor ihm. Zum zweiten Mal an einem Tag führte er dieses Superheldenmanöver aus und ich hatte keine Ahnung, wie es ihm gelang, mich so schnell hinter sich zu schieben, dass Flash beeindruckt gewesen wäre. Mir fiel ebenfalls auf, dass er die Hand an die Waffe gelegt hatte, die er an der Hüfte trug.

»Die Reporter sind im Anmarsch«, dröhnte Nixons Stimme.

»Scheiße«, presste Chasin hervor.

»Wer auch immer die Geschichte an die Presse weitergegeben hat, hat ihr ebenfalls gesteckt, dass die Gemini-Gruppe den Personenschutz übernommen hat. Die Reporter haben im Büro angerufen«, fuhr Nixon fort.

»*Scheiße*«, wiederholte Chasin.

»Ich muss eine Stellungnahme abgeben«, sagte ich zu ihnen.

»Auf gar keinen Fall«, konterte Chasin.

Ich trat hinter ihm hervor und sah in drei überaus wütende, männliche Gesichter.

»Doch, das muss ich. Glaubt mir, sie werden nicht aufhören. Bobby, lass uns Colleen anrufen und sie fragen, wie wir bei dieser Sache vorgehen sollen. Ich könnte lügen und sagen, es gibt keinen Stalker, aber wenn die Briefe der Presse zugespielt werden, bin ich erledigt. Ich glaube, das Beste ist, es herunterzuspielen.«

»Ich stimme zu.« Bobby nickte. »Wir können es so drehen, dass du dich nicht versteckst, sondern die Stadt nur verlassen hast, um dein neues Album zu schreiben. Vielleicht kannst du deinen Fans sogar einen Vorgeschmack auf das neue Material geben. Akustisch, ohne Schnickschnack und roh. Deine Fans werden es lieben. Das hat ebenfalls den Vorteil, dass es die nächste Veröffentlichung anheizt.«

»Ich habe ein paar Lieder, die du dir anhören kannst. Colleen kann etwas organisieren.«

Meine Pressesprecherin Colleen war großartig, in zwei Komma fünf Sekunden würde sie einen Plan entwerfen.

»Colleen hat bereits an einer Stellungnahme gearbeitet.

Ich werde sie anrufen und ihr sagen, dass du dich live äußern wirst.«

»Auf keinen Fall.« In Chasins Stimme schwang unmissverständlich ein unzufriedener Unterton mit.

Ich liebte es wirklich, dass er mich beschützen wollte, aber in dieser Sache kannte ich mich besser aus als er. Und die Reporter würden wie die Geier kreisen, bis ich ihnen etwas zu fressen gab. Und je weniger sie nachforschten und recherchierten desto besser.

»Bei dieser Sache musst *du* mir vertrauen. Du hast mich gebeten, dir zu vertrauen, mich zu beschützen, und ich habe zugestimmt. Jetzt bitte ich dich, mir zu vertrauen. Es wird sich alles nur noch verschlimmern. Die gute Nachricht lautet, dass ich in der Stadt nicht gesichtet wurde. Die Paparazzi werden also nichts bekommen, wenn sie nach Cliff City kommen. Aber ich habe eine Chance, diese Sache unter Kontrolle zu bekommen, und in den sozialen Medien live zu gehen und meinen Fans Informationen zukommen zu lassen, wird das Ganze entschleunigen. Es wird ihnen etwas Saftiges geben, woran sie kauen können, sie werden das Video teilen, das ich hochlade, sie werden darüber sprechen und wenn ich es richtig anstelle, wird das die Story werden. Der Stalker wird zweitrangig werden, und genau das brauchen wir momentan.«

Ich schüttelte den Kopf. »Das ist die hässliche Seite. Das Hinterhältige, die Medien, die Lügen, die meinen Traum zerstört haben. Melissa hat es der Presse zugespielt und dann eine Geschichte erfunden, um mich als Miststück und sie als Opfer darzustellen. Über mich werden noch weitere Lügen erzählt werden. Ich muss ihnen zuvorkommen, bevor sie mich auffressen.«

Chasin dachte einen Moment nach – einen langen, wütenden Moment –, bevor er nachgab.

»Ich hasse es, dass du zum Handeln gezwungen wirst.«

»Ich weiß. Mir geht es genauso. Aber mit meinen Fans zu sprechen ist keine harte Arbeit. Dieser Teil ist gut für meine Seele. Es ist der ganze Rest, den ich nicht will. Bobby und Colleen werden sich einen Plan ausdenken, aber bevor wir ihn in die Tat umsetzen, werden wir darüber sprechen und dafür sorgen, dass es aus Sicherheitsgründen keine Bedenken gibt.«

Chasin schloss die Augen, beugte den Kopf nach vorn und unsere Stirnen berührten sich.

»Danke«, murmelte er.

Ich war mir nicht sicher, wofür er mir dankte, aber es fühlte sich verdammt gut an.

27

———

KAPITEL SIEBENUNDZWANZIG

CHASIN MUSSTE ZUGEBEN, GENEVIEVE HATTE RECHT gehabt. Colleen fand die Idee großartig, dass Evie eine Stellungnahme abgab, ohne tatsächlich eine Stellungnahme abzugeben, sondern vielmehr eine Ankündigung zu machen. Ein Vorgeschmack dessen, woran sie gerade arbeitete. Colleen hatte Genevieve einige Punkte aufgeschrieben, die sie erwähnen sollte, während sie mit ihren Fans sprach, und nachdem Chasin, Nixon und Holden sie durchgegangen waren, stimmten sie zu, dass es kein Sicherheitsrisiko darstellte, sich von einigen der Lügen, die Melissa verbreitet hatte, zu distanzieren.

Sie hatten ebenfalls beschlossen, dass Genevieve ihre Liveübertragung am besten vor dem alten Melkstand machen sollte. Es gab nichts, wodurch ihr genauer Aufenthaltsort ermittelt werden könnte, und es war ein toller Hintergrund. Obwohl Chasin nichts über Videogestaltung und Szenenbild wusste und rein gar nichts mit der Musikindustrie zu tun hatte, konnte er nicht leugnen, dass die Bühne – um es mal so zu formulieren –, die Bobby erschaffen hatte, sensationell

341

aussah. Sie nannte das ganze country-lässig, und sie lag nicht falsch.

Micky war gekommen und hatte unter Einsatz ihres Talentes einen Proxy eingerichtet, damit die IP-Adresse des Livestreams aus Bangladesch angezeigt wurde. Sie hatte ebenfalls dafür gesorgt, dass das Video gleichzeitig auf allen von Genevieves Profilen in den sozialen Medien und YouTube übertragen wurde. Bis das Video zu Ende war, hätte keiner von Genevieves Fans ihre Botschaft verpasst.

»Wir sind startklar«, verkündete Micky.

Chasin blickte sich um. Die Jungs hatten das Gerümpel hinter dem alten und verstaubten Rattan-Zweisitzer entfernt, auf dem Genevieve sitzen würde. Sie hatten ihn in einer der Scheunen gefunden und als Chasin anfing, ihn abzuwaschen, hatte Genevieve ihn unterbrochen und gesagt, sie wolle ihn schmutzig und authentisch. Zumindest hatte sie ihm gestattet, den Großteil der Spinnweben zu entfernen, aber das alte, klapprige Möbelstück sah genau so aus – klapprig, abgenutzt und als hätte es für mindestens ein Jahr in einer Scheune gestanden, was der Fall war.

Dieser befand sich nun vor dem Melkstand, dessen alte Halbtür, von der Chasin wusste, dass Nixon und sein Vater sie aus Holzresten gezimmert hatten, die von einer abgerissenen Scheune wiederverwertet wurden, geschlossen war. Sowohl die obere als auch die untere Hälfte der zweigeteilten Tür waren abgenutzt und auf natürliche Weise ausgeblichen. An jedem anderen Ort hätte sie billig ausgesehen, aber die Tür erhöhte den Cool-Faktor enorm.

Chasin verstand vollkommen Genevieves Vision, den Melkstall in ein Studio umzuwandeln. Sollte Nixon ihm das Haus verkaufen, würde er dafür sorgen, dass jedes Detail, das sie sich vorstellte, zum Leben erweckt würde. Und er wusste, dass sein Freund über sein Angebot nachdachte. Er hatte Nix'

Gesichtsausdruck aufmerksam beobachtet, als Bobby ein weiteres Mal von der Scheune schwärmte und was man daraus machen könnte, und er hatte gelächelt.

»Hey«, rief Genevieve und Chasin richtete den Blick von dem Aufbau auf die Schönheit neben sich.

Er hatte zuvor gelernt, dass es einen Unterschied zwischen der Vivi Rush gab, die sich mit der Assistentin ihrer Managerin traf, und Vivi Rush, die mit ihren Fans kommunizierte, selbst wenn es nur über einen Bildschirm war. Und der lautete, dass Vivi Rush Genevieve Ellison war. Sie veränderte weder ihr Haar noch ihr Make-up oder ihr Outfit. Sie war die, die sie war, und sie gab dieses Gute ihren Fans. Sie zog weder ein Kostüm an, noch spielte sie eine Rolle.

Zum Glück, denn Genevieve war der Inbegriff von natürlicher Schönheit und Talent, sie brauchte dem nichts hinzuzufügen.

»Bist du bereit?«

»Ja. Wirst du hierbleiben und zusehen?«

»Ja, selbstverständlich.« Er beobachtete, wie sie sich auf die Unterlippe biss, und in seinem Magen wuchs ein Klumpen der Besorgnis. »Ist das in Ordnung?«

»Natürlich. Ich bin bloß nervös.«

»Du musst das nicht tun, Evie. Wir können einen anderen Weg finden –«

»Ich bin nicht nervös, weil ich live gehe. Ich bin nervös, weil du zusiehst.«

»Ich? Warum?«

»Ich weiß nicht. Ich schätze, ich will, dass es dir gefällt. Ich meine, dass dir meine Musik gefällt. Ich weiß nicht, was ich versuche zu sagen, ich bin einfach nervös.«

»Ich habe dich singen hören«, erinnerte er sie. »Und ich habe es dir damals schon gesagt, aber ich werde es dir noch einmal sagen, du bist großartig, Baby. Ich habe so viel Respekt vor deinem Talent. Ich will zuhören, aber wenn es dich nervös macht, dann gehe ich. Auch wenn ich enttäuscht sein werde, denn ich habe dir neulich Abend wirklich gern gelauscht und möchte noch mehr hören. Aber hier geht es um dich, nicht um mich, deshalb liegt die Entscheidung bei dir.«

»Nein. Ich will, dass du bleibst. Ich stelle mich bloß an.«

»Du bist echt, und das liebe ich. Ich finde es toll, dass du keine Angst hast, mir zu sagen, was dir im Kopf herumgeht.«

»Viv!«, rief Bobby. »Wir müssen anfangen.«

»Hals- und Beinbruch oder was auch immer ich meiner hübschen, talentierten Frau sagen soll, bevor sie für ihre Fans singt.«

»Was du gerade gesagt hast, funktioniert«, entgegnete sie und lachte.

»Gib mir einen Kuss und geh, bevor Bobby ein Aneurysma bekommt.«

»Beachte sie gar nicht, sie ist immer so. Als Nächstes wird sie mich bei meinem vollen Namen rufen«, sagte Genevieve.

»Gen-e-vieve«, rief Bobby gereizt und zog jede Silbe in die Länge.

»Habe ich's dir doch gesagt.«

Dann verschwand plötzlich Bobbys Stimme, die Kamera, die Scheune und alles andere um sie herum, als Genevieve mit den Händen sein Gesicht ergriff, sich in ihren Cowboystiefeln auf Zehenspitzen stellte und seinen Kopf an sich zog. Und nach einem festen, viel zu schnellen Kuss auf den geschlossenen Mund ging sie davon. Chasin kam gerade rechtzeitig zu Sinnen, um zu sehen, wie sie ihren hübschen Hintern in Bobbys Richtung bewegte.

Sie trug dieselbe ausgewaschene Jeans, die er an ihr zuvor schon gesehen hatte, ein enges, geripptes Trägeroberteil mit einem aufgeknöpften Karohemd darüber und ausgetretene Cowboystiefel, die sie beim Beerenpflücken anhatte. Ihr Haar hatte sie in einem dieser Dutts, die Frauen trugen, auf dem Kopf aufgetürmt.

Ja, Vivi und seine Evie waren die gleiche Person, sie verstand es nur nicht.

Genevieve setzte sich und Bobby sagte etwas, das er nicht hören konnte, aber was auch immer es war, es brachte Evie zum Lächeln. Dann reichte Bobby Genevieve ihre Lieblingsgitarre, die – das sollte erwähnt werden – wirklich krass war. Weinranken- und Blumenmuster waren auf dem Griffbrett eingelegt, was dem Instrument etwas Weibliches verlieh, ohne mädchenhaft zu wirken. Für Chasin sah es nach Rock 'n' Roll aus, aber er war sich ziemlich sicher, dass Genevieve sagen würde, dass es Country repräsentiert. Aber wie dem auch sei, es war einfach richtig cool.

Einige Minuten später sprach Genevieve routiniert mit ihren Fans. Chasin hörte, wie die Aufregung sich in ihre Stimme schlich, als sie darüber sprach, dass sie neue Musik schreibt, motiviert und inspiriert ist. Dann sprach sie zu seinem absoluten Schock darüber, sich zu verlieben. Sie plapperte, als würde sie sich in einem Raum mit ihren besten Freundinnen befinden, und erzählte eine Geschichte darüber, sich freizumachen und einfach zu leben. Sie brachte die Punkte ein, die Colleen erwähnt haben wollte, tat es aber, während sie ihrer beider Geschichte erzählte.

Chasin stand wie angewurzelt da, das Herz schlug ihm bis zum Hals. Er hörte Genevieve zu, wie sie darüber sprach, dass man es Unsicherheiten und alten Wunden nicht gestatten sollte, neue Chancen zunichtezumachen, dass Vergebung die Seele befreit und dass man sich öffnen, wirklich man selbst sein und es den Menschen, die einen wirklich lieben, erlauben sollte, jeden Teil von einem zu sehen. Sie erzählte den vielen Menschen, die zusahen – Zehntausenden, Hunderttausenden –, dass sie sich kürzlich eine neue Tätowierung hatte stechen lassen und sie zu dem Zeitpunkt, an dem sie sie machen ließ, eine Bedeutung hatte, diese Bedeutung sich nun aber verändert hatte und zu etwas Neuem geworden war.

»Wisst ihr, ich habe dieses Lied geschrieben, als mein Herz gebrochen war.« Genevieve hielt inne und lächelte, ihr Tennessee-Akzent war stärker, als er ihn jemals gehört hatte. »Aber dann hat mir jemand etwas gesagt, das ich nicht leugnen konnte. Er sagte: ›Evie‹ – so nennt mein Mann mich, süß, nicht wahr?« Sie zwinkerte in die Kamera und lächelte strahlend.

»Wie dem auch sei, er sagte: ›Evie, du hast ein Leben, Baby, nur eins. Verschwende nicht die ganze Schönheit, die du in dir trägst, indem du dich versteckst.‹ Also habe ich auf ihn gehört. Wir alle haben nur ein Leben. Lasst euch von den Neinsagern, den Verrätern, den Idioten, die so unglücklich sind, dass sie es an euch auslassen, nicht davon abhalten, euer Leben zu leben. Habt keine Angst zu vergeben, denn wenn jemand mit einem reinen Herzen um Verzeihung bittet, ist es die Vergebung wert. Jedes Mal wenn ich jetzt diese Worte betrachte, die unter meine Haut gestochen sind, erinnern sie mich daran, wie schnell das Leben sich verändert und dass ich mutig und offen sein muss, wenn es passiert.

Ich werde für euch das erste Lied singen, das ich für mein neues Album geschrieben habe. Es ist die Rohversion, seid also nicht zu hart zu mir. Ich singe es zum ersten Mal und mein Mann steht hier hinter der Kamera, und er ist kein Fan von Countrymusik.« Genevieve hielt inne und machte ein komisch-dramatisch schockiertes Gesicht, bevor sie den Kopf schüttelte. »Obwohl ich denke, dass wir ihn eines Tages vom Gegenteil überzeugen können. Also, er hört zu, ihr hört zu, selbstverständlich ist mein Mädchen Bobby hier und sie hat das Lied auch noch nicht gehört.

Also, los geht's, das Lied heißt: ›Du siehst es nicht.‹«

Chasin hatte sich keinen Millimeter bewegt, seit Genevieve angefangen hatte zu sprechen. Seine Brust fühlte sich so eingeschnürt an, es war ein Wunder, dass er noch atmete. Sein Blick war fest auf seine Frau gerichtet und der Schock über ihre Verkündung, dass sie sich verliebt hatte, war noch nicht verschwunden. Aber sie hatte etwas in ihm beruhigt, von dem er nicht gewusst hatte, das es ihn unterbewusst nervös gemacht hatte – sie hatte seine Sorge über ihren Ruhm, ihre Fans und die Angst, sie an beide zu verlieren, zerstreut.

Während der nächsten paar Minuten stand er wie gelähmt da und hörte zu, wie sie sang. Der Anfang des Liedes riss ihm das Herz auf, da er wusste, dass sie diese Worte über ihn geschrieben hatte.

Jemand wird dich richtig behandeln.

Aber ich werde es nicht sein.

Chasins Magen zog sich bei der Trauer in ihrer Stimme zusammen.

Sie empfand jedes einzelne Wort.

Bei der Überleitung spielte sie schneller, lauter, fügte Volumen hinzu.

Ich habe versucht, dich zu lieben.

Aber du lässt es nicht zu.

Ich habe versucht, es dir zu zeigen.

Aber du siehst es nicht.

Ich werde es nicht sein, ich werde es nicht sein.

Ich werde es nicht sein ...

Heiliger Jesus Christus.

Schließlich kam sie bei der dritten Strophe an, einem Teil des Liedes, den er noch nicht gehört hatte, aber sofort liebte.

Jemand wird dir Lügen erzählen.

Aber ich werde es nicht sein.

Jemand wird dich zum Weinen bringen.
Aber ich werde es nicht sein.
Jemand wird sich verabschieden und dein Herz brechen.
Aber ich werde es nicht sein, ich werde es nicht sein.
Ich werde es nicht sein …

Nein, sie würde nicht lügen, sich verabschieden oder ihm das Herz brechen.

Und das Gleiche konnte über ihn gesagt werden.

Oh Gott.

Das Lied war zu Ende und er hatte sich immer noch nicht bewegt.

Genevieve sah nach oben und ihr Blick traf auf Chasins. Keiner sagte irgendetwas, aber trotzdem sagten sie alles – stille Bewunderung herrschte zwischen ihnen und sie wurde erst beendet, als Bobby sich räusperte. Evie verzog die Lippen zu einem strahlenden Lächeln, das ihm den Atem geraubt hätte, wenn er noch hätte atmen können.

Reine Schönheit.

Umwerfend.

Seine perfekte Partnerin.

»Ich hoffe, euch hat das Lied gefallen. Und bitte hört nicht auf den ganzen Medienhype und die Übertreibungen. Ich verspreche euch, ich bin glücklich, an einem sicheren Ort und bis über beide Ohren verliebt. Ich mache Musik, ich schaffe Erinnerungen und ich bin von guten Menschen umgeben …«

Chasin hörte den Rest ihrer Verabschiedung nicht mehr, denn er steckte bei dem Bis-über-beide-Ohren-verliebt-Teil fest.

Heiliger Jesus.

Sie hatte es der Welt verkündet. Ja, das kleine Körnchen Sorge, das er in seinem Magen gehabt hatte, war verschwunden. Genevieve gehörte ihm, aber Vivi Rush tat das auch.

Ja, verdammt.

———

»BIST DU SICHER, dass es okay war?«, fragte Evie zum Millionsten Mal, seit sie wieder im Haus waren, und Bobby lachte.

»Baby, es war perfekt.«

»Und du bist nicht böse? Ich habe dich nicht gefragt, ob es okay sei. Ich habe nicht deinen Namen genannt, aber ich habe dich nicht gefragt, ob du damit einverstanden bist, dass ich es den Leuten sage. Manchmal ... nun ja, improvisiere ich und sage, was ich empfinde.«

»Baby.« Chasin nahm ihre Hand und wartete darauf, dass sie zu ihm aufsah. »Du warst toll. Warum sollte ich böse sein, dass du Tausenden von Menschen gesagt hast, dass du zu mir gehörst?«

Bobby schnaubte. »Du meinst, warum sollte es dich interessieren, dass sie es *eins Komma vier Millionen Menschen* gesagt hat.«

Chasin spürte, wie sein Körper zusammenzuckte und seine Hand unfreiwillig die von Evie drückte.

Heilige Scheiße.

»Wie ist das möglich?«, fragte Chasin. »Es ist erst eine Stunde her.«

»Ist es immer noch okay für dich, dass ich nicht vorher gefragt habe?«, flüsterte Evie.

»Liebst du mich?«

»Nun ... ja.«

»Dann ist es mir egal, dass du es eins Komma vier Millionen Menschen erzählt hast. Und es interessiert mich nicht im Geringsten, wenn es fünf Millionen weitere sehen.«

»Das ist gut, denn ihre Videos bekommen auf YouTube

für gewöhnlich etwa acht Millionen Aufrufe«, meldete Bobby sich wieder zu Wort. »Colleen hat eine SMS geschrieben. Sie ist begeistert. Es gibt ein Video, bei dem du an der Kamera vorbeischaust, und da du allen erzählt hast, dass dein Mann dort war und dir zugesehen hat, haben die Leute eins und eins zusammengezählt und das Video mit dem Titel ›Vivi Rushs verliebtes Gesicht‹ geteilt.«

»Irgendwer wird ein Meme aus mir machen, da bin ich mir sicher«, sagte Evie.

Oh Mann. Chasin hatte ja keine Ahnung. Er hatte keinen Schimmer, dass seine Evie so berühmt war, wie sie war. Er wusste es, aber er hatte es nicht *gewusst*. Nicht, bis er es direkt bezeugte und das Ausmaß dessen, was sie in Erwägung zog aufzugeben, ihm ins Gesicht schlug.

Das kleine Körnchen, das sie ausgelöscht hatte, war nun ein Felsbrocken, der ihm schwer im Magen lag.

Verdammte Scheiße.

KAPITEL ACHTUNDZWANZIG

»Liebling«, wimmerte ich.

Chasin ignorierte mein Jammern und fuhr mit seinem langsamen, quälenden Tempo fort.

Ich brauchte mehr.

»Schneller.«

»Langsam, Baby.«

Ich lag auf dem Rücken, das Gesicht an seinem Hals vergraben, die Beine um seine Oberschenkel geschlungen. Ich hatte einen Arm über seinen Rücken gelegt, mit der Hand unter seiner Schulter. Die andere Hand befand sich auf seinem Hintern, wo ich versuchte, ihn dazu zu bringen, schneller zu machen. Er stützte sich auf einem Unterarm auf, um den Großteil seines Gewichts zu halten, nutzte es aber ebenfalls als Hebel, um in mich hineinzustoßen. Glatte, feste Stöße. Nicht sanft – kräftig, aber immer noch schmerzhaft langsam. Mit der anderen Hand umschloss er meine Brust, strich mit dem Daumen über meine Brustwarze und alle paar Stöße kniff er hinein und rieb sie zwischen zwei Fingern, bis ich mich vom Bett aufbäumte. Dann ließ er sie los und ging wieder zu seinen Stößen über.

Ich stand kurz vor der Explosion.

Er brachte mich um.

Ich sollte mich nicht beklagen – langsam, schnell, grob oder zärtlich, Chasin machte es immer gut. Nein, streichen wir das, er machte es *phänomenal*. Selbst wenn er grob war, war er zärtlich. Aber während der letzten drei Tage, seit ich die sehr öffentliche Erklärung abgegeben hatte, dass ich ihn liebte, hatte er es mir ausschließlich langsam und zärtlich gegeben.

Es war fantastisch, aber ich fing an, mir Sorgen zu machen, dass etwas nicht stimmte. Ich hatte keinen Grund, das zu glauben, Chasin war Chasin. Stark, beständig, beschützend, er brachte mich zum Lachen, er ließ sich von mir zum Lachen bringen. Alles war gut, trotzdem machte ich mir Sorgen. Ich sorgte mich zu Unrecht und wusste es. Das tat ich nun einmal.

Er nahm die Hand von meiner Brust und verlor keine Zeit, sie an meine Klitoris zu bringen – er strich sanft darüber, zu sanft.

»Chasin, Liebling, ich brauche –«

»Ich weiß, was du brauchst, Baby.«

Er weigerte sich, gedrängt zu werden. Ich stand so kurz vor einem Höhepunkt. Ich hob die Hüften, um seinen zu begegnen, ich bohrte meine Fingernägel tiefer in seinen Hintern und griff danach.

So kurz davor.

Er rieb mit dem Daumen schneller, fester über meine Klitoris. So kurz davor.

»Halt dich fest, Evie.«

»Tue ich«, keuchte ich und hielt mich noch doller fest.

»Ich lasse dich nie mehr gehen.«

Oh Gott, ich liebte es, wenn er das sagte.

Ich ließ seine tiefe, vom Sex raue Stimme über mich hinwegwaschen, als ich auf den Abgrund zuraste.

Ich war kurz davor hinunterzustürzen, als er mit dem Daumen aufhörte, den Winkel änderte und dann meine Knospe noch fester bearbeitete.

Lieber Gott im Himmel.

Ich spürte das Summen, das sich in meiner Brust bildete, ich bäumte mich auf, jeder Teil meines Körpers zischte. Feuer durchfuhr mich, bis ich es nicht mehr ertragen konnte, dann erlebte ich meinen Höhepunkt.

Nein, ich erlebte ihn nicht, er verbrannte mich. Er war so kraftvoll, dass er mich verbrühte.

»Scheiße«, zischte er.

Ich war schon zu weit fortgeschritten, um seine tiefen, harten Stöße vollständig zu schätzen zu wissen. Mein Körper gehörte nicht mehr mir, er gehörte ihm. Ich schwebte in irgendeinem Himmel, vollkommen eingehüllt von dem besten Orgasmus, den ich jemals in meinem Leben hatte. Aus diesem Grund bekam ich es kaum mit, wie sein Rhythmus abbrach, er tief in mich stieß und mein Inneres mit seinem Samen flutete.

Sein Stöhnen entging mir aber nicht.

Mir entging ebenso wenig, wie sein großer, starker Körper erzitterte.

Ich brauchte länger als er, um zu mir zurückzufinden. Ich brauchte immer länger und jedes Mal freute ich mich darüber, weil Chasins hübsches Gesicht mein Blickfeld erfüllte, wenn der Nebel der Euphorie sich verzog. Jedes verdammte Mal. Es spielte keine Rolle, wie wir es taten, wenn es vorbei war, gab er mir immer das Gleiche.

Sich.

Offen.

Zärtlich.

Er sah mich an, als hätte er mich noch nie zuvor gesehen, und war fasziniert.

Als würde er mir zum ersten Mal in die Augen sehen und ihm würde gefallen, was er sah.

Ich liebte es. Ich liebte, dass er mir das gab.

»Das war mir ernst, Evie.«

Nur weil meine Sicht wieder klar war, bedeutete das nicht, dass mein Verstand nicht immer noch durcheinander war.

»Was war dir ernst, Liebling?«

»Ich lasse dich nie wieder gehen.«

»Das ist gut, denn ich will, dass du mich nie wieder gehen lässt.«

Seine Augen leuchteten und dieses Mal erkannte ich die Wichtigkeit dieses Blickes.

Er war glücklich.

Also dachte ich, er sollte wissen, dass er mich genauso glücklich gemacht hatte.

»Ich bin glücklich«, sprach ich meine Gedanken aus.

»Das freut mich.«

»Nein, Chasin, ich bin *glücklich*. Ich war nie glücklich. Ich war stolz. Ich war zufrieden. Ich habe Dinge erreicht, die ich erreichen wollte. Aber ich habe noch nie wahres Glück gefunden.« Ich nahm die Hand von seinem Rücken und strich damit von seinem Kiefer zu seinem Ohr. Oh Gott, er hatte eine perfekte Knochenstruktur. »Nicht bevor du es mir gegeben hast. Ich lasse dich auch nie wieder gehen.«

»Scheiße«, grunzte er, drückte die Hüften nach hinten und stieß wieder hinein.

»Noch mal?« Ich lächelte.

»Dreh dich um, Genevieve. Ich will dich auf allen vieren.« Meine Muschi zuckte und zog sich zusammen. »Wie für mich gemacht.«

Mann, ich liebte es, dass er so dachte, denn ich empfand genauso.

»Du bewegst dich nicht.«

»Ich kann mich nicht bewegen, wenn du auf mir liegst und dein großer Schwanz mich ans Bett fesselt.«

»Großer Schwanz?«

Bitte, als hätte er das nicht gewusst.

»Es ist dein Schwanz, Chasin, du kennst seine Größe. Du bist außerdem ein Mann, der beim Militär war, und ich habe von den Gemeinschaftsduschen gehört, deshalb bin ich mir sicher, dass du die Größen der anderen Männer gesehen hast. Und deshalb weißt du, dass deiner überdurchschnittlich groß ist.«

»Gemeinschaftsduschen?« Er lachte.

Seine starke, feste Statur bebte vor Belustigung.

Oh Mann, das liebte ich auch.

»Ich verstehe nicht, was so lustig ist.«

»Babe. Glaub mir, niemand vergleicht Schwänze in der Dusche.«

»Nun, das ist enttäuschend.«

»Babe ...« Das Beben wurde zu einem regelrechten Schütteln und sein Lachen erfüllte den Raum.

Auch das liebte ich, er hatte ein großartiges Lachen.

Ich hätte es ihm sagen sollen, aber ich hatte etwas anderes im Sinn.

»Mach es mir nicht kaputt. Du weißt, wie jeder Mann darüber fantasiert, was passiert, wenn Mädchen beieinander übernachten. Ihr alle denkt, dass wir uns bis auf BH und Slip ausziehen, Kissenschlachten veranstalten und im Bett miteinander ringen. Also Frauen fantasieren darüber, was Männer in Umkleidekabinen und Gemeinschaftsduschen tun. All diese nackten, nassen, eingeseiften Männer zusammen in einem Raum. Was für eine Augenweide.«

»Was hat das mit Männern zu tun, die ihre Schwänze vergleichen?«, lachte Chasin.

»Ich weiß nicht. Schätzungsweise nichts.«

Chasin brach in Gelächter aus und ich schloss die Augen, um mir das Gefühl davon einzuprägen.

»Ich bin mir nicht sicher, wie wir auf das Thema einer Umkleidekabinenfantasie gekommen sind, wo wir doch über meinen großen Schwanz gesprochen haben, aber da wir schon einmal dabei sind, werde ich diese Gelegenheit nutzen und dir sagen, dass der Schwanz, der sich in dir befindet, von jetzt an der *einzige* Schwanz sein wird, über den du fantasierst.«

Er würde von mir keinen Widerspruch bekommen, also sagte ich dazu auch nichts. Stattdessen hob ich meine Hüften und erinnerte ihn: »Du wolltest mich auf allen vieren. Machen wir das jetzt, Schatz, oder werden wir zu dem Grillnachmittag, den du organisiert hast, zu spät kommen?«

»Wir werden uns verspäten.«

»Klingt gut.«

»Verdammt perfekt.«

Chasin rollte sich von mir herunter, half mir auf die Knie und dann kamen wir zu spät zu dem Grillnachmittag, den er veranstaltet hatte, um mich aus dem Haus zu bekommen und mir einen lustigen Tag zu bereiten.

Viel zu spät.

Ich hätte es ihm niemals gesagt, aber ich hatte weitaus mehr Spaß, bevor wir zu McKenna und Nixon fuhren, als beim tatsächlichen Grillen. Ich meine, sehr viel mehr Spaß.

»Du bist zu spät«, tadelte Bobby.

»Ja.«

»Und du strahlst.«

»Das will ich doch sehr hoffen«, gab ich zurück.

»Ich hasse dich«, sagte sie ohne Wut.

»Ja, es ist so scheiße, ich zu sein.«

»Jetzt reibst du es mir einfach nur unter die Nase, dass du einen scharfen Typen hast, der es dir regelmäßig besorgt.«

Ich zuckte mit den Schultern und blickte von der großen gelben Scheune zu meiner besten Freundin.

»Tut mir leid?«

»Bäh. Es tut dir nicht leid.«

Ich bestätigte ihre Beobachtung nicht, stritt sie aber auch nicht ab.

»Das ist ein wunderschöner Ort«, bemerkte ich. »Sie haben ein Pferd.«

»Das ist Sally«, sagte McKenna zu mir, als sie zu uns kam und mir ein Bier anbot. »Sie ist ein Pony, das wir gerettet haben, und ein absolutes Miststück. Nix ist der Einzige, den sie nicht beißt. Goat lief auch noch hier herum, aber dann habe ich die Hunde rausgelassen und sie sind zum anderen Ende der Koppel gelaufen.«

»Ihr habt eine Ziege?«, fragte ich.

»Ja. Aber Goat denkt, sie sei ein Hund. Und jedes Mal, wenn Duke und Axel draußen sind, stapfen sie zusammen davon. Ich war besorgt, wie Sally diese Wende aufnehmen würde, denn Goat und Sally sind Freundinnen. Aber Sally stellte sich als das streitsüchtige Miststück heraus, als das ich sie schon kannte, und scheint nun froh zu sein, dass Goat sie in Ruhe lässt.«

Weil ich nicht wusste, was ich auf irgendetwas davon entgegnen sollte, wechselte ich das Thema.

»Wie fühlst du dich?«

Sofort legte McKenna die Hand auf ihren Babybauch und ich verspürte einen kurzen Stich der Eifersucht.

»So viel besser, jetzt, da die Morgenübelkeit vorbei ist.«

»Wisst ihr schon, was es wird?«

»Nein. Wir wollen es nicht wissen.«

»Ich hasse Überraschungen«, sagte Bobby. »Ich müsste es wissen.«

Alecs Frau Macy schlenderte herbei, gefolgt von Silver und Kennedy.

»Endlich bekommen wir euch beide mal allein zu fassen«, begann Silver. »Ich dachte schon langsam, dass Chasin euch für immer einsperren würde.«

»Danke für die Einladung«, antwortete ich und McKenna winkte mit der Hand ab.

»Ich hatte vor, etwas für nächste Woche zu organisieren, aber Nix sagte, ich müsse warten.«

»Okay, ich werde es jetzt einfach geradeheraus sagen, damit es aus dem Weg ist. Ich bin ein riesiger Fan«, sagte Macy zu mir. »Als wir uns das erste Mal begegneten, habe ich ganz lässig getan, weil es nicht der richtige Zeitpunkt war, mich dir gegenüber wie ein verrückter Fan zu verhalten, aber ich musste es dir einfach sagen, damit ich es nicht länger mit mir herumtrage und mich wie eine Idiotin verhalte. Oh, und ich habe das Video gesehen. Mädchen ... dieses neue Lied. Fantastisch.«

»Danke. Ich weiß das zu schätzen.«

Ich spürte, wie meine Wangen sich aufheizten.

»Mist. Ich wollte dich nicht in Verlegenheit bringen.«

Verdammt. Ich hatte keine Ahnung, wie ich mit diesen Situationen umgehen sollte, da ich nie damit konfrontiert wurde, mir zu wünschen, dass mich jemand als Genevieve mag. Ich wusste, wie ich mich in Gegenwart meiner Fans verhalten sollte, aber diese Frauen wollte ich nicht als meine Fans haben, ich wollte sie als meine Freundinnen.

»Hast du nicht.« Ich spürte, wie Bobby mich mit ihren Blicken durchbohrte, weil sie jederzeit bereit war, einzuschreiten und als der Puffer zu agieren, der sie immer war. *Sei mutig.* »Ich finde es wirklich toll, dass ihr meine Musik mögt. Das zu hören wird mir niemals zu viel. Aber hierin bin ich nicht gut. Nein, ich bin sogar richtig schlecht.«

»Worin bist du schlecht?«, bohrte Macy nach.

»Freundschaften zu schließen. Ich will nicht, dass ihr Vivi Rush mögt, ich will, dass ihr *mich* mögt.«

Bobby bekam große Augen – vielleicht vor Entsetzen, weil ich mich gerade eben zum Idioten gemacht hatte, oder vor Schreck, dass ich die Wahrheit gesagt hatte. Was auch immer es war, ich fand, es sah nicht gut aus.

»Du willst von *uns* gemocht werden?«, stammelte Silver.

»Beachtet sie gar nicht«, schritt Bobby ein. »Ihr werdet euch daran gewöhnen. Für ein Countrymusik-Phänomen hat sie ein paar ernsthafte Probleme mit dem Selbstbewusstsein.«

»Habe ich nicht«, sagte ich knapp.

»Äh, doch, hast du. Du bist ein bisschen verrückt.«

»Ich bin nicht verrückt«, verteidigte ich mich, obwohl ich vermutlich doch etwas verrückt war.

Aber ich wollte nicht, dass diese Frauen sofort erfuhren, dass ich eine Schraube locker hatte.

Ich hörte, wie McKenna, Kennedy und Macy anfingen zu lachen, und bekam ein komisches Gefühl im Bauch.

»Toll. Jetzt denken sie, ich bin verrückt, weil meine beste Freundin ihnen gesagt hat, dass ich es bin.«

»Was denn? Sie sollten wissen, worauf sie sich einlassen.«

»Das hast du gerade nicht gesagt«, zischte ich.

Silvers sehr lautes Lachen erweckte die Aufmerksamkeit der Männer, die um den Grill herumstanden.

Toll.

»Mädchen, du passt perfekt zu uns«, sagte Silver, nachdem sie ihre Belustigung unter Kontrolle gebracht hatte. »Bei uns gibt es keine Einzige, die normal ist. Es ist also eine

Erleichterung zu wissen, dass du genauso verrückt bist wie der Rest von uns. Als wir zusammen gegessen haben, war ich schon etwas besorgt, dass wir uns exzellent benehmen müssten, damit wir dich nicht dazu bringen, vor uns weglaufen zu wollen. Chasin hätte uns umgebracht, wenn wir dich verschreckt hätten.«

»Ich weiß nicht, wovon du sprichst, ich bin vollkommen normal«, protestierte Kennedy.

»Wirklich? Bist du das?«, fragte Silver herausfordernd. »Normale Menschen stehen nicht mit einer Schrotflinte in ihrer Einfahrt und drohen damit, auf den Geländewagen von jemandem zu schießen.«

»Äh, doch, das tun sie, wenn der Besitzer des Geländewagens versucht, ihr Land zu stehlen.«

Neben mir fing Macy vor Lachen an zu beben. »Das ist eine wahre Geschichte«, sagte sie. »Und lass dich von Silver mit ihrem niedlichen Gesicht und den hübschen Augen nicht blenden. Sie ist verrückter als wir alle. Weston musste sie aus dem Rumpf eines Schiffes befreien. Aber als er zu ihr gelangte, hatte sie sich bereits losgemacht und warf ihm ein Klotz mit Kokain an den Kopf. Er brach auf und überzog alles mit weißem Pulver.«

Mir klappte die Kinnlade herunter und als ich mich wieder gefangen hatte, keuchte ich: »Was?«

»Es war gar nichts«, sagte Silver.

Nichts? Vielleicht war sie *wirklich* verrückt.

»Kommt mit, es gibt viel, was wir euch beiden erzählen müssen, und Chasin wirft uns schon böse Blicke zu. Ich schätze, wir haben höchstens zehn Minuten, bevor er dich für sich haben will und wir aufhören müssen zu reden«, sagte McKenna.

Beängstigend, sollte ich vielleicht hinzufügen.

Sie führte unsere Gruppe zu einem Picknicktisch, an dem wir nacheinander Platz nahmen.

Sobald mein Hintern die Sitzbank berührte, legte McKenna los. »Ich werde anfangen, da ich die Erste war, dann Kennedy, dann Silver, dann Macy. Wenn wir fertig sind, kannst du erzählen. Die Regel lautet, du darfst nichts auslassen. Wir wollen alle schmutzigen Einzelheiten wissen.«

Ich schaute zu meiner Rechten und sah Bobby, die wie eine Wahnsinnige grinste.

»Warum grinst ihr alle so? Sie ...«, ich zeigte mit dem Finger auf Silver, »hat Weston mit einem Kokainklotz beworfen. Ich finde nicht, dass es irgendetwas gibt, worüber man grinsen sollte.«

»Ich weiß. Ich glaube, abgesehen von dir ist Silver vielleicht mein neuer Lieblingsmensch. Obwohl es krass ist, mit einer Schrotflinte in seiner Einfahrt zu stehen.« Bobby sah Kennedy an. »Es ist also ein Unentschieden. Aber ich werde den Platz für meinen zweitliebsten Menschen erst vergeben, wenn ich McKennas und Macys Geschichten gehört habe.«

»Du bist die Verrückte, nicht ich. Ich bin verdammt noch mal total normal und langweilig.«

Fünf Frauen brüllten vor Lachen.

Und meine gesamte aufgestaute Angst verschwand.

Ich schaute über die Schulter und sah, dass alle Männer uns anstarrten und dabei lächelten. Aber mein Blick fiel auf Chasins großes, offenes Lächeln und ich konnte einfach nicht wegsehen. Sein Lächeln wurde zu einem Grinsen und der Bereich zwischen meinen Beinen fing an zu kribbeln.

»Toll. Wir haben sie verloren«, hörte ich McKenna murmeln. »Chasin wirft ihr den Heißer-Typ-Blick zu, der deutlich aussagt, dass er es ihr besorgt hat, bevor sie herkamen. Aber darüber hinaus sagt er auch, dass er weiß, dass er es ihr besorgt hat und sie es großartig fand.«

Ich ignorierte das, obwohl mein Lächeln breiter wurde.

»Nachglühen«, fügte Bobby hinzu. »Die ganze Woche strahlt mein Mädchen schon. Am schlimmsten ist, dass ich in dem Haus leben muss, was nur als Erinnerung dient, dass ich es nicht besorgt bekomme. Es ist schon so lange her, dass ich anfangen muss, mich Schwester Agnes zu nennen.«

Ich zwinkerte Chasin zu und sah, wie seine Augen leuchteten und sein Körper anfing zu beben.

»Geht es nur mir so oder sind alle Gemini-Kerle superscharf?«

Ich wandte den Blick gerade rechtzeitig von Chasin ab, um zu sehen, wie Alec seiner Tochter in den Nacken pustete. *Ja. Total scharf.* Weston stand mit seinem Sohn, der auf seiner Schulter schlief, neben Alec, und auch das fand ich scharf. Ich schaute wieder zu meinem Mann, der mich immer noch anstarrte. Das Grinsen war verschwunden, aber ich vermisste es nicht, denn das sexy Lächeln und die sanften Augen waren genauso gut.

»Mädchen, wenn du dich umdrehst und uns zuhörst, würden wir dir *erzählen*, wie scharf sie sind.«

Ich wollte es wirklich wissen. Deshalb schenkte ich Chasin ein letztes breites, strahlendes Lächeln – oder zumindest hoffte ich, dass es das war – und drehte mich um.

»Na endlich«, murmelte Silver. »Ist die Chasin-Trance schon abgeklungen?«

»Nein. Und ich hoffe inständig, dass sie es nie tun wird«, antwortete ich.

Ich hörte Bobby seufzen und Silver kichern. Macy lächelte, Kennedy atmete hörbar aus.

Es war jedoch McKenna, die sprach. »Das wünsche ich dir. Aber mehr noch wünsche ich es ihm, denn ich weiß, du bist genau das, was er braucht.«

Oh Gott, ich fand es toll, dass sie so dachte.

McKenna hatte falschgelegen, die Männer kamen nicht zu uns, dafür aber ein Vierrad mit einem hübschen Teenager und zwei kleinen Kindern. McKenna beendete ihre Geschichte, an der rein gar nichts lustig war. Sie wurde von einem Arschloch entführt und beinahe zu Tode geprügelt, aber ich war der Meinung, dass sie unheimlich stark war, das überwunden zu haben. Und Kennedy erzählte ihre Geschichte – wieder war es nicht zum Lachen, denn sie war in einem Fahrzeug eingesperrt und fast an einem Hitzschlag gestorben, bevor der Wagen in einen See gefahren wurde und unterging, woraufhin Jameson sie wiederbeleben musste, um ihr das Leben zu retten. Auch wenn sie sich Mühe gab, es lustig klingen zu lassen – und einige Teile waren *tatsächlich* urkomisch –, war es trotzdem unheimlich Furcht einflößend.

Ganz plötzlich wirkte meine Situation lächerlich. Wen interessierte es schon, dass irgendjemand mir nervige Briefe schickte? Selbst mir war es mittlerweile egal, dass der Kerl in mein Haus eingebrochen war und auf meinem Bett onaniert hatte. Ich würde nie wieder in diesem Haus schlafen und das Bett kam in den Müll. Nichts war so schlimm wie das, was McKenna und Kennedy durchgemacht hatten, und ich hatte Angst, die Geschichten von Silver und Macy zu hören. Wenn das, was sie zu erzählen hatten, annähernd so war wie die ersten beiden Geschichten, wollte ich es nicht wissen.

»Onkel Chasin!«, quietschte ein kleines Mädchen.

»Das ist Zack«, sagte Macy.

Ich wusste, dass Zack McKennas jüngerer Bruder war. Ihre Eltern waren gestorben und McKenna hatte das Sorgerecht für ihn und ihre jüngere Schwester Mandy bekommen, die eine Kunsthochschule in Philadelphia besuchte.

»Hey!« Zack nickte mit dem Kinn in unsere Richtung. Caleb, Macys hinreißender Sohn, machte Zack nach und die beiden gingen zu der Gruppe von Männern, wo Aurora sich nun bei Chasin auf dem Arm befand. Ich konnte sehen, wie sie unaufhörlich den Mund bewegte, hörte aber nicht, was sie sagte. Was auch immer es war, es brachte Chasin zum Lächeln.

Mannomann, dieser Anblick brachte meine Eierstöcke beinahe zur Explosion.

»Caleb versucht zu lernen, wie man sich lässig gibt. Zack wiederum hat das Lässigsein von Nixon Swagger gelernt, deshalb beherrscht er es auch absolut perfekt«, informierte Macy mich.

»Ich wünschte, er wäre noch mein alberner kleiner Bruder und dass Nix mit diesen Lehrstunden sparsamer umgegangen wäre.«

Ich richtete den Blick wieder auf McKenna und fragte: »Wieso?«

McKenna verzog das Gesicht und setzte eine Miene auf, die nur als entsetzt beschrieben werden konnte.

»Sie kann es nicht einmal aussprechen«, presste Kennedy hervor. »Zack liebt die Mädels und die Mädels lieben Zack. Ich habe gehört, wie Nixon Jameson erzählt hat, dass der Junge mehr Kondome verbraucht als –«

McKenna gab einen Laut von sich, als müsse sie sich überheben, und hob die Hand. »Es reicht. Darüber sprechen wir nicht. Es ist schlimm genug, dass die Mädchen Tag und Nacht hier aufkreuzen, jede Woche eine andere. Ich brauche nicht auch noch irgendwas über Kondome zu hören.«

»Zumindest praktiziert er geschützten Sex«, warf Bobby ein. »Sex ist sauberer, wenn das Würstchen bedeckt ist.«

»Hat sie eben wirklich ...« Silver beendete den Satz nicht. Sie konnte nicht, denn sie schlug die Hände vors Gesicht und zitterte. »Sie sagte ...« Wieder hielt sie inne und schluckte.

»Das merke ich mir«, verkündete Kennedy und fing an zu lachen.

Ich lehnte mich zurück und hörte zu, wie fünf wirklich großartige Frauen lachten. Vier Frauen, von denen ich hoffte, dass wir gute Freundinnen werden würden. Vier Frauen, die Bobby und mich, ohne zu zögern, in ihren Kreis aufgenommen hatten. Ich saugte alles auf. Jeden letzten Tropfen. Und zum Glück tat ich das, denn während der folgenden Tage würde ich es brauchen.

29

——————

KAPITEL NEUNUNDZWANZIG

Chasin neigte den Kopf und atmete Genevieves blumiges Shampoo ein, während sein halbsteifer Schwanz noch in ihr steckte. Er ließ sich Zeit, brachte beide vom Höhepunkt herunter und machte ganz langsam, nachdem Genevieve es grob gefordert hatte.

»Hmm«, gurrte Evie und Chasin lächelte an ihrem Haar. »Ich kann meine Beine nicht spüren.«

Das machte sein Lächeln noch breiter.

»Wie ist es möglich, dass es besser und besser wird?«

Lustigerweise hatte Chasin das Gleiche gedacht. Genauer gesagt dachte er es jedes Mal, wenn er seinen Schwanz in ihr versenkte.

Jedes Mal besser.

»Bist du okay?«, fragte er, obwohl er wusste, dass sie es war.

»Ja. Und du?«

»Ich habe dich zu zwei süßen Orgasmen gebracht, bevor ich selbst heftiger als jemals zuvor gekommen bin. Ich bin nicht okay, Baby, es geht mir fabelhaft. Aber ich spreche davon, wie grob ich zu dir war.«

Chasin strich mit der Hand seitlich an ihrer Brust entlang und vermied es, die Brustwarze zu berühren, die er gekniffen und gezwirbelt hatte.

»Du weißt immer, wie viel du nehmen kannst, du brauchst mich also nicht mehr zu fragen. Du hast mir das Versprechen abgerungen, dir zu sagen, wenn es mir zu viel wird, und das werde ich tun.«

Er küsste Genevieves Kopf und leider rutschte dabei sein Schwanz aus ihr heraus. Er rollte sich zur Seite, zog sie an sich und ließ sie es sich an seiner Brust bequem machen, bevor er fragte: »Was steht heute auf dem Plan?«

»Bobby und ich werden uns die Angebote ansehen, die mein Makler mir geschickt hat. Ich kann immer noch nicht glauben, dass das Haus so schnell verkauft wurde. Wir werden uns ebenfalls darüber unterhalten, was ich in Bezug auf Leslie tun werde. Ich kann sie nicht im Unklaren lassen, sie weiß, dass irgendetwas vor sich geht, und ich habe einen Vertrag, den ich berücksichtigen muss. Das bedeutet, wir müssen Anwalt und Steuerberater anrufen. Das alles ist unfassbar langweilig und etwas, mit dem ich mich nicht beschäftigen will.«

Chasin war nicht aufgefallen, wie sehr sein Körper sich angespannt hatte, bis Genevieve den Kopf hob.

»Was ist los?«

»Nichts, Baby. Das mit dem Haus sind gute Neuigkeiten.«

Er zwang seine Muskeln dazu, sich zu entspannen, doch ganz gleich, wie sehr er es versuchte, er blieb steif.

»Tu das nicht.« Sie setzte sich auf und zog die Decke mit.

»Es ist alles in Ordnung«, log er.

»Du lügst«, enttarnte sie ihn und schloss die Augen. »Warum versteckst du dich?«

Verdammte Scheiße.

Das war eine ausgezeichnete Frage.

»Du hast dich schon vor dem Grillnachmittag zurückgezogen.«

Also, jetzt warte mal kurz.

»Ich ziehe mich nicht zurück«, argumentierte er.

Genevieve öffnete die Augen und als ihr Blick auf Chasin traf, wurde die gesamte Luft aus seiner Lunge gedrückt.

»Baby«, flüsterte er in dem verzweifelten Versuch, einen Weg zu finden, um den Schmerz auszulöschen, den er nicht mehr gesehen hatte, seit sie ihm dafür vergeben hatte, sich wie ein Arschloch aufgeführt zu haben. Ein Schmerz so stark, dass er schlimmer war als zu dem Zeitpunkt, an dem er sie im Wohnzimmer ihres Onkels enttäuscht hatte. Und das wollte etwas heißen, denn an diesem Abend hatte er sie zerstört.

»Liebst du mich?«, fragte sie ihn.

»Ja.«

Seine Antwort kam schnell. Sie war unwiderruflich und er meinte sie auf eine Weise, von der er wusste, dass sie sich niemals ändern würde.

»Wenn ich daran zurückdenke, wie ich ein kleines Mädchen von vielleicht fünf oder sechs Jahren war, kann ich mich erinnern, Liebe gefühlt zu haben. Meine Großeltern haben mich geliebt. Sie haben mich verwöhnt, aber nicht mit materiellen Dingen, sondern mit Taten. Großvater brachte mir das Fahrradfahren bei. Großmutter backte Plätzchen mit mir. Es war normal. Sachen, die typisch für Großeltern waren. Ich habe sie geliebt. Dann verschlimmerte sich der Alkoholkonsum meiner Eltern und die Familie begann, Partei zu ergreifen. Mein Onkel war unumstößlich dafür, meinen Vater zu verstoßen und ihm finanziell den Geldhahn zuzudrehen. Meine Großmutter liebte ihren Sohn und wollte versuchen, ihm Hilfe zu beschaffen. Mein Vater weigerte sich. Diese Sache ging noch ein paar Jahre so weiter, bis mein

Vater eines Abends unterwegs war und tat, was immer er tat, und meine Mutter so betrunken war, dass sie auf dem Sofa bewusstlos wurde. Ich hatte Hunger und ging wie immer in die Küche und machte mir selbst etwas zu essen. Das wäre keine große Sache gewesen, aber ich musste auf die Arbeitsplatte klettern, um die Schüssel zu erreichen, die ich haben wollte.«

Sie presste die Lippen aufeinander, dann sprach sie weiter. »Ich fiel herunter und brach mir den Arm. Ich wusste nur einige Tage nicht, dass er gebrochen war, weil niemand mit mir ins Krankenhaus fuhr. Als mein Großvater es herausfand, drehte er durch und drehte meinem Vater den Geldhahn zu, bis er und meine Mutter einen Entzug machten. Sie weigerten sich. Großvater kam zu uns und versuchte, mich mitzunehmen, weil meine Eltern offensichtlich nicht dazu in der Lage waren, für mich zu sorgen, aber mein Vater ließ es nicht zu.«

Genevieve hielt inne und atmete so tief ein, dass Chasin spürte, wie die Luft an ihm vorbeipfiff.

»Ich hörte sie streiten. Großvater sagte, er würde meine Sachen packen und mich mitnehmen. Aber er schaffte es gar nicht erst in mein Zimmer, weil mein Vater drohte, die Polizei zu rufen. Nicht um ihr zu erzählen, dass mein Großvater mich ohne Erlaubnis mitnehmen wolle, sondern weil mein Vater wusste, dass das Unternehmen meines Großvaters in illegale Aktivitäten verwickelt war. Großvater ging *ohne* mich. Und als er durch die Tür nach draußen trat, drehte er sich um und sah, wie ich auf der untersten Treppenstufe saß. Er wusste, dass ich alles mitgehört hatte, und sagte kein Wort. Er lächelte mich nicht an. Er umarmte mich nicht zum Abschied. Er ging durch die Tür und ließ mich bei meinen Eltern zurück. Das war das erste Mal, dass mich jemand im Stich ließ, aber nicht das letzte.«

»Evie.«

»Lehrer, Trainer, Eltern von Freundinnen – auch sie ließen mich im Stich. Sie wussten, dass meine Eltern Alkoholiker waren. Sie wussten, in welchen Zuständen wir lebten. Niemand half. Niemand versuchte es. Auf diese Weise lernte ich, dass ich wertlos war.«

»Was zur Hölle?«, knurrte Chasin.

Das Herz schlug ihm bis zum Hals und das Bedürfnis, jede einzelne Person zu finden und zu strangulieren, die dafür gesorgt hatte, dass diese hübsche Frau sich wertlos fühlte, rauschte durch seine Adern.

»Bobby versucht seit Jahren, es zu durchbrechen, damit ich es sehe. Sie will mich zwingen, die Augen zu öffnen und zu sehen, dass ich nicht das war, was sie mir eingeredet haben. Es ist ihr nicht gelungen. Aber dir ist es gelungen. Und du hast es nicht einmal versucht. Du hast es getan, ohne zu wissen, dass du es tatest, einfach nur, indem du mich zum Lächeln gebracht hast. Du hattest keine Ahnung, wer ich bin, wie viel Geld ich auf der Bank habe, du wusstest nichts von meinen Grammys und Goldstatuen, wusstest nicht, dass in meinem Studio Platinalben hängen. Es war dir nicht bekannt, dass ich Gitarren habe, die mehr wert sind als die Fahrzeuge einiger Leute, und Fahrzeuge, die mehr kosten, als die meisten Menschen ihr gesamtes Leben lang sparen können.«

Sie schenkte ihm das süßeste Lächeln. »Aber dir war ich es wert. Ich war deine Zeit, dein Lächeln wert, war es wert, kennengelernt zu werden. Und ich habe angefangen, es zu sehen. Und obwohl die Sache kompliziert wurde, hast du nicht gewartet, um sie wieder geradezubiegen. Als ich versucht habe, dich wegzustoßen, hast du es nicht zugelassen. Du beschützt mich, du sagst mir, dass du mich liebst, und du sagst, dass du mir vertraust. All das gibt mir das Gefühl, dass ich es wert bin.«

Ihr Lächeln verschwand und nahm sein Herz mit. »Deshalb sag mir, was versteckst du vor mir? Und bevor du sagst: ›Gar nichts‹, sollst du wissen, dass ich nicht lockerlassen werde.«

»Verdammt«, brummte er, stürzte nach vorn und warf Genevieve wieder aufs Bett.

Er legte sich mit seinem Gewicht auf sie und drückte das Gesicht an ihren Hals, weil er zum Sprechen zu überwältigt war. Er spürte, wie die Schwere der Besorgnis auf ihm lastete.

»Ich habe eine Scheißangst, du könntest herausfinden, dass du zu gut für mich bist«, murmelte er schließlich. »Als ich dir zum ersten Mal begegnete, hatte ich keine Ahnung, aber du hast all diese Sachen, die du erwähnt hast, und ich bin sicher, es gibt noch mehr über dich herauszufinden. Du bist ein Countrymusik-Star, du hast Millionen von Fans, die es nicht erwarten können, dich zu sehen, zu hören, dich anzufeuern, und ich habe nichts, was ich dir bieten kann.«

»Was?«, keuchte sie und er rutschte halb von ihr herunter. »Was?«, wiederholte sie.

»Babe, mir ist nicht entgangen, was du hast. Ich habe ein Bild von deinem Haus gesehen, ich weiß, welchen Preis du dafür verlangst, und kenne die Angebote, die du erhalten hast. Ich habe Geld auf der Bank, ich lebe sparsam, damit ich es nicht verschwende, und verdiene anständig. Aber im Vergleich zu dir habe ich nichts und werde auch niemals etwas haben. Ich kann dich finanziell nicht unterstützen, ich kann nicht –«

Genevieve hob die Hand, klatschte sie ihm auf den Mund und zischte gleichzeitig: »Halt die Klappe.«

Sanft schob er die Hand weg.

»Babe. Hör zu –«

»Willst du es haben?«

»Was will ich haben?«, fragte er zögernd.

»Das Geld. Willst du es haben? Es gehört dir. Ich werde es dir geben, alles davon. Es bedeutet mir nichts. Das hat es nie. Wenn du es also willst, kannst du es haben. Und ich hasse dieses dämliche Haus. Ich hasse, dass ich hinter einem Tor leben musste, weil meine Arschlöcher von Eltern nicht aufgehört haben, mich mitten in der Nacht zu belästigen, und ich so gezwungen wurde, in einem Gefängnis zu leben. Ich hasse jedes Möbelstück, das sich in diesem Haus befindet. Weißt du, was ich mein ganzes Leben lang wollte?«

»Singen«, riet er.

»Nein. Ich habe gesungen, um meinem beschissenen Leben zu entfliehen. Ich wollte eine Familie. Eine echte. Eine gute. Ich wollte jemanden lieben und geliebt werden und Töchter haben, damit ich ihnen jeden Tag sagen konnte, dass sie etwas Besonderes sind. Ich wollte einen Mann, der sich nicht zur Besinnungslosigkeit betrinkt, der mich liebt und es mir sagt. Aber wenn ich davon geträumt habe, was ich will, kamen darin niemals teure Autos, Klamotten, Schuhe oder eine Villa vor. Nur Liebe. Das war alles. Etwas anderes wollte ich nicht.

Und in den dreißig Jahren meines Lebens habe ich mich einige Male von meinen Großeltern geliebt gefühlt, die mir den Rücken gekehrt haben, als ich sie am meisten brauchte. Aus diesem Grund habe ich es eigentlich nie gespürt. Bis zu dem Tag, an dem ich dich traf. Da habe ich sie gefunden. Wenn du also denkst, dass Geld eine Rolle bei dem spielt, was du mir geben kannst, dann liegst du falsch. Absolut und vollkommen falsch. Du gibst mir alles, was ich brauche, immer dann, wenn ich es brauche. Es geht nicht darum, wer zu gut für den anderen ist. Du sagst es immer wieder, Liebling, aber es ist noch nicht eingesunken – *perfekt*. Das sind wir. Wir sind perfekt füreinander.«

Verdammt.

Heiliger Jesus, Scheiße.

Der Felsbrocken, der in seinem Magen lag, brach entzwei.

Er hatte von Anfang an gewusst, dass sie perfekt für ihn war.

Aber erst in diesem Moment wurde ihm klar, dass es keine Einbahnstraße war.

Es ging nicht darum, dass sie seine perfekte Partnerin war. Es ging darum, dass sie füreinander genau das waren, was der andere brauchte.

Und er brauchte sie mehr als die Luft zum Atmen.

»Tut mir leid, Evie.«

»Solange du mich liebst, brauchst du dich für nichts zu entschuldigen.«

»Ich liebe dich wirklich.«

»Dann küss mich, Liebling, damit wir aufstehen und in den Tag starten können.«

Bevor Chasin ihre Lippen mit seinen berührte, klingelte sein Telefon.

»Ignoriere es einfach«, sagte er.

»Das können wir nicht«, brummte sie. »Du erwartest einen Anruf.«

Oh Scheiße. Das tat er wirklich. Jameson versuchte, sich Zugang zu Bents Hotelzimmer zu verschaffen, um etwas zu finden, das er angefasst hatte, und sie warteten darauf zu erfahren, ob er erfolgreich war.

»Merk dir diesen Blick, Baby«, sagte er zu ihr und griff nach seinem Telefon.

Es war nicht Jameson. Aber da sie bereits unterbrochen worden waren, nahm er den Anruf an.

»Hey, Micky. Was gibt's?«

»Ist Bobby noch da?«

Chasin erstarrte.

»Was?«

»Sie rief mich heute früh an, um zu fragen, ob sie sich meinen Schnellkochtopf leihen kann. Ich habe versucht, sie anzurufen. Ich habe vergessen, ihr zu sagen, sie solle die Eingangstür zuschlagen, damit sie einrastet. Nix hat sie noch nicht repariert, wenn man sie also nicht zuschlägt, bleibt die Tür –«

»Hast du es bei Holden versucht?«, unterbrach er sie, denn es interessierte ihn einen Scheiß, welche Tür Nix noch nicht repariert hatte.

»Nein. Ich habe es bei ihr versucht und dann dich angerufen. Wieso?«

»Sie soll die Farm nicht allein verlassen«, knurrte Chasin.

»Oh. Dann bin ich mir sicher, dass sie noch da ist.«

Chasin rollte vollständig von Genevieve herunter. Sobald sie frei war, stand sie aus dem Bett auf und zog sich die Jeans von gestern ohne Slip an. *Scheiße.* Er wünschte, er könnte ihr sagen, sie solle sich entspannen, langsam machen und eine Unterhose finden, aber er wusste, es wäre ein fruchtloses Unterfangen.

»Wie lange ist es her, dass sie dich angerufen hat?«

»Dreißig Minuten. Aber sie ist nicht im Haus gewesen. Wenn der Alarm ausgeschaltet wird, erhalte ich eine Mitteilung.«

»Lass mich nachsehen, dann rufe ich dich zurück.«

»Denkst du, sie würde allein gehen?«

»Bobby weiß, dass sie die Farm nicht ohne Begleitung verlassen darf. Alles ist gut«, sagte er, aber sein Bauchgefühl sagte ihm, dass es das nicht war.

Chasin zog hastig eine Jeans an und als seine eigenen Worte einsanken, dass Bobby auf keinen Fall über das Feld und durch den Wald gehen würde, um zu McKennas und Nix' Haus zu gelangen, wurde ihm etwas klar: Für sie war alles eine einzige, große Farm.

Scheiße.

»Rufst du mich zurück?«

»Ja.«

Chasin legte auf und Genevieve wirbelte zu ihm herum.

»Was ist mit Bobby geschehen?«

»Nimm deine Schuhe, Baby, auf dem Weg nach unten erzähle ich es dir.«

Er zog sich ein T-Shirt über den Kopf, nahm ein Paar Socken, schnappte sich seine Stiefel und schon verließen sie das Schlafzimmer. Die Tür zu Bobbys Zimmer war weit geöffnet, das Bett war gemacht und Chasins Magen zog sich noch mehr zusammen. Er unterdrückte das Bedürfnis, die Treppe hinunterzulaufen. Er wollte Genevieve nicht noch mehr verängstigen, als sie es ohnehin schon war, aber sie mussten sich beeilen.

»Bobby hat McKenna angerufen und gefragt, ob sie sich einen Schnellkochtopf leihen kann. Bobby geht nicht ans –«

»Hey! Morgen!«, rief Holden lautstark aus der Küche und Chasins Brust schnürte sich zusammen.

»Scheiße.«

»Was Scheiße? Du machst mir Angst.«

»Hast du Bobby heute Vormittag gesehen?«, fragte Chasin.

»Nein. Ich habe niemanden gesehen.« Holden hielt inne, verstand sofort die Stimmung und fügte hinzu: »Was ist los?«

Chasin informierte sie beide, während er sich Socken und Stiefel anzog.

Holden war auf dem Weg zur Haustür, als Chasin ihn aufhielt. »Du musst hier bei Evie bleiben. Sie kann nicht –«

»Ich gehe«, fauchte Genevieve.

»Nein, Babe. Du bleibst hier.«

»Ihr müsst beide gehen und nach ihr suchen. Vielleicht hat sie bloß einen Spaziergang zur Scheune gemacht. Es gefällt ihr dort draußen. Aber irgendwer muss zu Nixon gehen. Da ich nicht allein bleiben kann, komme ich mit.«

Chasin hasste, dass sie recht hatte.

»Gehen wir.«

Sobald sie aus der Tür waren, flitzte Holden sofort los und stapfte über das Feld, wobei es ihn nicht interessierte, dass er den keimenden Mais zertrampelte. Chasin und Genevieve joggten zur Scheune und riefen Bobbys Namen, und als sie keine Antwort erhielten, gingen sie in Richtung Wald. Sie näherten sich der Lichtung, die Nixon für die Vierräder vergrößert und gerodet hatte, als er Holdens wütendes Fluchen hörte.

»Oh Gott«, wimmerte Genevieve.

Chasin verstärkte den Griff an ihrer Hand und ging mit ihr schneller über die Lichtung. Dann hielt er abrupt an und riss an Genevieves Arm, um sie zu stoppen, bevor er sie umdrehte, damit sie nicht sah, was Holden betrachtete.

Blut. Sehr viel Blut. Zusammen mit Bildern von Genevieve, die überall verstreut waren. Als hätte jemand sie in die Luft geworfen und sie wären herumgeflattert und willkürlich gelandet. Einige hatten Blutspritzer, andere nicht.

»Heiliger Jesus Christus«, sagte Holden angewidert.

»Bring Genevieve zurück zum Haus und ruf Nixon an.« Holden erwachte aus seiner Starre und Chasin versuchte, Genevieve an seinen Freund zu übergeben. Sie lockerte aber nicht den stahlharten Griff, mit dem sie seine Hand festhielt.

»Baby. Du musst mit Holden gehen. Sofort, Evie. Ich will, dass du ins Haus gehst, wo du sicher bist, und ich muss mich auf die Suche nach Bobby machen.«

»Oh Gott.«

»Reiß dich zusammen, Evie.«

Sie nickte, ließ aber seine Hand nicht los.

»Vertrau mir, Genevieve. Ich werde sie finden, aber ich muss wissen, dass du sicher bist.«

»Da ist –«

»Denk nicht darüber nach. Lass mich gehen, damit ich ihr helfen kann.«

»Bitte finde sie.«

»Das werde ich. Ich verspreche es.«

»Wirst du sie unversehrt finden?«

Dieses Versprechen konnte er ihr nicht geben. Auf dem Boden befand sich so viel Blut, dass keine Chance bestand, dass Bobby unversehrt war, es sei denn, wie durch ein Wunder handelte es sich nicht um ihr Blut, weil sie den Mann, auf den sie im Wald getroffen war, ausgeweidet hatte.

»Komm mit«, mischte Holden sich ein. »Er wird sie finden.«

»Sei vorsichtig«, rief Evie, als sie nach hinten blickte. Holden zog sie fest an sich und legte den Arm um ihre Schulter.

Verdammte Scheiße. Er wollte Holden daran erinnern, wen er im Arm hatte. Er wollte ihn daran erinnern, dass er Chasins Leben in den Händen hielt.

Aber das tat er nicht.

Holden wusste es.

Chasin hatte es nicht verborgen. Genevieve war seine Welt, und Holden war der Typ Mann, der sie beschützen würde.

30

KAPITEL DREISSIG

»REISST DU DICH ZUSAMMEN?«, FRAGTE HOLDEN, ALS ICH den Anruf mit einer überaus wütenden Kennedy beendete, die von Jameson ins Büro zitiert worden war. Sie und McKenna waren derzeit hinter einem modernen Sicherheitssystem eingesperrt.

Sie war sauer, weil sie und McKenna hierherkommen wollten, aber *beordert* worden waren – dieses Wort benutzte sie mehrere Male und betonte es auf eine Weise, die mir sagte, dass sie überaus unzufrieden darüber war, nicht tun zu können, was sie wollte –, dort zu bleiben.

Ich wusste es zu schätzen, dass sie mitkommen und bei mir bleiben wollten. Aber ich stimmte den Jungs zu. Es war zu gefährlich. Ich fühlte mich besser, wenn ich wusste, dass sie sich hinter einem Alarmsystem befanden und nicht irgendwo verblutend im Wald herumlagen.

»Natürlich«, antwortete ich Holden.

»Viv, es ist okay, wenn du –«

»Wenn ich was? Mich schrecklich fürchte? Mich um Bobby sorge? Mich um Chasin sorge? Wenn ich sauer auf irgendeinen durchgeknallten Freak bin, der mich einfach nicht in Ruhe lässt? Wenn ich so sauer bin, dass ich schreien und etwas kaputt schlagen will? Warum? Warum hat er sie mitgenommen? Warum tut er mir das an? Warum können mich nicht verdammt noch mal alle in Ruhe lassen und aufhören, sich in mein Leben einzumischen?«

»Ja, es ist okay, all das zu empfinden. Und auch alles andere, was du empfinden willst. Ich kann dir einzig sagen, dass Chasin sie finden wird. Er ist gut in seinem Job – der Beste. Er wird sie aufspüren und finden. Und ihm wird nichts passieren, während er es tut.«

»Nein«, krächzte ich. »Oh nein.«

Mein Magen rumorte und drehte sich herum, als die Erkenntnis mich so schwer traf, als sei eine Tonne Ziegelsteine von einem Wolkenkratzer auf mich gestürzt.

»Chasin – was, wenn es eine Falle ist? Die Drohungen? Was, wenn er will, dass Chasin nach Bobby sucht, damit er ihn umbringen kann?«

»Dann wird Chasin darauf vorbereitet sein.«

»Woher weißt du das?«

»Weil Chasin klug ist. Er ist gut. Und Viv, er wird nicht zulassen, dass ihm etwas passiert, wenn er dich hat, die zu Hause auf ihn wartet. Er wird Bobby finden.«

Oh Gott, ich hoffe, es stimmte.

»Stunden sind vergangen und da war so viel Blut.«

Mein Telefon klingelte. Ich nahm es in die Hand und sah darauf. Der Name, der auf dem Bildschirm aufleuchtete, ließ mir das Blut in den Adern gefrieren. Ich wusste es. Ich wusste in meiner verdammten Seele, warum er anrief.

»Wo ist sie, Bent?«, fauchte ich.

»Scheiße«, tadelte Holden mit einem tiefen, rauen Knurren und ging auf mich zu.

Ich schüttelte den Kopf und wich zurück. Er hatte sein

Telefon bereits aus der Gesäßtasche gezogen und wählte, während er sich mir mit wütenden Schritten näherte.

»Ich habe die Schnauze voll von deinem Verhalten, Vivi«, zischte Bent.

Hatte er noch alle Tassen im Schrank?

»Ich habe versucht, romantisch zu sein, mir Zeit zu lassen, denn ich wusste, dass ich dich nicht drängen kann. Aber du hast mich einfach ignoriert, selbst als du *wusstest*, dass ich es war!«, brüllte er.

Romantisch? Ja, er war vollkommen übergeschnappt.

»Mir unheimliche Briefe zu schreiben ist nicht romantisch, Bent. Das ist bloß unheimlich.«

Holden sah mir in die Augen und verbarg nicht, dass er fuchsteufelswild war, weil ich den Anruf angenommen hatte. Er richtete den Blick wieder auf sein Telefon und tippte mit den Fingern schneller auf dem Display als ein Teenager, der ununterbrochen SMS schreibt.

»Hast du sie überhaupt gelesen?«

Das hatte ich nicht, ich hatte aufgehört, sie zu lesen, nachdem ich die ersten paar Briefe erhalten hatte. Auch die Geschenke, die mir zugestellt wurden, hatte ich nicht mehr beachtet.

Er schätzte mein Schweigen richtig ein und sagte abfällig: »Undankbare Schlampe.«

Undankbar? Ich hatte ihn nicht darum gebeten, vollkommen durchzudrehen, den Verstand zu verlieren, vom Rübenlaster zu fallen und zu einem Wahnsinnigen zu werden.

Das sagte ich aber nicht, stattdessen sprach ich wieder unsere derzeitige Situation an.

»Wenn du mich willst, warum hast du Bobby entführt?«

Ich versuchte mein Bestes, um meiner Stimme einen ruhigen

Klang zu verleihen. Mein ganzes Leben wurde mir gesagt, dass man mit Honig mehr Fliegen anlockt als mit Essig. Ich fragte mich, ob das auch für verrückte, psychisch kranke Stalker galt.

»Weil die Schlampe im Weg war. Sie wusste nie, wann sie ihr Maul halten soll. Aber jetzt ist sie still.«

Oh Gott. Nein.

»Ich wusste nicht, dass die Briefe von dir stammten. Du hast sie nicht unterschrieben. Woher hätte ich es wissen sollen? Du weißt doch, wie es ist.«

»Ich habe Hinweise hinterlassen, die nur du verstehen kannst. Du hättest es gewusst, wenn du sie gelesen hättest, verdammt.«

Hoppla. Scheiße. Das zu sagen, war falsch gewesen.

Holden erweckte meine Aufmerksamkeit, nickte und machte eine Handbewegung, die ich hoffte, richtig zu interpretieren. Er wollte, dass ich Bent in der Leitung halte.

Richtig. Guter Plan. Sie konnten den Anruf zurückverfolgen.

»Tut mir leid, das war unhöflich.«

Würg.

»Da hast du gottverdammt noch mal recht, Liebes, das war es. Und wenn wir nach Hause kommen, wirst du dafür bezahlen.«

Mir wurde flau im Magen und es schmerzte, an dem Kloß vorbeizuschlucken, der sich in meinem Hals gebildet hatte.

»Okay, Bent, ich werde dafür bezahlen, wenn wir zu Hause sind. Was soll ich tun?«

Wut breitete sich im Raum aus und zum ersten Mal, seit diese Sache angefangen hatte, war ich froh, dass Chasin nicht hier war. Holden sah aus, als würde er jede Sekunde ausrasten. Chasin wäre schon längst explodiert.

Wo *war* Chasin?

»Ich werde dir per SMS eine Adresse schicken und du wirst mich dort treffen. Allein.«

»Was ist mit Bobby? Kommt sie mit uns?«

»Scheiß auf Bobby.«

Das Blut rauschte in meinen Ohren, doch ich sog die Luft ein und versuchte, meinen Zorn zu zügeln.

Scheiß auf ihn.

Scheiß auf Bent.

»Du weißt, dass ich ohne sie nirgends hingehe«, sagte ich durch zusammengepresste Zähne.

»Die Zeiten ändern sich, Liebes, und die Tage, in denen diese Schlampe dich von mir ferngehalten hat, sind vorbei. Ich werde dir eine Adresse schicken und du hast zwanzig Minuten, um mich dort zu treffen, oder ich bringe sie um.«

Ich bringe sie um.

Gott sei Dank, Bobby war lebendig.

»Das heißt, wenn die Schlampe nicht verblutet, bevor sie zu Bewusstsein kommt und um Hilfe rufen kann.«

Es kostete mich mehr Kraft, als ich besaß, um den Mund zuzuklappen und ihm nicht zu sagen, dass ich ihn mit bloßen Händen töten will.

Holden winkte mit der Hand vor meinem Gesicht und ich sah ihn durch einen Nebel der Wut. Sein Gesichtsausdruck war zornig und in seinen Augen glitzerte es mit krasser, aufgebrachter Raserei, doch er nickte mir ermutigend zu. Dann nahm er meine freie Hand und hielt sie fest.

Das war sehr nett von ihm.

Aber es reichte nicht aus, um mein Unbehagen zu zerstreuen. Es hatte sich zusammengezogen, um meinen Magen und bis hoch zu meiner Brust geschlungen und drang langsam in meine Kehle ein.

Das hier würde kein gutes Ende nehmen.

Ich wusste es.

Mein Kopf schmerzte so stark, dass ich es nicht aushielt. Und als Bent fortfuhr, wusste ich, dass ich recht hatte.

»Denk gar nicht erst daran, dieses Arschloch anzurufen. Wenn ich ihn im Visier habe und er irgendetwas tut, das mir nicht gefällt, werde ich ihm den Kopf wegpusten.«

»Welches Arschloch?« Ich stellte mich dumm. »Wen hast du im Visier?«

»Sei nicht so eine dumme Fotze.«

»Ich bin nicht dumm. Ich verstehe nur nicht, warum du irgendjemandem den Kopf wegpusten willst.«

Ich hielt es für angemessen, beim Thema zu bleiben und ihm nicht beispielsweise zu sagen, er solle einem Affen den Schwanz lutschen, weil er mich eine Fotze genannt hatte.

Holden drückte meine Hand und ich sah zu ihm auf. Mit der Hand machte er eine Schneidebewegung vor seinem Hals und flüsterte: *Leg auf, wir haben ihn.*

Gott sei Dank.

Aber ich wusste trotzdem, dass diese Sache noch nicht vorbei war, nur weil ich Bents ekelhafte, widerliche Stimme nicht mehr hören musste. Es war noch lange nicht vorbei. Und einer der zwei wichtigsten Menschen in der Welt würde mir genommen werden. Ich wusste es. Ich spürte es.

»Schick mir die Adresse und ich werde dich in zwanzig Minuten dort treffen.«

»Wurde auch Zeit, dass du endlich gehorchst.«

Was auch immer. Seine Worte interessierten mich nicht mehr.

»Wir sehen uns gleich, Bent.«

»Und wie du mich sehen wirst, Liebes«, gurrte er. »Wir werden bald zu Hause sein und dann können wir das alles hinter uns lassen. Nur du und ich.«

»Nur du und ich«, wiederholte ich und mir stieg die Galle hoch.

Ich ließ das Telefon sinken, tippte auf das rote Symbol, um die Verbindung zu beenden, und stand wie erstarrt da.

»Er wird mir per SMS eine Adresse schicken«, sagte ich zu Holden.

»Ich habe es gehört, Viv. Bleib stark, Süße.«

»Er sagte, wenn ich nicht dort bin, wird er sie umbringen, wenn sie nicht vorher verblutet.«

»Das wird nicht passieren.«

»Er wird Chasin den Kopf wegpusten.«

»Das liegt außerhalb des Bereichs des Möglichen.«

Nein, das tat es nicht. Bent hatte Chasin im Visier. Er hatte Bobby irgendwo blutend und halb tot zurückgelassen. Nichts lag außerhalb des Bereichs des Möglichen.

Dann erinnerte ich mich daran, dass McKenna verprügelt wurde. Dass Jameson Kennedy wiederbeleben musste. Auch Silver und Macy war etwas widerfahren. Bei vier von vier Malen hatte die Gemini-Gruppe Glück gehabt.

Ich schätzte, jede Siegesserie musste einmal ein Ende haben, deshalb fühlte ich mich nicht besser, als ich daran dachte, dass diese Frauen gerettet wurden. Meine Brust zog sich zusammen und die Angst drang ein.

Irgendwer war immer der Verlierer. Und ich hatte das größte Pech von allen.

Als mein Telefon piepste, weil ich eine SMS erhielt, reichte ich es an Holden weiter. Ich wollte nicht einmal nachsehen. Die Adresse bedeutete mir nichts – Bobby war nicht dort und ich würde nicht dorthin fahren, um Bent zu treffen. Ich würde auf keinen Fall irgendwohin mit ihm gehen. Aber die Uhr des Lebens meiner besten Freundin hatte bereits begonnen herunterzuzählen, und ich wusste es. Ich brauchte nicht Bents Bestätigung dafür, doch jetzt hatte er uns eine Frist gesetzt.

Holden war am Telefon. Ich war mir nicht sicher, mit

welchem der Jungs er sprach. Sie diskutierten über die Strategie und in Gedanken schweifte ich zu Bobby ab. Ich erinnerte mich an die Zeit, in der ich sie zum ersten Mal in der Kneipe traf, wo sie und ich arbeiteten. Ich mochte sie sofort. Sie war lebhaft, lustig, offen und lächelte ständig. Seitdem waren wir unzertrennlich. Sie stand immer an meiner Seite und feuerte mich an.

Sofort nachdem ich meinen Plattenvertrag bekommen hatte, engagierte ich Bobby als meine Assistentin. Ich brauchte eigentlich keine, ich wollte nur Bobby bei mir haben und sie brauchte Geld zum Leben. Melissa war der Meinung, es sei dämlich, sie war von Anfang an dagegen gewesen und sagte, wenn ich eine Assistentin haben wolle, würde sie jemanden für mich finden, der Erfahrung in der Musikbranche hat. Leslie hingegen mochte Bobby schon immer und sagte, es sei eine gute Idee, sie in der Nähe zu haben, damit sie mir hilft, mit den Füßen auf dem Boden zu bleiben. Ich musste zugeben, dass Leslie zu Beginn gut zu mir war. Sie half mir, mich in der Branche zurechtzufinden, und öffnete mir Türen, die geschlossen waren. Vielleicht hatte auch sie sich auf dem Weg einfach nur verloren.

»Viv?«, rief Holden. Ich sah, wie er mir sein Telefon hinhielt. »Chasin will mit dir sprechen.«

Mit mehr Kraft als nötig riss ich ihm das Handy aus der Hand.

»Chasin?«

»Evie Baby. Bist du okay?«

»Nein.«

»Halte durch, wir werden Bobby schon bald finden.«

»Bent sagte, in zwanzig Minuten bringt er sie um.«

»Das wird nicht passieren«, wiederholte Chasin, was Holden mir bereits gesagt hatte.

Es fühlte sich nicht besser an, es von Chasin zu hören.

»Er hat gesagt –«

»Baby, hör mir zu. Glaube nichts, was dieser Geisteskranke dir erzählt hat. Er hat mich nicht im Visier. Und er wird Bobby nicht noch einmal anrühren. Du hast gute Arbeit geleistet, ihn am Telefon zu halten. Micky hat seinen Standort ausfindig gemacht, und Nixon und Alec sind jetzt auf dem Weg dorthin. Weston und Jonny fahren zu der Adresse, die er dir gegeben hat. Jameson und ich haben eine Spur, die uns jemand per Telefon mitgeteilt hat, und wir machen uns nun auf den Weg. Du hast das gut gemacht, Baby, und es war bestimmt nicht einfach, diesem durchgeknallten Wichser zuzuhören, aber du hast es getan. Ich bin stolz auf dich, Baby. So stolz. Das alles wird schon bald vorbei sein.«

Auf die eine oder andere Art würde es *tatsächlich* vorbei sein.

»Was, wenn –«

»Denk nicht darüber nach. Bobby braucht positive Gedanken von dir, bleib stark für sie. Vertrau mir, Genevieve, ich werde sie nach Hause bringen. Vertraust du mir?«

»Ich vertraue dir«, flüsterte ich.

»Gut. Ich werde jetzt auflegen. Ich liebe dich.«

»Ich liebe dich auch.«

Chasin beendete das Gespräch und Holden ergriff meine Hand mit seiner. Er bog meine Finger auseinander und nahm mir sein Telefon aus der Hand.

»Besorgen wir dir etwas zu trinken, Viv.«

Ich wollte nichts trinken.

»Ich habe ihm nicht gesagt, dass er vorsichtig sein soll.«

»Das wird er.«

Ich nickte, weil ich es mir bereits dachte, wünschte aber trotzdem, es ihm gesagt zu haben.

»Ich opfere mein Leben nicht für meine beste Freundin, tue es aber trotzdem.«

»Ich führe kein Buch darüber, Viv. Holen wir dir etwas –«

»Ich opfere mich nicht. Bent wird zu der Adresse fahren und ich werde nicht dort sein. Wenn er das herausfindet, wird er zurückfahren und Bobby töten. Ich tausche mein Leben nicht gegen ihres.«

Aber das tat ich.

Wenn Bent herausfand, dass ich nicht dort war, würde er Bobby töten, Chasin den Kopf wegpusten und mein Leben wäre vorbei.

»Viv –«

»Die beiden Menschen, die mir die Welt bedeuten, mein Ein und Alles, sind meinetwegen in Gefahr und ich opfere mich nicht für sie. Zu was für einem Menschen macht mich das?«

»Zu einem klugen Menschen. Vertraue darauf, dass dein Mann Bobby findet und sie nach Hause bringt. Ich werde dir erklären, was passieren würde, wenn du dich für sie opferst. Du fährst zu der Adresse und Chasin wird seine Suche nach Bobby abbrechen – er wird das Team von der Suche abziehen und wir werden dorthin fahren und dich retten. Er mag Bobby, verdammt, wir alle mögen sie, aber wenn er sich zwischen dir und Bobby entscheiden muss, wird seine Wahl auf dich fallen. Du bist seine Welt und es würde ihn umbringen, weil er weiß, wie sehr du Bobby liebst, aber er würde sich dennoch für dich entscheiden. Und er würde es tun, obwohl er wüsste, dass es dich zerstören und er einen Teil von dir verlieren würde, wenn Bobby etwas zustößt. Frage dich also, was mit ihr geschehen würde, wenn du dieses Haus verlässt. Du verhältst dich klug, du vertraust deinem Mann und du rettest drei Leben. Deins, Bobbys und Chasins. Halte durch, sie wird nach Hause kommen und Chasin ebenfalls.«

Holdens Worte machten sehr viel Sinn. Aber sie taten rein gar nichts, um den Schmerz in meiner Brust zu lindern.

»Danke, dass du dich um mich kümmerst.«

»Du gehörst zur Familie, Genevieve.«

Familie.

So etwas hatte ich nie.

Ich wünschte mir so sehr, dass Bobby und Chasin zu Hause wären, damit ich dieses Gefühl genießen könnte.

Vielleicht brauchte ich nun kein Glück, weil ich Chasin hatte.

Vertraue deinem Mann.

Ich vertraute ihm. Ich vertraute ihm mit meiner Welt.

31

KAPITEL EINUNDDREISSIG

»Weston und Jonny sind vor Ort«, sagte Chasin zu Jameson und unterdrückte das Verlangen, ihm zu sagen, er solle schneller fahren.

»Gibt es bei der Adresse, die Bent ihr gegeben hat, irgendein Zeichen von ihm?«

»Nein. Aber es sind immer noch fünfzehn Minuten, bis Evie dort eintreffen soll.«

Fünf Minuten sind schon vergangen.

Fünf Minuten, seit er Genevieve versprochen hatte, Bobby nach Hause zu bringen, und sie waren immer noch drei Minuten von dem verlassenen Wohnwagen entfernt.

»Weißt du, wo die Abzweigung ist?«, fragte Chasin.

»Ja.«

Der Wohnwagen befand sich abgelegen auf einem Privatgrundstück. Die Besitzerin hatte gesehen, wie ein Wagen mit einem ortsfremden Kennzeichen ihre private Landstraße entlangfuhr, die mit einem Durchfahrt-verboten-Schild gekennzeichnet war. Sie beobachtete von ihrem Haus, wie der Wagen vor einem alten Wohnwagen anhielt, der am Rand ihres Grundstücks stand. Ein Mann hatte eine Frau hineingetragen und war dann allein weggefahren. Hätte die Besitzerin nicht den Wagen gemeldet, hätten sie in Bezug auf Bobbys Aufenthaltsort keine Spur.

Und Gott sei Dank war die Besitzerin eine siebzigjährige Frau gewesen anstatt jemand Jüngeres, der losgegangen wäre, um nachzusehen, und dabei vermutlich verletzt worden wäre. Als Jonny Chasin anrief, um ihm zu sagen, wo sie hinfahren mussten, hatte er ihn allerdings gewarnt, dass die alte Frau eine Schrotflinte besitzt und der Meinung war, dass jeder, der sich ihrem Haus näherte, sich mit einer Ladung Schrot im Mund wiederfinden würde.

Kluge Frau.

Jonny hatte ihn darüber in Kenntnis gesetzt, dass eine Polizeieinheit auf dem Weg war und dass Chasin und Jameson den Polizisten mindestens fünf Minuten voraus waren. Er fügte hinzu, dass sein Freund Vaughn einer der Polizisten vor Ort sei.

Chasin war froh, dass Vaughn einer von ihnen war. Nachdem das Team die Frauen auf die Farm gebracht hatte und Holden ebenfalls eingezogen war, hatten sie Vaughn nicht mehr benötigt, um Leibwächter zu spielen. Aber wie die Beweise zeigten, hatten sie einen Fehler gemacht und hätten Bobby vielleicht rund um die Uhr jemanden zur Verfügung stellen sollen.

Chasin starrte aus dem Fenster und dachte an die Besprechung zurück, die sie im Büro hatten. Alle Männer außer Holden, aber inklusive Jonny saßen am Konferenztisch und Micky arbeitete fieberhaft auf ihrem Laptop. Allen ging Bobbys Verschwinden sehr nahe, aber es war der Ausdruck auf Jonnys Gesicht, der Chasin innehalten ließ. Er hatte keine Ahnung, warum Jonny so dreinblickte, wie er es tat, außer, weil er ein guter Mann war und eine Frau verletzt und entführt worden war.

Aber da schien mehr zu sein. Der Schmerz, den er sah, war ausreichend, um anzuzweifeln, ob es weise war, Jonny im Raum zu haben. Bevor er eine Änderung vorschlagen konnte, hatte Holden angerufen. Genevieve wusste nicht, dass die Telefone von ihr und Bobby überwacht wurden. Da sie keinen Schimmer hatte, dass Micky sich in ein Telefon hacken konnte, wusste sie auch nicht, dass Chasin das Gespräch mit Bent mitgehört hatte.

Während der Unterhaltung kochte Chasins Blut und er wurde von so viel Zorn erfüllt, dass er fast platzte. Aber es war Jonnys Feindseligkeit, die die Temperatur im Raum veränderte. Jedes Mal wenn Bent Bobby eine Schlampe nannte oder erwähnte, er würde sie verbluten lassen, wurde Jonnys Aggression stärker. Und das sollte etwas heißen, da jeder Mann in dem Raum das Bedürfnis verspürte, Gewalt anzuwenden und Vergeltung zu üben.

Chasin hatte Evie gesagt, er sei stolz auf sie, aber *stolz* beschrieb nicht einmal annähernd das Gefühl, das er empfand. Er hatte das Zittern in ihrer Stimme gehört, die Angst, die Qual, die knappen Worte. Aber sie war stark geblieben, sie hatte sich richtig verhalten. Und da er seine Frau kannte, wusste er, dass dieses Gespräch sie innerlich zerrissen hatte. Er wusste außerdem, sollte sie nicht bereits in Erwägung ziehen, sich für Bobby zu opfern, würde sie es schon bald tun. Er hoffte, dass Holden damit umgehen konnte, bis Chasin Bobby gefunden hatte und übernehmen konnte.

Dieser Gedanke zerriss ihn nicht – er brachte ihn um. Genevieve brauchte ihn, und er wollte einzig seine Frau in den Armen halten und sie beschützen. Aber weil Bobby ihn dringender brauchte, betete er zu Gott, dass Holden sich in der Zwischenzeit darum kümmern würde.

Nachdem Holden die Adresse durchgegeben hatte, schoss

Jonny wie der Blitz davon und Weston folgte ihm, als seien die Höllenhunde ihm dicht auf den Fersen. Nixon und Alec stürzten nach draußen, sobald Micky ihnen Bents aktuellen Standort mitgeteilt hatte.

Jameson und Chasin stiegen in seinen Wagen, um loszufahren und weiter nach Bobby zu suchen, deren Aufenthaltsort weiter unbekannt war, da sie keinen gottverdammten Hinweis darauf besaßen, wo sie war, als Jonny wegen des Wohnwagens anrief.

Nun waren seit diesem Anruf acht Minuten vergangen. Noch sieben Minuten, bis Bent erkennen würde, dass er reingelegt worden war.

Jameson bog von der Straße ab. Der Wohnwagen war in Sicht.

Endlich.

»Wir werden uns vorsichtig nähern«, brummte Jameson, als er den Feldweg entlangraste.

Die Ironie bleib Chasin nicht verborgen – an der Art, wie er fuhr, war rein gar nichts vorsichtig.

»Ich will nur sagen, dass unsere Ankunft bemerkt wurde, falls uns jemand beobachtet.«

»Geh dort nicht rein, ohne vorher sicherzugehen, dass die Tür sauber ist«, warnte er. »Ich weiß, du willst zu ihr gelangen, aber wir müssen klug vorgehen.«

Chasin glaubte nicht, dass Bent Bromley wusste, wie man eine Tür mit Sprengstoff versieht, und schätzte, dass der Kerl allein agierte. Er hatte sich aber bereits in genügend brenzligen Situationen befunden, um zu wissen, dass man seinen Feind niemals unterschätzen sollte.

»Ich nehme die Vorderseite«, verkündete Chasin.

Sie hielten den Wagen an und beide Männer stiegen mit gezogenen Waffen aus. Jameson begab sich an die Hinterseite des Wohnwagens, während Chasin das offene Feld absuchte.

Das nächste mögliche Versteck war gut dreihundert Meter entfernt. Solange Bent also keinen Scharfschützen engagiert hatte, bestand keine Möglichkeit, dass er einen gezielten Schuss abfeuern konnte, selbst wenn er sich im Wald versteckte.

Chasin überprüfte rasch die Tür und fand nichts, das auf eine Sprengfalle hindeutete. Er öffnete sie langsam mit der linken Hand, während er seine Waffe in der rechten schussbereit hielt. Als Erstes vernahm er den Geruch. Alt und muffig, mit einem Hauch von Kupfer.

Er unterdrückte das Verlangen hineinzustürmen und ging weiter langsam vorwärts. Jahrelanges Training hatte ihn gelehrt, seinen Herzschlag gleichmäßig zu halten, sich zu konzentrieren und seinen Körper zu kontrollieren. Nichts ging ihm durch den Kopf, außer seinem Ziel – Bobby atmend zu finden.

Nicht einmal Genevieve drang in seine Gedanken ein. Er durfte nicht zulassen, dass sie es tat, und riskieren, verletzt zu werden oder schlimmer – Bobby zu töten.

Der Wohnwagen war klein. Die Küche zu seiner Rechten war leer. Er drehte sich um und da war sie. Blut lief aus ihrem Kopf, und ihre Arme und Beine befanden sich in einem seltsamen Winkel, als sei sie achtlos auf den schmutzigen Zottelteppich geworfen worden. Er ging zu ihr und hockte sich neben sie, während er die Waffe weiterhin in den hinteren Bereich des Wohnwagens richtete. Er musste sich zuerst davon überzeugen, dass der Wohnwagen sauber war, nahm sich aber dennoch einen kurzen Moment, um Bobbys Puls zu fühlen.

Stark, gleichmäßig, lebendig.

Mehr brauchte er nicht zu wissen. Wieder auf den Beinen, überprüfte er das einzige Schlafzimmer und das Bad.

Gott sei Dank.

Er steckte die Pistole in sein Holster an der Hüfte und eilte zurück zu Bobby.

»Draußen ist alles sicher«, bemerkte Jameson, als er den Wohnwagen betrat. »Scheiße.«

Mit *Scheiße* hatte er recht. Bobbys Gesicht sah aus, als hätte sie einige Runden gegen ein Schwergewicht geboxt und war nicht als Gewinnerin aus dem Kampf hervorgegangen. Aber es war die tiefe Schnittwunde auf ihrer Stirn, die Chasin Sorgen bereitete.

So viel Blut. Es war über ihren Nasenrücken und die Wange nach unten gelaufen und bildete auf dem Teppich eine Pfütze.

Chasin kniete sich hin, strich ihr vorsichtig das zerzauste Haar aus dem Gesicht und sah, dass das Blut getrocknet war.

Verdammte Scheiße.

»Bobby, Liebes, aufwachen.«

Sie gab ein leises Stöhnen von sich und ihre Hand zuckte. *Gott sei Dank.*

»Verletzt«, flüsterte sie.

»Sag nichts. Wir werden dich hier rausbringen. Nur noch ein paar Minuten.«

»Bent«, stöhnte sie.

»Das wissen wir. Alles wird gut. Du bist in Sicherheit.«

»Evie.«

»Pst, Bobby.«

Chasin wandte den Blick von Bobbys geschundenem Gesicht ab und sah zu Jameson auf. Er hatte den Kopf zur Tür gewandt, aus der er nach draußen schaute, aber selbst im Profil war sein angespannter Kiefer nicht zu übersehen.

»Die Polizei ist hier«, brummte Jameson.

»Krankenwagen?«

»Negativ.«

»Ruf einen«, wies Chasin ihn an.

»Evie … sie töten.«

Chasins Herzschlag schoss in die Höhe und er musste das Gefühl verdrängen, das drohte ihn zu überwältigen.

Evie ist in Sicherheit.

Holden ist bei ihr.

»Geh«, krächzte Bobby. »Bent. Sie töten. Dein Haus.«

Bobbys Kopf rollte zur Seite und Chasin riss sein Telefon zum gleichen Zeitpunkt aus der Tasche, in dem Jameson einen Anruf auf seinem annahm.

Eine schreckliche Angst strudelte in seinem Magen, als Holden nicht antwortete. Er suchte Genevieves Nummer in seinen Kontakten, tippte auf das Anrufsymbol und wartete. Die Angst wurde zu blanker Panik, als Evie nicht abnahm.

»Das war Nix. Bents Telefonsignal zeigte keine Bewegung mehr an. Als sie den Standort erreichten, fanden sie es weggeworfen am Straßenrand«, berichtete Jameson.

Und aus der Panik wurde Eis.

»Die Farm. Sorge dafür, dass *sofort* alle dorthin fahren.« Chasin sprang auf und schob sich an seinem Freund vorbei durch die Tür.

Vaughn stieg aus seinem Wagen, als Chasin vorbeieilte.

»Du kümmerst dich um Bobby«, sagte er zu dem Mann, ohne es ihm zu erklären.

Chasin saß in Jamesons Geländewagen und wollte gerade rückwärtsfahren, als Jameson hineinsprang.

»Du musst einen kühlen Kopf bewahren, Bruder«, knurrte Jameson.

Keine Chance.

Bent Bromley war ein toter Mann.

32

KAPITEL ZWEIUNDDREISSIG

MINUTEN FÜHLTEN SICH WIE STUNDEN AN.

Jede Sekunde schmerzte mein Herz.

Holden tat sein Bestes, um mich zu beschäftigen und davon abzulenken, auf die Uhr zu starren, aber das hieß nicht, dass ich seit meinem Gespräch mit Chasin nicht zwölfmal darauf geschaut hatte.

Ich wusste, dass es zwölfmal war, weil nur elf Minuten vergangen waren und ich jede von ihnen auf der Digitalanzeige gesehen hatte.

Zwölf lange, qualvolle Minuten.

Da Holden sich entschuldigt hatte, um zur Toilette zu gehen, stand es mir frei, ins Nichts zu starren und mir Sorgen zu machen. Mein Blick blieb auf die Uhr gerichtet.

Mein Gott, wo waren sie? Was war los? Ich wollte am liebsten McKenna anrufen und sie fragen, ob sie irgendetwas gehört hatte, wollte sie aber nicht belästigen.

Aber Kennedy ist bei ihr.

Ich könnte sie anrufen und sie könnte mich informieren. Kennedy hätte sich gefreut, von mir zu hören, das wusste ich

– sie hatte seit dem Grillnachmittag unzählige Male angerufen und mir ihre Freundschaft angeboten. Auch Silver und Macy hatten das getan. McKenna hatte mir direkt gesagt, dass ich, ebenso wie Bobby, zur Familie gehöre.

Die Jungs standen in Bezug auf mein Stalker-Problem geschlossen hinter mir. Sie standen hinter Chasin, jetzt standen sie hinter Bobby. Die Frauen hatten es jedoch anders gemacht. Auch sie boten ihre Unterstützung an, aber sie taten es durch Schwesternschaft, Freundschaft und Familie.

Etwas, das ich so unbedingt haben wollte, dass ich hoffte, es war ihnen nicht aufgefallen.

Aus diesem Grund wusste ich mit absoluter Sicherheit, dass Kennedy sich über einen Anruf von mir freuen würde. Aber ich nahm das Telefon nicht in die Hand.

Ich hatte zu viel Angst.

Fünfzehn Minuten waren vergangen und ich fürchtete mich zu sehr vor schlechten Nachrichten. Da von den zwanzig Minuten, die Bent mir gegeben hatte, nur noch fünf übrig blieben, konnte ich nicht ertragen zu hören, dass sie Bobby nicht gefunden hatten. Aus diesem Grund rief ich niemanden an. Ich würde einzig auf die Uhr starren und bei Gott hoffen, dass Bobby am Leben und Chasin in Sicherheit war.

Ich war so sehr in Gedanken versunken, dass ich nicht hörte, wie die Badezimmertür aufgestoßen wurde und gegen die Wand schlug. Mir entging ebenfalls, dass Holden durch die Küche und den Essbereich mit vollem Tempo auf mich zuraste.

Aber mir entging nicht, dass die Haustür eingetreten wurde.

Mir entging nicht der Schuss, der die Stille des Raumes zerriss. Und mir entging absolut nicht, wie Holdens Körper zusammenzuckte, als er das Feuer erwiderte, bevor er zu Boden fiel.

In dem Moment reagierte mein Körper endlich. Leider reagierte er auf die falsche Weise. Ich hätte mich auf Holdens Pistole konzentrieren, sie mir schnappen sollen. Aber stattdessen warf ich mich auf Holdens blutigen Körper in dem Versuch, ihn zu beschützen.

»Steh auf!«, brüllte Bent.

»Ich kann nicht glauben, dass du auf Holden geschossen hast.« Ich rutschte von ihm herunter und drückte mit den Händen auf die Wunde, um den Blutfluss zu stoppen. »Hol Hilfe für ihn.«

»Wie dumm bist du?«

Das war eine gute Frage. Ich kniete über Holden, Blut bedeckte meine Hände und ein Verrückter – ein Mörder – zielte mit seiner Waffe auf mich. Trotzdem sagte ich ihm, er solle Hilfe holen, anstatt beispielsweise nach *Holdens Pistole zu greifen*, was mich vermutlich zur dümmsten Frau auf Erden machte.

Aber was zur Hölle wusste ich schon über durchgeknallte Typen, die Türen eintreten und auf Menschen schießen, nachdem sie deine beste Freundin entführt und den Mann bedroht haben, den du liebst?

Nichts.

Ich wusste rein gar nichts darüber. Ich wusste allerdings, dass ich nicht wollte, dass Holden starb.

»Ruf Hilfe und ich werde mit dir gehen und tun, was immer du willst. Wenn du es nicht tust, wirst du jede Nacht in dem Wissen zu Bett gehen, dass ich deinen Mord plane. Und eines Morgens, wenn du die Augen öffnest, wirst du sehen, wie ich auf dich hinabstarre, bevor ich dich umbringe.«

Bents Lachen war zuerst leise und manisch, dann wurde

es lauter und wahnsinniger, bis er hysterisch war. Das Geräusch machte mir große Angst. Aber am unheimlichsten war mir, dass er aussah, als sei er besessen. Es war die Art, wie er mich ansah – nicht bedrohlich, nicht gereizt, nicht, als hätte er soeben kaltblütig auf einen Mann geschossen, nachdem er eine wehrlose Frau verletzt hatte.

Nein, alles an Bents Blick war kalt. So kalt, dass ich zitterte und das warme Blut, das aus Holden herauslief, nicht mehr bemerkte.

Verdammtes Arschloch.

»Steh auf«, befahl er.

»Nein. Fick dich, nein.«

»Steh verdammt noch mal auf!«, schrie Bent und ich sah, wie kleine Spucketröpfchen aus seinem Mund flogen.

Ich drückte fester auf Holdens Bauch. Das Blut quoll unter meinen Handflächen hervor und wenn ich nicht schon auf Knien gewesen wäre, hätte die hochrote Farbe in Kombination mit dem metallischen Geruch mich zu Boden gebracht. Und wenn es nicht das gewesen wäre, hätte es das Wissen geschafft, dass jemand eine Waffe auf einen hilflosen Holden richtete.

An dem, was soeben passiert war, war so vieles falsch. So viele Dinge, dass mir schwindelig wurde.

Wo ist Chasin?

Wo ist Bobby?

»Warum?«, schrie ich zurück. »Warum tust du mir das an?«

»Zum letzten Mal, steh verdammt noch mal auf, Vivi.«

»Ich will es wirklich wissen. Was habe ich dir jemals getan, dass du mir das antust?«

»Vivi –«

»Ich stehe nicht auf, du dämliches Arschloch. Ich lasse

Holden nicht zurück.« Mein Hals tat mir weh, weil ich so laut schrie.

Aber ich machte weiter, denn ich war fertig.

Und nicht *fertig*, wie ich es zuvor gewesen war. Nicht *fertig* damit, gestalkt zu werden. Nicht *fertig* damit, dass mein Leben von einer unbekannten Person kontrolliert wurde. Nicht *fertig* mit unheimlichen Briefen und Geschenken. Nicht *fertig* damit, von jedem in meinem Leben hintergangen zu werden.

Nein, ich war *fertig*, weil ich es gesehen hatte. Der Ausdruck auf Bents Gesicht veränderte sich, als ich ihn anschrie, und jetzt war ich einfach nur fertig.

Er hob die Waffe, die er zuvor noch auf Holden gerichtet hatte, und richtete sie auf meinen Kopf. Ich wusste, wenn er den Abzug betätigte, würde die Kugel mich mitten ins Gesicht treffen, weil ich im wahrsten Sinn des Wortes in den Lauf starrte.

»Es ist besser so«, sagte er im Plauderton.

Ich fragte nicht nach, was besser war. An meiner Situation war gar nichts besser.

Nichts war gut.

Nichts war besser.

Nichts war von Glück begünstigt.

»Jetzt wird er das Haus betreten und seine *Evie* finden, die kein Gesicht mehr hat. Er wird den Rest seines Lebens mit dem Wissen existieren, dass ich ihn übertroffen habe. Er wird wissen, dass man sich mit Bent Bromley nicht anlegt. Er wird es lernen, genau wie diese dumme Schlampe Roberta es gelernt hat, bevor ich ihr hässliches Maul zum Schweigen gebracht habe. Ich habe dir doch gesagt, dass du mich auf Knien anflehen wirst, nicht wahr, Schätzchen?«

Es stimmte, Chasin würde es sein restliches Leben spüren.

Etwas von dem sauren Essig lief ab. Ich hatte einen Fehler gemacht. Ich hätte die Waffe nehmen, weglaufen oder überstürzt mit Bent das Haus verlassen sollen, damit Chasin nicht hereinkam und Holden und mich tot in seinem Wohnzimmer fand.

Ich schaute Holden von oben an. Ich wünschte, ich hätte seinen Puls fühlen können, irgendetwas tun, um sicherzugehen, dass er noch lebte, aber ich wagte es nicht, meine Hände zu bewegen.

»Es tut mir leid«, flüsterte ich. »So leid.«

»Genau so, Schätzchen. Bettele weiter.«

Der dumme Wichser dachte, ich würde mich bei ihm entschuldigen.

Er hatte vielleicht Nerven.

Ich würde niemals betteln. Chasin würde vielleicht niemals vergessen, mich tot aufzufinden, aber er würde niemals wollen, dass ich bettele. Nicht wenn es nutzlos war. Nicht wenn ich sowieso sterben würde. Er würde wollen, dass ich stark, mutig, ich selbst bin.

Ich war vieles, aber ich war kein Feigling.

»Niemals«, schrie ich und sah Bent in die Augen. »Ich werde dich niemals um irgendetwas anbetteln.«

»Dumme –«

»Tu es, Bent, drück ab. Du wirst es doch sowieso tun. Ich kann verdammt noch mal nichts sagen, um dich davon abzuhalten. Ich hasse dich.«

»Ich wollte dich doch nur lie-«

Bents Worte starben auf seiner Zunge.

Seine Waffe entlud sich.

Die Kugel schlug neben mir im Boden ein.

Ich drückte meinen Körper auf den von Holden, versuchte, meine Hände nicht zu bewegen, und verdrehte den Kopf, um zu sehen, wie Bent an Chasins Körper nach unten rutschte, als er zu Boden fiel.

Ich wusste nicht, was ich soeben bezeugt hatte, und konnte nicht anfangen zu begreifen, wie es passiert war. Nicht, als Chasin mir in die Augen sah. Sein Blick war so Furcht einflößend, dass ich zusammenzuckte und mich so fest wie möglich an Holden klammerte.

Zorn traf es nicht. Es gab kein Wort, das stark genug war, um den Ausdruck auf Chasins Gesicht zu beschreiben. Schmerz, Angst, Rage, Sorge, Zweifel, Wut, Donner – alles war präsent.

Ich bewegte mich nicht, doch ganz plötzlich bewegte sich sehr viel um mich herum. Ich fühlte mich, als hätte ich Chasin ein Jahrtausend lang angestarrt, wusste aber, dass es nur eine Millisekunde gewesen war. Bents Körper war noch nicht einmal vor Chasins Füßen zusammengesackt, bevor er über ihn stieg, mich vom Boden aufnahm und Jameson übernahm und sich um Holden kümmerte.

»Holden«, flüsterte ich und zappelte, um heruntergelassen zu werden.

»Nein, Baby. Jameson kümmert sich um ihn.«

»Holden!«, schrie ich.

Und Chasin verstärkte den Griff seiner Arme.

»Holden«, wimmerte ich.

Ich drückte mein Gesicht an Chasins Hals und brach zusammen.

Chasin wiegte mich in seinen Armen. Ich vergrub mich an ihm und all die Angst, die ich in mir aufgestaut hatte, brach in einem gewaltigen Gefühlsausbruch auseinander.

»Lass es raus, Evie«, sagte er leise. »Lass alles raus.«

Also tat ich es.

Ich ließ es raus.

Ich explodierte damit.

Chasin hielt mich durch meine Schluchzer und mein Zittern. Er hielt mich auf der Fahrt zum Krankenhaus. Er sagte mir, dass Bobby in Sicherheit sei. Sie war verletzt, aber sie würde wieder in Ordnung kommen. Er erklärte, dass Holden operiert werden musste.

Während alledem sagte ich nichts.

33

KAPITEL DREIUNDDREISSIG

Himmel Herrgott.

Stundenlanges Schweigen.

Genevieve hatte kein einziges Wort gesagt.

Nicht seit sie Holdens Namen geschrien hatte. Nicht einmal, als sie im Krankenhaus ankamen und Chasin sie endlich ins Badezimmer brachte und sie säuberte. Er hatte ihre blutdurchtränkte Kleidung gewechselt und sie hatte kein einziges Wort gesprochen.

Er konnte nichts weiter tun, als sie festzuhalten, während sie in einem privaten Warteraum saßen und auf Nachricht über Holden warteten. Es sah nicht gut aus. Er hatte sehr viel Blut verloren.

Verdammt, er würde niemals vergessen, wie Genevieve Bent angeschrien hatte. Er könnte einhundertfünf Jahre alt werden und niemals würden ihm die Worte *Tu es, Bent, drück ab. Du wirst es doch sowieso tun. Ich kann verdammt noch mal nichts sagen, um dich davon abzuhalten. Ich hasse dich* aus dem Kopf gehen.

Drück ab.

Verdammte Scheiße.

Zwei Sekunden – mehr Zeit hatte er nicht gehabt. Es hätte nur zwei Sekunden mehr gebraucht und Genevieve wäre tot gewesen.

Verschwunden.

Auf ewig für ihn verloren.

Er verbannte diese Gedanken aus seinem Kopf und konzentrierte sich auf die schweigende Frau auf seinem Schoß. Sie klammerte sich an ihn, als sei er ihr Rettungsanker. Macy war vor einigen Minuten gekommen, um Evie Neuigkeiten über Bobby zu bringen, doch sie hatte kaum geblinzelt, als Macy ihr sagte, dass sie entlassen würde, sobald die Ergebnisse der Computertomographie vorlägen und alles in Ordnung sei.

Genevieve hatte sich immer noch nicht gerührt. Chasin wusste nur, dass sie es gehört hatte, weil ihr die Tränen aus den Augen liefen. *Oh Gott, so viele Tränen.* Er hatte keine Ahnung, dass jemand so viele verdammte Tränen vergießen konnte.

Chasin hob das Kinn von Evies Kopf an und sah sich in dem Zimmer um. Nixon hatte den Arm um McKenna gelegt und er wusste, dass sie wieder weinte. Nix sah aus, als wolle er jemanden umbringen. Jameson machte keinen besseren Eindruck, obwohl Kennedy langsam seinen Arm streichelte und ihrem Mann Trost spendete. Weston und Silver waren die Einzigen, die standen – drüben am Fenster, so weit entfernt, wie es in dem kleinen Raum möglich war. Sie stand vor ihm, das Gesicht an seinem Nacken vergraben, und er hatte die Arme um sie geschlungen.

Alec und Macy waren bei Bobby, Jonny ebenfalls.

Vaughn war kurz ins Krankenhaus gekommen, hauptsächlich um sich nach Holden zu erkundigen, aber auch, um Chasin mitzuteilen, dass er die Polizei so lange wie möglich zurückhalten würde. Damit wollte er sagen, dass es höchstens vierundzwanzig Stunden wären. Draußen waren Kameras installiert, im Haus jedoch nicht und McKenna hatte die Aufnahmen bereits an die Polizei weitergeleitet. Jonny hatte ebenfalls weniger als anderthalb Meter hinter ihm gestanden, als er Bent das Genick gebrochen hatte. Er verspürte keinen Funken Reue, das Leben dieses Wichsers beendet zu haben.

Er war der Meinung, im Recht zu sein, konnte sich aber nicht dazu bringen, sich um die rechtlichen Aspekte dessen, was er getan hatte, zu sorgen. Nicht wenn es Genevieve schlecht ging.

Sein Blick fiel auf die Frau in seinen Armen und sein Herz schmerzte.

»Evie Baby«, sagte er.

Nichts.

»Du machst mir Angst. Bitte sag etwas.«

Schweigen.

»Bitte, Evie. Du musst mir etwas geben. Ich sterbe, Baby. Wir werden dich da durchbringen. Ich verspreche es dir. Ich schwöre es, Evie. Ich liebe dich so sehr. Bitte sag etwas.«

Mehr Schweigen.

Er schloss die Augen und der Tag spielte sich noch einmal ab.

Angefangen beim Sex mit ihr. Wie er den Duft ihres Shampoos einatmete. Evie, die ihm sagte, er solle ihr Geld nehmen. Wie seine Unsicherheit dahinschmolz. Bis hin zu ihrer Liebeserklärung. Alles Schüsse auf sein sterbendes Herz.

Du gibst mir alles, was ich brauche, immer dann, wenn ich es brauche.

Scheiße.

Der Tag blitzte immer wieder hinter seinen Lidern auf. Die Angst, als sie auf das Blut im Wald gestoßen waren, war immer noch deutlich zu spüren. Er hatte versucht, sie davor zu bewahren, doch sie hatte es gesehen. Und schließlich, als er ihre Stimme zum letzten Mal am Telefon hörte. Vor Sorge angespannt.

Ich vertraue dir.

Momente blitzten auf, einzelne Fragmente ihrer melodiösen Stimme flitzten in seinem Kopf herum. Verdammt, er brauchte sie.

Dann endlich verdammt, *endlich* etwas. Ein starker Druck ihrer Hand.

Gott sei Dank.

»Danke, Baby«, krächzte er. »Ich liebe dich, Evie.«

Es sollte noch eine weitere Stunde dauern, bevor die Tür schwungvoll geöffnet wurde, gegen die Wand schlug und dabei beinahe der wilden Frau ins Gesicht knallte, die sie geöffnet hatte. Nix, Weston und Jameson erhoben sich, doch Chasin saß wie erstarrt mit einer regungslosen Genevieve in seinen Armen da.

Die Frau sah anders aus, aber trotzdem gleich. Ein wenig älter, sie trug ihr Haar länger und das kleine Mädchen, das neben ihr stand, war sehr viel älter als zu dem Zeitpunkt, an dem er sie das letzte Mal gesehen hatte.

Meine Güte.

Charleigh Towler.

»Irgendwelche Nachrichten?«, fragte Charleigh und sah Nixon an.

»Charleigh, Liebes, warum kommst du nicht rein und setzt dich mit Faith hin?«, antwortete Nix.

Nix hatte sie ganz offensichtlich angerufen, weil er nicht im Geringsten überrascht aussah, dass sie mit Faith im Schlepptau wie ein Wirbelsturm durch die Tür gefegt war.

»Sag es mir einfach, Nixon.«

»Die letzten Neuigkeiten haben wir vor einer Stunde bekommen. Sie tun, was sie können.«

Genevieve wimmerte und Chasin verpasste Charleighs Stirnrunzeln, als er auf Evie hinabsah.

Sein Hintern war schon vor langer Zeit taub geworden, seine Arme schmerzten, weil er sie festhielt, und sein Rücken brachte ihn um, weil er bereits so lange auf diesem Krankenhausstuhl hockte. Aber sein körperlicher Schmerz war nichts im Vergleich dazu, Evies Qual zu hören.

»Er wird wieder in Ordnung kommen, Baby«, sagte Chasin, obwohl er nicht sicher war.

Zu viel Zeit war vergangen.

Chasin saß still da und sah zu, wie die Jungs Charleigh und Faith begrüßten und sie den Frauen vorstellten. Aber Chasin behielt den Blick auf das kleine Mädchen gerichtet. Sie hatte kein bisschen Ähnlichkeit mit Paul. Von Kopf bis Fuß war das Mädchen ihre Mutter. Dichtes braunes Haar, dunkelbraune Augen, gebräunte Haut. Paul hatte helle Haut, blonde Haare und blaue Augen.

Wieder wurde die Tür geöffnet und unterbrach Chasins Gedanken, und ein älterer Mann in OP-Kleidung betrat das Zimmer.

»Die Familie von Holden Stanford?«, fragte der Mann.

»Ja«, antwortete Nixon und trat einen Schritt nach vorn. McKenna schlängelte sich unter den Arm ihres Mannes, nur für den Fall, dass es schlechte Nachrichten waren und er sie brauchte. Dann wäre sie nicht weit.

»Er ist auf dem Weg der Besserung –«

»Gott sei Dank«, schluchzte Genevieve. »Danke Gott, danke Gott, danke Gott.«

Heiliger Jesus.

Endlich.

34

KAPITEL VIERUNDDREISSIG

SIEBEN MONATE SPÄTER

WIR HATTEN ein hartes Stück Arbeit vor uns.

Ich hatte Albträume. Chasin hatte Dämonen. Holden hatte eine Schusswunde. Bobby musste gesund werden.

Aber wir hatten es geschafft, wir hatten es überwunden und waren stärker als zuvor aus der Sache herausgegangen. Wir alle. Nicht nur Chasin und ich, alle hatten sich wieder. Alle waren zusammengerückt und hatten geholfen.

Mein Schicksal hatte sich definitiv gewandelt, als ich Chasin traf.

Es verging kein Tag, an dem ich nicht mit einer der Frauen sprach, an den meisten Tagen mehrmals. Es war keine Woche vergangen, in der wir nicht alle zusammengekommen waren. Und vor zwei Monaten hatte McKenna verkündet, dass Sonntag Familienabend sei und alle zusammen Abendessen müssen. Sie tat das, damit alle zu Chasin und mir nach Hause kamen.

Es muss gesagt werden, dass wir drei Monate im Haus

413

meines Onkels wohnten, weil Chasin gar nicht erst in Erwägung ziehen wollte, wieder auf die Farm zu ziehen. Er wollte nicht in dem Raum sein, in dem er dachte, sowohl mich als auch Holden zu verlieren. Ich sprach mit meinem Therapeuten darüber und er stimmte zu, dass ich mich der Farm stellen musste. Chasin wollte davon nichts hören, bis ich ihn davon überzeugte, zu einer Therapiestunde zu kommen. Danach verstand er und war einverstanden.

Als wir das Haus zum ersten Mal betraten, drehte ich vollkommen durch. Chasin trug mich zurück zu seinem Wagen und wir fuhren wieder zum Haus meines Onkels. Einige Tage später kehrten wir zurück und standen an der Stelle, an der er Bents Leben ein Ende gesetzt hatte. Nach fünf langen Minuten, in denen er steif wie eine Statue dastand, vollkommen erstarrt, führte ich ihn nach draußen und wir fuhren nach Hause. Beim dritten Mal hielt er mich fest, während ich weinte. Nicht weil Bent tot war, Holden fast gestorben wäre oder mir eine Waffe an den Kopf gehalten wurde und das Blut zwischen meinen Fingern herausgequollen war.

Ich weinte vor Erleichterung.

Es war vorbei.

McKenna hatte mir erzählt, dass Chasin Nixon die Farm abgekauft habe, und sagte, er hätte sie gekauft, weil ich Melkstand und Scheune zu einem Studio umbauen wollte. Aber ich glaube nicht, dass das der Grund war. Chasin liebte die Farm. Er liebte es, dass die Grundstücke von Nixon und Weston an das Stück Land grenzten, denn er hatte sie gern in seiner Nähe. Aber auch weil die Farm der Ort war, an dem wir unser gemeinsames Leben begonnen hatten. Sicher, wir hatten uns bei meinem Onkel ineinander verliebt, aber die Farm war der Ort, an dem diese Liebe gewachsen war.

Ohne dass Chasin wusste, dass ich Bescheid weiß, ging

ich zu Nixon und fragte ihn, ob es in Ordnung sei, wenn ich das Farmhaus saniere. Nix hatte die Farm zwar an Chasin verkauft, aber das Farmhaus war etwas Besonderes. Nix war in diesem Haus aufgewachsen und ich wollte nichts tun, das ihn verletzte.

Dann sprach ich mit Holden. Ich stand allen Jungs nahe, doch mit Holden war ich am besten befreundet. Er hatte mir das Leben gerettet und im Gegenzug hatte ich versucht, ihn zu retten. Keiner von uns konnte das vergessen und keiner von uns wollte es. Ich erzählte Holden von meiner Idee, er hielt sie für gut und sagte seine Hilfe zu. Er ließ sich ebenfalls nicht die Gelegenheit entgehen, mir mitzuteilen, dass ich genau das war, was Chasin brauchte, und dass er es von Anfang an gewusst hatte. Das bedeutete, dass er drei Monate lang die Renovierung des Farmhauses und der Scheune beaufsichtigte.

Ich brauchte mir keine Sorgen zu machen, dass Chasin davon erfahren könnte, weil er sich vom Grundstück fernhielt.

Als die Renovierungsarbeiten abgeschlossen waren, brachte ich Chasin zusammen mit Nixon, Jameson, Weston, Alec und Holden zum Haus. Ich bat die Frauen, nicht zu kommen, weil ich nicht wusste, wie Chasin reagieren würde, und ihm nicht das Gefühl geben wollte, er müsse vor meinen Mädels seine wahren Empfindungen verbergen.

Da ich das Haus von außen nicht angerührt hatte, war er zunächst verwirrt, als wir dort vorfuhren und er alle Männer auf dem Hof versammelt sah. Dann dachte er, ich hätte eine Art Intervention arrangiert, um ihn dazu zu bringen, sich mit seinen Gefühlen die Farm betreffend auseinanderzusetzen. Was ich in gewisser Weise getan hatte — eine sehr kostspielige, anstrengende Intervention in Form einer Renovierung. Aber ich wollte in diesem Haus leben.

Nichts sollte uns davon abhalten, das zu tun, was wir wollten.

Außer Holden hatte niemand das Haus von innen gesehen. Zu behaupten, dass sie von der Umgestaltung schockiert waren, war eine Untertreibung. Ich hatte das Haus kernsaniert. Keine einzige der ursprünglichen Rigipswände war mehr vorhanden.

Es sah großartig aus. Angefangen bei dem neuen Hartholzboden über die neue Küche und die Badezimmer bis hin zu den frisch gestrichenen Wänden – es war von oben bis unten wunderschön. Es war jedoch nicht überzogen oder protzend. Es war ein Familienhaus mit bequemen, einladenden Möbeln. Die einzige Sache, für die ich ordentlich Geld ausgegeben hatte, war ein handgemachter, spezialgefertigter Esstisch. Er war wundervoll. Und er war riesig. Nixon und McKenna wussten es zu jenem Zeitpunkt noch nicht, aber ich hatte auch für sie einen anfertigen lassen. Als Nixon mit der Hand über das glatte Holz des Tisches strich, konnte ich es nicht erwarten, ihm zu erzählen, was er da berührte. Dass die Bretter von der Scheune seines Vaters stammten. Als die Bauunternehmer mein Studio konstruierten, hatten sie eine Wand entfernt und ich hatte die Idee, das Holz wiederzuverwerten – konnte es aber nicht tun, weil es meine andere Überraschung ruiniert hätte. Das Studio war fertig.

Bevor ich Gelegenheit hatte, Chasin das Obergeschoss zu zeigen, zog er mich vor dem gesamten Team in die Arme und gab mir einen sehr scharfen, heftigen und sehr feuchten Kuss.

Er murmelte bloß: »Okay, Evie.« Was bedeutete, dass wir ins Farmhaus zurückzogen. Als wir später in unserem Bett lagen, in unserem erneuerten Zuhause, zeigte er mir, wie sehr ihm gefiel, was ich gemacht hatte.

Auch das war großartig.

Dann beschloss ich, dass es Zeit war, ihm die letzte Sache

zu zeigen, die ich ihm vorenthalten hatte, und während ich an unserem ersten Abend in unserem neuen Zuhause in seinen Armen lag, schien dafür der perfekte Zeitpunkt zu sein. Ich nahm den Brief, den ich an mich selbst geschrieben hatte, aus dem Nachttisch und reichte ihn Chasin. Er brauchte länger, das abgenutzte Papier auseinanderzufalten, als die Worte zu lesen.

Wenn das nicht der Traum ist, such dir einen neuen.

Das war alles, zehn Worte, die Erlaubnis für mich selbst, die Musikindustrie zu verlassen, wenn sie nicht all das war, was ich mir erträumt hatte. Wenn ich nicht die Freude fand, die ich suchte, war es in Ordnung, den Traum aufzugeben.

Dann war das Leben einfach nur ein Leben. Und während der letzten zwei Monate lebten wir in dem Farmhaus und ich arbeitete in meinem neuen Studio. Bobby hatte ein Büro im Erdgeschoss, etwas, das in unserer Vorstellung nicht vorgekommen war, wir aber hinzugefügt hatten, da sie sich jetzt – nun, um alles kümmerte. Sie war meine rechte Hand, genau wie sie es immer schon gewesen war, aber noch mehr.

Nach allem, was passiert war, wollte Leslie mich als Klientin nicht verlieren, sie wusste aber, dass ich kurz davor stand, meine Plattenfirma zu verlassen. Sie hatte einen seltsamen Wandel, setzte sich mit den Jungs zusammen und erklärte, warum sie ihrem Bruder einen Job gegeben hatte. Nicht weil sie verurteilte, was er getan hatte, oder versuchte, es zu vertuschen – sie gab ihm Arbeit, damit er auf dem rechten Weg blieb und sie ein Auge auf ihn haben konnte. Sie liebte ihren Bruder, obwohl er Fehler gemacht hatte.

Sie überzeugte Chasin, dass sie auf dem aufsteigenden Ast sei, verließ die Plattenfirma und arbeitete nun für mich. Damit meine ich, dass sie *meine* Firma leitete. Dafür nahm sie eine Gehaltseinbuße in Kauf, weil es mir nicht darum ging, mit vielversprechenden Künstlern Geld zu machen, sondern ihnen eine Chance zu geben, weshalb mein Anteil ihrer Tantiemen wesentlich geringer war als das, was andere berechneten.

Und Melissa und Len hatten sich übrigens heimlich aus dem Staub gemacht. Oder vielmehr hatten meine Anwälte mit einer riesigen Klage gedroht, sollten sie auch nur meinen Namen aussprechen. Aber wichtig war, dass sie nicht mehr da waren.

»Was machst du, Baby?«, fragte Chasin und strich mir das Haar aus dem Nacken.

Ich spürte seine kalten Lippen an meinem Nacken und erschauderte. Nicht weil ihre Kühle mich überraschte – der Spätherbstnachmittag war frisch –, sondern weil ich jedes Mal erschauderte, wenn er mich küsste. Das hatte sich nicht geändert und ich schätzte, das würde es auch niemals tun.

»Ich hole noch eine Tasse heiße Schokolade für Rory«, antwortete ich.

Das war auch etwas, das wir verändert hatten. Die Bar im Studio war krass. Hinter dem Tresen befanden sich drei Zapfhähne, Regale mit Spirituosen und Mischgetränken, das ganze normale Zeug, aber es gab ebenfalls sehr viele Getränke für die Kinder – Limonade, jede nur denkbare Geschmacksrichtung von Säften und jetzt, da es kälter wurde, hatten wir heiße Schokolade hinzugefügt.

»Nixon und Micky machen sich demnächst auf den Weg«, sagte er zu mir.

Das brachte mich zum Lächeln.

»Es freut mich, dass sie vorbeigekommen sind und Holly mitgebracht haben.«

Den Tag, an dem Holly das Licht der Welt erblickte, werde ich nie vergessen. Es war das erste und einzige Mal, dass ich Nixon habe weinen sehen. Es war süß. Er ließ das

Baby nicht aus den Augen, aber das war eine ganz andere Geschichte.

»Ich werde Rory ihr Getränk bringen«, sagte Chasin zu mir und nahm die warme Tasse, die ich vorbereitet hatte.

Mit seiner freien Hand griff er nach meiner und wir gingen zusammen nach draußen in die kühle Nacht. Der Anblick, der sich mir bot, war genau so, wie ich ihn mir erträumt hatte, nur besser.

Chasin hatte eine große Feuerstelle für uns gebaut. Rob, der Mann von Macys bester Freundin, hatte zehn sensationelle Holzbänke gezimmert, die nun um das lodernde Feuer herumstanden. Und ebenfalls einige Gartensessel, die wir raustrugen, wenn zu viele Leute da waren, um auf den Bänken Platz zu finden. Und das passierte häufig. Manchmal kam die ganze Familie zusammen und wir brauchten die zusätzlichen Sitzplätze, aber auch dann, wenn die Bands, die von meiner Plattenfirma produziert wurden, draußen saßen und sich nach einem langen Tag im Studio entspannten.

Wie ich bereits sagte, es war großartig.

Perfekt.

Genau wie ich es mir erträumt hatte – nur besser.

Auf der Suche nach McKenna und Nix ließ ich den Blick umherwandern. Ich sah mich langsam um, damit mir nichts entging. Weston und Silver saßen eng beieinander und unterhielten sich mit Jameson und Kennedy. Mein Mädchen Kennedy hatte ein Geheimnis, eines, das ihren neuen Mann sehr glücklich machen würde. Sie hatten sich auf dem hinteren Feld das Jawort gegeben. Ein Ort, von dem Kennedy mir erzählt hatte, dass er heilig war. Es war derselbe Ort, an dem Nixon McKenna geheiratet hatte. Der Ort, an dem ich hoffte, eines Tages Chasin zu heiraten.

Macy und Alec unterhielten sich mit Becky und Rob. Zwei weitere tolle Menschen, die ich als enge Freunde ansah.

Bobby lachte über etwas, das entweder Jonny oder Holden gesagt hatte, wenngleich ich schätzte, dass es Jonny war, denn Holden erdolchte Charleigh von hinten mit seinem Blick, während sie mit Faith, den Jungs von Becky und Rob und Caleb rangelte. Jocelyn und Rory hielten sich in Bobbys Haus auf – das sich direkt auf der anderen Seite des Scheunenhofs befand. Wir hatten einen alten Schuppen in eine sensationell tolle Wohnung für sie umgebaut und Holden hatte seinen Wohnwagen seitlich neben Bobbys Haus geparkt, da die Feuerstelle nun an Holdens früherem Stellplatz war.

Diese beiden stritten sich wie Bruder und Schwester. Sie waren urkomisch und wenn ich nicht gewusst hätte, dass Bobby nur Augen für den nachdenklichen Jonny hatte, hätte ich gedacht, dass zwischen den beiden etwas läuft. Leider Gottes lief da nichts. Aber irgendwas ging zwischen Holden und Charleigh vor sich.

Ich kannte die Geschichte. Holden hatte mir alles von Anfang bis Ende erzählt und ich glaube, ich war die Einzige, die wusste, wie sehr es ihn belastete, Charleigh und Faith zu sehen. Mein Herz schmerzte für sie beide. Wirklich, die Geschichte war nicht nur traurig, sondern auch voller Schuldgefühle.

Ich fand es furchtbar, dass Holden litt, und als Charleigh ihre Sachen packte und von Virginia nach Maryland zog, wurde sein Schmerz noch zehnmal stärker. Zum Teil weil Charleigh sehr oft da war. Aber vielmehr, weil Faith es auch war, und Faiths Existenz war es, die Holden am meisten wehtat, und sie blieb die Quelle für den Großteil seiner Schuldgefühle. Ich verstand es, verstand zu hundert Prozent, warum es ihn so sehr schmerzte, das kleine Mädchen zu sehen. Schließlich war sie der Grund, warum Charleigh Paul geheiratet hatte. Nicht dass man dem süßen kleinen Mädchen einen Vorwurf machen konnte, ich liebte sie über alles. Aber für Holden war sie etwas anderes. Und er kam nicht darüber hinweg. Er liebte Charleigh. Sie war die Frau für ihn, sein Ein und Alles. Und er konnte sie nicht haben, solange er keinen Weg fand, seinen Schmerz zu überwinden.

»Babe, Rory ist bei Bobby, wenn du ihr die heiße Schokolade bringen willst«, sagte ich zu Chasin.

»Sicher. Aber fangt nicht ohne mich an.«

»Niemals«, flüsterte ich und stellte mich auf Zehenspitzen, um ihm einen Kuss zu geben.

»Kannst du ›Du siehst es nicht‹ spielen?«, fragte Zack Genevieve.

»Erst nachdem sie ›Landslide‹ gespielt hat«, bestimmte Mandy.

Chasin ließ den Blick von Mickys Geschwistern zu seiner Frau wandern. Sie hatte die ganze letzte Stunde gespielt. Er wusste, dass sie erschöpft war, aber sie würde nicht Nein sagen. Das tat sie nie – nicht zu den Menschen, die sie liebte. Evie gab ihrer Familie alles und noch mehr.

Nebenbei bemerkt lernte Chasin, Countrymusik zu lieben. Nein, er liebte Vivi Rushs Stil der Countrymusik und mochte die Musik, die ihre Künstler machten. Aber er zog weiterhin Rock vor.

»Ich werde beides spielen.«

Chasin lehnte sich wieder auf seinem Gartenstuhl zurück. Rory hatte sich umgedreht, um ihn anzusehen. Sobald ihre Schwester eingeschlafen war und sie die ersten Akkorde von Evies Gitarre hörte, hatte sie sich aus Bobbys Haus geschlichen. Rory Hall liebte es, Evie singen zu hören.

»Onkel Chasin?«

»Ja, meine süße Rory?«

»Wann wirst du Tante Evie heiraten, damit ich wieder Blumenmädchen sein kann?«

Chasins Lippen zuckten.

»Hast du dir schon ein Kleid ausgesucht?«, fragte er.

»Nein, Dummi, Mommy sagt, die Braut sucht das Kleid aus.«

»Richtig.«

»Also? Wann wirst du sie heiraten, damit ich euer Blumenmädchen sein kann?«

»Kannst du ein Geheimnis bewahren?«

»Ja. Ich kann Geheimnisse am allerbesten bewahren«, sagte sie, ohne zu zögern.

Das stimmte nicht. Das kleine Mädchen redete und wenn sie es tat, plapperte sie alles aus.

Aber da es nach heute Abend kein Geheimnis mehr wäre, sagte er: »Bald.«

»Wirklich?«

»Ja.«

»Ich werde es nicht verraten.« Sie machte mit den Fingern ein Kreuz über ihrem Herzen, verlor aber das Interesse, als Evie die ersten Zeilen des Liedes sang, das sie geschrieben hatte, als er ihren Traum zerstört hatte. An jenem Abend hatte er nicht gewusst, wie kurz davor er gestanden hatte, alles zu verlieren. Er hatte den Himmel gekostet, hatte ihn an seinen Handflächen gespürt, und er hatte sich um ihn geschlungen, sich sogar in seinem Herzen eingegraben, aber er hatte es trotzdem nicht gewusst. Erst später, als er durch die Hölle ging, wusste er wirklich, was es bedeutete, alles zu haben.

Bent Bromley ging ihm jeden Tag durch den Kopf. Und jeden Tag ließ er es zu. Er würde niemals zulassen, dass er es vergaß. Chasin Murray hatte alles – es war kostbar, es war wundervoll –, und er würde es bis zu seinem letzten Atemzug beschützen.

Chasin entspannte sich mit seiner Nichte auf dem Schoß, umringt von seiner Familie, die glücklich war, lächelte und wiegte sich im Takt der Musik, die Evie spielte.

Reine Schönheit.

Genevieve begann mit »Landslide« und die Härchen in seinem Nacken stellten sich auf. Das war nicht neu, es passierte häufig, wenn sie sang. Die Stimme seiner Frau war magisch – immer –, aber einige ihrer Lieder gingen ihm näher als andere und wenn das der Fall war, belegte diese Magie alle, die das Vergnügen hatten zuzuhören, mit einem Bann.

»Landslide« war es für ihn, aber auch das Lied »Iris«. Zum Glück spielte sie es nur selten, wenn sie alle zusammensaßen, denn nachdem sie das Lied beendet hatte, hatte er immer das Bedürfnis, sie ins Bett zu tragen und ihr zu zeigen, dass er jeden Teil von ihr sah. Selbst wenn er warten musste, befriedigte er immer sein Bedürfnis, machte langsam und zärtlich Liebe mit ihr und ignorierte ihr Flehen nach schnellem und hartem Sex.

Sie spielte »Iris« für ihn und er gab ihr Zärtlichkeit.

Aber jetzt spielte sie »Landslide«. Sie sah ihn direkt an und sang aus voller Kehle die Textzeilen mit ihrer sinnlichen, rauchigen Stimme, die er für den Rest seines Lebens hören würde.

Herrgott.

Wunderschön.

Das Lied war zu Ende und er gab Rory einen Klaps aufs Bein.

»Steh auf, Süße.«

»Jetzt?«, sagte sie halb flüsternd, halb schreiend und er war sich sicher, dass alle es gehört hatten.

Chasin hatte nicht vorgehabt, es jetzt zu tun, er hatte

eigentlich warten wollen, bis sie allein in ihrem Bett lagen. Aber er konnte nicht warten.

»Jetzt«, bestätigte er.

Er war sich nicht sicher, ob Rory verstand, dass sie nicht *sofort* heiraten würden, aber sie rutschte dennoch von seinem Schoß.

Chasin wartete, bis Evie fertig war, schob die Hand in seine Hosentasche, holte den Ring heraus und ging zu ihr, ohne den Blickkontakt zu unterbrechen. Aus diesem Grund sah er, wie ihre Augen aufleuchteten und aus ihnen ausschließlich Liebe und Frieden strahlte. Das gab er ihr. Er wusste es, weil sie es ihm zurückgab.

Er kniete sich vor Evie hin, nahm ihre linke Hand vom Gitarrenhals und steckte ihr den Diamantring an den Finger.

»Willst du mich heiraten?«

Evies Lippen zuckten und ihre Augen wurden feucht. Nach all den Tränen, die er an dem Tag bezeugt hatte, an dem Holden angeschossen wurde, ertrug er es nicht, sie weinen zu sehen. Er hasste es, verachtete es, es zerriss ihn innerlich und er schwor sich, dass sie nie wieder einen Grund haben sollte, auch nur eine weitere Träne zu vergießen.

»Baby.« Er nahm ihr hübsches Gesicht in die Hände und wischte ihre Tränen mit dem Daumen fort. »Bitte weine nicht.«

»Ich liebe dich«, flüsterte sie.

»Ist das ein Ja?«

»Nein, Liebling, das ist ein lautes, absolutes, eindeutiges, hundertprozentiges Ja. Unter dem Vorbehalt, dass du mich schon bald zu Mrs. Murray machst. Von mir aus morgen, wenn wir das hinkriegen.«

»Ich werde sehen, was sich machen lässt.« Er lächelte.

»Danke, Liebling.« Bevor Chasin ihr sagen konnte, dass sie ihm niemals dafür zu danken brauchte, dass er sie liebte, sprach sie weiter. »Danke, dass du meine Träume wahr gemacht hast. Danke, dass du mir eine Familie gegeben hast. Aber am meisten danke ich dir dafür, dass du mich siehst.«

Chasin stöhnte.

Dann schluckte er die Emotion herunter, die in seiner Kehle aufstieg, doch er genoss das Brennen.

Herrgott im Himmel, er liebte sie.

Von Kopf bis Fuß. Ihr Herz und ihre Seele. Und jeden Teil dazwischen.

Sie war seine perfekte Partnerin.

35

____

KAPITEL FÜNFUNDDREISSIG

ZWEI WOCHEN SPÄTER

HOLDEN STANFORD WUSSTE, dass er sich wie ein Kleinkind aufführte. Er wusste, dass seine Haltung scheiße war. Er wusste, dass seine Freunde schon bald einschreiten würden, weil sie gute Männer waren und sich um ihn sorgten.

Er war überrascht, dass sie ihn die letzten sieben Jahren hatten gewähren lassen.

Sieben lange, qualvolle Jahre. Eigentlich acht. Acht Jahre, seit er sie aufgegeben hatte, sieben, seit sie zur Witwe wurde.

Und nur weil ihr Mann tot war, machte es sie nicht frei. Sie würde niemals frei sein. Niemals verfügbar für ihn.

Er hatte seine Chance gehabt und sie aufgegeben.

Seine Charleigh.

Seine.

Bis sie es nicht mehr war und zu Paul gehörte.

Wie war es möglich, jemanden zu hassen, den man respektierte, wie einen Bruder liebte, um den man trauerte und den man vermisste?

427

Eine der vielen Fragen, auf die Holden keine Antwort hatte. Einer der vielen Gründe – und davon gab es unzählige –, dass Charleigh verloren für ihn war.

Das bereitete ihm schlechte Laune, eine, mit der er schon seit acht Jahren lebte. Dass Charleigh und Faith jetzt in der Nähe wohnten und ihn zur Interaktion zwangen, machte ihm keine schlechte Laune – es brachte ihn um.

Die Frau zerstörte ihn ganz langsam, bis all das Narbengewebe, das er entwickelt hatte, aufgerissen war und er ein frisches, klaffendes Loch im Herzen hatte.

Scheiße.

Verdammte Scheiße.

Er musste umziehen.

Wenn die Jungs zu ihm kamen, und das würden sie schon bald tun, würde er es ihnen erklären. Sie würden es verstehen. Er würde seine Anteile an der Gemini-Gruppe verkaufen und verschwinden. Dann hätte Charleigh, was sie schon immer haben sollte – dass Pauls Teamkameraden sich um sie und ihre Tochter kümmerten.

Aber Holden war dazu nicht mehr in der Lage.

Er war fertig.

Das waren seine Gedanken, als er das Haus von Chasin und Viv passierte und den Feldweg weiterfuhr, auf dem er zu seinem Wohnwagen gelangen würde.

Ja, das würde er tun, sein Baby an die Kupplung seines Geländewagens hängen und die Biege machen.

Wie ein Kleinkind.

Sobald Bobbys Haus in Sicht kam, doch noch bevor er seinen Wohnwagen sehen konnte, der auf der anderen Seite geparkt war, entdeckte er etwas anderes.

Charleighs Wagen.

Aber schlimmer noch, die Frau höchstpersönlich stand daneben und wartete.

Lange Beine, Titten, Arsch, Haar und – er konnte sie jetzt zwar nicht sehen, aber er sah sie jede Nacht ganz deutlich in seinen Träumen – gefühlvolle braune Augen. Verdammt, aber er liebte ihre Augen. Sie waren das Erste, was ihm aufgefallen war, als er sie kennenlernte. Und wenn er sich in ihr bewegte, zerschmolzen sie zu dunkler Schokolade. Verdammt, er vermisste ihre Augen. Er vermisste ihre Stimme, ihre Berührung, ihren Duft. Er vermisste jedes einzelne Detail mit einer Sehnsucht, die niemals vergehen würde.

Holden parkte seinen Geländewagen. Er konnte Bobbys Wagen nirgends sehen und war dankbar, dass sie nicht zu Hause war, um die Szene zu bezeugen, von der er wusste, dass sie ihm sogleich gemacht werden würde.

»Wir tun es nicht«, sagte Holden und schlug die schwere Wagentür zu.

»Bitte, Holden, wir müssen reden.«

Scheiße, ihre *Stimme.*

Schieß mich tot.

»Nein, Charleigh, müssen wir nicht.«

»Sechs Monate sind vergangen. Wir müssen darüber sprechen.«

Ja, es ist sechs Monate her, seit sie ihre Sachen und die von Pauls Tochter gepackt hatte und gemeinsam mit ihr nach Maryland gezogen war, um damit zu beginnen, ihn langsam umzubringen.

»Nein. Acht verdammte Jahre sind vergangen.«

Er sah zu, wie sie zusammenzuckte, und alle üblichen Schuldgefühle, die er empfand, trafen ihn mit voller Wucht in die Brust.

»Hold-«

»Wir tun es nicht. Wir werden es *niemals* tun. Ich kann dich nicht ansehen, ohne dass Gift in meinen Magen sickert.«

»Hasst du mich so sehr?«

Nein, Baby, so sehr liebe ich dich.

»Leigh-Leigh, fahr nach Hause.«

Charleigh zuckte zurück, als hätte er ihr einen Schlag versetzt und nicht, als sei ihm aus Versehen sein alter Kosename für sie herausgerutscht.

Ein weiterer Grund für ihn zu gehen. Ihr tat es ebenfalls weh.

»Nicht bis du mir zuhörst.«

Holden spannte den Kiefer an und knirschte mit den Zähnen. Er wollte nicht zuhören. Er wollte nicht hören, was auch immer es war, das sie während der letzten achtzehn Monate versucht hatte, ihm zu sagen, seit sie ihn vollkommen hysterisch angerufen hatte, um ihm zu erzählen, dass Pauls idiotische Schwester ihr das Leben schwer machte. Er war nach Virginia gefahren, um sie zurückzuholen und ihre Probleme zu lösen. Und seit die Tür zum ersten Mal nach sieben Jahren geöffnet worden war, versuchte sie, ihm etwas mitzuteilen.

Er hätte Nixon schicken sollen. Aber es war Holden gewesen, der Paul versprochen hatte, sich um seine Familie zu kümmern. Eine Familie, die er gegründet hatte, aber nie sehen konnte.

Gottverdammt, das schmerzte.

»Fahr nach Hause.«

»Interessiert es dich, dass ich dich immer noch liebe?«

Verdammt.

Ein Schuss ins Herz.

»Nein, Charleigh, es hat aufgehört, mich zu interessieren, als du mit Pauls Baby schwanger wurdest. Des Weiteren hat es aufgehört, als ich zugesehen habe, wie du zum Altar geschritten bist und ihn geheiratet hast. Und mein Interesse ist einen langen, qualvollen Tod gestorben, als ich zusah, wie die Frau, die ich liebte, das Kind eines anderen Mannes austrägt. Deshalb nein, verdammt, es interessiert mich nicht. Es ist acht Jahre her –«

»Ich weiß, wie lange es her ist, seit du mich verlassen hast«, zischte sie. »Ich weiß sehr genau, wie viele Jahre ich dich nicht hatte. Aber *du* hast das getan. Du hast mich verlassen. Spiel dich also nicht auf, als seist du der Verletzte von uns beiden. Ich habe dich geliebt. Ich wollte eine Zukunft mit *dir*. Und du hast mich weggeworfen. Du hast *uns* weggeworfen. Mach mich also nicht dafür verantwortlich.«

Das klaffende Loch in seinem Herzen begann zu bluten. Er hatte sie nicht weggeworfen, er hatte ihr die Freiheit geschenkt.

Dann war alles passiert, was er zu verhindern versucht hatte.

Sie verlor ihren Mann.

Sie wurde mit sechsundzwanzig zur Witwe.

Ihre Tochter verlor ihren Vater.

»Olle Kamellen, Charleigh.«

»Du bist ein stures Arschloch, weißt du das?«

»Ja.«

»Es interessiert dich wirklich nicht, oder?«

Es interessiert mich mehr, als es sollte.

»Nein«, log er.

Ohne ein weiteres Wort stieg Charleigh in ihren Wagen. Er sah ihr nicht nach, als sie wegfuhr.

Er ging zu seinem Wohnwagen, ging auf direktem Weg zu seinem Bett, griff unter das Kissen und nahm das Foto hervor.

Charleigh.

Als sie sein war.

Auf seinem Schoß, den Arm um seine Brust geschlungen, die Handfläche auf der Schulter ruhend. Das ganze dichte braune Haar offen, wild. Ein breites, wunderschönes Lächeln auf ihrem Gesicht, braune Augen, die vor Freude tanzten.

Seine Leigh-Leigh.

Dann richtete er den Blick auf sein Gesicht auf dem Foto.

Das war der letzte Tag gewesen, an dem er glücklich gewesen war.

Später an demselben Abend, als sie mit verschlungenen Beinen im Bett lagen, Charleigh noch nackt, weil sie zuvor Liebe gemacht hatten, kuschelte sie sich an ihn und erzählte ihm flüsternd von ihrer Zukunft. Holden hörte sich alles an, saugte alles in sich auf. Er wollte es. Er glaubte daran.

Bis sie ihm sagte, sie wolle drei Kinder.

Dann bildete sich ein Knoten aus Angst in seinem Magen.

Am nächsten Tag ließ er sie gehen.

Es war das Richtige gewesen.

Aber warum fühlte es sich immer noch so falsch an?

DANKSAGUNG

An Sie alle – meine Leserinnen und Leser. Danke, dass Sie dieses Buch gelesen und mir einige Stunden Ihrer Zeit geschenkt haben. Ob dies nun das erste Buch ist, das Sie von mir lesen, oder ob Sie schon von Anfang an dabei sind, danke für Ihre Unterstützung. Ihretwegen habe ich den tollsten Job der Welt.

BIOGRAFIE

Riley Edwards ist eine USA Today und Wall Street Journal Bestsellerautorin, Ehefrau und Armee-Mom. Geboren und aufgewachsen ist sie in Los Angeles, lebt inzwischen jedoch mit ihrem fantastischen Ehemann und ihren Kindern an der Ostküste.

Riley schreibt herzerwärmende Liebesgeschichten mit sexy Alphahelden und noch stärkeren Heldinnen. Rileys Lieblingsgenres sind spannende Liebesromane und Militärromanzen.

Besuchen Sie Riley im Netz!
www.rileyedwardsromance.com
facebook.com/Novelist.Riley.Edwards
instagram.com/rileyedwardsromance
youtube.com/channel
tiktok.com/@rileyedwardsromance
twitter.com/rileyedwardsrom
E-Mail: riley@rileysrebels.com

BÜCHER VON RILEY EDWARDS

DIE GEMINI-GRUPPE:

Nixons Versprechen (Buch Eins)
Jamesons Erlösung (Buch Zwei)
Westons Schatz (Buch Drei)
Alecs Traum (Buch Vier)
Chasins Kapitulation (Buch Fünf)
Holdens Erwachen (Buch Sechs) **(demnächst erhältlich)**

Und auch die folgenden Bücher von Riley Edwards werden in Kürze auf Deutsch erhältlich sein:

Aus der Reihe »Die Gemini-Gruppe«:
Jonny's Redemption (Buch 7)